俠客行

金庸

前頁圖片／任頤「雪中送炭圖」──任頤（一八四〇－一八八五），字伯年，浙江山陰（紹興）人，晚清傑出畫家。人物師陳洪綬，善於傳神，圖中小童以手呵凍，表現風寒凜冽的氣候，更顯得「雪中送炭」的可貴。

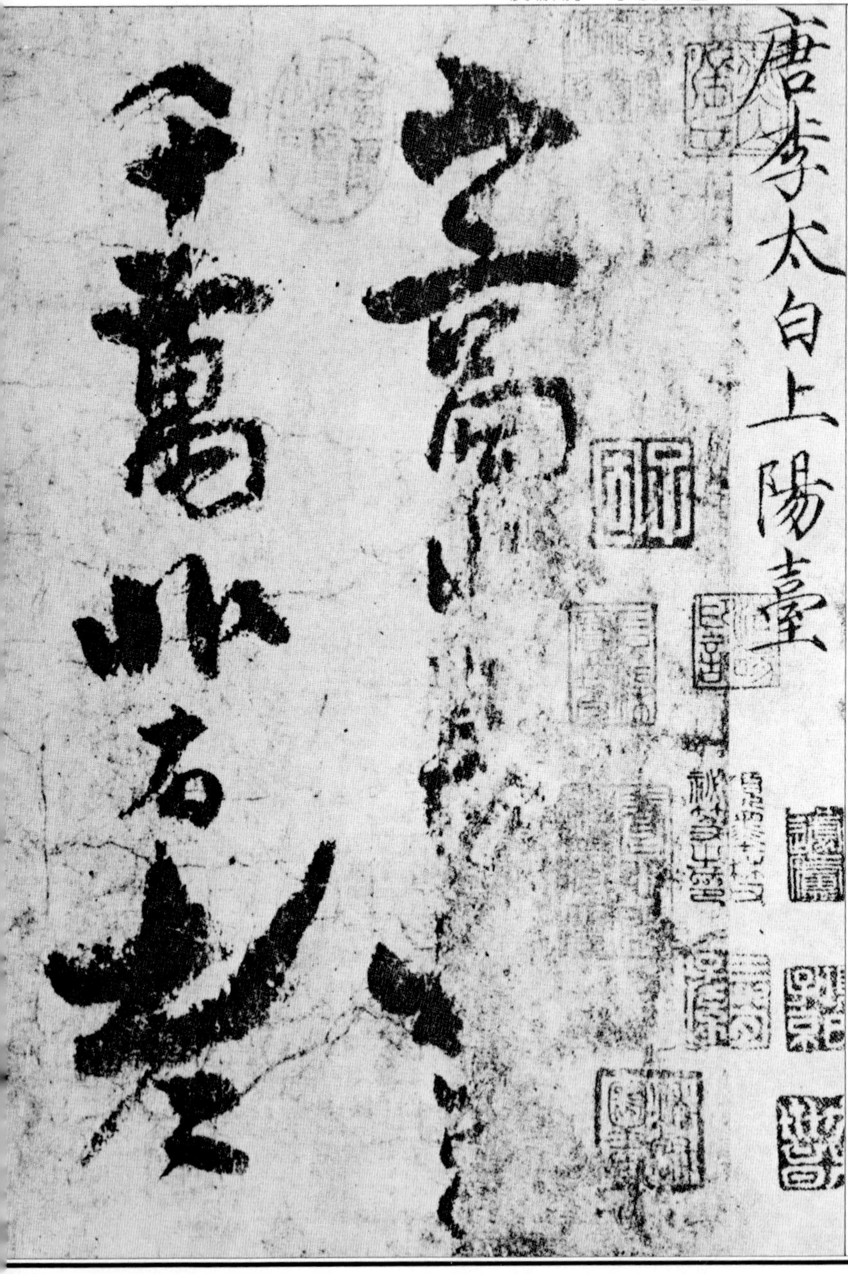

李白「上陽台帖」——此為世上所存李白書法的惟一眞跡，字共五行：「山高水長，物象萬千，非有老筆，清壯何窮。十八日，上陽台書。太白。」前綾隔水上宋徽宗瘦金書標題「唐李太白上陽台」。李白此書雄健飄逸，與顏眞卿「劉中使帖」及張旭「肚痛帖」的筆意近似。

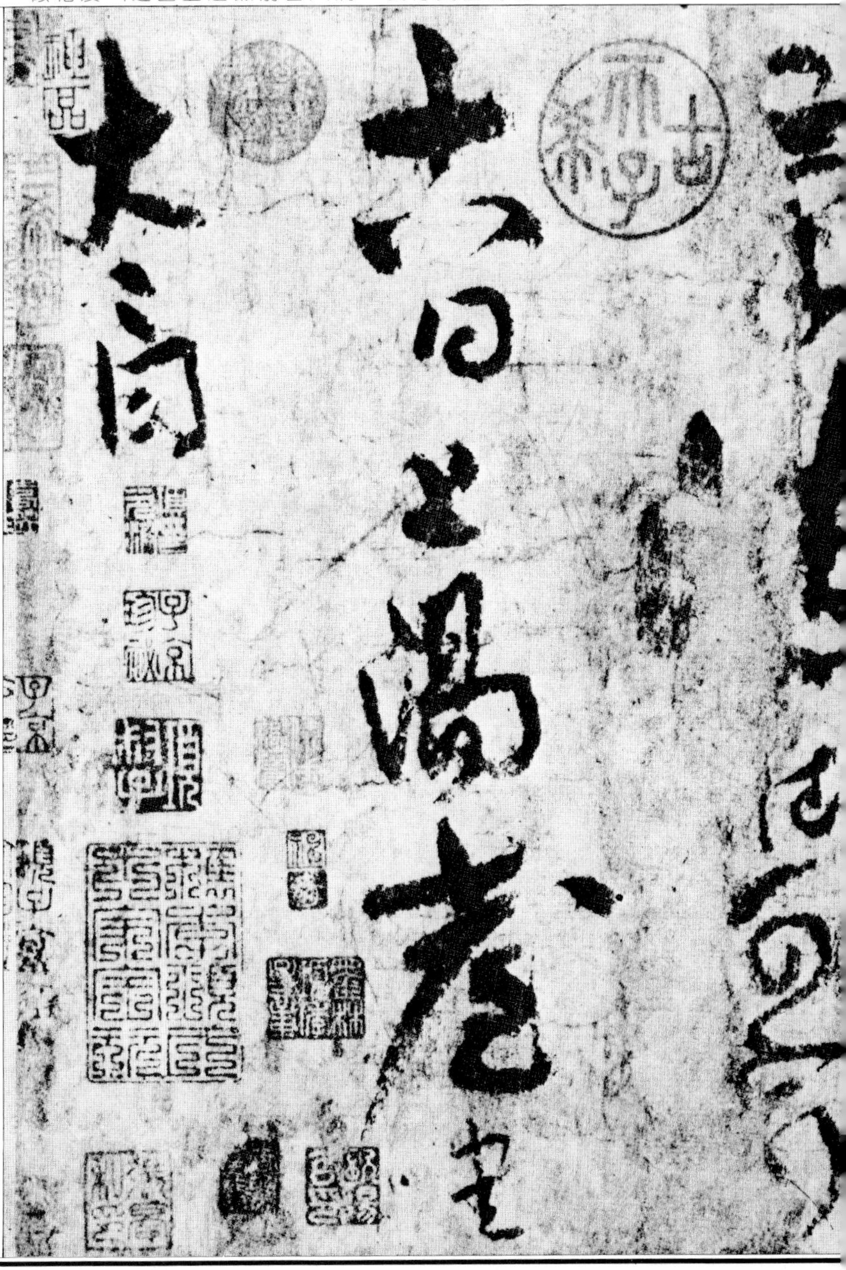

張大千「長江萬里圖」（部份）——張先生此圖繪長江萬里，東流入海，氣勢雄偉。本書圖中所示爲鎭江附近之長江形勢，江邊寶塔畔即金山寺。鎭江爲本書所敘長樂幫總舵之所在。

張大千「長江萬里圖」（部份）。

溥心畬「白雲居圖」—溥儒，字心畬，近代大畫家。此套册頁原藏故宮，共十四幅

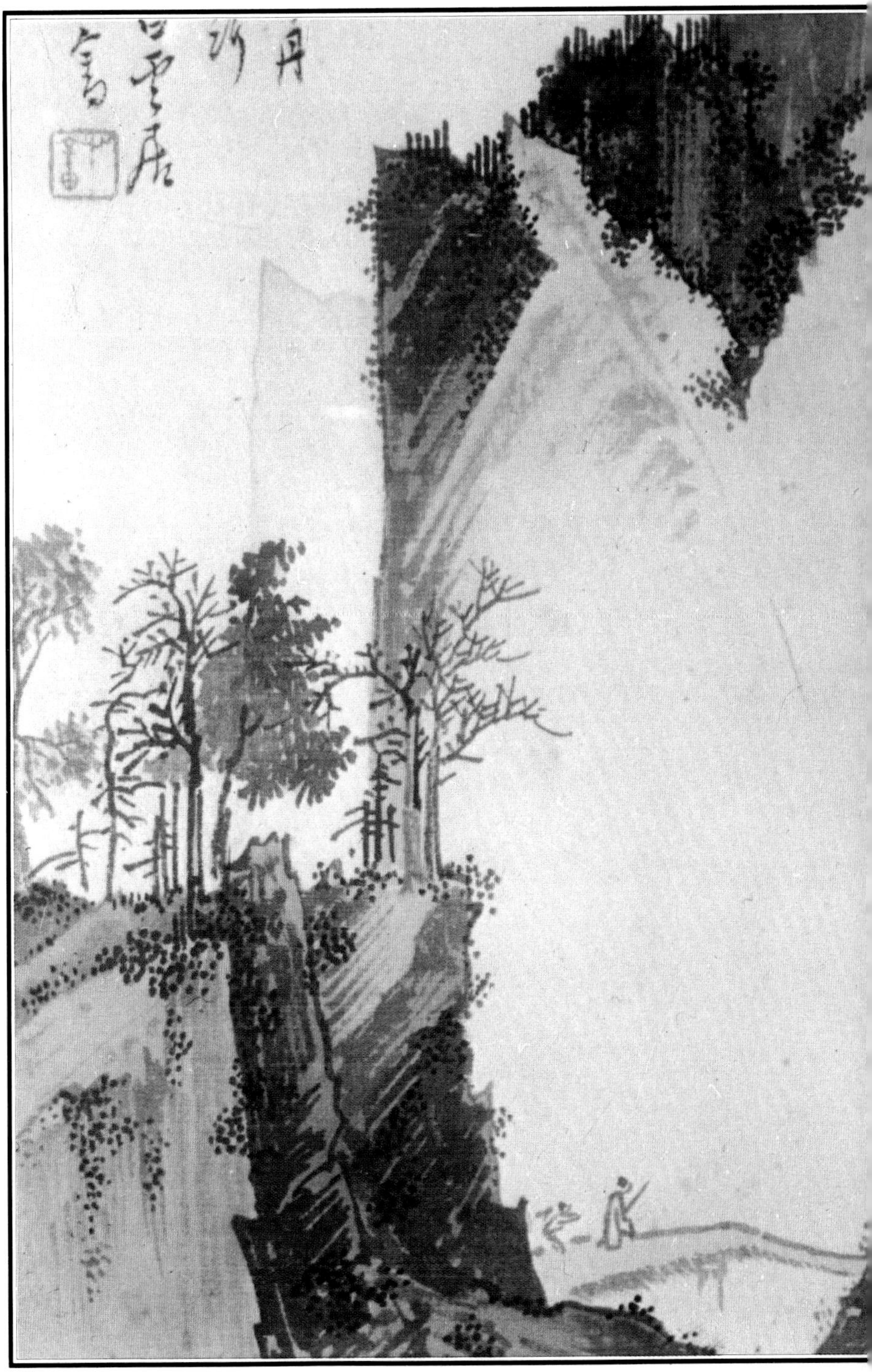

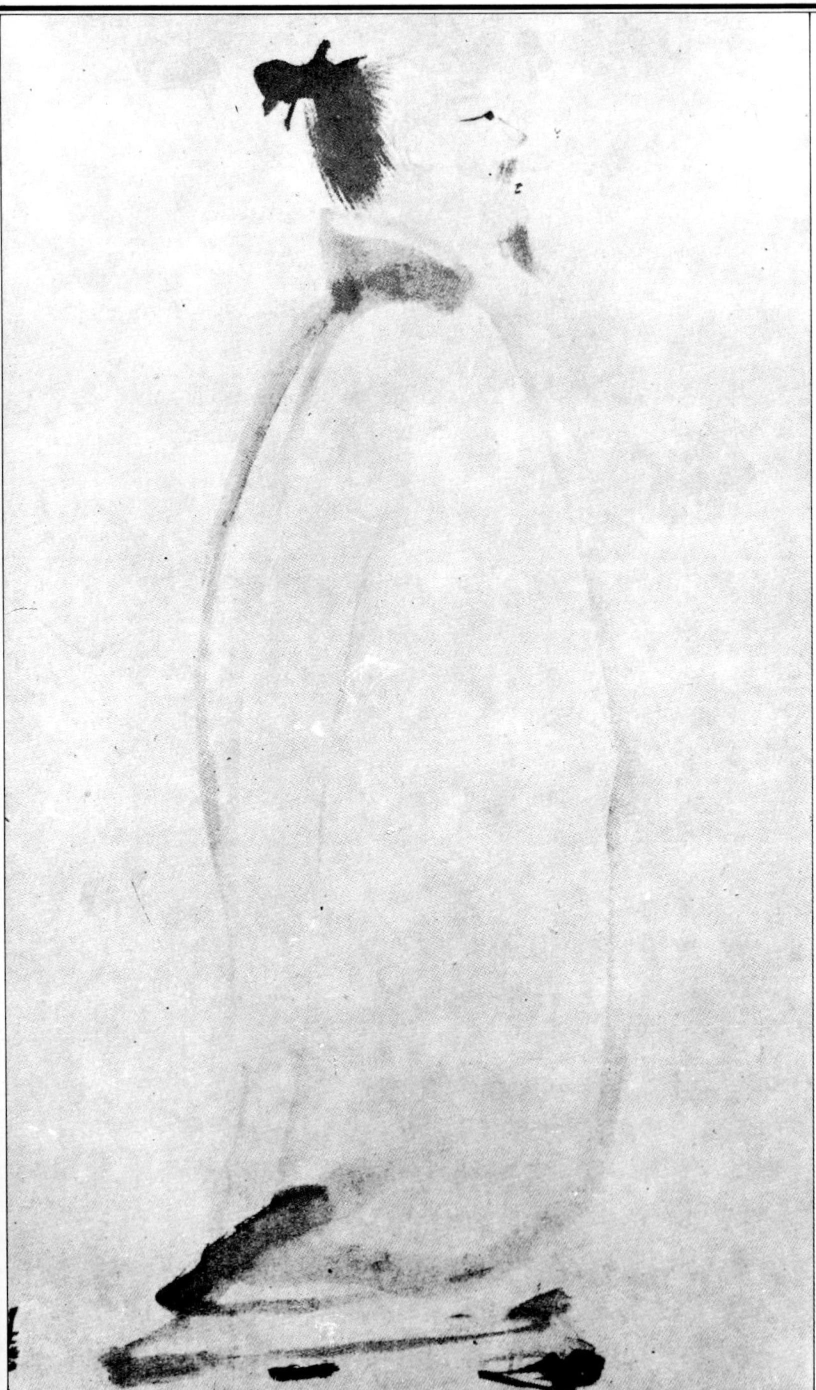

楷，南宋大畫家，以潑墨人物著名。本圖現屬日本政府。

梁楷「李白行吟圖」(部份)

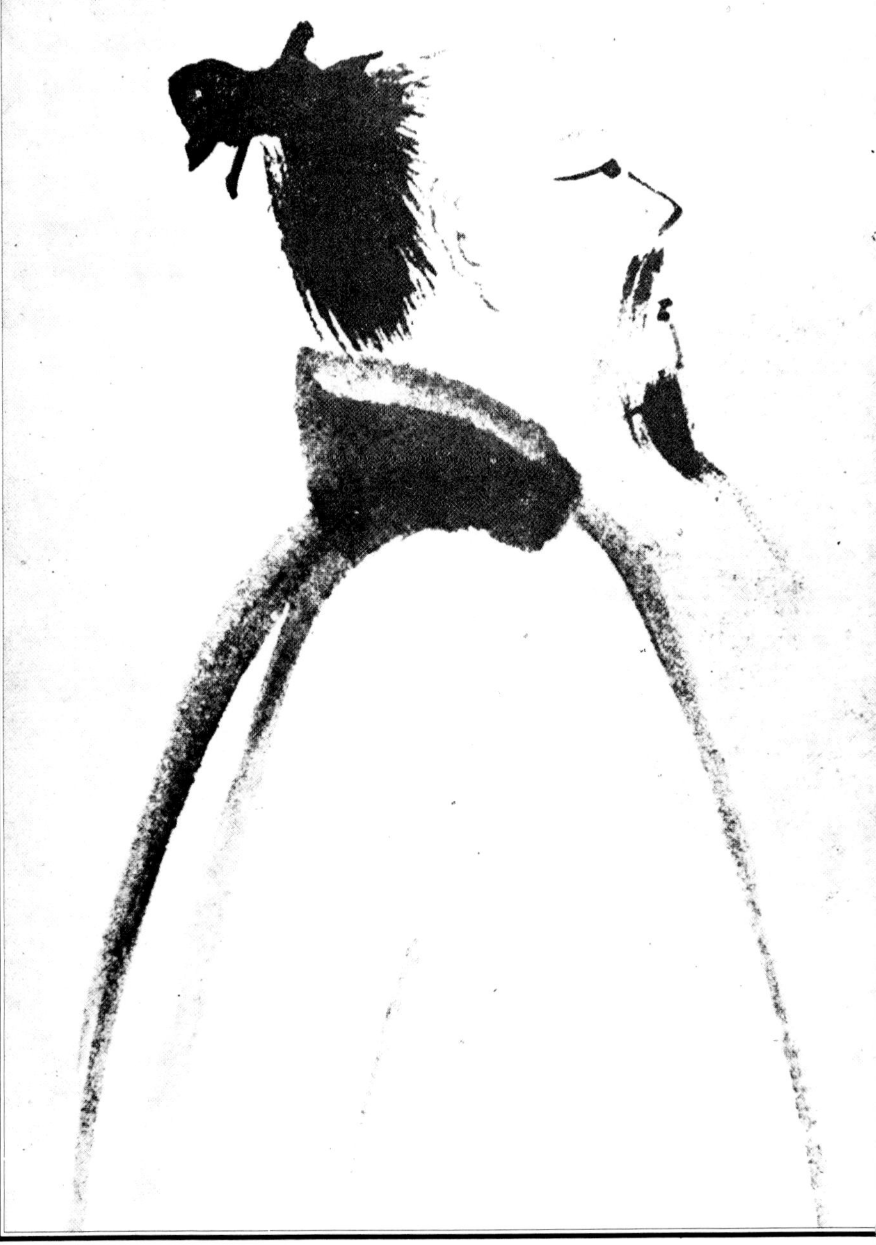

當此不知
誰為主
道人忘我
我忘言
丙子六月
十六日讀半

宋文治「江南春朝」——宋文治，當代國畫家。圖中所繪爲現代人物，但江南城鎮景像，當與石破天在長樂幫所居時無異。

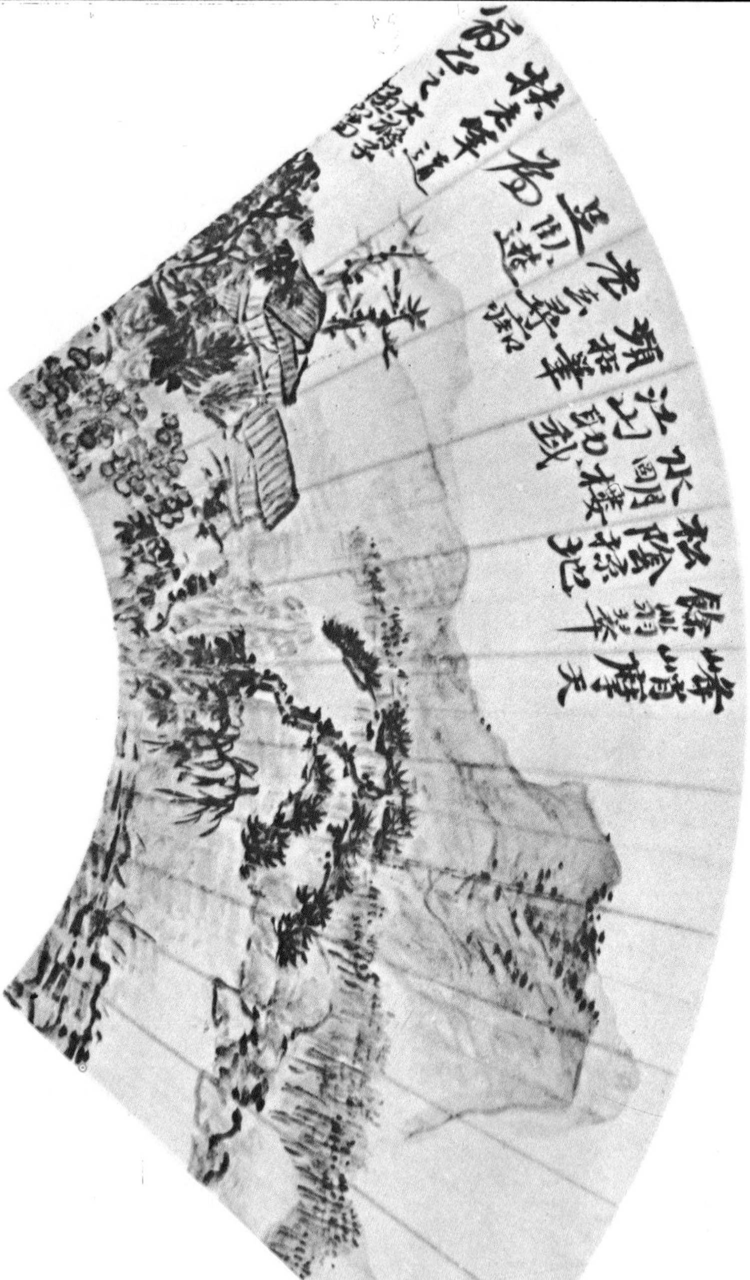

道濟「扇面」——道濟，明末清初大畫家，號「大滌子」。圖中寫「峭峯，似有謝煙客所居摩天崖的意味。

范一辛「江畔帆影移」（套色木刻）——范一辛，當代版畫家。石破天和丁不三在長江中乘船，情景或與此彷彿。

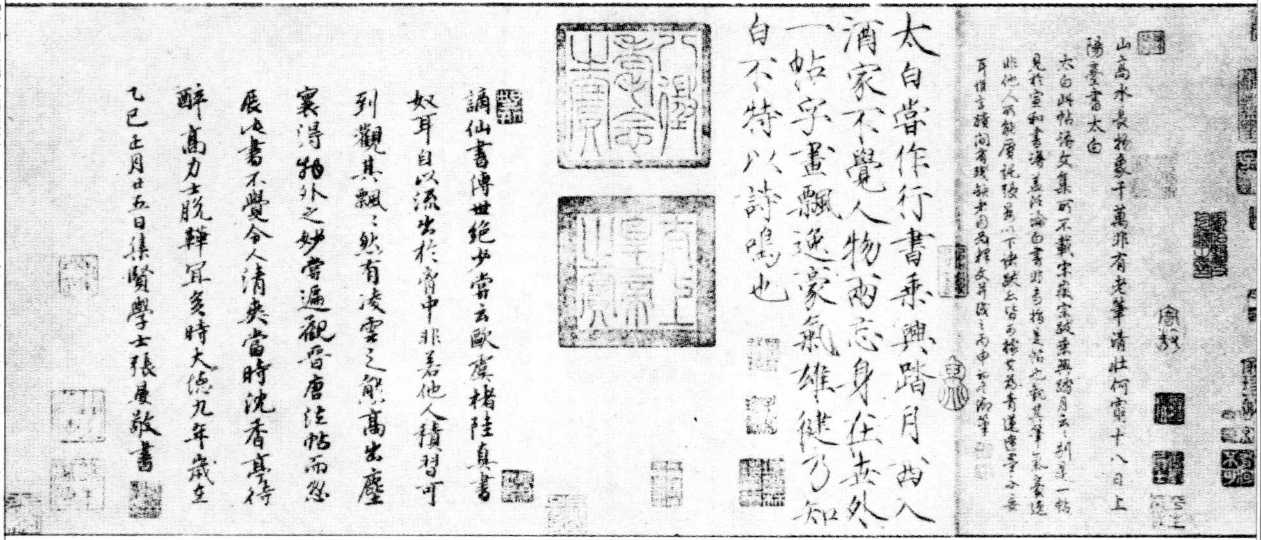

「李白上陽台帖題跋」之二——第一段是清乾隆皇帝題跋，第二段是宋徽宗題跋。

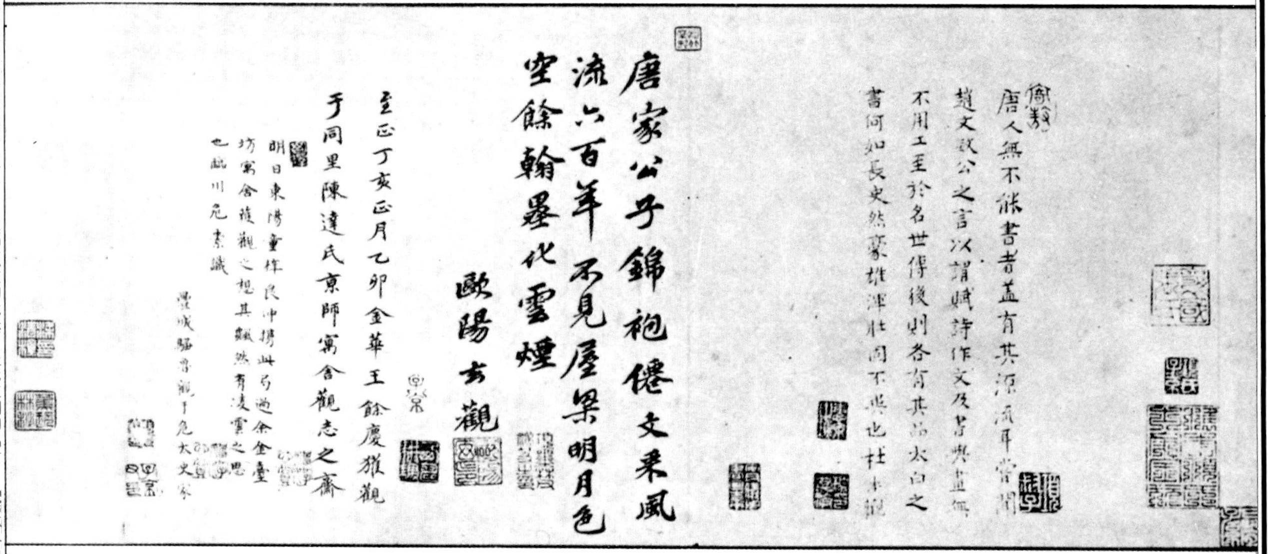

「李白上陽台帖題跋」之二——其中題跋的危素，是元末明初名士，「儒林外史」中曾提到他，後爲朱元璋所殺。

開封鐵塔——北宋仁宗慶曆元年（公元一〇四一年）所建，在祐國寺，八角十三層，高五七・三四公尺，全部磚建，用鐵色琉璃鋪蓋，因此稱爲鐵塔。石破天流浪至開封而得玄鐵令，或許見過此塔。

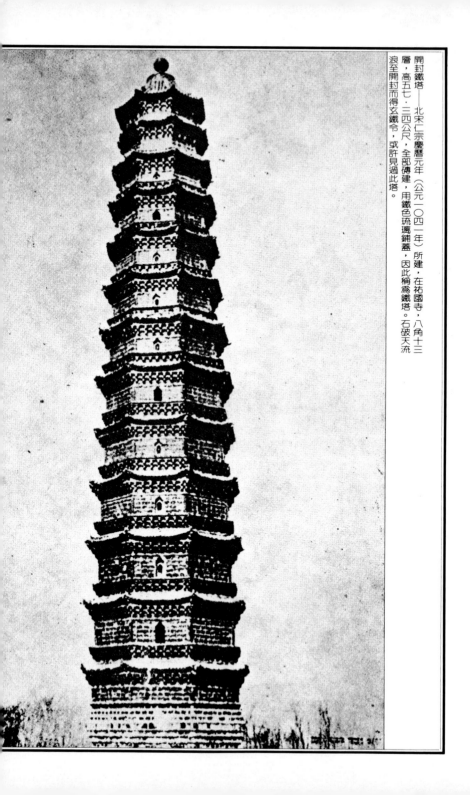

俠客行

金庸著

金庸作品集㉖

俠客行㈠

Ode to the Gallantry, Vol. 1

作　者／金　庸

平裝版封面設計／霍榮齡　典藏版封面設計／霍榮齡

內頁插畫／王司馬　內頁圖片構成／霍榮齡・潘清芬・陳銘

發 行 人／王 榮 文

出版・發行／遠流出版事業股份有限公司

臺北市汀州路3段184號7樓之5

電話／2365-1212　傳眞／2365-7979

郵撥／0189456-1

印　刷／優文印刷有限公司

□ 1987年2月1日 初版一刷

□ 1998年2月16日 三版三刷

平裝版　每冊250元　（本作品全二冊，共500元）

〔典藏版「金庸作品集」全套36冊，不分售〕

行政院新聞局局版臺業字第1295號

ISBN　957-32-2938-2（套：平裝）

ISBN　957-32-2939-0（第一冊：平裝）

Printed in Taiwan

YLib 遠流博識網

http://www.ylib.com.tw/jinyong　E-mail:ylib@yuanliou.ylib.com.tw

「金庸作品集」台灣版序

金庸

小說是寫給人看的。小說的內容是人。

小說寫一個人、幾個人、一羣人、或成千成萬人的性格和感情。他們的性格和感情從橫面的環境中反映出來，從縱面的遭遇中反映出來，從人與人之間的交往與關係中反映出來。長篇小說中似乎只有「魯濱遜飄流記」，才只寫一個人，寫他與自然之間的關係，但寫到後來，終於也出現了一個僕人「星期五」。只寫一個人的短篇小說多些，寫一個人在與環境的接觸中表現他外在的世界，內心的世界，尤其是內心世界。

西洋傳統的小說理論分別從環境、人物、情節三個方面去分析一篇作品。由於小說作者不同的個性與才能，往往有不同的偏重。

基本上，武俠小說與別的小說一樣，也是寫人，只不過環境是古代的，人物是有武功的，情節偏重於激烈的鬪爭。任何小說都有它所特別側重的一面。愛情小說寫男女之間與性有關的感情，寫實小說描繪一個特定時代的環境，「三國演義」與「水滸」一類小說敍述大羣人物的鬪爭經歷，現代小說的重點往往放在人物的心理過程上。

小說是藝術的一種，藝術的基本內容是人的感情，主要形式是美，廣義的、美學上的美。在小說，那是語言文筆之美、安排結構之美，關鍵在於怎樣將人物的內心世界通過某種形式而表現出來。甚麼形式都可以，或者是作者主觀的剖析，或者是客觀的敍述故事，從人物的行動和言語中客觀的表達。

讀者閱讀一部小說，是將小說的內容與自己的心理狀態結合起來。同樣一部小說，有的人感到強烈的震動，有的人卻覺得無聊厭倦。讀者的個性與感情，與小說中所表現的個性與感情相接觸，產生了「化學反應」。

武俠小說只是表現人情的一種特定形式。好像作曲家要表現一種情緒，用鋼琴、小提琴、交響樂、或歌唱的形式都可以，畫家可以選擇油畫、水彩、水墨、或漫畫的形式。問題不在採取什麼形式，而是表現的手法好不好，能不能和讀者、聽者、觀賞者的心靈相溝通，能不能使他的心產生共鳴。小說是藝術形式之一，有好的藝術，也有不好的藝術。

好或者不好，在藝術上是屬於美的範疇，不屬於眞或善的範疇。判斷美的標準是美，是感情，不是科學上的眞或不眞，道德上的善或不善，也不是經濟上的值錢不值錢，政治上對統治者的有利或有害。當然，任何藝術作品都會發生社會影響，自也可以用社會影響的價值去估量，不過那是另一種評價。

在中世紀的歐洲，基督教的勢力及於一切，所以我們到歐美的博物院去參觀，見到所有中世紀的繪畫都以聖經爲題材，表現女性的人體之美，也必須通過聖母的形象。直到文藝復興之後，凡人的形象才在繪畫和文學中表現出來，所謂文藝復興，是在文藝上復興希臘、羅馬時代對「人」的描寫，而不再集中於描寫神與聖人。

中國人的文藝觀，長期來是「文以載道」，那和中世紀歐洲黑暗時代的文藝思想是一致的，用「善或不善」的標準來衡量文藝。「詩經」中的情歌，要牽強附會地解釋爲諷刺君主或歌頌后妃。陶淵明的「閒情賦」，司馬光、歐陽修、晏殊的相思愛戀之詞，或者惋惜地評之爲白璧之玷，或者好意地解釋爲另有所指。他們不相信文藝所表現的是感情，認爲文字的唯一功能只是爲政治或社會價值服務。

我寫武俠小說，只是塑造一些人物，描寫他們在特定的武俠環境（古代的、沒有法治的、以武力來解決爭端的社會）中的遭遇。當時的社會和現代社會已大不相同，人的性格和感情卻沒有多大變化。古代人的悲歡離合、喜怒哀樂，仍能在現代讀者的心靈中引起相應的情緒。讀者們當然可以覺得表現的手法拙劣，技巧不夠成熟，描寫殊不深刻，以美學觀點來看是低級的藝術作品。無論如何，我不想載甚麼道。我在寫武俠小說的同時，也寫政治評論，也寫與哲學、宗教有關的文字。涉及思想的文字，是訴諸讀者理智的，對這些文字，才有是非、眞假的判斷，讀者或許同意，或許只部份同意，或許完全反對。

對於小說，我希望讀者們只說喜歡或不喜歡，只說受到感動或覺得厭煩。我最高興的是讀者喜愛或憎恨我小說中的某些人物，如果有了那種感情，表示我小說中的人物已和讀者的心靈發生聯繫了。小說作者最大的企求，莫過於創造一些人物，使得他們在讀者心中變成活生生的、有血有肉的人。藝術是創造，音樂創造美的聲音，繪畫創造美的視覺形象，小說是想創造人物。假使只求如實反映外在世界，那麼有了錄音機、照相機，何必再要音樂、繪畫？有了報紙、歷史書、記錄電視片、社會調查統計、醫生的病歷紀錄、黨部與警察局的人事檔案，何必再要小說？

一九八六・二・六　於香港

目錄

一　玄鐵令……五
二　少年闖大禍……三九
三　摩天崖……五九
四　長樂幫幫主……九三
五　叮叮噹噹……一二七
六　傷疤……一五九
七　雪山劍法……一八九
八　白痴……二一九
九　大粽子……二四九
十　金烏刀法……二七七
十一　藥酒……三一五
十二　兩塊銅牌……三三九
十三　舐犢之情……三八三
十四　關東四大門派……四〇七

那小丐只吃了一口燒餅，忽見那死屍站了起來，兩根鋼鈎兀自揷在他腹中。那小丐大吃一驚，不敢稍動，只見那死屍彎下雙腿，伸手在地下摸索，摸到一個燒餅。

一　玄鐵令

「趙客縵胡纓，吳鈎霜雪明。銀鞍照白馬，颯沓如流星。
十步殺一人，千里不留行。事了拂衣去，深藏身與名。
閑過信陵飲，脫劍膝前橫。將炙啖朱亥，持觴勸侯嬴。
三杯吐然諾，五嶽倒爲輕。眼花耳熱後，意氣素霓生。
救趙揮金鎚，邯鄲先震驚。千秋二壯士，烜赫大梁城。
縱死俠骨香，不慚世上英。誰能書閣下，白首太玄經？」

李白這一首「俠客行」古風，寫的是戰國時魏國信陵君門客侯嬴和朱亥的故事，千載之下讀來，英銳之氣，兀自虎虎有威。那大梁城鄰近黃河，後稱汴梁，即今河南開封。該地雖然數爲京城，卻是民風質樸，古代悲歌慷慨的豪俠氣概，後世迄未泯滅。

開封東門十二里處，有個小市鎮，叫做侯監集。這小鎮便因侯嬴而得名。當年侯嬴為大梁夷門監者。大梁城東有山，山勢平夷，稱為夷山，東城門便稱為夷門。夷門監者就是大梁東門的看守小吏。

這一日已是傍晚時分，四處前來趕集的鄉民正自挑擔的挑擔、提籃的提籃，紛紛歸去，突然間東北角上隱隱響起了馬蹄聲。蹄聲漸近，竟然是大隊人馬，少說也有二百來騎，蹄聲奔騰，乘者縱馬疾馳。衆人相顧說道：「多半是官軍到了。」有的說道：「快讓開些，官兵馬匹衝來，踢翻擔子，那也罷了，便踩死了你，也是活該。」

猛聽得蹄聲之中夾雜着陣陣唿哨。過不多時，唿哨聲東呼西應、南作北和，竟然四面八方都是哨聲，似乎將侯監集團團圍住了。衆人駭然失色，有些見識較多之人，不免心中嘀咕：「遮莫是強盜？」

鎮頭雜貨鋪中一名夥計伸了伸舌頭，道：「啊喲，只怕是我的媽啊那些老哥們來啦！」王掌櫃臉色已然慘白，舉起了一隻不住發抖的肥手，作勢要往那夥計頭頂拍落，喝道：「你奶奶的，說話也不圖個利市，甚麼老哥小哥的。當眞綫上的大爺們來了，那還有你……你的小命？再說，也沒聽見光天化日有人幹這調調兒的！啊喲，這……這可有點兒邪……」

他說到一半，口雖張着，卻沒了聲音，只見市集東頭四五匹健馬直搶了過來。馬上乘者一色黑衣，頭戴范陽斗笠，手中各執明晃晃的鋼刀，大聲叫道：「老鄉，大夥兒各站原地，動一下子的，可別怪刀子不生眼睛。」一嘴裏叱喝，拍馬往西馳去。馬蹄鐵拍打在青石板上，錚錚直響，令人心驚肉跳。

蹄聲未歇，西邊廂又有七八匹馬衝來，馬上健兒也是一色黑衣，頭戴斗笠，帽簷壓得低低的。這些人一般吆喝：「乖乖的不動，那沒事，愛吃板刀麵的就出來！」

雜貨鋪那夥計嘿的一聲笑，說道：「板刀麵有甚麼滋味……」這人貧嘴貧舌的，想要說句笑話，豈知一句話沒完，馬上一名大漢馬鞭揮出，甩進櫃台，勾着那夥計的脖子，順手一帶，砰的一聲，將他重重摔在街上。那大漢的坐騎一股勁兒向前馳去，將那夥計拖着而行。後邊一匹馬趕將上來，前蹄踩落，那夥計哀號一聲，眼見不活了。

旁人見到這夥人如此兇橫，那裏還敢動彈？有的本想去上了門板，這時雙腳便如釘牢在地上一般，只是全身發抖，要他當眞絲毫不動，卻也幹不了。

離雜貨鋪五六間門面處有家燒餅油條店，油鍋中熱油滋滋價響，鐵絲架上擱着七八根油條。一個花白頭髮的老者彎着腰，將麵粉捏成一個個小球，又將小球壓成圓圓的一片，對眼前驚心動魄的慘事竟如視而不見。他在麵餅上洒些葱花，對角一摺，捏上了邊，在一隻黃砂碗中抓些芝麻，洒在餅上，然後用鐵鉗挾起，放入烘爐之中。

這時四下裏唿哨聲均已止歇，馬匹也不再行走，一個七八百人的市集上鴉雀無聲，就是啼哭的小兒，也給父母按住了嘴巴，不令發出半點聲音。各人凝氣屏息之中，只聽得一個人喀、喀、喀的皮靴之聲，從西邊沿着大街響將過來。

這人走得甚慢，沉重的脚步聲一下一下，便如踏在每個人心頭之上。脚步聲漸漸近來，其時太陽正要下山，一個長長的人影映在大街之上，隨着脚步聲慢慢逼近。街上人人都似嚇得呆了，只有那賣餅老者仍在做他的燒餅。皮靴聲響到燒餅鋪外忽而停住，那人上上下下的打量賣餅老者，突然間嘿嘿嘿的冷笑三聲。

賣餅老者緩緩抬起頭來，只見面前那人身材極高，一張臉孔如橘皮般凹凹凸凸，滿是疙瘩。賣餅老者道：「大爺，買餅麼？一文錢一個。」拿起鐵鉗，從烘爐中挾了個熱烘烘的燒餅出來，放在白木板上。那高個兒又是一聲冷笑，說道：「拿來！」伸出左手。那老者瞇着眼睛道：「是！」拿起那個新焙的燒餅，放在他掌中。

那高個兒雙眉豎起，大聲怒道：「到這當兒，你還在消遣大爺！」將燒餅劈面向老者擲去。賣餅老者緩緩將頭一側，燒餅從他臉畔擦過，拍的一聲響，落在路邊的一條泥溝之旁。

高個兒擲出燒餅，隨即從腰間撤出一對雙鈎，鈎頭映着夕陽，藍印印地寒氣逼人，說道：「到這時候還不拿出來？姓吳的，你到底識不識時務？」賣餅老者道：「大爺認錯人啦，老漢姓王。賣餅王老漢，侯監集上人人認得。」高個兒冷笑道：「他奶奶的！我們早查得清清楚楚，你喬裝改扮，躲得了一年半載，可躲不得一輩子。」

賣餅老者瞇着眼睛，慢條斯理的說道：「素聞金刀寨安寨主刦富濟貧，江湖上提起來，都是翹起大拇指，說一聲：『俠盜！』怎麼派出來的小嘍囉，卻向賣燒餅的窮老漢打起主意來啦？」他說話似乎有氣無力，這幾句話卻說得清清楚楚。

高個兒怒喝：「吳道通，你是決計不交出來的啦？」賣餅老者臉色微變，左頰上的肌肉牽動了幾下，隨即又是一副懶洋洋的神氣，說道：「你既知道吳某的名字，對我仍然這般無禮，未免太大膽了些罷？」那高個兒罵道：「你老子膽大膽小，你到今天才知嗎？」左鈎一起，一招「手到擒來」，疾向吳道通左肩鈎落。

吳道通向右畧閃，高個兒鋼鈎落空，左腕隨即內勾，鋼鈎拖回，便向吳道通後心鈎到。吳道通矮身避開，跟着右足踢出，卻是踢在那座炭火燒得正旺的烘爐之上。滿爐紅炭斗地向那高個兒身上飛去，同時一鑊炸油條的熟油也猛向他頭頂澆落。

那高個兒吃了一驚，急忙後躍，避開了紅炭，卻避不開滿鑊熱油，「啊喲」一聲，滿鍋熱油已潑在他雙腿之上，只痛得他哇哇怪叫。

吳道通雙足力登，沖天躍起，已縱到了對面屋頂，手中兀自抓着那把烤燒餅的鐵鉗。猛地裏青光閃動，一柄單刀迎頭劈來，吳道通舉鐵鉗擋去，噹的一聲響，火光四濺。他那鐵鉗雖是黑黝黝地毫不起眼，其實乃純鋼所鑄，竟將單刀擋了回去，便在此時，左側一根短槍、右側雙刀同時攻到。原來四周屋頂上都已布滿了人。吳道通哼了一聲，叫道：「好不要臉，以多取勝麼？」身形一長，雙手分執鐵鉗兩股，左擋短槍，右架雙刀，竟將鐵鉗拆了開來，變成了一對判官筆。原來他這烤燒餅的鐵鉗，是一對判官筆所合成。

吳道通雙筆使開，招招取人穴道，以一敵三，仍然佔到上風。他一聲猛喝：「着！」使短槍的「啊」的一聲，左腿中筆，骨溜溜的從屋簷上滾了下去。

西北角屋面上站着一名矮瘦老者，雙手叉在腰間，冷冷的瞧着三人相鬥。

白光閃動之中，使單刀的忽被吳道通右脚踹中，一個觔斗翻落街中。那使雙刀的怯意陡生，兩把刀使得如同一團雪花相似，護在身前，只守不攻。

那矮瘦老者慢慢踱將過來，越走越近，右手食指陡地戳出，逕取吳道通左眼。這一招迅捷無比，吳道通急忙回筆打他手指。那老者手指畧歪，避過鐵筆，改戳他咽喉。吳道通筆勢已老，無法變招，只得退了一步。

那老者跟着上前一步，右手又是一指伸出，點向他小腹。吳道通右筆反轉，砸向敵人頭頂。那老者向前直衝，幾欲撲入吳道通的懷裏，便這麼一衝，已將他一筆避過，同時雙手齊出，向他胸口抓去。吳道通大驚之下，急向後退，嗤的一聲，胸口已被他抓下一長條衣服。吳道通百忙中也不及察看是否已經受傷，雙臂合攏，倒轉鐵筆，一招「環抱六合」，雙筆筆柄向那老者兩邊太陽穴中砸去。

那老者不閃不架，又是向前一衝，雙掌紮紮實實的擊在對方胸口。喀喇喇的一聲響，也不知斷了多少根肋骨，吳道通從屋頂上一交翻跌下去。

那高個兒兩條大腿被熱油炙得全是火泡，早在暴跳如雷，只是雙腿受了重傷，無法縱上屋頂和敵人拚命，又知那矮瘦老者周牧高傲自負，他既已出手，就不喜旁人來相助，是以只仰着脖子，觀看二人相鬥。眼見吳道通從屋頂摔下，那高個兒大喜，急躍而前，雙鈎扎落，刺入吳道通的肚腹。他得意之極，仰起頭來縱聲長笑。

周牧急叫：「留下活口！」但終於慢了一步，雙鈎已然入腹。

突然間那高個兒大叫：「啊……」踉踉蹌蹌倒退幾步，只見他胸口插了兩隻鐵筆，自前胸直透至後背，鮮血從四個傷口中直湧出來，身子幌了幾幌，便即摔倒。吳道通臨死時奮力一擊，那高個兒猝不及防，竟被雙筆插中要害。金刀寨夥伴忙伸手扶起，卻已氣絕。

周牧不去理會那高個兒的生死，嘴角邊露出鄙夷之色，抓起吳道通的身子，見也已停了呼吸。他眉頭微皺，喝道：「剝了他衣服，細細搜查。」

四名下屬應道：「是！」立即剝去吳道通的衣衫。只見他背上長衣之下負着一個包裹。兩名黑衣漢子迅速打開包裹，但見包中有包，一層層的裹着油布，每打開一層，周牧臉上的喜意便多了一分。一共解開了十來層油布，包裹越來越小，周牧臉色漸漸沮喪，眼見最後已成爲一個三寸許見方、兩寸來厚的小包，當即挾手攫過，捏了一捏，怒道：「他奶奶的！騙人的玩意，不用看了！快到屋裏搜去。」

十餘名黑衣漢子應聲入內。燒餅店前後不過兩間房，十幾人擠在裏面，乒乒乓乓、嗆啷嗆啷，店裏的碗碟、床板、桌椅、衣物一件件給摔了出來。

周牧只是叫：「細細的搜，甚麼地方都別漏過了！」

鬧了半天，已黑沉沉地難以見物，衆漢子點起火把，將燒餅店牆壁、灶頭也都拆爛了。

嗆啷一聲響，一隻瓦缸摔入了街心，跌成碎片，缸中麵粉四散得滿地都是。

暮靄蒼茫中，一隻污穢的小手從街角邊偷偷伸過來，抓起水溝旁那燒餅，慢慢縮手。

那是個十二三歲的小叫化子。他已餓了一整天，有氣沒力的坐在牆角邊。那高個兒接過吳道通遞來的燒餅，擲在水溝之旁，小丐的一雙眼睛便始終沒離開過這燒餅。他早想去拿來吃了，但見到街上那些凶神惡煞般的漢子，卻嚇得絲毫不敢動彈。那雜貨鋪夥計的死屍便躺在燒餅之旁。後來，吳道通和那高個兒的兩具屍首，也躺在燒餅不遠的地方。

直到天色黑了，火把的亮光照不到水溝邊，那小丐終於鼓起勇氣，抓起了燒餅。他飢火中燒，顧不得餅上沾了臭水爛泥，輕輕咬了一口，含在口裏，卻不敢咀嚼，生恐咀嚼的微聲給那些手執刀劍的漢子們聽見了。口中銜着一塊燒餅，雖未吞下，肚裏似乎已舒服得多。

這時衆漢子已將燒餅鋪中搜了個天翻地覆，連地下的磚頭也已一塊塊挖起來查過。周牧見再也查不到甚麼，喝道：「收隊！」

唿哨聲連作，跟着馬蹄聲響起，金刀寨盜夥一批批出了侯監集。兩名盜夥抬起那高個兒的屍身，橫放馬鞍之上，片刻間走了個乾乾淨淨。

直等馬蹄聲全然消逝，侯監集上才有些輕微人聲。但鎮人怕羣盜去而復回，誰也不敢大聲說話。雜貨鋪掌櫃和另一個夥計抬了夥伴的屍身入店，急忙上了門板，再也不敢出來。但聽得東邊劈劈拍拍，西邊咿咿呀呀，不是上排門，便是關門，過不多時，街上再無人影，亦無半點聲息。

那小丐見吳道通的屍身兀自橫臥在地，沒人理睬，心下有些害怕，輕輕嚼了幾口，將一小塊燒餅咽下，正待再咬，忽見吳道通的屍身一動。那小丐大吃一驚，揉了揉眼睛，卻見那死屍慢慢坐了起來。小丐嚇得呆了，心中怦怦亂跳，但見那死屍雙腿一挺，竟然站起身來。答答兩聲輕響，那小丐牙齒相擊。

死屍回過頭來，幸好那小丐縮在牆角之後，死屍見他不到。這時冷月斜照，小丐卻瞧得清清楚楚，但見那死屍嘴角邊流下一道鮮血，兩根鋼鈎兀自插在他的腹中，小丐死命咬住牙齒，不使發出聲響。

只見那死屍彎下雙腿，伸手在地下摸索，摸到一個燒餅，揑了一揑，雙手撕開，隨即拋下，又摸到一個燒餅，撕開來卻又拋去。小丐只嚇得一顆心幾乎要從口腔中跳將出來，只見那死屍不住在地下摸索，摸到任何雜物，都不理會，一摸到燒餅，便撕開拋去，一面摸，一面走近水溝。羣盜搜索燒餅鋪時，將木板上二十來個燒餅都掃在地下，這時那死屍拾起來一個個撕開，卻又不吃，撕成兩半，便往地下一丟。

小丐眼見那死屍一步步移近牆角，大駭之下，只想發足奔逃，可是全身嚇得軟了。一雙脚那裏提得起來？那死屍行動遲緩，撕破這二十來個燒餅，足足花了一柱香時光。他在地下再也摸不到燒餅，緩緩轉頭，似在四處找尋。小丐轉過頭來，不敢瞧他，突然間嚇得魂飛魄散。原來他身子雖然躲在牆角之後，但月光從身後照來，將他蓬頭散髮的影子映在那死屍脚旁。小丐見那死屍的脚又是一動，大叫一聲，發足便跑。

那死屍嘶啞着嗓子叫道：「燒餅！燒餅！」騰騰騰的追來。

小丐在地下一絆，摔了個觔斗。那死屍彎腰伸手，便來按他背心。小丐一個打滾，避在一旁，發足又奔。那死屍一時站不直身子，支撐了一會這才站起，他脚長步大，雖然行路蹣跚，搖搖擺擺的如醉漢一般，只十幾步，便追到了小丐身後，一把抓住他後頸，提了起來。

只聽得那死屍問道：「你……你偷了我的燒餅？」在這當口，小丐如何還敢抵賴，只得點了點頭。那死屍又問：「你……你已經吃了？」小丐又點了點頭。那死屍右手伸出，嗤的一聲，扯破小丐的衣衫，露出胸口和肚腹的肌膚。那死屍道：「割開你的肚子，挖出來！」小丐直嚇得魄不附體，顫聲道：「我……我……我只咬了一口。」

原來吳道通給周牧雙掌擊中胸口，又給那高個兒雙鈎揷中肚腹，一時閉氣暈死，過得良久，卻又悠悠醒轉。肚腹雖是要害，但縱然受到重傷，一時卻不便死，他心中念念不忘的只是那一件物事，一經醒轉，發覺金刀寨人馬已然離去，竟顧不得胸腹的重傷，先要尋回藏在燒餅中的物事。

他扮作個賣餅老人，在侯監集隱居。一住三載，倒也平安無事，但設法想見那物的原主，卻也始終找尋不到。待聽得唿哨聲響，二百餘騎四下合圍，他雖不知這羣盜夥定是衝着自己而來，終究覺察到局面凶險，倉卒間無處可以隱藏，當即將那物放在燒餅之中。那高個兒一現身，伸手說道：「拿來！」吳道通行一着險棋，索性便將這燒餅放入他手中，果然不出所料，那高個兒大怒之下，便將燒餅擲去。

吳道通重傷之後醒轉，自認不出是那個燒餅之中藏有那物，一個個撕開來找尋，全無影蹤，最後終於抓着那個小丐。他想這小叫化餓得狠了，多半是連餅帶物一齊吞入腹中，當下便要剖開他肚子來取物。一時尋不到利刃，他咬一咬牙，伸手拔下自己肚上一根鋼鈎，倒轉鈎頭，便往小丐肚上劃去。

鋼鈎拔離肚腹，猛覺得一陣劇痛，傷口血如泉湧，鈎頭雖已碰到小丐的肚子，但左手突然間沒了力氣，五指鬆開，小丐身子落地，吳道通右手鋼鈎向前送出，卻刺了個空。吳道通仰天摔倒，雙足挺了幾下，這才眞的死了。

那小丐摔在他身上，拚命掙扎着爬起，轉身狂奔。剛才嚇得實在厲害，只奔出幾步，腿膝酸軟，翻了個觔斗，就此暈了過去，右手卻兀自牢牢的抓着那個只咬過一口的燒餅。

淡淡的月光照上吳道通的屍身，慢慢移到那小丐身上，東南角上又隱隱傳來馬蹄之聲。

這一次的蹄聲來得好快，剛只聽到聲響，倏忽間已到了近處。侯監集的居民已成驚弓之鳥，靜夜中又聽到馬蹄聲，不自禁的膽戰心驚，躲在被窩中只發抖。但這次來的只兩匹馬，也沒唿哨之聲。

這兩匹馬形相甚奇。一匹自頭至尾都是黑毛，四蹄卻是白色，那是「烏雲蓋雪」的名駒；另一匹四蹄卻是黑色，通體雪白，馬譜中稱爲「墨蹄玉兔」，中土尤爲罕見。

白馬上騎着的是個白衣女子，若不是鬢邊戴了朵紅花，腰間又繫着一條猩紅飄帶，幾乎便如服喪，紅帶上掛了一柄白鞘長劍。黑馬乘客是個中年男子，一身黑衫，腰間繫着的長劍也是黑色的劍鞘。兩乘馬並肩疾馳而來。

頃刻間兩人都看到了吳道通的屍首以及滿地損毀的傢生雜物，同聲驚噫：「咦！」

黑衫男子馬鞭揮出，捲在吳道通屍身頸項之中，拉起數尺，月光便照在屍身臉上。那女子道：「是吳道通！看來安金刀已得手了。」那男子馬鞭一振，將屍身擲在道旁，道：「吳道通死去不久，傷口血迹未凝，趕得上！」那女子點了點頭。

兩匹馬並肩向西馳去。八隻鐵蹄落在青石板上，蹄聲答答，竟如一匹馬奔馳一般。兩匹馬前蹄後蹄都是同起同落，整齊之極，也是美觀之極，不論是誰見了，都想得到這兩匹馬曾同受長期操練，是以奮蹄急馳之際，也是絕無參差。

兩匹馬越跑越快，一掠過汴梁城郊，道路狹窄，便不能雙騎並騎。那女子微一勒馬，讓那男子先行。那男子側頭一笑，縱馬而前，那女子跟隨在後。

兩匹駿馬脚力非凡，按照吳道通死去的情狀推想，這當兒已該當趕上金刀寨人馬，但始終影蹤毫無。他們不知吳道通雖氣絕不久，金刀寨的人衆卻早去得遠了。

馬不停蹄的趕了一個多時辰。二人下馬讓坐騎稍歇，上馬又行，將到天明時分，驀見遠處曠野中有幾個火頭升起。兩人相視一笑，同時飛身下馬。那女子接過那男子手中馬韁，將兩匹馬都繫在一株大樹的樹幹上。兩人展開輕身功失，向火頭奔去。

這些火頭在平野之間看來似乎不遠，其實相距有數里之遙。兩人在草地上便如一陣風般滑行過去。將到臨近，只見一大羣人分別圍着十幾堆火，隱隱聽得稀裏呼嚕之聲此起彼應，衆人捧着碗在吃麵。兩人本想先行窺探，但平野之地無可藏身，離這羣人約十數丈，便放慢了脚步，並肩走近。

人羣中有人喝問：「甚麼人？幹甚麼的？」

那男子踏上一步，抱拳笑道：「安寨主不在麼？是那一位朋友在這裏？」

那矮老者周牧一抬眼，火光照耀下見來人一男一女，一黑一白，並肩而立。兩人都是中年，男的丰神俊朗，女的文秀清雅，衣衫飄飄，腰間都掛着一柄長劍。

周牧心中一凜，隨即想起兩個人來，一挺腰站了起來，抱拳說道：「原來是江南玄素莊石莊主夫婦大駕光臨！」跟着大聲喝道：「衆弟兄，快起來行禮，這兩位是威震大江南北的石莊主夫婦。」一衆漢子轟然站起，微微躬身。周牧心下嘀咕：「石淸、閔柔夫婦跟我們金刀寨可沒糾葛樑子，大淸早找將上來，不知想幹甚麼，難道也爲了這件物事？」遊目往四下裏一瞧，一望平野，更無旁人，心想：「雖然聽說他夫婦劍術了得，終究好漢敵不過人多，又怕他何來？」

石夫人閔柔輕聲說道：「師哥，這位是鷹爪門的周牧周老爺子。」她話聲雖低，周牧卻也聽見了，不禁微感得意：「冰雪神劍居然還知道我的名頭。」忙接口道：「不敢，金刀寨周牧拜見石莊主、石夫人。」說着又彎了彎腰。

石清向着衆盜夥微笑道：「衆位朋友正用早膳，這可打擾了，請坐，請坐。」轉頭對周牧道：「周朋友不必客氣，愚夫婦和貴門『一飛沖天』莊震中莊兄曾有數面之緣，說起來大家也都不是外人。」

周牧道：「『一飛沖天』是在下師叔。」暗道：「你年紀比我小着一大截，卻稱我莊師叔爲莊兄，那不是明明以長輩自居嗎？」想到此節，更覺對方此來只怕不懷好意，心下更多了一層戒備。武林中於「輩份」兩字看得甚重，晚輩遇上了長輩固然必須恭敬，而長輩吩咐下來，晚輩也輕易不得違拗，否則給人說一聲以下犯上，先就理虧。

石清見他臉色微微一沉，已知其意，笑道：「這可得罪了！當年嵩山一會，曾聽莊兄說起貴門武功，愚夫婦佩服得緊。我忝在世交，有個不情之請，周世兄莫怪。」他一改口稱之爲「周世兄」，更是以長輩自居了。

周牧道：「倘若是在下自已的事，衝着兩位的金面，只要力所能及，兩位吩咐下來，自是無有不遵。但若是敝寨的事，在下職位低微，那可做不得主了。」

石清心道：「這人老辣得緊，沒聽我說甚麼，先來推個乾乾淨淨。」說道：「那跟貴寨毫無干係。我要向周世兄打聽一件事。愚夫婦追尋一個人，此人姓吳名道通，兵器使的是一對判官筆，身材甚高，聽說近年來扮成了個老頭兒，隱姓埋名，潛居在汴梁附近。不知周世兄可曾聽到過他的訊息嗎？」

他一說出吳道通的名字，金刀寨人衆登時聳動，有些立時放下了手中捧着的麵碗。

周牧心想：「你從東而來，當然已見到了吳道通的屍身，我若不說，反而顯得不夠光棍了。」當即打個哈哈，說道：「那當眞好極了，石莊主、石夫人，說來也是眞巧，姓周的雖然武藝低微，卻碰上給賢夫婦立了一場功勞。這吳道通得罪了賢夫婦，我們金刀寨已將他料理啦。」說這幾句話時，雙目凝視着石清的臉，瞧他是喜是怒。

石清又是微微一笑，說道：「這吳道通跟我們素不相識，說不上得罪了愚夫婦甚麼。我們追尋此人，說來倒教周世兄見笑，是爲了此人所携帶的一件物事。」

周牧臉上肌肉牽動了幾下，隨即鎭定，笑道：「賢夫婦消息也眞靈通，這個訊息嘛，我們金刀寨也聽到了。不瞞石莊主說，在下這番帶了這些兄弟們出來，也就是爲了這件物事。唉，不知是那一個狗雜種造的謠，卻累得雙筆吳道通枉送了性命。我們二百多人空走一趟，那也罷了，只怕安大哥還要怪在下辦事不力呢。江湖上向來謠言滿天飛，倘若以爲那件物事眞是金刀寨得了，都向我們打起主意來，這可不寃麼？張兄弟，咱們怎麼打死那姓吳的，怎樣搜查那間燒餅鋪，你詳詳細細的禀告石莊主、石夫人兩位。」

一個短小精悍的漢子說道：「那姓吳的武功甚是了得，我們李大元李頭領的性命送在他的手下。後來周頭領出手，雙掌將那姓吳的震下屋頂，當時便將他震得全身筋折骨斷，五臟粉碎……」此人口齒極是靈便，加油添醬，將衆盜夥如何撬開燒餅鋪地下的磚頭、如何翻倒麵缸、如何拆牆翻炕，說了一大篇，可便是畧去了周牧取去吳道通背上包裹一節。

石清點了點頭，心道：「這周牧一見我們，始終是全神戒備，惴惴不安。玄素莊和金刀寨向無過節，若不是他已得到了那物事，又何必對我們夫婦如此提防？」他知這夥人得不到此物便罷，若是得了去，定是在周牧身邊，一瞥之間，但見金刀寨二百餘人個個壯健剽悍，雖無一流好手，究竟人多難鬥。適才周牧言語說得客氣，其中所含的骨頭着實不少，全無友善之意，自也是恃了人多勢衆，當下臉上仍是微微含笑，手指左首遠處樹林，說道：「我有一句話，要單獨和周世兄商量，請借一步到那邊林中說話。」

周牧怎肯落單，立即道：「我們這裏都是好兄弟、好朋友，無事不可……」下面「對人言」三字尚未出口，突覺左腕一緊，已被石清伸手握住，跟着半身酸麻，右手也已毫無勁力。周牧又驚又怒，自從石清、閔柔夫婦現身，他便凝神應接，不敢有絲毫怠忽，那知石清說動手便動手，竟然捷如閃電的抓住了自己的手腕。這等擒拿手法本是他鷹爪門的拿手本領，不料一招未交，便落入對方手中，急欲運力掙扎，但身上力氣竟已無影無蹤，知道要穴已爲對方所制，霎時間額頭便冒出了汗珠。

石清朗聲說道：「周世兄既允過去說話，那最好也沒有了。」回頭向閔柔道：「師妹，我和周世兄過去說句話兒，片刻即回，請師妹在此稍候。」說着緩步而行。閔柔斯斯文文的道：「師哥請便。」他兩人雖是夫婦，卻是師兄妹相稱。

金刀寨衆人見石清笑嘻嘻地與周牧同行，似無惡意，他夫人又留在當地，誰也想不到周牧如此武功，竟會不聲不響的被人挾持而去。

石清抓着周牧手腕，越行越快，周牧只要脚下稍慢，立時便會摔倒，只得拚命奔跑。從火堆到樹林約有里許，兩人倏忽間便穿入了林中。

石清放脫了他手腕，笑道：「周世兄……」周牧怒道：「你這是幹甚麼？」右手成抓，一招「搏獅手」，便往石清胸口狠抓下去。

石清左手自右而左劃了過來，在他手腕上輕輕一帶，已將他手臂帶向左方，一把抓攏，竟是一手將他兩隻手腕都反抓在背後。周牧驚怒之下，右足向後力踹。

石清笑道：「周世兄又何必動怒？」周牧只覺右腿「伏兔」「環跳」兩處穴道中一痲，踹出的一脚力道尚未使出，已軟軟的垂了下來。這一來，他只有一隻左脚着地，若是再向後踹，身子便非向前俯跌不可，不由得滿臉脹得通紅，怒道：「你……你……你……」

石清道：「吳道通身上的物事，周世兄既已取到，我想借來一觀。請取出來罷！」周牧道：「那東西是有的，卻不在我身邊。你既要看，咱們回到那邊去便了。」他想騙石清回到火堆之旁，那時一聲號令，衆人羣起而攻，石清夫婦武功再強，也難免寡不敵衆。

石清笑道：「我可信不過，卻要在周世兄身邊搜搜！得罪莫怪。」

周牧怒道：「你要搜我？當我是甚麼人了？」

石清不答，一伸手便除下了他左脚的皮靴。周牧「啊」的一聲，只見他已從靴筒中取了一個小包出來，正是得自吳道通身上之物。周牧又驚又怒，又是詫異：「這……這……他怎地知道？難到是見到我藏進去的？」其實石清一說要搜，便見他目光自然而然的向左脚一瞥，眼光隨即轉開，望向遠處，猜想此物定是藏在他左足的靴內，果然一搜便着。

石清心想：「適才那人敍述大搜燒餅鋪的情景，顯非虛假，而此物卻在你身上搜出，當然是你意圖瞞過衆人，私下吞沒。」左手三指在那小包外揑了幾下，臉色微變。

周牧急得脹紅了臉，一時拿不定主意是否便要呼叫求援。石清冷冷的道：「你背叛安寨主，寧願將此事當衆抖將出來，受那斬斷十指的刑罰麼？」周牧大驚，情不自禁的顫聲道：「你……你怎麼知道？」石清道：「我自然知道。」鬆指放開了他雙手，說道：「安金刀何等精明，你連我也瞞不過，又豈能瞞得過他？」

便在此時，只聽得擦擦擦幾下脚步聲輕響，有人到了林外。一個粗豪的聲音哈哈大笑，朗聲說道：「多承石莊主誇獎，安某這裏謝過了。」話聲方罷，三個人闖進林來。

周牧一見，登時面如土色。這三人正是金刀寨的大寨主安奉日、二寨主馮振武、三寨主元澄道人。周牧奉命出來追尋吳道通之時，安寨主並未說到派人前來接應，不知如何，竟然親自下寨。周牧心想自己吞沒此物的圖謀固然已成畫餅，而且身敗名裂，說不定性命也是難保，情急之下，忙道：「安大哥，那……那……東西給他搶去了。」

安奉日拱手向石清行禮，說道：「石莊主名揚天下，安某仰慕得緊，一直無緣親近。敝寨便在左近，便請石莊主和夫人同去盤桓數日，使兄弟得以敬聆教訓。」

石清見安奉日環眼虬髯，身材矮壯，一副粗豪的神色，豈知說話卻甚是得體，一句不提自己搶去物事，卻邀請前赴金刀寨盤桓。可是這一上寨去，那裏還能輕易脫身？拱手還禮之後，順手便要將那小包揣入懷中，笑道：「多謝安寨主盛情……」

突然間青光閃動，元澄道人長劍出鞘，劍尖刺向石清手腕，喝道：「先放下此物！」

這一下來得好快，豈知他快石清更快，身子一側，已欺到了元澄道人身旁，隨手將那小包遞出，放入他左手，笑道：「給你！」元澄道人大喜，不及細想他用意，便即拿住，不料右腕一麻，手中長劍已被對方奪去。

石清倒轉長劍，斫向元澄左腕，喝道：「先放下此物！」元澄大吃一驚，眼見寒光閃閃，劍鋒離左腕不及五寸，縮手退避，均已不及，只得反掌將那小包擲了回去。

馮振武叫道：「好俊功夫！」不等石清伸手去接小包，展開單刀，着地滾去，逕向他腿上砍去。石清長劍嗤的一聲刺落，這一招後發先至，馮振武單刀尚未砍到他右腿，他長劍其勢便要將馮振武的腦袋釘在地下。

安奉日見情勢危急，大叫：「劍下……」石清長劍繼續前刺，馮振武心中一涼，閉目待死，只覺頰上微微一痛，石清的長劍卻不再刺下，原來他劍下留情，劍尖碰到了馮振武的面頰，立刻收勢，其間方位、力道，竟是半分也相差不得。跟着聽得搭的一聲輕響，石清長劍拍回小包，伸手接住，安奉日那「留情」兩字這才出口。

石清收回長劍，說道：「得罪！」退開了兩步。

馮振武站起身來，倒提單刀，滿臉愧色，退到了安奉日身後，口中喃喃說了兩句，不知是謝石清劍下留情，還是罵他出手狠辣，那只有自己知道了。

安奉日伸手解開胸口銅扣，將單刀從背後取下，拔刀出鞘。其時朝陽初升，日光從林間空隙照射進來，金刀映日，閃閃耀眼，厚背薄刃，果然好一口利器！安奉日金刀一立，說道：「石莊主技藝驚人，佩服，佩服，兄弟要討教幾招！」

石清笑道：「今日得會高賢，幸也何如！」一揚手，將那小包擲了出去。四人一怔之間，只聽得颼的一聲，石清手中奪自元澄道人的長劍跟着擲出，那小包剛撞上對面樹幹，長劍已然趕上，將小包釘入樹中。劍鋒只穿過小包一角，卻不損及包中物事，手法之快，運勁之巧，實不亞於適才連敗元澄道人、馮振武的那兩招。

四人的眼光從樹幹再回到石清身上時，只見他手中已多了一柄通體墨黑的長劍，只聽他說道：「墨劍會金刀，點到爲止。是誰佔先一招半式，便得此物如何？」

安奉日見他居然將已得之物釘在樹上，再以比武較量來決定此物誰屬，絲毫不佔便宜，心下好生佩服，說道：「石莊主請！」他早就聽說玄素莊石清、閔柔夫婦劍術精絕，適才見他制服元澄道人和馮振武，當眞名下無虛，心中絲毫不敢托大，刷刷刷三刀，盡是虛劈。

石清劍尖向地，全身紋風不動，說道：「進招罷！」

安奉日這才揮刀斜劈，招式未老，已然倒翻上來。他一出手便是生平絕技七十二路「劈卦刀」，招中藏套，套中含式，變化多端。石清使開墨劍，初時見招破招，守得甚是嚴謹，三十餘招後，一聲清嘯，陡地展開搶攻，那便一劍快似一劍。安奉日接了三十餘招後，已全然看不清對方劍勢來路，心中暗暗驚慌，只有舞刀護住要害。

兩人拆了七十招，刀劍始終不交，忽聽得叮的一聲輕響，墨劍的劍鋒已貼住了刀背，順勢滑了下去。這一招「順流而下」，原是以劍破刀的尋常招數，若是對手武功稍遜，安奉日只須刀身向外掠出，立時便將來劍盪開。但石清的墨劍來勢奇快，安奉日翻刀欲盪，劍鋒已涼颼颼的碰到了他的食指。安奉日大驚：「我四根手指不保！」便欲撒刀後退，也已不及。心念電轉之際，石清長劍竟然硬生生的收住，非但不同前削，反而向後挪了數寸。安奉日知他手下容情，此際欲不撒刀，也可不得，只得鬆手放開了刀柄。

那知墨劍一翻，轉到了刀下，卻將金刀托住，不令落地，只聽石清說道：「你我勢均力敵，難分勝敗。」墨劍微微一震，金刀躍將起來。

安奉日心中好生感激，五指又握緊了刀柄，知他取勝之後，尚自給自己保存顏面，忙舉刀一立，恭恭敬敬行了一禮，正是「劈卦刀」的收刀勢「南海禮佛」。

他這一招使出，心下更驚，不由得臉上變色，原來他一招一式的使將下來，此時剛好將七十二路「劈卦刀」刀法使完，顯是對方於自己這門拿手絕技知之已稔，直等自己的刀法使到第七十一路上，這才將自己制住，倘若他一上來便即搶攻，自己能否擋得住他十招八招，也是殊無把握。

安奉日正想說幾句感謝的言語，石清還劍入鞘，抱拳說道：「姓石的交了安寨主這個朋友，咱們不用再比。何時路過敝莊，務請來盤桓幾日。」安奉日臉色慘然，道：「自當過來拜訪。」縱身近樹，拔起元澄道人的長劍，接住小包，將一刀一劍都揷在地下，雙手捧了那小包，走到石清身前，說道：「石莊主請取去罷！」這件要物他雖得而復失，但石清顧全自己面子，保全了自己四根手指，卻也十分承他的情。

不料石清雙手一拱，說道：「後會有期！」轉身便走。

安奉日叫道：「石莊主請留步。莊主顧全安某顏面，安某豈有不知？安某明明是大敗虧輸，此物務請石莊主取去，否則豈不是將安某當作不識好歹的無賴小人了。」石清微笑道：

「安寨主，今日比武，勝敗未分。安寨主的青龍刀、攔路斷門刀等等精妙刀法都尚未施展，怎能便說輸了?再說，這個小包中並無那物在內，只怕周世兄是上了人家的當。」

安奉日一怔，說道：「並無那物在內？」急忙打開小包，拆了一層又一層，拆了五層之後，只見包內有三個銅錢，凝神再看，外圓內方，其形扁薄，卻不是三枚制錢是甚麼？一怔之下，不由得驚怒交集，當下強自抑制，轉頭向周牧道：「周兄弟，這……這到底開甚麼玩笑？」周牧囁嚅道：「我……我也不知道啊。在那吳道通身上，便只搜到這個小包。」

安奉日心下雪亮，情知吳道通不是將那物藏在隱秘異常之處，便是已交給了旁人，此番不但空卻跋涉，反而大損金刀寨的威風，當下將紙包往地下一擲，向石清道：「倒教石莊主見笑了，卻不知石莊主何由得知？」

石清適才奪到那個小包之時，隨手一捏，便已察覺是三枚圓形之物，雖不知定是銅錢，卻已確定絕非心目中欲取的物件，微笑道：「在下也只胡亂猜測而已。咱們同是受人之愚，盼安寨主大量包涵。」一抱拳，轉身向馮振武、元澄道人、周牧拱了拱手，快步出林。

石清走到火堆之旁，向閔柔道：「師妹，走罷！」兩人上了坐騎，又向來路回去。

閔柔看了丈夫的臉色，不用多問，便知此事沒有成功，心中一酸，不由得淚水一滴滴的落上衣襟。石清道：「金刀寨也上了當。咱們再到吳道通屍身上去搜搜，說不定金刀寨的朋友們漏了眼。」閔柔明知無望，卻不違拗丈夫之意，哽咽道：「是。」

黑白雙駒腳力快極，沒到晌午時分，又已到了侯監集上。

鎮民驚魂未定，沒一家店鋪開門。羣盜殺人搶刦之事，已由地方保甲向汴梁官衙稟報，官老爺還在調兵遣將，不敢便來，顯是打着「遲來一刻便多一分平安」的主意。

石清夫婦縱馬來到吳道通屍身之旁，見牆角邊坐着個十二、三歲的小丐，此外四下裏更無旁人。石清當即在吳道通身上細細搜尋，連他髮髻也拆散了，鞋襪也除了來看過。閔柔則到燒餅鋪去再查了一次。

兩夫婦相對黯然，同時歎了口氣。閔柔道：「師哥，看來此仇已注定難報。這幾日來也眞累了你啦。咱們到汴梁城中散散心，看幾齣戲文，聽幾場鼓兒書。」石清知道妻子素來愛靜，不喜觀劇聽曲，到汴梁散散心云云，那全是體貼自己，便說道：「也好，既然來到了河南，總得到汴梁逛逛。聽說汴梁的銀匠是高手，去揀幾件首飾也是好的。」閔柔素以美色馳名武林，本來就喜愛打扮，人近中年，對容止修飾更加注重。她悽然一笑，說道：「自從堅兒死後，這十三年來你給我買的首飾，足夠開一家珠寶鋪子啦！」

她說到「自從堅兒死後」一句話，淚水又已涔涔而下，一瞥眼間，只見那小丐坐在牆角邊，猥猥崽崽，汚穢不堪，不禁起了憐意，問道：「你媽媽呢？怎麼做叫化子了？」小丐道：「我……我……我媽媽不見了。」閔柔歎了口氣，從懷中摸出一小錠銀子，擲在他脚邊，說道：「買餅兒去吃罷！」提韁便行，回頭問道：「孩子，你叫甚麼名字？」

那小丐道：「我……我叫『狗雜種』！」

閔柔一怔，心想：「怎會叫這樣的名字？」石清搖了搖頭，道：「是個白痴！」閔柔道：「是，怪可憐見兒的。」兩人縱馬向汴梁城馳去。

那小丐自給吳道通的死屍嚇得暈了過去，直到天明才醒，這一下驚嚇實在厲害，睜眼見到吳道通的屍體血肉模糊的躺在自己身畔，竟不敢起身逃開，迷迷糊糊的醒了又睡，睡了又醒。石清到來之時，他神智已然清醒，正想離去，卻見石清翻弄屍體，又嚇得不敢動了，沒想到那個美麗女子竟會給自己一錠銀子。他心道：「餅兒麼？我自己也有。」

他提起右手，手中兀自抓着那咬過一口的燒餅，驚慌之心漸去，登感飢餓難忍，張口往燒餅上用力咬下，只聽得卜的一聲響，上下門牙大痛，似是咬到了鐵石。那小丐一拉燒餅，口中已多了一物，忙吐在左手掌中，見是黑黝黝的一塊鐵片。

那小丐看了一眼，也不去細想燒餅中何以會有鐵片，也來不及拋去，見餅中再無異物，當即大嚼起來，一個燒餅頃刻即盡。他眼光轉到吳道通屍體旁那十幾枚撕破的燒餅上，尋思：「給鬼撕過的餅子，不知吃不吃得？」

正打不定主意，忽聽得頭頂有人叫道：「四面圍住了！」那小丐一驚，抬起頭來，只見屋頂上站着三個身穿白袍的男子，跟着身後颼颼幾聲，有人縱近。小丐轉過身來，但見四名白袍人手中各持長劍，分從左右掩將過來。

驀地裏馬蹄聲響，一人飛騎而至，大聲叫道：「是雪山派的好朋友麼？來到河南，恕安某未曾遠迎。」頃刻間一匹黃馬直衝到身前，馬上騎着個虬髯矮胖子，也不勒馬，突然躍下鞍來。那黃馬斜刺裏奔了出去，兜了個圈子，便遠遠站住，顯是教熟了的。

屋頂上的三名白袍男子同時縱下地來，都是手按劍柄。一個四十來歲的魁梧漢子說道：

「是金刀安寨主嗎？幸會，幸會！」一面說，一面向站在安奉日身後的白袍人連使眼色。

原來安奉日爲石清所敗，甚是沮喪，但跟着便想：「石莊主夫婦又去侯監集幹甚麼？是了，周四弟上了當，沒取到眞物，他夫婦定是又去尋找。我是他手下敗將，他若取到，我只有眼睜睜的瞧着。但若他尋找不到，我們難道便不能再找一次，碰碰運氣？此物倘若眞是曾在吳道通手中，他定是藏在隱秘萬分之所，搜十次搜不到，再搜第十一次又有何妨？」當即跨黃馬追趕上來。

他坐騎脚力遠不及石氏夫婦的黑白雙駒，又不敢過份逼近，是以直至石清、閔柔細搜過吳道通的屍身與燒餅鋪後離去，這才趕到侯監集。他來到鎭口，遠遠瞧見屋頂有人，三個人都是身穿白衣，背懸長劍，這般裝束打扮，除了藏邊的雪山派弟子外更無旁人，馳馬稍近，更見三人全神貫注，如臨大敵。他還道這三人要去偷襲石氏夫婦，念着石清適才賣的那個交情，便縱聲叫了出來，要警告他夫婦留神。不料奔到近處，未見石氏夫婦影蹤，雪山派七名弟子所包圍的竟是個小乞兒。

安奉日大奇，見那小丐年紀幼小，滿臉泥污，不似身有武功的模樣，待見眼前那白衣漢子連使眼色，他又向那小丐望了一眼。

這一望之下，登時心頭大震，只見那小丐左手拿着一塊鐵片，黑黝黝地，似乎便是傳說中的那枚「玄鐵令」，待見身後那四名白衣人長劍閃動，竟是要上前搶奪的模樣，當下不及細想，立即反手拔出金刀，使出「八方藏刀勢」，身形轉動，滴溜溜地繞着那小丐轉了一圈，金刀左一刀，右一刀，前一刀，後一刀，霎時之間，八方各砍三刀，三八二十四刀，刀刀不離小丐身側半尺之外，將那小丐全罩在刀鋒之下。

那小丐只覺刀光刺眼，全身涼颼颼地，哇的一聲，大哭起來。

便在此時，七個白衣人各出長劍，幻成一道光網，在安奉日和小丐身周圍了一圈。白光是個大圈，大圈內有個金色小圈，金色小圈內有個小叫化眼淚鼻涕的大哭。

忽聽得馬蹄聲響，一匹黑馬，一匹白馬從西馳來，卻是石清、閔柔夫婦去而復回。

原來他二人馳向汴梁，行出不久，便發見了雪山派弟子的蹤迹，兩人商量了幾句，當即又策馬趕回。石清望見八人刀劍揮舞，朗聲叫道：「雪山派衆位朋友，安寨主，大家是好朋友，有話好說，不可傷了和氣。」

雪山派那魁梧漢子長劍一豎，七人同時停劍，卻仍團團圍在安奉日的身周。

石清與閔柔馳到近處，驀地見到那小丐左手拿着的鐵片，同時「咦」的一聲，只不知是否便是心目中那物，二人心中都是怦怦而跳。石清飛身下鞍，走上幾步，說道：「小兄弟，你手裏拿着的是甚麼東西，給我瞧瞧成不成？」饒是他素來鎮定，說這兩句話時卻語音微微發顫。他已打定主意，料想安奉日不會阻攔，只須那小丐一伸手，立時便搶入劍圈中奪將過來，諒那一衆雪山派弟子也攔不住自己。

那白衣漢子道：「石莊主，這是我們先見到的。」

閔柔這時也已下馬走近，說道：「耿師兄，請你問問這位小兄弟，他腳旁那錠銀子，是不是我給的？」這句話甚是明白，她既已給過銀子，自比那些白衣人早見到那小丐了。

那魁梧的漢子姓耿，名萬鍾，是當今雪山派第二代弟子中的好手，說道：「石夫人，或許是賢伉儷先見到這個小兄弟，但這枚『玄鐵令』呢，卻是我們兄弟先見到的了。」

一聽到「玄鐵令」這三字，石清、閔柔、安奉日三人心中都是一凜：「果然便是『玄鐵令』！」雪山派其餘六人也各露出異樣神色。其實他七人誰都沒細看過那小丐手中拿着的鐵片，只是見石氏夫婦與金刀寨寨主都如此鄭重其事，料想必是此物；而石、閔、安三人也是一般的想法：雪山派耿萬鍾等七人並非尋常人物，既看中了這塊鐵片，當然不會錯的了。

十個人一般的心思，忽然不約而同的一齊伸出手來，說道：「小兄弟，給我！」

十個人互相牽制，誰也不敢出手搶奪，知道只要誰先用強，大利當前，旁人立即會攻己空門，只盼那小丐自願將鐵片交給自己。

那小丐又怎知道這十人所要的，便是險些兒崩壞了他牙齒的這塊小鐵片，這時雖已收淚止哭，卻是茫然失措，淚水在眼眶中滾來滾去，隨時便能又再流下。

忽聽得一個低沉的聲音說道：「還是給我！」

一個人影閃進圈中，一伸手，便將那小丐手中的鐵片拿了過去。

「放下！」「幹甚麼？」「好大膽！」「混蛋！」齊聲喝罵聲中，九柄長劍一把金刀同時向那人影招呼過去。安奉日離那小丐最近，金刀揮出，便是一招「白虹貫日」，砍向那人腦袋。雪山派弟子習練有素，同時出手，七劍分刺那人七個不同方位，叫他避得了肩頭，閃不開大腿，擋得了中盤來招，卻不去攻他上盤的劍勢。石清與閔柔一時看不清來人是誰，不肯便使殺手取他性命，雙劍各圈了半圓，劍光霍霍，將他罩在玄素雙劍之下。

卻聽得叮噹、叮噹一陣響，那人雙手連振，也不知使了甚麼手法，霎時間竟將安奉日的金刀、雪山弟子的長劍盡數奪在手中。

石清和閔柔只覺得虎口一痲，長劍便欲脫手飛出，急忙向後躍開。石清登時臉如白紙，閔柔卻是滿臉通紅。玄素莊石莊主夫婦雙劍合璧，並世能與之抗手不敗的已寥寥無幾，但給那人伸指在劍身上分別一彈，兩柄長劍都險些脫手，那是兩人臨敵以來從未遇到過之事。

看那人時，只見他昂然而立，一把金刀、七柄長劍都插在他身周。那人青袍短鬚，約莫五十來歲年紀，容貌清癯，臉上隱隱有一層青氣，目光中流露出一股說不盡的歡喜之意。石清驀地想到一人，脫口而出：「尊駕莫非便是這玄鐵令的主人麼？」

那人嘿嘿一笑，說道：「玄素莊黑白雙劍，江湖上都道劍術了得，果然名不虛傳。老夫適才以一分力道對付這八位朋友，以九分力道對付賢伉儷，居然仍是奪不下兩位手中兵刃。唉，我這『彈指神通』功夫，『彈指』是有了，『神通』二字如何當得？看來非得再下十年苦功不可。」

石清一聽，更無懷疑，抱拳道：「愚夫婦此番來到河南，原是想上摩天崖來拜見尊駕。雖然所盼成空，總算有緣見到金面，卻也是不虛此行了。愚夫婦這幾手三脚貓的粗淺劍術，在尊駕眼中自是不值一笑。尊駕今日親手收回玄鐵令，可喜可賀。」

雪山派羣弟子聽了石清之言，均是暗暗嘀咕：「這青袍人便是玄鐵令的主人謝煙客？他於一招之間便奪了我們手中長劍，若不是他，恐怕也沒第二個了。」七人你瞧瞧我，我瞧瞧他，都是默不作聲。

安奉日武功並不甚高，江湖上的閱歷卻遠勝於雪山派七弟子，當即拱手說道：「適才多有冒犯，在下這裏謹向謝前輩謝過，還盼恕過不知之罪。」

那青袍人正是摩天崖的謝煙客。他又是哈哈一笑，道：「照我平日規矩，你們這般用兵刃向我身上招呼，我是非一報還一報不可，你用金刀砍我左肩，我當然也要用這把金刀砍你左肩才合道理。」他說到這裏，左手將那鐵片在掌中一拋一拋，微微一笑，又道：「不過碰到今日老夫心情甚好，這一刀便寄下了。你刺我胸口，你刺我大腿環跳穴，你刺我左腰，你斬我小腿……」他口中說着，右手分指雪山派七弟子。

那七人聽他將剛才自己的招數說得分毫不錯，更是駭然，在這電光石火般的一瞬之間，他竟將每一人出招的方位看得明明白白，又記得清清楚楚，只聽他又道：「這也通統記在帳上，幾時碰到我脾氣不好，便來討債收帳。」

雪山派中一個矮個子大聲道：「我們藝不如人，輸了便輸了，你又說這些風涼話作甚？你記甚麼帳？爽爽快快刺我一劍便是，誰又耐煩把這筆帳掛在心頭？」此人名叫王萬仞，其時他兩手空空，說這幾句話，擺明是要將性命交在對方手裏了。他同門師兄弟齊聲喝止，他卻已一口氣說了出來。

謝煙客點了點頭，道：「好！」拔起王萬仞的長劍，挺直直刺。王萬仞急向後躍，想要避開，豈知來劍快極，王萬仞身在半空，劍尖已及胸口。謝煙客手腕一抖，便即收劍。

王萬仞雙脚落地，只覺胸口涼颼颼地，低頭一看，不禁「啊」的一聲，但見胸口露出一個圓孔，約有茶杯口大小，原來謝煙客手腕微轉，已用劍尖在他衣服上劃了個圓圈，自外而內，三層衣衫盡皆劃破，露出了肌膚。他手上只須使勁稍重，一顆心早給他剜出來了。

王萬仞臉如土色，驚得呆了。安奉日衷心佩服，忍不住喝采：「好劍法！」說到出劍部位之準，勁道拿捏之巧，謝煙客適才這一招，石清夫婦勉強也能辦到，但劍勢之快，令對方明知刺向何處，仍是閃避不得，石清、閔柔自知便萬萬及不上了。二人對望一眼，均想：「此人武功精奇，果然匪夷所思。」

謝煙客哈哈大笑，拔步便行。

雪山派中一個青年女子突然叫道：「謝先生，且慢！」謝煙客回頭問道：「幹甚麼？」那女子道：「尊駕手下留情，沒傷我王師哥，雪山派同感大德。請問謝先生，你拿去的那塊鐵片，便是玄鐵令嗎？」謝煙客滿臉傲色，說道：「是又怎樣？不是又怎樣？」那女子道：「倘若不是玄鐵令，大夥再去找找。但若當眞是玄鐵令，這卻是尊駕的不是了。」

只見謝煙客臉上陡然青氣一現，隨即隱去，耿萬鍾喝道：「花師妹，不可多口。」衆人素聞謝煙客生性殘忍好殺，爲人忽正忽邪，行事全憑一己好惡，不論黑道或是白道，喪生於他手下的好漢指不勝屈。今日他受十人圍攻而居然不傷一人，那可說破天荒的大慈悲了。不料師妹花萬紫性子剛硬，又復不知輕重，居然出言衝撞，不但雪山派的同門心下震駭，石氏夫婦也不禁爲她揑了一把冷汗。

謝煙客高擧鐵片，朗聲唸道：「玄鐵之令，有求必應。」將鐵片翻了過來，又唸道：「摩天崖謝煙客。」頓了一頓，說道：「這等玄鐵刀劍不損，天下罕有。」拔起地下一柄長劍，順手往鐵片上斫去，叮的一聲，長劍斷爲兩截，上半截彈了出去，那黑黝黝的鐵片竟是絲毫無損。他臉色一沉，厲聲道：「怎麼是我的不是了？」

花萬紫道：「小女子聽得江湖上的朋友們言道：謝先生共有三枚玄鐵令，分贈三位當年於謝先生有恩的朋友，說道只須持此令來，親手交在謝先生手中，便可令你做一件事，不論如何艱難凶險，謝先生也必代他做到。那話不錯罷？」謝煙客道：「不錯。此事武林中人，有誰不知？」言下甚有得色。花萬紫道：「聽說這三枚玄鐵令，有兩枚已歸還謝先生之手，武林中也因此發生了兩件驚天動地的大事。這玄鐵令便是最後一枚了，不知是否？」

謝煙客聽她說「武林中也因此發生了兩件驚天動地的大事」，臉色便畧轉柔和，說道：「不錯。得我這枚玄鐵令的朋友武功高強，沒甚麼難辦之事，這令牌於他也無用處。他沒有子女，逝世之後令牌不知去向。這幾年來，大家都在拚命找尋，想來令我姓謝的代他幹一件大事。嘿嘿，想不到今日輕輕易易的卻給我自己收回了。這樣一來，江湖上朋友不免有些失望，可也反而給你們消災免難。」一伸足將吳道通的屍身踢出數丈，又道：「譬如此人罷，縱然得了令牌，要見我臉卻也煩難，在將令牌交到我手中之前，自己便先成衆矢之的。武林中哪一個不想殺之而後快？哪一個不想奪取令牌到手？以玄素莊石莊主夫婦之賢，尚且未能免俗，何況旁人？嘿嘿！嘿嘿！」最後這幾句話，已然大有譏嘲之意。

石清一聽，不由得面紅過耳。他雖一向對人客客氣氣，但武功既強，名氣又大，說出話來很少有人敢予違拗，不料此番面受謝煙客的譏嘲搶白，論理論力，均無可與之抗爭，他平素高傲，忽受挫折，實是無地自容。閔柔只看着石清的神色，丈夫若露拔劍齊上之意，立時便要和謝煙客拚了，雖然明知不敵，這口氣卻也輕易咽不下去。

卻聽謝煙客又道：「石莊主夫婦是英雄豪傑，這玄鐵令若教你們得了去，不過叫老夫做一件爲難之事，奔波勞碌一番，那也罷了。但若給無恥小人得了去，竟要老夫自殘肢體，逼得我不死不活，甚至於來求我自殺，我若不想便死，豈不是毀了這『有求必應』四字誓言？總算老夫運氣不壞，毫不費力的便收回了。哈哈，哈哈！」縱聲大笑，聲震屋瓦。

花萬紫朗聲道：「聽說謝先生當年曾發下毒誓，不論從誰手中接過這塊令牌，都須依彼所求，辦一件事，即令對方是七世的寃家，也不能伸一指加害於他。這令牌是你從這小兄弟手中接過去的，你又怎知他不會出個難題給你？」謝煙客「呸」的一聲，道：「這小叫化是甚麼東西？我謝煙客去聽這小化子的話，哈哈，那不是笑死人麼？」花萬紫朗聲道：「衆位朋友聽了，謝先生說小化子原來不是人，算不得數。」她說的若是旁人，餘人不免便笑出聲來，至少雪山派同門必當附和，但此刻四周卻靜無聲息，只怕一枚針落地也能聽見。

謝煙客臉上又是青氣一閃，心道：「這丫頭用言語僵住我，叫人在背後說我謝某言而無信。」突然心頭一震：「啊喲，不好，莫非這小叫化是他們故意布下的圈套，我既已伸手將令牌搶到，再要退還他也不成了。」他幾聲冷笑，傲然道：「天下又有甚麼事，能難得到姓謝的了？小叫化兒，你跟我去，有甚麼事求我，可不與旁人相干。」携着那小丐的手拔步便行。他雖沒將身前這些人放在眼裏，但生怕這小丐背後有人指使，當衆出個難題，要他自斷雙手之類，那便不知如何是好了，是以要將他帶到無人之處，細加盤問。

花萬紫踏上一步，柔聲道：「小兄弟，你是個好孩子。這位老伯伯最愛殺人，你快求他從今以後，再也別殺——」一句話沒說完，突覺一股勁風撲面而至，下面「一個人」三字登時咽入了腹中，再也說不出口。

原來花萬紫知道謝煙客言出必踐，自己適才挺劍向他臉上刺去，他說記下這筆帳，以後隨時討債，總有一日要被他在自己臉頰刺上一劍，何況六個師兄中，除王萬仞外，誰都欠了他一劍，這筆債還起來，非有人送命不可。因此她干冒奇險，不惜觸謝煙客之怒，要那小叫化求他此後不可再殺一人。只須小丐說了這句話，謝煙客不得不從，自己與五位師兄的性命便都能保全了。不料謝煙客識破她的用意，袍袖拂出，勁風逼得她難以畢辭。只聽他大聲怒喝：「要你這丫頭囉唆甚麼？」又是一股勁風撲至，花萬紫立足不定，便即摔倒。

花萬紫背脊一着地，立即躍起，想再叫嚷時，卻見謝煙客早已拉着小丐之手，轉入了前面小巷之中，顯然他不欲那小丐再聽到旁人的教唆言語。

眾人見謝煙客在丈許外只衣袖一拂，便將花萬紫摔了一交，盡皆駭然，又有誰敢再追上去囉唣？

忽見一條馬鞭從轎中揮將出來，捲住王萬仞左腿，將他身子甩飛，奪了他手中的墨劍。花萬紫白劍出鞘，往馬鞭上撩去，轎中突然飛出一粒暗器，打中了她手腕。

二 少年闖大禍

石清走上兩步，向耿萬鍾、王萬仞抱拳道：「耿賢弟、王賢弟，這位師妹膽識過人，勝於鬚眉，想必是江湖上聞名的寒梅女俠花師妹了。其餘四位師兄，請耿賢弟引見。」

耿萬鍾板起了臉，竟不置答，說道：「在這裏遇上石莊主夫婦，那再好也沒有了，省了我們上江南走一遭。」

石清見這七人神色頗為不善，初時只道他們在謝煙客手下栽了觔斗，深感難堪，但耿萬鍾與自己素來交好，異地相逢，該當歡喜才是，怎麼神氣如此冷漠？他一向稱自己為「石大哥」，又怎麼忽爾改了口？心念一動：「莫非我那寶貝兒子闖了禍？」忙道：「耿賢弟，我那小頑童惹得賢弟生氣了麼？小兄夫婦給你陪禮，來來來，小兄做個東道，請七位到汴梁城裏去喝一杯。」

安奉日見石清言詞之中對雪山派弟子十分親熱，而這些雪山派弟子對自己卻大剌剌地，正眼也不瞧上一眼，更不用說通名招呼了，自己站在一旁無人理睬，一來沒趣，二來有氣，心想：「哼，雪山派有甚麼了不起？要如石莊主這般仁義待人，那才眞的讓人佩服。」向石清、閔柔抱拳道：「石莊主、石夫人，安某告辭了。」石清拱手道：「安寨主莫怪。犬子石中玉在雪山派封師兄門下學藝，在下詢及犬子，竟對安寨主失了禮數。」安奉日心道：「這倒怪你不得。」說道：「好說，好說！」率領盜夥，轉身而去。

耿萬鍾等七人始終一言不發，待安奉日等走遠，仍是你看看我，我看看你，臉上流露出既尷尬又爲難、既氣惱又鄙夷的神氣，似乎誰都不願先開口說話。

石清將兒子送到雪山派大弟子「風火神龍」封萬里門下學藝，固然另有深意，卻也因此子太過頑劣，閔柔又諸多迴護，自己實在難以管教之故，眼看耿萬鍾等的模樣，只怕兒子這亂子還鬧得當眞不小，陪笑道：「白老爺子、白老太太安好，風火神龍封師兄安好。」

王萬仞再也忍耐不住，大聲道：「我師父、師娘沒給你的小……小……小……氣死，總算福份不小。」他本想大罵「小雜種」，但瞥眼間見到閔柔楚楚可憐、擔心關懷的臉色，連說了三個「小」字，終於懸崖勒馬，硬生生將「雜種」二字咽下。但他罵人之言雖然忍住，人人都已知道他的本意，這不罵也等於已破口大罵。

閔柔眼圈一紅，說道：「王大哥，我那玉兒確是頑皮得緊，得罪了諸位，我……我……我先給各位陪禮了。」說着盈盈福了下去。

雪山派七弟子急忙還禮。王萬仞大聲道：「石大嫂，你生的這小……小……傢伙實在太不成話，只要有半分像你們大哥大嫂兩位，那……那還有甚麼話說？這也不算是得罪了我，再說，得罪了我王萬仞有甚麼打緊？衝着兩位金面，我最多抓住小子拳打足踢一頓，也就罷了。但他得罪了我師父、師娘，我那白師哥又是這等烈性子。石莊主，不是我吃裏扒外，想來總得通知你一聲，我白師哥要來燒你的玄素莊，你……你兩位可得避避。你這杯酒，我說甚麼不能喝，要是給白師哥知道了，他不跟我翻臉絕交才怪。」

他嘮嘮叨叨的一大堆，始終沒說到石中玉到底幹了甚麼錯事。石清、閔柔二人卻越聽越驚，心想我們跟雪山派數代交好，怎地白萬劍居然惱到要來燒玄素莊？不住口的道：「這孽障大膽胡鬧，該死！怎麼連老太爺、老太太也敢得罪了？」

耿萬鍾道：「這裏是非之地，多留不便，咱們借一步說話。」當下拔起地下的長劍，道：「石莊主請，石夫人請。」

石清點了點頭，與閔柔向西走去，兩匹坐騎緩緩在後跟來。路上耿萬鍾替五個師弟妹引見，五人分別和石清夫婦說了些久仰的話。

一行人行出七八里地，見大路旁三株栗樹，亭亭如蓋。耿萬鍾道：「石莊主，咱們到那邊說話如何？」石清道：「甚好。」九個人來到樹下，在大石和樹根上分別坐下。

石清夫婦心中極是焦急，卻並不開口詢問。

耿萬鍾道：「石莊主，在下和你叨在交好，有一句不中聽的言語，直言莫怪。依在下之見，莊主還是將令郎交給我們帶去，在下竭力向師父、師母及白師兄夫婦求情，未始不能保全令郎的性命。就算是廢了他的武功，也勝於兩家反臉成仇，大動干戈。」

石清奇道：「小兒到了貴派之後，三年來我未見過他一面，種種情由，在下確是全不知情，還盼耿兄見告，不必隱瞞。」他本來稱他「耿賢弟」，眼見對方怒氣沖沖，這「賢弟」二字再叫出去，只怕給他頂撞回來，立時碰上個大釘子。

耿萬鍾道：「石莊主當眞不知？」石淸道：「不知！」

耿萬鍾素知他爲人，以玄素莊主如此響亮的名頭，決不能謊言欺人，他說不知，那便是眞的不知了，說道：「原來石莊主全無所悉……」

閔柔忍不住打斷他的話頭，問道：「玉兒不在凌霄城嗎？」耿萬鍾點點頭。王萬仞道：「這小……小傢伙這會兒若在凌霄城，便有一百條性命，也都不在了。」

石淸心下暗暗生氣，尋思：「我命玉兒投入你們門下學武，只因敬重白老爺子和封師兄的爲人，看重雪山派的武功。就算玉兒年紀幼小，生性頑劣，犯了你們甚麼門規，衝着我夫婦的臉面，也不能要殺便殺。就算你雪山派武功高強，人多勢衆，難道江湖上眞沒道理講了麼？」他仍是不動聲色，淡淡的道：「貴派門規素嚴，這個在下是早知道的。我送犬子到凌霄城學藝，原是想要他多學一些好規矩。」

耿萬鍾臉色微微一沉，道：「石莊主言重了。石中玉這小子如此荒唐無恥，窮凶極惡，卻不是我們雪山派教的。」石淸淡淡的道：「諒他小小年紀，這『荒唐無恥，窮凶極惡』八字考語，卻從何說起？」

耿萬鍾轉頭向花萬紫道：「花師妹，請你到四下裏瞧瞧，看有人來沒有？」花萬紫道：「是！」提劍遠遠走開。石淸夫婦對望了一眼，均知他將花萬紫打發開去，是爲了有些言語不便在婦女之前出口，心下不禁又多了一層憂慮。

耿萬鍾歎了口氣，道：「石莊主，石大嫂，我白師哥沒有兒子，只有一個女兒，你們是知道的。我那師姪女今年還只一十三歲，聰明伶俐，天眞可愛，白師哥固然愛惜之極，我師父、師嫂更是當她心肝肉一般。我這師姪女簡直便是大雪山凌霄城的小公主，我們師兄姊妹們，自然也像鳳凰一般捧着她了。」

石淸點了點頭，道：「我那不肖的兒子得罪了這位小公主啦，是不是？」

耿萬鍾道：「『得罪』二字，卻是忒也輕了。他……他……他委實膽大妄爲，竟將我們師姪女綁住了手足，將她剝得一絲不掛，想要強姦。」

石淸和閔柔「啊」的一聲，一齊站起身來。閔柔臉色慘白。石淸說道：「那……那有此事？中玉還只一十五歲，這中間必有誤會。」

耿萬鍾道：「咱們也說實在太過荒唐。可是此事千眞萬確，服侍我那小姪女的兩個丫鬟聽到爭鬧掙扎之聲，趕進房來，便即呼救，一個給他斬了一條手臂，一個給他砍去了一條大腿，都暈了過去。幸好這麼一來，這小子受了驚，沒敢再侵犯我小姪女，就此逃了。」

武林之中，向以色戒爲重，黑道上的好漢打家刦舍、殺人放火視爲家常便飯，但若犯了這個「淫」字，便爲同道衆所不齒。強姦婦女之事，連綠林盜賊也不敢輕犯，何況是俠義道的人物。閔柔只急得花容失色，拉着丈夫的衣袖道：「師哥，那……那便如何是好？」

石淸乍聞噩耗，也是心緒煩亂。倘若他聽到兒子殺人闖禍犯了事，再大的難題也要接將下來，但這樣的事卻不知如何處理才是。他定了定神，說道：「如此說來，老天爺保佑，白小姑娘還是冰淸玉潔之身，沒讓我那不肖的孽子玷汚了？」

耿萬鍾搖頭道：「沒有！雖然如此，那也沒多大分別。我師父他老人家的脾氣你是知道的，立即命人追尋這小子，吩咐是誰見到，立即殺了，不用留活口。」王萬仞接口道：「我師父言道：他老人家跟你交情不淺，倘若將這小子抓了來，他老人家衝着你的面子，倒不便取他性命，不如在外面一劍殺了，乾乾淨淨。」耿萬鍾橫了他一眼，似嫌他多口。王萬仞道：「師父確是這般吩咐的，難道我說錯了麼？」

耿萬鍾不去理他，續道：「倘若只傷了兩個丫鬟，本來也不是甚麼大事，可是我們那小姪女年紀雖小，性子卻十分剛烈，不幸遭此羞辱，自覺從此無面目見人，哭了兩天，第三天晚上，竟悄悄從後窗縱了出去，跳下了萬丈深谷。」

石清與閔柔又是「啊」的一聲。石清顫聲道：「可……可救轉了沒有？」

耿萬鍾道：「我們凌霄城外的深谷，石莊主是知道的，別說是人，就是一塊石子掉了下去，也跌成了石粉。這樣嬌嬌嫩嫩的一個小姑娘跳了下去，還不成了一團肉漿？」

一個二十七八歲的雪山派弟子名叫柯萬鈞的說道：「最冤枉的可算是大師哥啦，無端端的給師父砍去了一條右臂。」說時氣憤之極。石清驚道：「風火神龍？」柯萬鈞道：「可不是麼？我師父痛惜孫女，又捉不到你兒子，在大廳上大發脾氣，罵封師兄管教弟子不嚴，說他淨吃飯不管事，當甚麼狗屁師父，越罵越怒，忽然抽出封師兄腰間佩劍，便砍去了他一條臂膀。我師母出言責備師父，說他不該如此暴躁，遷怒於人。兩位老人家當着弟子之面吵起嘴來，越說越僵，不知又提到了甚麼舊事，師父竟然出手打了師母一個巴掌。我師母大怒之下，衝出門去，說道再踏進凌霄城一步便不是人。」

石清慚愧無地，心想：「我欽佩封萬里的武功，令獨生兒子拜在他門下，那知竟累得他成爲廢人。封萬里劍法剛猛迅捷，如狂風，如烈火，這才得了個風火神龍的外號。此人仇家甚多，武功一失，恐怕這一生是一步不敢下大雪山了。唉，當眞是愧對良友。」

卻聽王萬仞道：「柯師弟，你說大師哥寃枉，難道咱們白師哥便不寃枉嗎？女兒給人害死了，白師嫂卻又發了瘋。」

石淸、閔柔越聽越驚，只盼有個地洞，就此鑽了下去，眞不知凌霄城經自己兒子這麼一鬧，更有甚麼慘事生了出來。石淸硬起頭皮問道：「白夫人又怎地……怎地心神不定了？」

王萬仞道：「還不是給你那寶貝兒子氣瘋的？我們小姪女一死，白師哥不免怨責師嫂，怪她爲甚麼不好好看住女兒，竟會給她跳出窗去。白師嫂本在自怨自艾，聽丈夫這麼一說，不住口的叫：『阿綉啊，是娘害死你的啊！阿綉啊，是娘害死你的啊！』從此就神智胡塗了。兩位師姊寸步不離的看住她，只怕她也跳下了那深谷去。石莊主，我白師哥要來燒玄素莊，你說該是不該？」

石淸道：「該燒，該燒！我夫婦慚愧無地，便走遍天涯海角，也要擒到這孽子，親自送上凌霄城來，在白姑娘靈前凌遲處死……」閔柔聽到這裏，突然「嚶」的一聲，暈了過去，倒在丈夫懷裏。石淸連連揑她人中，過了良久，閔柔才悠悠醒轉。

王萬仞道：「石莊主，我雪山派還有兩條人命，只怕也得記在你玄素莊的帳上。」

石淸驚道：「還有兩條人命？」他一生飽經大風大浪，但遭遇之酷，實以今日爲甚，當年次子中堅爲仇家所殺，雖然傷心氣惱到了極處，卻不似今日之又是慚愧，又是惶恐，說出話來，不由得聲音也啞了。

王萬仞道：「雪山派遭此變故，師父便派了一十八名弟子下山，一路由白師哥率領，是到江南去燒你莊子的，還說……還說要……」說到這裏，吞吞吐吐的說不下去，耿萬鍾連使眼色阻止。

石清鑒貌辨色，已猜到王萬仞想說的言語，便道：「那是要擒在下夫婦到大雪山去，給白姑娘抵命了。」

耿萬鍾忙道：「石莊主言重了。別說我們不敢，就算眞有這份膽量，憑我們幾手粗淺功夫，又如何請得動莊主夫婦？我師父言道：令郎是無論如何要尋到的，只是他年紀雖小，人卻機靈得緊，否則凌霄城地勢險峻，又有這許多人追尋，怎會給他走得無影無蹤？」閔柔垂淚道：「玉兒一定死了，一定也摔在谷中死了。」耿萬鍾搖頭道：「不是，他的脚印在雪地裏一路下山，後來山坡上又見到雪橇的印子。說來慚愧，我們這許多大人，竟抓不到一個十五歲的少年。我師父確是想邀請兩位上凌霄城去，商議善後之策。」

石清淡淡的道：「說來說去，那是要我給白姑娘抵命了。王師兄說還有兩條人命，卻又是甚麼事？」

王萬仞道：「我剛才說一十八名弟子兵分兩路，第一路九個人去江南，另一路由耿師哥率領，在中原各地尋訪你兒子的下落。倒起霉來，也眞會禍不單行……」耿萬鍾截住他的話頭，道：「王師弟，不必說下去了，這件事跟石莊主無關。」王萬仞道：「怎麼無關？若不是爲了那小子，孫師哥、褚師弟又怎會不明不白的送了性命？再說，到底對頭是誰，咱們也不知道，回到山上，你怎生回稟師父？師父一生氣，恐怕你這條手臂也保不住啦。石莊主夫婦交遊廣濶，跟他二位打聽打聽，有甚麼不可？」

耿萬鍾想起封師兄斷臂之慘，自忖這件事確是無法交代，向石清夫婦打聽一下，倒也不失為一條路子，便道：「好罷，你愛說便說。」

王萬仞道：「石莊主，三日之前，我們得到訊息，說有個姓吳的人得到了玄鐵令，躲在汴梁城外侯監集上賣燒餅。我師兄弟九人便悄悄商量，都覺能不能拿到石中玉那小子，也只有碰運氣的了，人海茫茫，又從那裏找去？十年找不到，只怕哥兒們十年便不能回凌霄城，若是將那玄鐵令得來，就算拿不到你的兒子，回去對師父也算有了交代。商議之際，不免便有人罵你兒子，說他小小年紀，如此大膽荒唐，當眞該死。正在這時，忽然有個蒼老的聲音哈哈大笑，說道：『妙極，妙極！這樣的少年天下少有，良才美質，曠世難逢！』」

石清和閔柔對瞧了一眼，別人如此誇獎自己的兒子，眞比聽人破口大罵還要難受。

王萬仞續道：「那時我們是在一家客店之中說話，那上房四壁都是磚牆，可是這聲音透牆而來，十分清晰，便像是對面說話一般。我們九個人說話並不響，不知如何又都給他聽了去。」

石清和閔柔心頭都是一震，尋思：「隔着磚牆而將旁人的說話聽了下去，說不定牆上有孔有縫，說不定是在窗下偷聽而得，也說不定有些人大叫大嚷，卻自以為說得甚輕，倒也沒甚麼奇怪。但隔牆說話，令人聽來清晰異常，那必是內功十分深厚。這些人途中又逢高人，當眞是一波未平，一波又起。」

柯萬鈞道：「我們聽到說話聲音，都呆了一呆。王師哥便喝道：『是誰活得不耐煩了，卻來偷聽我們說話？』王師哥一喝問，那邊便沒聲響了。可是過不了一會，聽得那老賊說道：『阿瑠，這些人都是雪山派的，他們那個師父白老頭兒，是你爺爺生平最討厭的傢伙。一個小娃娃居無將雪山派的老……攪得妻離子散，家破人亡，豈不有趣？嘿嘿，嘿嘿！妙極，妙極！』我們一聽，立時便要發作，但耿師哥不住搖手，命大夥兒別作聲。

「只聽得一個小姑娘的聲音笑道：『有趣，有趣，就可惜沒氣死了那老……還不算頂有趣。』她又說了幾句甚麼鬼話，這女孩子的聲音隔着牆壁，便聽不大清楚了。那老賊咳嗽了幾聲，說道：『氣死了老……可又不有趣了，幾時爺爺有空，帶你上大雪山凌霄城去，親自把這老……氣死了給你看，那才有趣呢。』」他說到「老」字，底下兩字都含糊了過去，想必那人提到他師父之時，言語甚是難聽，他不便複述。

石清道：「此人無禮之極，竟敢對白老爺子如此不敬，到底是仗着甚麼靠山？咱們可放他不過。」

王萬仞道：「是啊，這老賊如此目中無人，我們便豁出了性命不要，也要跟他拚了。我們正在怒氣難忍的當兒，只聽『咿呀』一聲響，一間客房中有人開門出來，兩人走進院子之中。大夥兒都拔出劍來，便要衝進院子去。耿師哥搖搖手，叫大家別心急。卻聽那老賊說道：『阿瑠，今兒咱們殺過幾個人哪？』那小女鬼道：『還只殺了一個。』那老賊道：『那麼還可再殺兩個。』」

石清「啊」的一聲，說道：「『一日不過三』！」

耿萬鍾一直不作聲，此時急問：「石莊主，你可識得這老賊麼？」石清搖頭道：「我不認得他，只是曾聽先父說起，武林中有這麼一號人物，外號叫作甚麼『一日不過三』，自稱一日之中最多只殺三人，殺了三人之後，心腸就軟了，第四人便殺不下手去。」王萬仞罵道：「他奶奶的，一天殺三個人還不夠？這等邪惡毒辣的奸徒，居然能讓他活到如今。」

石清默然，心中卻想：「聽說這位姓丁的前輩行事在邪正之間，雖然殘忍好殺，卻也不聽說有甚麼重大過惡，所殺之人往往罪有應得。」只是這句話不免得罪雪山派，是以忍住了不說出口。

耿萬鍾又問：「不知這老賊叫甚麼名字？是何門何派？」石清道：「聽說此人姓丁，眞名也不知叫甚麼，他外號叫『一日不過三』，老一輩的人大都叫他爲丁不三。」柯萬鈞氣憤憤的道：「這老賊果然是不三不四。」

石清道：「聽說此人有三兄弟，他有個哥哥叫丁不二，有個弟弟叫丁不四。」王萬仞罵道：「他奶奶的，不二不三，不三不四，居然取這樣的狗屁名字。」耿萬鍾道：「王師弟，在石大嫂面前，不可口出粗言。」王萬仞道：「是。」轉頭對閔柔道：「對不住。」閔柔微微一笑，說道：「想來那三個都是外號，不會當眞取這樣的古怪名兒。」

石清道：「本來丁氏三兄弟在武林中名頭也算不小，想來白老爺子跟他們有些過節，不願提起他們名字，是以衆位師兄不知。後來怎樣了？」

王萬仞道：「只聽那老賊放屁道：『有一個叫孫萬年的沒有？有一個叫褚萬春的沒有？你們兩人給我滾出來。』那時我們怎耐得住，九個人一湧而出。可是說也奇怪，院子中竟一個人也沒有。大家四下找尋，我上屋頂去着，都不見人。柯師弟便闖進那間板門半掩的客房去看。只見桌上點着枝蠟燭，房裏卻一隻鬼也沒有。

「我們正覺奇怪，忽聽得我們自己房中有人說話，正是那老賊的聲音。聽他說道：『孫萬年、褚萬春，你們兩個在涼州道上，幹麼目不轉睛的瞧着我這小孫女，又指指點點的胡說風話，臉上色迷迷的不懷好意。我這小孫女年紀雖小，長得可美。你兩個畜生，心中定是打了髒主意，那可不是冤枉你們罷？給我滾進來罷！』孫師哥、褚師哥越聽越怒，雙雙挺劍衝入房去。耿師哥叫道：『小心！大夥兒齊上。』只見房中燈火熄了，沒半點聲息。我大叫：『孫師哥，褚師哥！』他二人既不答應，房中也無兵刃相鬥的聲音。

「我們都是心中發毛，忙幌亮火摺，只見兩位師哥直挺挺跪在地下，長劍放在身旁。耿師哥和我搶進房去，一拉他二人，孫師哥和褚師哥隨手而倒，竟已氣絕而死，周身卻沒半點傷痕，也不知那老賊是用甚麼妖法害死了他們。說來慚愧，自始至終，我們沒一個見到那老賊和小女賊的影子。」

柯萬鈞道：「在涼州道上，我們可沒留神曾見過他一老一小。孫師哥、褚師哥就算瞧了他孫女幾眼，又有甚麼大不了啦。」

石清、閔柔夫婦都點了點頭。衆人半晌不語。

石清道：「耿兄，小孽障在凌霄城闖下這場大禍，是那一日的事？」

耿萬鍾道：「十二月初十。」

石清點了點頭，道：「今日三月十二，白師哥離凌霄城已有三月，這會兒想來玄素莊也早讓他燒了。耿兄，王兄，衆位師兄，我夫婦一來須得找尋小孽障的下落，拿住了他後，綁縛了親來凌霄城向白老爺子、封師兄、白師兄請罪；二來要打聽一下那個『一日不過三』丁不三的去向，小弟夫婦縱然惹他不動，也好向白老爺子報訊，請他老人家親自出馬，料理此事。告辭了！」說着一抱拳，團團作了個揖。

柯萬鈞道：「你……你……你交代了這兩句話，就此拍手走了不成？」石清道：「柯師兄更有甚麼說話？」柯萬鈞道：「我們找不到你兒子，只好請你夫妻同去凌霄城，見見我師父，才好交代這件事。」石清道：「凌霄城自然是要來的，卻總得諸事有了些眉目再說。」

柯萬鈞向耿萬鍾看看，又向王萬仞看看，氣忿忿道：「師父得知我們見了石莊主夫婦，卻請不動你二人上山，那……那……豈不是……」

石清早知他的用意，竟想倚多為勝，硬架自己夫婦上大雪山去，捉不到兒子，便要老子抵命，說道：「白老爺子德高望重，威鎮西陲，在下對他老人家向來敬如師長，倘若白師哥在此，奉了白老爺子之命，要在下上凌霄城去，在下自是非遵命不可，現下呢，嗯，這樣罷！」解下腰間黑鞘長劍，向閔柔道：「師妹，你的劍也解下來罷。」閔柔依言解劍。石清兩手橫托雙劍，遞向耿萬鍾道：「耿兄，請你將小弟夫婦的兵刃扣押了去。」

耿萬鍾素知這對黑白雙劍是武林中罕見的神兵利器，他夫婦愛如性命，這時候居然解劍繳納，可說已給雪山派極大的面子，他們為了這對寶劍，那是非上凌霄城來取回不可，便想說幾句謙遜的言語，這才伸手接過。

柯萬鈞卻大聲道：「我小姪女一條性命，封師哥的一條臂膀，還有師娘下山，白師嫂發瘋，再加上孫師哥、褚師哥死於非命，豈是你兩口鐵劍便抵得過的？耿師哥跟你有交情，我姓柯的卻不識得你！姓石的，你今日去凌霄城也得去，不去也得去！」

石清微笑道：「小兒得罪貴派已深，在下除了陪罪致歉之外，更無話說。柯師兄是雪山派的後起之秀，武功高強，在下雖未識荊，卻也是素所仰慕的。」雙手仍托着雙劍，等耿萬鍾伸手接過。

柯萬鈞心想：「我們要拿這二人上大雪山去，不免有一場劇鬥。他既自行呈上兵刃，那是再好也沒有了，這眞叫『自作孽，不可活』。」生怕石清忽然反悔，再將長劍收回，當即搶上兩步，雙手齊出，使出本門的擒拿功夫，將兩柄長劍牢牢抓住，說道：「那便先繳了你的兵器。」縮臂便要取過，突然之間，只覺石清掌心中似有一股強韌之極的黏力，黏住了雙劍，竟然拿不過來。

柯萬鈞大吃一驚，勁運雙臂，喝一聲：「起！」猛力拉扯。不料霎時間石清掌中黏力消失得無影無蹤，柯萬鈞這數百斤向上急提的勁力登時沒了着落處，盡數吃在自己的手腕之上，只聽得「喀喇」一聲響，雙腕同時脫臼，「啊喲！」一聲大叫，手指鬆開，雙劍又跌入石清掌中。

旁觀衆人瞧得明明白白，石清雙掌平攤，連小指頭也沒彎曲一下，柯萬鈞全是自己使力岔了，等於是以數百斤的大力折斷了自己手腕一般。柯萬鈞又痛又怒，右腿飛出，猛向石清小腹踢去。

耿萬鍾急道：「不得無禮！」伸手抓住柯萬鈞背心，將他向後扯開，這一脚才沒踢到石清身上。

耿萬鍾知道石清的內力厲害，這一脚若是踢實了，柯萬鈞的右腿又非折斷不可。他的武功見識卻高得多了，當下吸一口氣，內勁運到了十根手指之上，緩緩伸過去拿劍。手指尖剛觸到雙劍劍身，登時全身劇震，猶如觸電，一陣熱氣直傳到胸口，顯然石清的內力藉着雙劍傳了過來。耿萬鍾暗叫：「不好！」心想石清安下這個圈套，引誘自己和他比拚內力。練武之人比拚內力，最是凶險不過，強存弱亡，實無半分迴旋餘地，兩人若是內力相差不遠，往往要鬥到至死方休，到後來即使存心罷手或是退讓，也已有所不能。當其時形格勢禁，已無迴旋餘地，只得運內勁抵禦，不料自己內勁和石清的內勁一碰，立即彈了回來。

石清雙掌輕翻，將雙劍放入耿萬鍾掌中，笑道：「咱們自己兄弟，還能傷了和氣不成！告辭了！」

剎那之間，耿萬鍾背上出了一身冷汗，知道自己功力和石清相比委實差得遠了，適才自己的內勁撞到對方內勁之上，一碰即回，那裏是他對手？他不令自己受傷出醜，便是大大的手下容情。耿萬鍾呆呆捧着雙劍，滿臉羞慚，不知說甚麼好。

石清回頭道：「師妹，咱們還是去汴梁城罷。」閔柔眼圈一紅道：「師哥，孩兒……」石清搖了搖頭，道：「寧可像堅兒這樣，一刀給人家殺了，倒也爽快。」閔柔淚水涔涔而下，泣道：「師哥，你……你……」石清牽了她的手，扶她到白馬之旁，再扶她上馬。雪山派弟子見到她這等嬌怯怯的模樣，眞難相信她便是威震江湖的「冰霜神劍」。

花萬紫見玄素雙劍並騎馳去，便奔了回來，見王萬仞已替柯萬鈞接上手腕，柯萬鈞卻在一句「老子」、一句「他媽」的破口大罵。花萬紫問明情由，雙眉微蹙，說道：「耿師哥，此事恐怕不妥。」

耿萬鍾道：「怎麼不妥？對方武功太強，咱們便合七人之力，也留不下人家。總算扣押了他們的兵器，回凌霄城去也有了個交代。」說着拔劍出鞘，但見白劍如冰、黑劍似墨，寒氣逼人，只侵得肌膚隱隱生疼，果然是兩口生平罕見的寶刃，說道：「劍可不是假的！」

花萬紫道：「劍自然是真的。咱們留不下人，可不知有沒能耐留得下這兩口寶劍？」耿萬鍾心頭一凜，問道：「花師妹以為怎樣？」花萬紫道：「去年有一日，小妹曾和白師嫂閒談，說到天下的寶刀寶劍，石中玉那小賊在旁多嘴，誇稱他父母的黑白雙劍乃天下一等一的利器；說他父母捨得將他送到大雪山來學藝，數年不見，倒也不怎麼在乎，卻不捨得有一日離開這對兵器。此刻石莊主將兵刃交在咱們手中，倘若過得幾天又使甚麼鬼門道，將寶劍盜了回去，日後卻到凌霄城來向咱們要劍，那可不易對付。」

柯萬鈞道：「咱們七人眼睜睜的瞧着寶劍，總不成寶劍真會通靈，插翅兒飛了去。」

耿萬鍾沉吟半晌，道：「花師妹這話，倒也不是過慮。石清這人實非泛泛之輩，咱們加意提防便是，莫要又在他手裏摔個觔斗。」王萬仞道：「小心謹慎，總是錯不了。打從今兒起，咱們六個男人每晚輪班看守這對鬼劍便是。」頓了一頓，問道：「耿師哥，這姓石的這會兒正在汴梁，咱們去不去？」

耿萬鍾心想若說不去汴梁，未免太過怯敵，路經中州名都，居然過門不入，同門師兄弟日後說起來，大是臉上無光，但明知石清夫婦是在汴梁，自己再携劍入城，當真十分冒險，一時沉吟未決。

了。

忽聽得一陣吆喝之聲，大路上來了一隊官差，四名轎夫抬着一座綠呢大轎，卻是官府到

耿萬鍾心想侯監集剛出了大盜行兇殺人的命案，自己七人手携兵刃聚在此處，不免引人生疑，和官府打上了交道可麻煩之極，向衆人使個眼色，說道：「走罷！」

七人正要快步走開，一名官差忽然大聲嚷了起來：「別走了殺人強盜，殺人強盜要逃走哪！」耿萬鍾不加理會，揮手催各人快走。忽聽得那官差叫道：「殺人兇手名叫白自在，是雪山派的老不死掌門人。無威無德白自在，你謀財害命，好不危險哪！」

雪山派七弟子一聽，無不又驚又怒。他們師父白自在外號「威德先生」，這官差直呼其名已是大大不敬，竟膽敢稱之爲「無威無德」。王萬仞刷的一聲，拔出了長劍，叫道：「狗官無禮，割去了他的舌頭再說。」耿萬鍾道：「王師弟且慢，官府中人怎能知道師父的外號名諱？定然有人指使。」當即縱身向前，抱拳一拱，問道：「是那一位官長駕臨？」

猛聽得嗤的一聲響，轎中飛出一粒暗器，正好打在他腿旁的「伏兔穴」上。這粒暗器甚是細小，力道卻強勁之極。耿萬鍾腿一軟，當即摔倒，提起手中長劍，運勁向轎中擲去。他人雖摔倒，這一招「鶴飛九天」仍是使得既狠且準，颼的一聲，長劍破轎帷而入，顯然已刺中了轎內放射暗器之人。

他心中一喜，卻見那四名轎夫仍是抬了轎子飛奔，忽見一條馬鞭從轎中揮將出來，捲向王萬仞左腿，一拉一揮，王萬仞的身子便即飛出，他手中捧着的墨劍卻給馬鞭奪了過去。

花萬紫叫道：「是石莊主麼？」白劍出鞘，揮劍往馬鞭上投去，嗤的一聲輕響，轎中又

飛出一粒暗器，打在她手腕之上。她手腕劇痛，摔下白劍，旁邊一名同門師兄忙伸足往白劍上踏去，突然間轎中飛出一物，已罩住了他的腦袋。那人登時眼前漆黑一團，大驚之下急忙向後縱躍，再抓住頭上之物，用力向地下擲落，卻是一頂官帽，只見轎中伸出的鞭子捲起白劍，正縮入轎中。

柯萬鈞等衆人大呼追去。轎中暗器嗤嗤嗤的不絕射出，有的打中臉面，有的打中腰間，竟是誰也沒能避過。這些暗器都沒打中要害，但中在身上卻疼痛異常，各人看那暗器時，都驚得呆了，原來只是一粒粒黃銅扣子，顯示剛從衣服摘下來的。雪山派羣弟子料得轎中那人必是石清，說不定他夫婦二人都坐在轎中，倘若趕上去動武，還不是鬧個灰頭土臉？

柯萬鈞氣得哇哇大叫：「這姓石的一家，小的荒唐無恥，大的無恥荒唐，說將兵刃留下來，一轉眼卻又奪了回去。」

王萬仞指着轎子背影，雙脚亂跳，戟手「直娘賊，狗雜種」的亂罵。

耿萬鍾道：「此事宣揚出去，於咱們雪山派的聲名沒甚麼好處。大家把口收着些兒，回山去稟明師父再說。」一想到此行不斷碰壁，平素在大雪山凌霄城中自高自大，只覺雪山派武功天下無敵，豈知一到用上，竟然處處縛手縛脚，不由得一聲長歎，心下黯然。

謝煙客見道旁三株棗樹，結滿了紅紅的大棗子，指着棗子說道：「這裏的棗子很好。」

那小丐道：「大好人，你想吃棗子，是麼？」

謝煙客奇道：「甚麼大好人？」

三　摩天崖

那乘轎子行了數里，轉入小路。抬轎之人只要脚步稍慢，轎中馬鞭揮出，刷刷幾下，重重打在前面的轎伕背上，在前的轎伕不敢慢步，在後的轎伕也只得跟着飛奔，幾名官差跟隨在後。又奔了四五里路，轎中人才道：「好啦，停下來。」四名轎伕如得大赦，氣喘吁吁的放下轎來，帷子掀開，出來一個老者，左手拉着那個小丐，竟是玄鐵令主人謝煙客。

他向幾名官差喝道：「回去向你們的狗官說，今日之事，不得聲張。我只要聽到甚麼聲息，把你們的腦袋瓜子都摘了下來，把狗官的官印拿去丟在黃河裏。」

幾名官差連連哈腰，道：「是，是，我們萬萬不敢多口，老爺慢走！」謝煙客道：「叫我慢走？你想叫官兵來捉拿我麼？」一名官差忙道：「不敢，不敢。萬萬不敢。」謝煙客道：「我叫你去跟狗官說的話，你都記得麼？」那官差道：「導人記得，小人說，我們大夥兒親眼目覩，侯監集上那個賣燒餅的老兒，雜貨鋪中的夥計，都是被一個叫白自在的老兒所殺。他是雪山派的掌門人，外號威德先生，其實無威無德。兇器是一把刀，刀上有血，人證物證俱在，諒那老兒也抵賴不了。」那官差先前被謝煙客打得怕了，爲了討好他，添上甚麼人證物證，至於弄一把刀來做證據，原是官府中胥吏的拿手好戲。

謝煙客一笑，說道：「這白老兒使劍不用刀。」那官差道：「是，是！那姓白的兇犯手持青鋼劍，在那賣燒餅的老兒身上刺了進去。侯監集上，人人都是瞧得清清楚楚的。」

謝煙客暗暗好笑，心想威德先生白自在眞要殺吳道通，又用得着甚麼兵器？當下也不再去理會官差，左手携着小丐，右手拿着石清夫婦的黑白雙劍，揚長而去，心下甚是得意。

原來他帶走那小丐後，總是疑心石清夫婦和雪山派弟子有甚麼對己不利的圖謀，奔出數里，將小丐點倒後丟在草叢之中，又悄悄回來偷聽，他武功比之石清等人高出甚多，伏在樹後，竟連石清、閔柔這等大行家也沒察覺，耿萬鐘他們更加不用說了。他聽明原委，卻與己全然無干，見石清將雙劍交給了耿萬鐘，便決意去奪將過來。回到草叢拉起小丐，解開了他穴道，恰好在道上遇到前來侯監集查案的知縣，當即揪出知縣，威逼官差、轎伕，抬了他和小丐去奪到雙劍。耿萬鐘等沒見到他的面目，自然認定是石清夫婦使的手脚了。

謝煙客携着小丐，只向僻靜處行去，來到一條小河邊上，見四下無人，放下小丐的手，拔出閔柔的白劍在他頸中一比，厲聲問道：「你到底是受了誰的指使？若有半句虛言，立即把你殺了。」說着揮起白劍，擦的一聲輕響，將身旁一株小樹砍爲兩段。半截樹幹連枝帶葉掉在河中，順水飄去。

那小丐結結巴巴的道：「我……我……甚麼……指使……我……」謝煙客取出玄鐵令，喝問：「是誰交給你的？」小丐道：「我……我……吃燒餅……吃出來的。」

謝煙客大怒，左掌反手便向他臉頰擊了過去，手背將要碰到他的面皮，突然想起自己當年發過的毒誓，決不可以一指之力，加害於將玄鐵令交在自己手中之人，當即硬生生凝住手掌，喝道：「胡說八道，甚麼吃燒餅？我問你，這塊東西是誰交給你的？」

小丐道：「我在地下檢個燒餅吃，咬了一口，險……險……險些兒咬崩了我牙齒……」

謝煙客心想：「莫非吳道通那廝將此令藏在燒餅之中？」但轉念又想：「天下有那等碰巧之事？那廝得了此令，眞比自己性命還寶貴，怎肯放在燒餅裏？」他卻不知當時情景緊迫之極，金刀寨人馬突如其來，將侯監集四面八方的圍住了，吳道通更無餘暇尋覓妥藏之所，無可奈何之下，便即行險，將玄鐵令嵌入燒餅，遞給了金刀寨的頭領。那人大怒之下，果然隨手丟在水溝之旁。金刀寨盜夥雖將燒餅鋪搜得天翻地覆，卻又怎會去地下檢一個髒燒餅撕開來瞧瞧。

謝煙客凝視小丐，問道：「你叫甚麼名字？」小丐道：「我……我叫狗雜種。」謝煙客大奇，問道：「甚麼？你叫狗雜種？」小丐道：「是啊，我媽媽叫我狗雜種。」

謝煙客一年之中也難得笑上幾次，聽小丐那麼說，忍不住捧腹大笑，心道：「世上替孩子取個賤名，盼他快高長大，以免鬼妒，那也平常，甚麼阿狗、阿牛、豬屎、臭貓，都不希奇，卻那裏有將孩子叫爲狗雜種的？是他媽媽所叫，可就更加奇了。」

那小丐見他大笑，便也跟着他嘻嘻而笑。

謝煙客忍笑又問：「你爸爸叫甚麼名字？」小丐搖頭道：「我爸爸？我……我沒爸爸。」謝煙客道：「那你家裏還有甚麼人？」小丐道：「就是我，我媽媽，還有阿黃。」謝煙客道：

「阿黃是甚麼人？」小丐道：「阿黃是一條黃狗。我媽媽不見了，我出來尋媽媽，阿黃跟在我後面，後來牠肚子餓了，走開去找東西吃，也不見了，我找來找去找不到。」

謝煙客心道：「原來是個傻小子，看來他得到這枚玄鐵令當眞全是碰巧。我叫他來求我一件小事，應了昔年此誓，那就完了。」問道：「你想求我……」下面「甚麼事」三字還沒出口，突然縮住，心想：「這傻小子倘若要我替他去找媽媽，甚至要我找那隻阿黃，卻到那裏去找？他媽媽定是跟人跑了，那隻阿黃多半給人家殺來吃了，這樣的難題可千萬不能惹上身來。要我去殺十個八個武林高手，可比找他那隻阿黃容易得多。」微一沉吟，已有計較，說道：「很好，我對你說，不論有誰叫你向我說甚麼話，你都不可說，要不然我立即便砍下你的頭來。知不知道？」那小丐將玄鐵令交在自己手中之事，不多久便會傳遍武林，只怕有人騙得小丐來向自己求懇甚麼事，限於當年誓言，可不能拒卻。

小丐點頭道：「是了。」謝煙客不放心，又問：「你記不記得？是甚麼了？」小丐道：「你說，有人叫我來向你說甚麼話，我不可開口，我說一句話，你就殺我頭。」謝煙客道：「不錯，傻小子倒也沒傻到家，記心倒好，倘使眞是個白痴，卻也難弄。你跟我來。」

當下又從僻靜處走上大路，來到路旁一間小麵店中。謝煙客買了兩個饅頭，張口便吃，斜眼看那小丐。他慢慢咀嚼饅頭，連聲讚美：「眞好吃，味道好極！」左手拿着另外那個饅頭，在小丐面前幌來幌去，心想：「這小叫化向人乞食慣了的，見我吃饅頭，焉有不饞涎欲滴之理？只須他出口向我乞討，我把饅頭給了他，玄鐵令的諾言就算是遵守了。從此我逍遙自在，再不必為此事掛懷。」雖覺以玄鐵令如此大事，而以一個饅頭來了結，未免兒戲，但想應付這種小丐，原也只是一枚燒餅、一個饅頭之事。

那知小丐眼望饅頭，不住的口咽唾沫，卻始終不出口乞討。謝煙客等得頗不耐煩，一個饅頭已吃完了，第二個饅頭又送到口邊，正要再向蒸籠中去拿一個，小丐忽然向店主人道：「我也吃兩個饅頭。」伸手向蒸籠去拿。

店主人眼望謝煙客，瞧他是否認數，謝煙客心下一喜，點了點頭，心想：「待會那店家向你要錢，瞧你求不求我？」只見小丐吃了一個，又是一個，一共吃了四個，才道：「飽了，不吃了。」

謝煙客吃了兩個，便不再吃，問店主人道：「多少錢？」那店家道：「兩文錢一個，六個饅頭，一共十二文。」謝煙客道：「不，各人吃的，由各人給錢。我吃兩個，給四文錢便是。」一伸手入懷，去摸銅錢。這一摸卻摸了個空，原來日間在汴梁城裏喝酒，將銀子和銅錢都使光了，身上雖帶得不少金葉子，卻忘了在汴梁兌換碎銀，這路旁小店，又怎兌換得出？正感爲難，那小丐忽從懷中取出一錠銀子，交給店家，道：「一共十二文，都是我給。」

謝煙客一怔，道：「甚麼？要你請客？」那小丐笑道：「你沒錢，我有錢，請你吃幾個饅頭，打甚麼緊？」那店家也大感驚奇，找了幾塊碎銀子，幾串銅錢。那小丐揣在懷裏，瞧着謝煙客，等他吩咐。

謝煙客不禁苦笑，心想：「謝某狷介成性，向來一飲一飯，都不肯平白受人之惠，想不到今日反讓這小叫化請我吃饅頭。」問道：「你怎知我沒錢？」小丐笑道：「這幾天我在市上，每見人伸手入袋取錢，半天摸不出來，臉上卻神氣古怪，那便是沒錢了。我聽店裏的人說道，存心吃白食之人，個個這樣。」

謝煙客又不禁苦笑，心道：「你竟將我當作是吃白食之人。」問道：「你這銀子是那裏偷來的？」小丐道：「怎麼偷來的？剛才那個穿白衣服的觀音娘娘太太給我的。」謝煙客道：「穿白衣服的觀音娘娘太太？」隨即明白是閔柔，心想：「這女子婆婆媽媽，可壞了我的事。」

兩人並肩而行，走出數十丈，謝煙客提起閔柔的那口白劍，道：「這劍鋒利得很，剛才我輕輕一劍，便將樹砍斷了，你喜不喜歡？你向我討，我便給了你。」他實不願和這骯髒的小丐多纏，只盼他快快出口求懇一件事，了此心願。小丐搖頭道：「我不要。這劍是那個觀音娘娘太太的，她是好人，我不能要她的東西。」

謝煙客抽出黑劍，隨手揮出，將道旁一株大樹攔腰斬斷，道：「好罷，那麼我將這口黑劍給你。」小丐仍是搖頭，道：「這是黑衣相公的。黑衣相公和觀音娘娘做一道，我也不能要他的東西。」

謝煙客呸了一聲，說道：「狗雜種，你倒挺講義氣哪。」小丐不懂，問道：「甚麼叫講義氣？」謝煙客哼了一下，不去理他，心想：「這種事你既然不懂，跟你說了也是白饒。」小丐道：「原來你不喜歡講義氣，你……你是不講義氣的。」

謝煙客大怒，臉上青氣一閃，舉掌便要向那小丐天靈蓋擊落，待見到他天真爛漫的神氣，隨即收掌，心想：「我怎能以一指加於他身？何況他既不懂甚麼是義氣，便不是故意來譏刺我了。」說道：「我怎麼不講義氣？我當然講義氣。」小丐問道：「講義氣好不好？」謝煙客道：「好得很啊，講義氣自然是好事。」小丐道：「我知道啦，做好事的是好人，做壞事的是壞人，你老是做好事，因此是個大大的好人。」

這句話若是出於旁人之口，謝煙客認定必是譏諷，想也不想，舉掌便將他打死了。他一生之中，從來沒人說過他是「好人」，雖然偶爾也做幾件好事，卻是興之所至，隨手而爲，與生平所做壞事相較，這寥寥幾件好事簡直微不足道，這時聽那小丐說得語氣眞誠，不免大有啼笑皆非之感，心道：「這小傢伙說話顚顚蠢蠢，旣說我不講義氣，又說我是個大大的好人。這些話若給我的對頭在旁聽見了，豈不成爲武林中的笑柄？謝某這張臉往那裏擱去？須得乘早了結此事，別再跟他胡纏。」

那小丐旣不要黑白雙劍，謝煙客取出一塊青布袱將雙劍包了，負在背上，尋思：「引他向我求甚麼好？」正沉吟間，忽見道旁三株棗樹，結滿了紅紅的大棗子，指着棗子說道：「這裏的棗子很好。」眼見三株棗樹都高，只須那小丐求自己採棗，便算是求懇過了，不料那小丐道：「大好人，你想吃棗子，是不是？」

謝煙客奇道：「甚麼大好人？」小丐道：「你是大大的好人，我便叫你大好人。」謝煙客臉一沉，道：「誰說我是好人來着？」小丐道：「不是好人，便是壞人，那麼我叫你大壞人。」謝煙客道：「我也不是大壞人。」小丐道：「這倒奇了，又不是好人，又不是壞人，啊，是了，你不是人！」謝煙客大怒，喝道：「你說甚麼？」小丐道：「你本事很大，是不是神仙？」謝煙客道：「不是！」語氣已不似先前嚴峻，跟着道：「胡說八道！」

小丐搖了搖頭，自言自語：「這也不是，那也不是，可不知是甚麼。」突然奔到棗樹底下，雙手抱住樹幹，兩脚撑了幾下，便爬上了樹。

謝煙客見他雖不會武功，爬樹的身手卻極靈活，只見他揀着最大的棗子，不住採着往懷中塞去，片刻間胸口便高高鼓起。他溜下樹來，雙手捧了一把，遞給謝煙客，道：「吃棗子罷！你不是人，也不是鬼，難道是菩薩？我看卻也不像。」

謝煙客不去理他，吃了幾枚棗子，清甜多汁，的是上品，心想：「他沒來求我，反而變成了我去求他。」說道：「你想不想知道我是誰？你只須求我一聲，說：『請你跟我說，你到底是誰？你是不是神仙菩薩？』我便跟你說。」

小丐搖頭道：「我不求人家的。」謝煙客心中一凜，忙問：「為甚麼不求人？」小丐道：「我媽媽常跟我說：『狗雜種，你這一生一世，可別去求人家甚麼。人家心中想給你，你不用求，人家自然會給你；人家不肯的，你便苦苦哀求也是無用，反而惹得人家討厭。』我媽媽有時吃香的甜的東西，倘若我問她要，她非但不給，反而狠狠打我一頓，罵我：『狗雜種，你求我幹甚麼？幹麼不求你那個嬌滴滴的小賤人去？』因此我是決不求人家的。」

謝煙客道：「『嬌滴滴的小賤人』是誰？」小丐道：「我不知道啊。」

謝煙客又是奇怪，又是失望，心想：「這小傢伙倘若真是甚麼也不向我乞求，當年這個心願如何完法？他的母親只怕是個顛婆，怎麼兒子向她討食物吃便要挨打？她罵甚麼『嬌滴滴的小賤人』，多半是她丈夫喜新棄舊，拋棄了她，於是她滿心惡氣都發在兒子頭上。鄉下愚婦，原多如此。」又問：「你是個小叫化，不向人家討飯討錢麼？」

小丐搖頭道：「我從來不討，人家給我，我就拿了。有時候人家不給，他一個轉身沒留神，我也拿了，趕快溜走。」謝煙客淡淡一笑，道：「那你不是小叫化，你是小賊！」小丐問道：「甚麼叫小賊？」謝煙客道：「你眞的不懂呢？還是裝傻？」小丐道：「我當然眞的不懂，才問你啦。甚麼叫裝傻？」

謝煙客向他臉上瞧了幾眼，見他雖滿臉污泥，一雙眼睛卻晶亮漆黑，全無愚蠢之態，道：「你又不是三歲娃娃，活到十幾歲啦，怎地甚麼事也不懂？」

小丐道：「我媽媽不愛跟我說話，她說見到了我就討厭，常常十天八天不理我，我只好跟阿黃去說話了。阿黃只會聽，不會說，牠又不會跟我說甚麼是小賊，甚麼是裝傻。」

謝煙客見他目光中毫無狡譎之色，心想：「這小子不是繞彎子罵我罷？」又問：「那你不會去和鄰居說話？」小丐道：「甚麼叫鄰居？」謝煙客好生厭煩，說道：「住在你家附近的人，就是鄰居了。」小丐道：「住在我家附近的？嗯，共有十一株大松樹，樹上有許多松鼠，草裏有山鷄、野兔，那些是鄰居麼？牠們只會吱吱的叫，卻都不會說話。」謝煙客道：「你長到這麼大，難道除了你媽媽之外，沒跟人說過話？」

小丐道：「我一直在山上家裏，走不下來，除了媽媽之外就沒跟人說過話。前幾天媽媽不見了，我找媽媽時從山上掉了下來，後來阿黃又不見了，我問人家，我媽媽那裏去了，阿黃那裏去了，人家說不知道。那算不算說話？」

謝煙客心道：「原來你在荒山上住了一輩子，你母親又不來睬你，難怪這也不懂，那也不懂。」便道：「那也算說話罷。那你又怎知道銀子能買饅頭吃？」小丐道：「我見人家買過的。你沒銀子，我有銀子，你想要，是不是？我給你好了。」從懷中取出那幾塊碎銀子來遞給他。謝煙客搖頭道：「我不要。」心想：「這小子渾渾沌沌，倒不是個小氣的傢伙。」

說了這一陣子話，漸感放心，相信他不是別人安排了來對付自己的圈套。

只聽小丐又問：「你剛才說我不是小叫化，是小賊。到底我是小叫化呢，還是小賊？」謝煙客微微一笑，道：「你向人家討吃的，討銀子，人家肯給才給你，你便是小叫化。倘若你不理人家肯不肯給，偷偷的伸手拿了，那便是小賊了。」

那小丐側頭想了一會，道：「我從來不向人家討東西，不管人家肯不肯給，就拿來吃了，那麼我是小賊。是了，你是老賊。」

謝煙客吃一驚，怒道：「甚麼，你叫我甚麼？」

小丐道：「你難道不是老賊？這兩把劍人家明明不肯給你，你卻去搶了來，你不是小孩子，自然是老賊了。」

謝煙客不怒反笑，說道：「『小賊』兩個字是罵人的話，『老賊』也是罵人的話，你不能隨便罵我。」小丐道：「那你怎麼罵我？」謝煙客笑道：「好，我也不罵你。你不是小叫化，也不是小賊，我叫你小娃娃，你就叫我老伯伯。」小丐搖頭道：「我不叫小娃娃，我叫狗雜種。」謝煙客道：「狗雜種的名字不好聽，你媽媽可以叫你，別人可不能叫你。你媽媽也眞奇怪，怎麼叫自己的兒子做狗雜種？」

小丐道：「狗雜種爲甚麼不好？我的阿黃就是隻狗。他陪着我，我就快活，好像你陪着我一樣。不過我跟阿黃說話，牠只會汪汪的叫，你卻也會說話。」說着便伸手在謝煙客背上撫摸幾下，落手輕柔，神態和藹，便像是撫摸狗兒的背毛一般。

謝煙客將一股內勁運到了背上，那小丐全身一震，猶似摸到了一塊燒紅的赤炭，急忙放開手，胸腹間說不出的難受，幾欲嘔吐。謝煙客似笑非笑的瞧着他，心道：「誰叫你對我無禮，這一下可夠你受的了！」

那小丐手撫胸口，說道：「老伯伯，你在發燒，快到那邊樹底下休息一會，我去找些水給你喝。你甚麼地方不舒服？你燒得好厲害，只怕這場病不輕。」說話時滿臉關切之情，伸手去扶他手臂，要他到樹下休息。

這一來，謝煙客縱然乖戾，見他對自己一片眞誠，便也不再運內力傷他，說道：「我好端端的，生甚麼病？你瞧，我不是退燒了麼？」說着拿過他小手來，在自己額頭摸了摸。

小丐一摸之下，覺他額頭涼印印地，急道：「啊啦，老伯伯，你快死了！」謝煙客怒道：「胡說八道，我怎麼快死了？」小丐道：「我媽媽有一次生病，也是這麼又發燒又發冷，她不住叫：『我要死了，快死了，沒良心的，我還是死了的好！』後來果然險些死了，在床上睡了兩個多月才好。」謝煙客微笑道：「我不會死的。」那小丐微微搖頭，似乎不信。

兩人向着東南方走了一陣，小丐望望天上烈日，忽然走到路旁去採了七八張大樹葉。謝煙客只道他小孩喜玩，也不加理睬，那知他將這些樹葉編織成了一頂帽子，交給謝煙客，說道：「太陽晒得厲害，你有病，把帽兒戴上罷。」

謝煙客給他鬧得啼笑皆非，不忍拂他一番好意，便把樹葉帽兒戴在頭上。炎陽之下，戴上了這頂帽子，倒也涼快舒適。他向來只有人怕他恨他，從未有人如此對他這般善意關懷，不由得心中感到了一陣溫暖。

不久來到一處小市鎮上，那小丐道：「你沒錢，這病說不定是餓壞了的，咱們上飯館子去吃個飽飽的。」拉着謝煙客之手，走進一家飯店。那小丐一生之中從沒進過飯館，也不知如何叫菜，把懷裏的碎銀和銅錢都掏出來放在桌上，對店小二道：「我和老伯伯要吃飯吃肉吃魚，把錢都拿去好了。」銀子足足三兩有餘，便整治一桌上好筵席也夠了。

店小二大喜，忙吩咐厨房烹煮鷄肉魚鴨，不久菜餚陸續端上。謝煙客叫再打兩斤白酒。那小丐喝了一口酒，吐了出來，道：「辣得很，不好吃。」自管吃肉吃飯。

謝煙客心想：「這小子雖不懂事，卻是天生豪爽，看來人也不蠢，若加好好調處，倒可成爲武林中一把好手。」轉念又想：「唉，世人忘恩負義的多，我那畜生徒弟資質之佳，世上難逢，可是他害得我還不夠？怎麼又生收徒之念？」一想到他那孽徒，登時怒氣上沖，將兩斤白酒喝乾，吃了些菜餚，說道：「走罷！」

那小丐道：「老伯伯，你好了嗎？」謝煙客道：「好啦！」心想：「這會兒你銀子花光了，再要吃飯，非得求我不可。咱們找個大市鎮，把金葉子兌了再說。」

當下兩人離了市鎮，又向東行。謝煙客問道：「小娃娃，你媽媽姓甚麼？她跟你說過沒有？」小丐道：「媽媽就是媽媽了，媽媽也有姓的麼？」謝煙客道：「當然啦，人人都是有姓的。」小丐道：「那麼我姓甚麼？」謝煙客道：「我就是不知道。狗雜種太難聽，要不要我給你取個姓名？」

倘若小丐說道：「請你給我取個姓名罷？」那就算求他了，隨便給他取個姓名，便完心願。不料小丐道：「你愛給我取名，那也好。不過就怕媽媽不喜歡。她叫慣我狗雜種，我換了名字，她就不高興了。狗雜種爲甚麼難聽？」謝煙客皺了皺眉頭，心想：「『狗雜種』三字爲甚麼難聽，一時倒也不易向他解說得明白。」

便在此時，只聽得左首前面樹林之中傳來叮叮幾下兵刃相交之聲。心下一凜：「有人在那邊交手？這幾人出手甚快，武功着實不低。」當即低聲向小丐道：「咱們到那邊去瞧瞧，你可千萬不能出聲。」伸手在小丐後膊一托，展開輕功，奔向兵刃聲來處，幾個起落，已到了一株大樹之後。那小丐身子猶似騰雲駕霧一般，只覺好玩無比，想要笑出聲來，想起謝煙客的囑咐，忙伸手按住了嘴巴。

兩人在樹外瞧去，只見林中有四人縱躍起伏，惡鬥方酣，乃是三人夾攻一人。被圍攻的是個紅面老者，白髮拂胸，空着雙手，一柄單刀落在遠處地下，刀身曲折，顯是給人擊落了的，謝煙客認得他是白鯨島的大悲老人，當年曾在自己手底下輸過一招，武功着實了得。夾擊的三人一個是身材甚高的瘦子，一個是黃面道人，另一個相貌極怪，兩條大傷疤在臉上交叉而過，劃成一個十字，那瘦子使長劍，道人使鏈子鎚，醜臉漢子則使鬼頭刀。這三人謝煙客卻不認得，武功均非泛泛，那瘦子尤爲了得，劍法飄逸無定，輕靈沉猛。

謝煙客見大悲老人已然受傷，身上點點鮮血不住濺將出來，雙掌翻飛，仍是十分勇猛。他繞着一株大樹東閃西避，藉着大樹以招架三人的兵刃，左手擒拿，右手或拳或掌，運勁推帶，牽引三人的兵刃自行碰撞。謝煙客不禁起了幸災樂禍之意：「大悲老兒枉自平日稱雄逞強，今日虎落平陽被犬欺，我瞧你難逃此刦。」

那道人的鏈子鎚常常繞過大樹，去擊打大悲老人的側面，醜漢子則膂力甚強，鬼頭刀使將開來，風聲呼呼。謝煙客暗暗心驚：「我許久沒涉足江湖，中原武林中幾時出了這幾個人物？怎麼這三人的招數門派我竟一個也認不出來。若非是這三把好手，大悲老人也不至敗得如此狼狽。」

只聽那道人嘶啞着嗓子道：「白鯨島主，我們長樂幫跟你原無仇怨。我們司徒幫主仰慕你是號人物，好意以禮相聘，邀你入幫，你何必口出惡言，辱罵我們幫主？你只須答應加盟本幫，咱們立即便是好兄弟、好朋友，前事一概不究。又何必苦苦支撐，白白送了性命？咱們携手並肩，對付俠客島的『賞善罰惡令』，共渡刦難，豈不是好？」

謝煙客聽到他最後這句話時，胸口一陣劇震，尋思：「難道俠客島的『賞善罰惡令』又重現江湖了？」

只聽大悲老人怒道：「我堂堂好男兒，豈肯與你們這些無恥之徒為伍？我寧可手接『賞善罰惡令』，去死在俠客島上，要我加盟為非作歹的惡徒邪幫，卻萬萬不能。」左手倏地伸出，抓向那醜漢子肩頭。

謝煙客暗叫：「好一招『虎爪手』！」這一招去勢極快，那醜漢子沉肩相避，還是慢了少些，已被大悲老人五指抓住了肩頭。只聽得嗤的一聲，那醜漢子右肩肩頭的衣服被扯了一大塊，肩頭鮮血淋漓，竟被抓下了一大片肉來。那三人大怒，加緊招數。

謝煙客暗暗稱異：「長樂幫是甚麼幫會？幫中既有這樣的高手在內，我怎麼從沒聽見過它的名頭？多半是新近才創立的。司徒幫主又是甚麼人了？難道便是『東霸天』司徒橫？武林中姓司徒的好手，除司徒橫之外可沒第二人了。」

但見四人越鬥越狠。那醜漢子狂吼一聲，揮刀橫掃過去。大悲老人側身避開，向那道人打出一拳，刷的一聲響，醜漢的鬼頭刀已深深砍入樹幹之中，運力急拔，一時竟拔不出來。大悲老人右肘疾沉，向他腰間撞了下去。

大悲老人在這三名好手圍攻下苦苦支撐，已知無倖，他苦鬥之中，眼觀八方，隱約見到樹後藏得有人，料想又是敵人。眼前三人已無法打發，何況對方更來援兵？眼前三個敵手之中，以那醜臉的漢子武功最弱，唯有先行除去一人，才有脫身之機，是以這一下肘鎚使足了九成力道。

但聽得砰的一聲，肘鎚已擊中那醜漢子腰間，大悲老人心中一喜，搶步便即繞到樹後，便在此時，那道人的鏈子鎚從樹後飛擊過來。大悲老人左掌在鏈子上斬落，眼前白光忽閃，急忙向右讓開時，不料他年紀大了，酣戰良久之後，精力已不如盛年充沛，本來腳下這一滑足可讓開三尺，這一次卻只滑開了二尺七八寸，嗤的一聲輕響，瘦子的長劍刺入了他左肩，竟將他牢牢釘在樹幹之上。

這一下變起不意，那小丐忍不住「咦」的一聲驚呼，當那三人圍這老人時，他心中已大爲不平，眼見那老人受制，更是驚怒交集。

只聽那瘦子冷冷的道：「白鯨島主，敬酒不吃吃罰酒，現下可降了我長樂幫罷？」大悲老人圓睜雙眼，怒喝：「你既知我是白鯨島島主，難道我白鯨島上有屈膝投降的懦夫？」用力一掙，寧可廢了左肩，也要掙脫長劍，與那瘦子拚命。

那道人右手一揮，鏈子鎚飛出，鋼鍊在大悲老人身上繞了數匝，砰的一響，鎚頭重重撞上他胸口，大悲老人長聲大叫，側過頭來，口中狂噴鮮血。

那小丐再也忍不住，急衝而出，叫道：「喂，你們三個壞人，怎麼一起打一個好人？」

謝煙客眉頭一皺，心想：「這娃娃去惹事了。」隨即心下喜歡：「那也好，便借這三人之手將他殺了，我見死不救，不算違了誓言，要不然那小娃娃出聲向我求救，我就幫他料理了那三人。」

只見那小丐奔到樹旁，擋在大悲老人身前，叫道：「你們可不能再難為這老伯伯。」

那瘦子先前已察覺身後有人，見這少年奔跑之時身上全無武功，卻如此大膽，定是受人指使，心想：「我嚇嚇這小鬼，諒他身後之人不會不出來。」伸手拔下了嵌在樹幹上的鬼頭刀，喝道：「小鬼頭，是誰叫你來管老子的閒事？我要殺這老傢伙了，你滾不滾開？」揚起大刀，作勢橫砍。

那小丐道：「這老伯伯是好人，你們都是壞人，我一定幫好人。你砍好了，我當然不滾開。」他母親心情較好之時，偶爾也說些故事給他聽，故事中必有好人壞人，在那小孩子心中，幫好人打壞人，乃是天經地義之事。

那瘦子怒道：「你認得他麼？怎知他是好人？」

那小丐道：「老伯伯說你們是甚麼惡徒邪幫，死也不肯跟你們作一道，你們自然是壞人了。」轉過身去，伸手要解那根鏈子鎚下來。

那道人反手出掌，拍的一響，只打得那小丐頭昏眼花，左邊臉頰登時高高腫起，五根手指的血印像一隻血掌般爬在他臉上。

那小丐實不知天高地厚。昨日侯監集上金刀寨人衆圍攻吳道通，一來他不知吳道通是好人還是壞人，二來這幾人在屋頂惡鬥，吳道通從屋頂摔下便給那高個兒雙鈎刺入小腹，否則說不定他當時便要出來干預，至於是否會危及自身，他是壓根兒便不懂。

那瘦子見這小丐有恃無恐、毫不畏懼的模樣，心下登即起疑：「這小鬼到底仗了甚麼大靠山，居然敢在長樂幫的香主面前囉唣？」側身向大樹後望去時，瞥眼見到謝煙客淸癯的形相，登時想起一個人來：「這人與江湖上所說的玄鐵令主人、摩天居士謝煙客有些相似，莫非是他？」當下舉起鬼頭刀，喝道：「我不知你是甚麼來歷，不知你師長門派，你來搗亂，只當你是個無知的小叫化，一刀殺了，打甚麼緊？」呼的一刀，向那小丐頸中劈了下去。不料那小丐一來強項，二來不懂凶險，竟是一動也不動。那瘦子一刀劈到離他頭頸數寸之處，這才收刀，讚道：「好小子，膽子倒也不小！」

那道人性子暴躁，右手又是一掌，這次打在那小丐右頰之上，下手比上次更是沉重。那小丐痛得哇的一聲，大哭起來。那瘦子道：「你怕打，那便快些走開。」那小丐哭喪着臉道：「你們先走開，不可難爲這老伯伯，我便不哭。」那瘦子倒笑了起來。那道人飛脚將小丐踢倒在地。那小丐跌得鼻青目腫，爬起身來，仍是護在大悲老人身前。

大悲老人性子孤僻，生平極少知己，見這少年和自己素不相識，居然捨命相護，自是好生感激，說道：「小兄弟，你跟他們鬥，還不是白饒一條性命。程某垂暮之年，交了你這位小友，這一生也不枉了，你快快走罷。」甚麼「垂暮之年」、甚麼「這一生也不枉了」，那小丐全然不懂，只知他是催自己走開，大聲道：「你是好人，不能給他們壞人害死。」

那瘦子尋思：「這小娃娃來得極是古怪，那樹後之人也不知是不是謝煙客，我們犯不着多結寃家，但若給這小娃娃幾句話一說便即退走，豈不是顯得咱長樂幫怕了人家？」當即舉起鬼頭刀，說道：「好，小娃娃，我來試你一試，我連砍你三十六刀，你若是一動也不動，我便算服了你。你怕不怕？」

小丐道：「你接連砍我三十六刀，我自然怕。」瘦子道：「你怕了便好，那麼快給我走罷。」小丐道：「我心裏怕，可是我偏偏就不走。」瘦子大拇指一翹，道：「好，有骨氣，看刀！」颼的一刀從他頭頂掠了過去。

謝煙客在樹後看得淸楚，見那瘦子這刀橫砍，刀勢輕靈，使的全是腕上之力，乃是以劍術運刀，雖不知他這一招甚麼名堂，但見一柄沉重的鬼頭刀在他手中使來，輕飄飄地猶如無物，刀刃齊着那小丐的頭皮貼肉掠過，登時削下他一大片頭髮來。那小丐竟十分硬朗，挺直了身子，居然動也不動。

但見刀光閃爍吞吐，猶似靈蛇遊走，左一刀右一刀，刀刀不離那小丐的頭頂，頭髮紛紛而下，堪堪砍到三十二刀，那瘦子一聲叱喝，鬼頭刀自上而下直劈，嗤的一聲，將那小丐的右手衣袖削下了一片，接着又將他左袖削下一片，接着左邊褲管，右邊褲管，均在轉瞬之間被他兩刀分別削下了一條。那瘦子一收刀，刀柄順勢在大悲老人胸腹間的「膻中穴」上重重一撞，哈哈大笑，說道：「小娃娃，眞有你的，眞是了得！」

謝煙客見他以劍使刀，三十六招連綿圓轉，竟沒有半分破綻，不由得心下暗暗喝采，待見他收招時以刀柄撞了大悲老人的死穴，心道：「此人下手好辣！」只見那小丐一頭蓬蓬鬆鬆的亂髮被他連削三十二刀，稀稀落落的更加不成模樣。

適才這三十二刀在小丐頭頂削過，他一半固然是竭力硬挺，以維護大悲老人，另一半可是嚇得呆了，倒不是不肯動，而是不會動了，待瘦子三十六刀砍完，他伸手一摸自己腦袋，宛然完好，這才長長的喘出一口氣來。

那道人和那醜臉漢子齊聲喝采：「米香主，好劍法！」那瘦子笑道：「衝着小朋友這份肝膽，今日咱們便讓他一步！兩位兄弟，這便走罷！」那道人和醜臉漢子見大悲老人吃了這一刀柄後，氣息奄奄，轉眼便死，當下取了兵刃，邁步便行。醜臉漢子脚步蹣跚，受傷着實不輕。那瘦子伸右掌往樹上推去，嚓的一響，深入樹幹尺許的長劍被他掌力震激，帶着大悲老人肩頭的鮮血躍將出來。那瘦子左手接住，長笑而去，竟沒向謝煙客藏身處看上一眼。

謝煙客尋思：「原來這瘦子姓米，是長樂幫的香主，他露這兩手功夫，顯然是要給我看的。此人劍法輕靈狠辣，兼而有之，但比之玄素莊石清夫婦尚頗不如，憑這手功夫便想在我面前逞威風嗎？嘿嘿！」依着他平素脾氣，這姓米的露這兩手功夫，在自己面前炫耀，定要上前教訓教訓他，對方若是稍有不敬，便即順手殺了，只是玄鐵令的心願未了，實不願在此刻多惹事端，當下只是冷眼旁觀，始終隱忍不出。

那小丐向大悲老人道：「老伯伯，我來給你包好了傷口。」拾起自己給那瘦子削下的衣袖，要去給大悲老人包紮肩頭的劍傷。

大悲老人雙目緊閉，說道：「不……不用了！我袋裏……有些泥人兒……給了你……你罷……」一句話沒說完，腦袋突然垂落，便已死去，一個高大的身子慢慢滑向樹根。

小丐驚叫：「老伯伯，老伯伯！」伸手去扶，卻見大悲老人縮成一團，動也不動了。

謝煙客走近身來，問道：「他臨死時說些甚麼？」小丐道：「他說……他說……他袋裏有些甚麼泥人兒，都給了我。」

謝煙客心想：「大悲老人是武林中一代怪傑，武學修為，跟我也差不了多少。此人身邊說不定有些甚麼要緊物事。」但他自視甚高，決不願在死人身邊去拿甚麼東西，就算明知大悲老人身懷希世奇珍，他也是掉頭不顧而去，說道：「是他給你的，你就拿了罷。」小丐問道：「是他給的，我拿了是不是小賊？」謝煙客笑道：「不是小賊。」

小丐伸手到大悲老人衣袋中掏摸，取出一隻木盒，還有幾錠銀子，七八枚生滿了刺的暗器，幾封書信，似乎還有一張繪着圖形的地圖。謝煙客很想瞧瞧書信中寫甚麼，是幅甚麼樣的地圖，但自覺只要一沾了手，便失卻武林高人的身分，是以忍手不動。

只見小丐已打開了木盒，盒中墊着棉花，並列着三排泥製玩偶，每排六個，共是一十八個。玩偶製作精巧，每個都是裸體的男人，皮膚上塗了白堊，畫滿了一條條紅綫，更有無數黑點，都是脈絡和穴道的方位。謝煙客一看，便知這些玩偶身上畫的是一套內功圖譜，心想：「大悲老兒臨死時做個空頭人情，你便是不送他，小孩兒在你屍身上找到，豈有不拿去玩兒的？」

那小丐見到這許多泥人兒，十分喜歡，連道：「眞有趣，怎麼沒衣服穿的，好玩得緊。要是媽媽肯做些衣服給他們穿，那就更好了。」

謝煙客心想：「大悲老兒雖然和我不睦，但總也是個響噹噹的人物，總不能讓他暴骨荒野！」說道：「你的老朋友死了，不將他埋了？」小丐道：「是，是。可怎麼埋法？」謝煙客淡淡的道：「你有力氣，便給他挖個坑，沒力氣，將泥巴石塊堆在他身上就完了。」

小丐道：「這裏沒鋤頭，挖不來坑。」當下去搬些泥土石塊、樹枝樹葉，將大悲老人的屍身蓋沒了。他年小力弱，勉強將屍體掩蓋完畢，已累得滿身大汗。

謝煙客站在一旁，始終沒出手相助，待他好容易完工，便道：「走罷！」小丐道：「到那裏去？我累得很，不跟你走啦！」謝煙客道：「爲甚麼不跟我走？」

小丐道：「我要去找媽媽，找阿黃。」

謝煙客微微心驚：「這娃娃始終還沒求過我一句話，若是不肯跟我走，倒是一件爲難之事，我又不能用強，硬拉着他。有了，昔年我誓言只說對交來玄鐵令之人不能用強，卻沒說不能相欺。我只好騙他一騙。」便道：「你跟我走，我幫你找媽媽、找阿黃去。」小丐喜道：「好，我跟你去，你本事很大，一定找得到我媽媽和阿黃。」

謝煙客心道：「多說無益，好在他還沒有開口正式懇求，否則要我去給他找尋母親和那條狗子，可是件天大的難事。」握住他右手，說道：「咱們得走快些。」小丐剛應得一聲：「是！」便似騰身而起，身不由主的給他拉着飛步而行，連叫：「有趣，有趣！」只覺得涼風撲面，身旁樹木迅速倒退，不絕口的稱讚：「老伯伯，你拉着我跑得這樣快！」

走到天黑，也不知奔行了多少里路，已到了一處深山之中，謝煙客鬆開了手。

那小丐只覺雙腿酸軟，身子搖幌了兩下，登時坐倒在地。只坐得片刻，兩隻脚板大痛起來，又過半晌，只見雙脚又紅又腫，他驚呼：「老伯伯，我的脚腫起來了。」

謝煙客道：「你若求我給你醫，我立時使你雙脚不腫不痛。」小丐道：「你如肯給我治好，我自然多謝你啦。」謝煙客眉頭一皺，道：「你當眞從來不肯開口向人乞求？」小丐道：「你若肯給我治，用不着我來求，否則我求也無用。」謝煙客道：「怎麼無用？」小丐道：「你倘若不肯治，我心裏難過，脚上又痛：說不定要哭一場。倘若你是不會治，反而讓你心裏難過。」謝煙客哼了一聲，道：「我心裏從來不難過！小叫化，便在這裏睡罷！」隨即心想：「這娃娃既不開口向人求乞，可不能叫他作『小叫化』。」

那少年靠在一株樹上，雙足雖痛，但奔跑了半日，疲累難當，不多時便即沉沉睡去，連肚餓也忘了。謝煙客卻躍到樹頂安睡，只盼半夜裏有一隻野獸過來，將這少年咬死吃了，給他解了一個難題。豈知一夜之中，連野兔也沒一隻經過。

次日清晨，謝煙客心道：「我只有帶他到摩天崖去，他若出口求我一件輕而易舉之事，那是他的運氣，否則好歹也設法取了他的性命。連這樣一個小娃娃也炮製不了，摩天居士還算甚麼人了？」携了那少年之手又行，那少年初幾步着地時，脚底似有數十萬根小針在刺，忍不住「哎喲」叫痛。

謝煙客道：「怎麼啦？」盼他出口說：「咱們歇一會兒罷。」豈料他卻道：「沒甚麼，脚底有點兒痛，咱們走罷。」謝煙客奈何他不得，怒氣漸增，拉着他急步疾行。

謝煙客不停南行，經過市鎭之時，隨手在餅鋪飯店中抓些熟肉、麵餅，一面奔跑，一面嚼吃，要是分給那少年，他便吃了，倘若不給，那少年也不乞討。

如此數日，直到第六日，盡是在崇山峻嶺中奔行，那少年雖然不會武功，在謝煙客提携之下，居然也硬撐了下來。謝煙客只盼他出口求告休息，卻始終不能如願，到得後來，心下也不禁有些佩服他的硬朗。

又奔了一日，山道愈益險陡，那少年再也攀援不上，謝煙客只得將他負在背上，在懸崖峭壁間縱躍而上。那少年只看得心驚肉跳，有時到了眞正驚險之處，只有閉目不看。

這日午間，謝煙客攀到了一處筆立的山峯之下，手挽從山峯上垂下的一根鐵鍊，爬了上去，這山峯光禿禿地，更無置手足處，若不是有這根鐵鍊，謝煙客武功再高，也不易攀援而上。到得峯頂，謝煙客將那少年放下，說道：「這裏便是摩天崖了，我外號『摩天居士』，就是由此地而得名。你也在這裏住下罷！」

那少年四下張望，見峯頂地勢倒也廣闊，但身周雲霧繚繞，當眞是置身雲端之中，不由得心下驚懼，道：「你說幫我去找媽媽和阿黃的？」

謝煙客冷冷的道：「天下這麼大，我怎知你母親到了何處。咱們便在這裏等着，說不定有朝一日，你母親帶了阿黃上來見你，也未可知。」

這少年雖童稚無知，卻也知謝煙客是在騙他，如此險峻荒僻的處所，他母親又怎能尋得着，爬得上？至於阿黃更是決計不能，一時之間，呆住了說不出話來。

謝煙客道：「幾時你要下山去，只須求我一聲，我便立即送你下去。」心想：「我不給你東西吃，你自己沒能耐下去，終究要開口求我。」

那少年的母親雖然對他冷漠，卻是從來不曾騙過他，此時他生平首次受人欺騙，眼中淚水滾來滾去，拚命忍住了，不讓眼淚流下。

只見謝煙客走進一個山洞之中，過了一會，洞中有黑煙冒出，卻是在烹煮食物，又過少時，香氣一陣陣的冒將出來，那少年腹中饑餓，走進洞去，見是老大一個山洞。

謝煙客故意將行灶和鍋子放在洞口烹煮，要引那少年向自已討。那知這少年自幼只和母親二人相依爲生，從來便不知人我之分，見到東西便吃，又有甚麼討不討的？他見石桌上放着一盤臘肉，一大鍋飯，當即自行拿了碗筷，盛了飯，伸筷子夾臘肉便吃。謝煙客一怔，心道：「他請我吃過饅頭、棗子、酒飯，我若不許他吃我食物，倒顯得謝某不講義氣了。」當下也不理睬。

這等兩人相對無言、埋頭吃飯之事，那少年一生過慣了，吃飽之後，便去洗碗、洗筷、刷鍋、砍柴。那都是往日和母親同住時的例行之事。

他砍了一擔柴，正要挑回山洞，忽聽得樹叢中忽喇聲響，一隻獐子竄了出來。那少年提起斧頭，一下砍在獐子頭上，登時砍死，當下在山溪裏洗剝乾淨，拿回洞來，將大半隻獐子掛在當風處風乾，兩條腿切碎了熬成一鍋。

謝煙客聞到獐肉羹的香氣，用木杓子舀起嘗了一口，不由得又是歡喜，又是煩惱。這獐肉羹味道十分鮮美，比他自已所烹的高明何止十倍，心想這小娃娃居然還有這手功夫，日後口福不淺；但轉念又想，他會打獵、會燒菜，倘若不求我帶他下山，倒是奈何他不得。

在摩天崖上如此忽忽數日，那少年張羅、設陷、彈雀、捕獸的本事着實不差，每天均有新鮮菜餚煮來和謝煙客共食，吃不完的禽獸便風乾醃起。他烹調的手段大有獨到之處，雖是山鄉風味，往往頗具匠心。謝煙客讚賞之餘，問起每一樣菜餚的來歷，那少年總說是母親所教。再盤問下去，才知這少年的母親精擅烹調，生性卻既暴躁又疏懶，十餐飯倒是有九餐叫兒子去煮，若是烹調不合，高興時在旁指點，不高興便打罵兼施了。謝煙客心想他母子二人都燒得如此好菜，該當均是十分聰明之人，想是鄉下女子爲丈夫所棄，以致養成了孤僻乖戾的性子，也說不定由於孤僻乖戾，才爲丈夫所棄。

謝煙客見那少年極少和他說話，倒不由得有點暗暗發愁，心想：「這件事不從速解決，總是一個心腹大患，不論那一日這娃娃受了我對頭之惑，來求我自廢武功，自殘肢體，那便如何是好？又如他來求我終身不下摩天崖一步，那麼謝煙客便活活給囚禁在這荒山頂上了。就算他只求我去找他媽媽和那條黃狗，可也是頭痛萬分之事。」

饒是他聰明多智，卻也想不出個善策。

這日午後，謝煙客負着雙手在林間閒步，瞥眼見那少年倚在一塊巖石之旁，眉花眼笑的正瞧着石上一堆東西。謝煙客凝神看去，見石上放着的正是大悲老人給他的那一十八個泥人兒，那少年將這些泥人兒東放一個，西放一個，一會兒叫他們排隊，一會兒叫他們打仗，玩得興高采烈。

謝煙客心道：「當年大悲老人和我在北邙山較量，他掌法剛猛，擒拿法迅捷變幻，鬥到大半個時辰之後，終於在我『控鶴功』下輸了一招，當即知難而退。此人武功雖高，卻只以外家功夫見長，這些繪在泥人身上的內功，多半膚淺得緊，不免貽笑大方。」

當下隨手拿起一個泥人，見泥人身上繪着湧泉、然谷、照海、太谿、水泉、太鍾、復留、交信等穴道，沿足而上，至肚腹上橫骨、太赫、氣穴、四滿、中注、肓俞、商曲而結於舌下的廉泉穴，那是「足少陰腎經」，一條紅綫自足底而通至咽喉，心想：「這雖是練內功的正途法門，但各大門派的入門功夫都和此大同小異，何足為貴？是了！大悲老人一生專練外功，壯年時雖然縱橫江湖，後來終於知道技不如人，不知從那裏去弄了這一十八個泥人兒來，便想要內外兼修。說不定還是輸在我手下之後，才起了這番心願。但練那上乘內功豈是一朝一夕之事，大悲老人年逾七十，這份內功，只好到陰世去練了，哈哈，哈哈！」想到這裏，不禁笑出聲來。

那少年笑道：「伯伯，你瞧這些泥人兒都有鬍鬚，又不是小孩兒，卻不穿衣衫，眞是好笑。」謝煙客道：「是啊！可笑得緊。」他將一個個泥人都拿起來看，只見一十二個泥人身上分別繪的是手太陰肺經、手陽明大腸經、足陽明胃經、足太陰脾經、手少陰心經、手太陽小腸經、足太陽膀胱經、足少陰腎經、手厥陰心包經、手少陽三焦經、足少陽膽經、足厥陰肝經，那是正經十二脈；另外六個泥人身上繪的是任脈、督脈、陰維、陽維、陰蹻、陽蹻六脈；奇經八脈中最是繁複難明的衝脈、帶脈兩路經脈卻付闕如，心道：「這似乎是少林派的入門內功。大悲老人當作寶貝般藏在身上的東西，卻是殘缺不全的。其實他想學內功，這些粗淺學問，只須找內家門中一個尋常弟子指教數月，也就明白了。唉，不過他是成名的前輩英雄，又怎肯下得這口氣來，去求別人指點？」想到此處，不禁微有淒涼之意。

又想起當年在北邙山上與大悲老人較技，雖然勝了一招，但實是行險僥倖而致，心想：

「幸好他無內功根基，倘若少年時修習過內功，只怕鬥不上三百招，我便被他打入深谷。嘿嘿，死得好，死得好！」

他臉上露出笑容，緩步走開，走得幾步，突然心念一動：「這娃娃玩泥人玩得高興，我何不乘機將泥人上所繪的內功教他，故意引得他走火入魔，內力衝心而死？我當年誓言只說決不以一指之力加於此人，他練內功自己練得岔氣，卻不能算是我殺的。就算是我立心害他性命，可也不是『以一指之力加於其身』，不算違了誓言。對了，就是這個主意。」

他行事向來只憑一己好惡，雖然言出必踐，於「信」之一字看得極重，然而甚麼仁義道德，在他眼中卻是不值一文，當下便拿着那個繪着「足少陰腎經」的泥人來，說道：「小娃娃，你可知這些黑點紅綫，是甚麼東西？」

那少年想了一下，說道：「這些泥人生病。」謝煙客奇道：「怎麼生病？」那少年道：「我去年生病，全身都生了紅點。」

謝煙客啞然失笑，道：「那是麻疹。這些泥人身上畫的，卻不是麻疹，乃是學武功的秘訣。你瞧我背了你飛上峯來，武功好不好？」說到這裏，爲了堅那少年學武之心，突然雙足一點，身子筆直拔起，颼的一聲，便竄到了一株松樹頂上，左足在樹枝上稍行借力，身子向上彈起，便如裊裊上升一般，緩緩落下，隨即又在樹枝上彈起，三落三彈，便在此時，恰有兩隻麻雀從空中飛過，謝煙客存心賣弄，雙手一伸，將兩隻麻雀抓在掌中，這才緩緩落下。

那少年拍手笑道：「好本事，好本事！」

謝煙客張開手掌，兩隻麻雀振翅欲飛，但兩隻翅膀剛一撲動，謝煙客掌中便生出一股內力，將雙雀鼓氣之力抵消了。那少年見他雙掌平攤，雙雀羽翅撲動雖急，始終飛不離他的掌心，更是大叫：「好玩，好玩！」謝煙客笑道：「你來試試！」將兩隻麻雀放在他掌中，那少年伸指抓住，不敢鬆手。

謝煙客笑道：「泥人兒身上所畫的，乃是練功夫的法門。你拚命幫那老兒，他心中多謝你，因此送了給你。這不是玩意兒，可寶貴得很呢。你只要練成了泥人身上那些紅綫黑點的法道，手掌攤開，麻雀兒也就飛不走啦。」

那少年道：「這倒好玩，我定要練練。怎麼練的？」口中說着，張開了手掌。兩隻麻雀展翅一撲，便飛了上去。謝煙客哈哈大笑。那少年也跟着傻笑。

謝煙客道：「你若求我教你這門本事，我就可以教你。學會之後，可好玩得很呢，你要下山上山，自己行走便了，也不用我帶。」那少年臉上大有艷羨之色，謝煙客凝視着他臉，只盼他嘴裏吐出「求你教我」這幾個字來，情切之下，自覺氣息竟也粗重了。

過了好一刻，卻聽那少年道：「我如求你，你便要打我。我不求你。」謝煙客道：「你求好了，我說過決不打你。你跟着我這許多時候，我可打過你沒有？」那少年搖頭道：「沒有，不過我不求你教。」

他自幼在母親處吃過的苦頭實是創深痛巨，不論甚麼事，開口求懇，必定挨打，而且母親打了他後，她自己往往痛哭流淚，鬱鬱不歡者數日，不斷自言自語：「沒良心的，我等着你來求我，可是日等夜等，一直等了幾年，你始終不來，卻去求那個甚麼也及我不上的小賤人，幹麼又來求我？」這些話他也不懂是甚麼意思，但母親口中痛罵：「你來求我？這時候可就遲了。從前爲甚麼又不求我？」跟着棍棒便狠狠往頭上招呼下來，這滋味卻實在極不好受。這麼挨得幾頓飽打，八九歲之後就再不向母親求懇甚麼。他和謝煙客荒山共居，過的日子也就如跟母親在一起時無異，不知不覺之間，心中早就將這位老伯伯當作是母親一般了。

謝煙客臉上青氣閃過，心道：「剛才你如開口求懇，完了我平生心願，我自會教你一身足以傲視武林的本領。現下你自尋死路，這可怪我不得。」點頭道：「好，你不求我，我也教你。」拿起那個繪着「足少陰腎經」的泥人，將每一個穴道名稱和在人身的方位詳加解說指點。

那少年天資倒也不蠢，聽了用心記憶，不明白處便提出詢問。謝煙客毫不藏私的教導，再傳了內息運行之法，命他自行修習。

過得大半年，那少年已練得內息能循「足少陰腎經」經脈而行。謝煙客見他進展甚速，心想：「瞧不出你這狗雜種，倒是個大好的練武胚子。可是你練得越快，死得越早。」跟着教他「手少陰心經」的穴道經脈。如此將泥人一個個的練將下去，過得兩年有餘，那少年已將「足厥陰肝經」、「手厥陰心包經」、「足太陰脾經」、「手太陰肺經」的六陰經脈盡數練成，跟着便練「陰維」和「陰蹻」兩脈。

這些時日之中，那少年每日裏除了朝午晚三次勤練內功之外，一般的捕禽獵獸，烹肉煮飯，絲毫沒疑心謝煙客每傳他一分功夫，便是引得他向陰世路多跨一步。只是練到後來，時時全身寒戰，冷不可耐。謝煙客說道這是練功的應有之象，他便也不放在心上，那料得到謝煙客居心險惡，傳給他的練功法門雖然不錯，次序卻全然顛倒了。

自來修習內功，不論是爲了強身治病，還是爲了作爲上乘武功的根基，必當水火互濟，陰陽相配，練了「足少陰腎經」之後，便當練「足少陽膽經」，少陰少陽融會調合，體力便逐步增強。可是謝煙客卻一味叫他修習少陰、厥陰、太陰、陰維、陰蹻的諸路經脈，所有少陽、陽明等經脈卻一概不授。這般數年下來，那少年體內陰氣大盛而陽氣極衰，陰寒積蓄，已然凶險之極，只要內息稍有走岔，立時無救。

謝煙客見他身受諸陰侵襲，竟然到此時尚未斃命，詫異之餘，稍加思索，便即明白，知道這少年渾渾噩噩，於世務全然不知，心無雜念，這才沒踏入走火入魔之途，若是換作旁人，這數年中總不免有七情六欲的侵擾，稍有胡思亂想，便早就已死去多時了，心道：「這狗雜種老是跟我躭在山上，只怕還有許多年好挨。若是放他下山，在那花花世界中過不了幾天，便即送了他的小命。但放他下山，說不定便遇上了武林中人，這狗雜種只消有一口氣在，旁人便能利用他來挾制於我，此險決不能冒。」

心念一轉，已有了主意：「我教他再練九陽諸脈，卻不教他陰陽調合的法子。待得他內息中陽氣也積蓄到相當火候，那時陰陽不調而相衝相尅，龍虎拚鬥，不死不休，就算心中始終不起雜念，內息不岔，卻也非送命不可。對，此計大妙。」

當下便傳他「陽蹻脈」的練法，這次卻不是自少陽、陽明、太陽、陽維而陽蹻的循序漸進，而是從次難的「陽蹻脈」起始。至於陰陽兼通的任督兩脈，卻非那少年此時的功力所能練，抑且也與他原意不符，便置之不理。

那少年依法修習，雖然進展甚慢，總算他生性堅毅，過得一年有餘，居然將「陽蹻脈」

練成了，此後便一脈易於一脈。

這數年之中，每當崖上鹽米酒醬將罄，謝煙客便帶同那少年下山採購，不放心將他獨自留在崖上，只怕有人乘虛而上，將他刦持而去，那等於是將自己的性命交在別人手中了。兩人每年下崖數次，都是在小市集上採購完畢，立即上崖，從未多有逗留。那少年身材日高，衣服鞋襪自也是越買越大。

那少年這時已有十八九歲，身材粗壯，比之謝煙客高了半個頭。謝煙客每日除了傳授內功之外，閒話也不跟他多說一句。好在那少年自幼和母親同住，他母親也是如此冷冰冰地待他，倒也慣了，他母親常要打罵，謝煙客卻不笑不怒，更從未以一指加於其身。崖上無事分心，除了獵捕食物外，那少年唯以練功消磨時光，忽忽數載，諸陽經脈也練得快要功行圓滿了。

謝煙客自三十歲上遇到了一件大失意之事之後，隱居摩天崖，本來便極少行走江湖，這數年中更是伴着那少年不敢稍離，除了勤練本門功夫之外，更新創了一路拳法、一路掌法。

這一日謝煙客清晨起來，見那少年盤膝坐在崖東的圓岩之上，迎着朝曦，正自用功，眼見他右邊頭頂微有白氣升起，正是內力已到了火候之象，不由得點頭，心道：「小子，你一隻脚已踏進鬼門關去啦。」知道他這般練功，須得再過一個時辰方能止歇，當即展開輕功，來到崖後的一片松林之中。

其時晨露未乾，林中一片清氣，謝煙客深深吸一口氣，緩緩吐將出來，突然間左掌向前一探，右掌倏地拍出，身隨掌行，在十餘株大松樹間穿揷迴移，越奔越快，雙掌揮擊，只聽得擦擦輕響，雙掌不住在樹幹上拍打，脚下奔行愈速，出掌卻是愈緩。

脚下加快而出手漸慢，疾而不顯急劇，舒而不減狠辣，那便是武功中的上乘境界。謝煙客打到興發，驀地裏一聲清嘯，拍拍兩掌，都擊在松樹幹上，跟着便聽得簌簌聲響，松針如雨而落。他展開掌法，將成千成萬枚松針反擊上天，樹上松針不斷落下，他所鼓盪的掌風始終不讓松針落下地來。松針尖細沉實，不如尋常樹葉之能受風，他竟能以掌力帶得千萬松針隨風而舞，內力雖非有形有質，卻也已隱隱有凝聚意。

但見千千萬萬枚松針化成一團綠影，將他一個盤旋飛舞的人影裹在其中。

那少女拿起匙羹，在碗中舀了一匙燕窩，向他嘴中餵去。那少年張口吃了，又甜又香，說不出的受用。那少女一言不發，接連餵了他三匙，身子卻站在床前離得遠遠地。

四　長樂幫幫主

謝煙客要試試自己數年來所勤修苦練的內功到了何等境界，不住催動內力，將松針越帶越快，然後又擴大圈子，把綠色針圈逐步向外推移。圈子一大，內力照應有所不足，最外圈的松針便紛紛墮落。謝煙客吸一口氣，內力疾吐，下墮的松針不再增多。他心下甚喜，不住催運內力，但覺舉手抬足間說不出的舒適暢快，意與神會，漸漸到了物我兩忘之境。

過了良久，自覺體內積蓄的內力垂盡，再運下去便於身子有損，當下內力徐歛，松針緩緩飄落，在他身周積成一個青色的圓圈。謝煙客展顏一笑，甚覺愜意，突然之間臉色大變，不知打從何時起始，前後左右竟團團圍着九人，一言不發的望着他。

以他武功，旁人別說欺近身來，即是遠在一兩里之外，即已逃不出他耳目，只有適才全神貫注催動內力，試演這一路「碧針清掌」，心無旁騖，於身外之物，當眞是視而不見，聽而不聞，別說有人來到身旁，即令山崩海嘯，他一時也未必能夠知覺。

摩天崖從無外人到來，他突見有人現身，自知來者不善，再一凝神間，認得其間一個瘦子、一個道人、一個醜臉漢子，當年曾在汴梁郊外圍殺大悲老人，自稱是長樂幫中人物。頃刻間心中轉過了無數念頭：「不論是誰，這般不聲不響的來到摩天崖上，明着瞧不起我，不惜和我爲敵。我和常樂幫素無瓜葛，他們糾衆到來，是甚麼用意？莫非也像對付大悲老人一般，要以武功逼我入幫麼？」又想：「其中三人的武功是見過的，以當年而論，我一人便可和他三人打成平手，今日自是不懼。只不知另外六人的功夫如何？」見這六人個個都是四十歲以上的年紀，看來其中至少有二人內力甚是深厚，當下冷然一笑，說道：「衆位都是長樂幫的朋友麼？突然光臨摩天崖，謝某有失遠迎，卻不知有何見教？」說着微一拱手。

這九人一齊抱拳還禮，各人適才都見到他施展「碧針清掌」時的驚人內力，沒想到他是心有所屬，於九人到來視而不見，還道他自恃武功高強，將各人全不放在眼內，這時見他拱手，生怕他運內力傷人，各人都暗自運氣護住全身要穴，其中有兩人登時太陽穴高高鼓起，又有一人衣衫飄動。那知謝煙客這一拱手，手上並未運有內力，更不知他試演「碧針清掌」時全力施爲，恰如是與一位絕頂高手大戰了一場，十成內力中倒已去了九成。

一個身穿黃衫的老人說道：「在下衆兄弟來得冒昧，失禮之至，還望謝先生恕罪。」

謝煙客見這人臉色蒼白，說話有氣沒力，便似身患重病的模樣，陡然間想起了一人，失聲道：「閣下可是『着手回春』貝大夫？」

那人正是「着手回春」貝海石，聽得謝煙客知道自己名頭，不禁微感得意，咳嗽兩聲，說道：「不敢，賤名不足以掛尊齒。『着手回春』這外號名不副實，更是貽笑大方。」

謝煙客道：「素聞貝大夫獨來獨往，幾時也加盟長樂幫了？」貝海石道：「一人之力，甚爲有限，敝幫衆兄弟羣策羣力，大夥兒一起來辦事，那就容易些。咳咳，謝先生，我們實是來得魯莽，擅闖寶山，你大人大量，請勿見怪！咳咳，無事不登三寶殿，我們有事求見敝幫幫主，便煩謝先生引見。」謝煙客奇道：「貴幫幫主是那一位？在下甚少涉足江湖，孤陋寡聞，連貴幫主的大名也不知道，多有失禮。卻怎地要我引見了？」

他此言一出，那九人臉上都現出怫然不悅之色。貝海石左手摀住口前短髭，咳了幾聲，說道：「謝先生，敝幫石幫主既與閣下相交，携手同行，敝幫上下自是都對先生敬若上賓，不敢有絲毫無禮。石幫主的行止，我們身爲下屬，本來不敢過問，實在幫主離總舵已久，諸事待理，再加眼前有兩件大事，可說急如星火，咳咳，所以嘛，我們一得訊息，知道石幫主是在摩天崖上，便匆匆忙忙的趕來了。本該先行投帖，得到謝先生允可，這才上崖，只以事在緊迫，禮數欠周，還望海涵。」說着又是深深一躬。

謝煙客見他說得誠懇，這九人雖都携帶兵刃，卻也沒甚麼惡意，心道：「原來只是一場誤會。」不禁一笑，說道：「摩天崖上無桌無椅，怠慢了貴客，各位隨便請坐。貝大夫卻聽誰說在下曾與石幫主同行？貴幫人材濟濟，英彥畢集，石幫主自是一位了不起的英雄人物。在下閒雲野鶴，隱居荒山，怎能蒙石幫主折節下交？嘿嘿，好笑，當眞好笑。」

貝海石右手一伸，說道：「衆兄弟，大夥兒坐下說話。」他顯是這一行的首領，當下那八人便四下裏坐了下來，有的坐在巖石上，有的坐在橫着的樹幹上，貝海石則坐在一個土墩之上。九人分別坐下，但將謝煙客圍在中間的形勢仍是不變。

謝煙客怒氣暗生：「你們如此對我，可算得無禮之極。莫說我不知你們石幫主、瓦幫主在甚麼地方，就算知道，你們這等模樣，我本來想說的，卻也不肯說了。」當下只是微微冷笑，抬頭望着頭頂太陽，大剌剌的對衆人毫不理睬。

貝海石心想：「以我在武林中的身分地位，你對我如此傲慢，未免太也過份。素聞此人武功了得，心狠手辣，長樂幫卻也不必多結這個怨家。瞧在幫主面上，讓你一步便是。」於是客客氣氣的道：「謝先生，這本是敝幫自己的家務事，麻煩到你老人家身上，委實過意不去。請謝先生引見之後，兄弟自當再向謝先生賠不是。」

同來的八人均想：「貝大夫對此人如此客氣，倒也少見。謝煙客武功再高，我們九人齊上，又何懼於他？不過他既是幫主的朋友，卻也不便得罪。」

謝煙客冷冷的道：「貝大夫，你是江湖上的成名豪傑，君子一言，快馬一鞭，是個響噹噹的脚色，是也不是？」貝海石聽他語氣中大有惱意，暗暗警惕，說道：「不敢。」謝煙客道：「你貝大夫的話是說話，我謝煙客說話就是放屁了？我說從來沒見過你們的石幫主，閣下定然不信。難道只有你是至誠君子，謝某便是專門撒謊的小人？」

貝海石咳嗽連連，說道：「謝先生言重了。兄弟對謝先生素來十分仰慕，敝幫上下，無不心敬謝先生言出如山，豈敢有絲毫小覷了？適才見謝先生正在修習神功，當是無暇給我們引見敝幫幫主。衆兄弟迫於無奈，只好大家分頭去找尋找尋。謝先生莫怪。」

謝煙客登時臉色鐵青，道：「貝大夫非但不信謝某的話，還要在摩天崖上肆意妄爲？」

貝海石搖搖頭，道：「不敢，不敢。說來慚愧，長樂幫不見了幫主，要請外人引見，傳了出去，江湖上人人笑話。我們只不過找這麼一找，謝先生萬勿多心。摩天崖山高林密，好個所在。多半敝幫石幫主無意間上得崖來，謝先生靜居清修，未曾留意。」心想：「他不讓我們跟幫主相見，定是不懷好意。」

謝煙客尋思：「我這摩天崖上那有他們的甚麼狗屁幫主。這夥人蠻橫無理，尋找幫主云云，顯然是個藉口。這般大張旗鼓的上來，還會有甚麼好事？憑着謝某的名頭，長樂幫竟敢對我如此張狂，自然是有備而來。」他知道此刻情勢凶險，素聞貝海石「五行六合掌」功夫名動武林，單是他一人，當然也不放在心上，但加上另外這八名高手，那就不易對付，何況他長樂幫的好手不知尚有多少已上得崖來，多半四下隱伏，俟機出手，心念微動之際，突然眼光轉向西北角上，臉露驚異之色，口中輕輕「咦」的一聲。

那九人的目光都跟着他瞧向西北方，謝煙客突然身形飄動，轉向米香主身側，伸手便去拔他腰間長劍。那米香主見西北方並無異物，但覺風聲颯然，敵人已欺到身側，右手快如閃電，竟比謝煙客的手還快，搶在頭裏，手搭劍柄，嗤的一聲響，長劍已然出鞘。眼前青光甫展，脅下便覺微微一痲，跟着背心一陣劇痛，謝煙客左手食指已點了他穴道，右手五指抓住了他後心。

原來謝煙客眼望西北方固是誘敵之計，奪劍也是誘敵。米香主一心要爭先握住劍柄，脅下與後心自然而然的露出了破綻，否則他武功雖然不及，卻也無論如何不會在一招之際便被制住。謝煙客當年曾詳觀米香主如何激鬥大悲老人，如何用鬼頭刀削去那少年滿頭長髮，熟知他的劍路，大凡出手迅疾者守禦必不嚴固，冒險一試，果然得手。

謝煙客微微一笑，說道：「米香主，得罪了。」米香主怒容動面，卻已動彈不得。

貝海石愕然道：「謝先生，你要怎地？當眞便不許我們找尋敝幫幫主麼？」謝煙客森然道：「你們要殺謝某，只怕也非易事，至少也得陪上幾條性命。」

貝海石苦笑道：「我們和謝先生無怨無仇，豈有加害之心？何況以謝先生如此奇變橫生的武功，我們縱有加害之意，那也不過是自討苦吃而已。大家是好朋友，請你將米兄弟放下罷。」他見謝煙客一招之間擒住米香主，心下也是好生佩服。

謝煙客右手抓在米香主後心的「大椎穴」上，只須掌力一吐，立時便震斷了他心脈，說道：「各位立時下我摩天崖去，謝某自然便放了米香主。」

貝海石道：「下去有何難哉？午時下去，申時又再上來了。」謝煙客臉色一沉，說道：「貝大夫，你這般陰魂不散的纏上了謝某，到底打的是甚麼主意？」

貝海石道：「甚麼主意？衆位兄弟，咱們打的是甚麼主意？」隨他上山的其餘七人一直沒有開口，這時齊聲說道：「咱們要求見幫主，恭迎幫主回歸總舵。」

謝煙客怒道：「說來說去，你們疑心我將你們幫主藏了起來啦，是也不是？」

貝海石道：「此中隱情，我們在沒見到幫主之前，誰也不敢妄作推測。」向一名魁梧的中年漢子道：「雲香主，你和衆賢弟四下裏瞧瞧，一見到幫主大駕，立即告知愚兄。」

那雲香主右手捧着一對爛銀短戟，點頭道：「遵命！」大聲道：「衆位，貝先生有令，大夥去謁見幫主。」其餘六人齊聲道：「是。」七人倒退幾步，一齊轉身出林而去。

謝煙客雖制住了對方一人，但見長樂幫諸人竟絲毫沒將米香主的安危放在心上，仍然自行其事，絕無半分投鼠忌器之意，只有貝海石一人留在一旁，顯然是在監視自己，而不是想

設法搭救米香主，尋思：「那少年將玄鐵令交在我手中，此事轟傳江湖，長樂幫這批傢伙以

找幫主爲名，眞正用意自是來綁架這少年。此刻我失了先機，那少年勢必落入他們掌握，長

樂幫便有了制我的利器。哼，謝煙客是甚麼人，豈容你們上門欺辱？」那七人離去，正是出

手殺人的良機，當即左掌伸到米香主後腰，內力疾吐。這一招「文丞武尉」，竟是以米香主的

身子作爲兵刃，向貝海石擊去。

他素如貝海石內力精湛，只因中年時受了內傷，身上常帶三分病，武功才大大打了個折扣。此人久病成醫，「貝大夫」三字外號便由此而來，其實並不是眞正的大夫，饒是如此，武功仍是異常厲害。九年之前，「冀中三煞」被他一晚間於相隔二百里的三地分別擊斃，成爲武林中一提起來便人人聳然動容的大事。因此謝煙客雖聽他咳嗽連連，似乎中氣虛弱，卻絲毫不敢怠忽，一出手便是最陰損毒辣的險招。

貝海石見他突然出手，咳嗽道：「謝先生……卻……咳，咳，卻又何必傷了和氣？」伸出雙掌，向米香主胸口推去，突然間左膝挺出，撞在米香主小腹之上，登時將他身子撞得飛起，越過自己頭頂飛向身後，這樣一來，雙掌便按向謝煙客胸口。

這一招變化奇怪之極，謝煙客雖見聞廣博，也不知是甚麼名堂，一驚之下，順勢伸掌接他的掌力，突然之間，只覺自己雙掌指尖之上似有千千萬萬根利針刺過來一般。謝煙客急運內力，要和他掌力相敵，驀然間胸口空盪盪地，全身內力竟然無影無蹤。他腦中電光石火般一閃：「啊喲不好，適才我催逼掌力，不知不覺間已將內力消耗了八九成，如何再能和他比拚眞力？」立即雙掌一沉，擊向貝海石小腹。

貝海石右掌捺落，擋住來招，謝煙客雙袖猛地揮出，以鐵袖功拂他面門。貝海石心道：「來勢雖狠，卻露衰竭之象，他是要引我上當。」斜身閃過，讓開了他衣袖。「摩天居士」四字大名，武林中提起來當真非同小可，貝海石適才見他試演「碧針清掌」，掌法精奇，內力深厚，自己實是遠所不及，只是幫主失蹤，非尋回不可，縱然被迫與此人動手，卻也是無可奈何，雖察覺他內力平平，料來必是誘敵，是以絲毫不敢輕忽。

謝煙客雙袖回收，呼的一聲響，已借着衣袖鼓回來的勁風向後飄出丈餘，順勢轉身，拱手道：「少陪，後會有期。」口中說話，身子向後急退，去勢雖快，卻仍瀟洒有餘，不露絲毫急遽之態。

謝煙客連攻三招不逞，自知今日太也不巧，強敵猝至，卻適逢自己內力衰竭，便即抽身引退，卻不能說已輸在貝海石手下，他雖被迫退下摩天崖，但對方九人圍攻，尚且在劣勢之中制住對方高手米香主，大挫長樂幫的銳氣。他在陡陂峭壁間縱躍而下時，心中快慰之情尚自多於氣惱，驀地裏想到那少年落於敵手，自此後患無窮，登時大是煩惱，轉念又想：「待我內力恢復，趕上門去將長樂幫整個兒挑了，只須不見那狗雜種之面，他們便奈何我不得。但若那狗雜種受了他們挾制或是勸誘，一見我面便說：『我求你斬下自己一條手臂。』那可糟了。君子報仇，十年未晚，好在這小子八陰八陽經脈的內功不久便可練成，小命活不久了，待他死後，再去找長樂幫的晦氣便是。此事不可急躁，須策萬全。」

貝海石見謝煙客突然退去，大感不解：「他既和石幫主交好，爲甚麼又對米香主痛下殺手？種種蹊蹺之處，實在令人難以索解。難道……難道他竟察覺了我們的計謀？不知是否已跟石幫主說起？」霎時間不由得心事重重，凝思半晌，搖了搖頭，轉身扶起米香主，雙掌貼在他背心「魂門」「魄戶」兩大要穴之上，傳入內功。

過得片刻，米香主眼睜一綫，低聲道：「多謝貝先生救命之恩。」貝海石道：「米兄弟安臥休息，千萬不可自行運氣。」

適才謝煙客這一招「文丞武尉」，既欲致米香主的死命，又是攻向貝海石的殺手。貝海石若是出掌在米香主身上一擋，米香主在前後兩股內力夾擊之下，非立時斃命不可，是以貝海石先以左膝撞他小腹，既將他撞到了背後，又化解了謝煙客大半內力，幸好謝煙客其時內力所剩者已不過一成，否則貝海石這一招雖然極妙，米香主還是難保性命。

貝海石將米香主輕輕平放地下，雙掌在他胸口和小腹上運力按摩，猛聽得有人歡呼大叫：「幫主在這裏，幫主在這裏！」貝海石大喜，說道：「米兄弟，你已無危險，我瞧瞧幫主去。」忙向聲音來處快步奔去，心道：「謝天謝地，若是找不到幫主，本幫只怕就此風流雲散，迫在眉睫的大禍又有誰來抵擋？」

他奔行不到一里之地，便見一塊巖石上坐着一人，側面看去，赫然便是本幫的幫主石破天。雲香主等七人在巖前恭恭敬敬的垂手而立。貝海石搶上前去，其時陽光從頭頂直晒，照得石上之人面目清晰無比，但見他濃眉大眼，長方的臉膛，卻不是石幫主是誰？貝海石喜叫：「幫主，你老人家安好？」

一言出口，便見石幫主臉上露出痛楚異常的神情，左邊臉上青氣隱隱，右邊臉上卻盡是紅暈，宛如飲醉了酒一般。貝海石內功既高，又是久病成醫，眼見情狀不對，大吃一驚，心道：「他……他在搗甚麼鬼，難道是在修習一門高深內功。這可奇了？嗯，那定是謝煙客傳他的。啊喲不好，咱們闖上崖來，只怕是打擾了他練功。這可不妙了。」

霎時之間，心中種種疑團登即盡解：「幫主失蹤了半年，到處尋覓他不到，原來是靜悄悄的躲在這裏修習高深武功。他武功越高，於本幫越是有利，那可好得很啊。謝煙客自是知道幫主練功正到緊要關頭，若受外人打擾，便致分心，因此上無論如何不肯給我們引見。他一番好心，我們反而得罪了他，當真是過意不去了。其實他只須明言便是，我難道會不明白這中間的過節？素聞謝煙客此人傲慢辣手，我們這般突然闖上崖來，定是令他大大不快，這才一翻臉便出手殺人。瞧幫主這番神情，他體內陰陽二氣交攻，只怕龍虎不能聚會，稍有不妥，便至走火入魔，實是凶險之極。」

當下他打手勢命各人退開，直到距石幫主數十丈處，才低聲說明。

衆人恍然大悟，都是驚喜交集，連問：「幫主不會走火入魔罷？」有的更深深自疚：「我們莽莽撞撞的闖上崖來，打擾了幫主用功，惹下的亂子當眞不小。」

貝海石道：「米香主給謝先生打傷了，那一位兄弟過去照料一下。我在幫主身旁守候，或許在危急時能助他一臂之力。其餘各位便都在此守候，切忌喧嘩出聲。若有外敵上崖，須得靜悄悄的打發了，決不可驚動幫主。」

各人均是武學中的大行家，都知修習內功之時若有外敵來侵，擾亂了心神，最是凶險不過，當下連聲稱是，各趨摩天崖四周險要所在，分路把守。

貝海石悄悄回到石幫主身前，只見他臉上肌肉扭曲，全身抽搐，張大了嘴想要叫喊，卻發不出半點聲息，顯然內息走岔了道，性命已危在頃刻。貝海石大驚，待要上前救援，卻不知他練的是何等內功，這中間陰陽坎離，弄錯不得半點，否則只有加速對方死亡。

但見石幫主全身衣衫已被他抓得粉碎，肌膚上滿是血痕，頭頂處白霧瀰漫，凝聚不散，心想：「他武功平平，內力不強，可是瞧他頭頂白氣，內功實已練到極高境界，如何在半年之內，竟有這等神速的進境？」

突然間聞到一陣焦臭，石幫主右肩處衣衫有白煙冒出，那當眞是練功走火、轉眼立斃之象。貝海石一驚，伸掌去按他右手肘的「淸冷淵」，要令他暫且寧靜片刻，不料手指碰到他手肘，着手如冰，不由得全身劇烈一震，不敢運力抵禦，當即縮手，心道：「那是甚麼奇門內功？怎地半邊身子寒冷徹骨，半邊身子卻又燙若火炭？」

正沒做理會處，忽見幫主縮成一團，從巖上滾了下來，幾下痙攣，就此不動。貝海石驚呼：「幫主，幫主！」探他鼻息，幸喜尚有呼吸，只是氣若遊絲，顯然隨時都會斷絕。他皺起眉頭，縱聲呼嘯，將石幫主身子扶起，倚在巖上，眼見局面危急之極，當下盤膝坐在幫主身側，左掌按在他心口，右掌按住他背心，運起內勁，護住他心脈。

過不多時，那七人先後到來，見到幫主臉上忽而紅如中酒，忽而青若凍僵，身子不住顫抖，各人無不失色，眼光中充滿疑慮，都瞧着貝海石，但見他額頭黃豆大的汗珠不住滲出，全身顫動，顯已竭盡全力。

過了良久，貝海石才緩緩放下了雙手，站起身來，說道：「幫主顯是在修習一門上乘內功，是否走火，本座一時也難以決斷。此刻幸得暫且助他渡過了一重難關，此後如何，實難逆料。這件事非同小可，請衆兄弟共同想個計較。」

各人你瞧瞧我，我瞧瞧你，均想：「連你貝大夫也沒了主意，我們還能有甚麼法子？」霎時之間，誰也沒有話說。

米香主由人攜扶着，倚在一株柏樹之上，低聲道：「貝……貝先生，你說怎麼辦，便是怎麼。你……你的主意，總比我們高明些。」

貝海石向石幫主瞧了一眼，說道：「關東四大門派約定重陽節來本幫總舵拜山，時日已頗爲迫促。此事是本幫存亡榮辱的大關鍵，衆位兄弟大家都十分明白。關東四大門派的底，咱們已摸得清清楚楚，軟鞭、鐵戟，一柄鬼頭刀，幾十把飛刀，那也夠不上來跟長樂幫爲難啊。司徒幫主的事，是咱們自已幫裏家務，要他們來管甚麼閒事？只不過這件事在江湖上張揚出去，可就十分不妥。咳，咳……眞正的大事，大夥兒都明白，卻是俠客島的『賞善罰惡令』，那非幫主親自來接不可，否則……否則人人難逃這個大刦。」

雲香主道：「貝先生說得是。長樂幫平日行事如何，大家都心裏有數。咱們弟兄個個爽快，不喜學那僞君子的行逕。人家要來『賞善』，是沒甚麼善事好賞的，說到『罰惡』，那筆帳就難算得很了。這件事若無幫主主持大局，只怕……只怕……唉……」

貝海石道：「因此事不宜遲，依我之見，咱們須得急速將幫主請回總舵。幫主眼前這……這一場病，恐怕不輕，倘若吉人天相，他在十天半月中能回復原狀，那是再好不過。否則的話，有幫主坐鎭總舵，縱然未曾康復，大夥兒抵禦外敵之時，心中總也是定些，可……可是不是？」衆人都點頭道：「貝先生所言甚是。」

貝海石道：「既是如此，咱們做個擔架，將幫主和米香主兩位護送回歸總舵。」

當下各人砍下樹枝，以樹皮搓索，結成兩具擔架，再將石幫主和米香主二人牢牢縛在擔架之上，以防下崖時滑跌。八人輪流抬架，下摩天崖而去。

那少年這日依着謝煙客所授的法門修習，將到午時，只覺手陽明大腸經、足陽明胃經、手太陽小腸經、足太陽膀胱經、手少陽三焦經、足少陽膽經六處經脈中熱氣斗盛，竟是難以抑制，便在此時，各處太陰、少陰、厥陰的經脈之中卻又陡如寒冰侵蝕。熱的極熱而寒的至寒，兩者不能交融。他數年勤練，功力大進，到了這日午時，除了衝脈、帶脈兩脈之外，八陰八陽的經脈突然間相互激烈衝撞起來。

他撐持不到大半個時辰，便即昏迷過去，此後始終昏昏沉沉，一時似乎全身在火爐中烘焙，汗出如瀋，口乾唇焦，一時又似墮入了冰窖，周身血液都似凝結成冰。如此熱而復寒，寒而復熱，眼前時時幌過各種各樣人影，有男有女，醜的俊的，紛至沓來，這些人不住在跟他說話，可是一句也聽不見，只想大聲叫喊，偏又說不出半點聲音。眼前有時光亮，有時黑暗，似乎有人時時餵他喝湯飲酒，有時甜蜜可口，有時辛辣刺鼻，卻不知是甚麼湯水。

如此胡裏胡塗的也不知過了多少時候，一日額上忽然感到一陣涼意，鼻中又聞到隱隱香氣，慢慢睜開眼來，首先看到的是一根點燃着的紅燭，燭火微微跳動，跟着聽得一個清脆柔和的聲音低聲說道：「天哥，你終於醒過來了！」語音中充滿了喜悅之情。

那少年轉睛向聲音來處瞧去，只見說話的是個十七八歲少女，身穿淡綠衫子，一張瓜子臉兒，秀麗美艷，一雙清澈的眼睛凝視着他，嘴角邊微含笑容，輕聲問道：「甚麼地方不舒服啦？」

那少年腦中一片茫然，只記得自己坐在巖石上練功，突然間全身半邊冰冷，半邊火熱，驚惶之下，就此暈了過去，怎麼眼前忽然來了這個少女？他喃喃的道：「我……我……」發覺自身是睡在一張柔軟的床上，身上蓋了被子，當即便欲坐起，但身子只一動，四肢百骸中便如萬針齊刺，痛楚難當，忍不住「啊」的一聲叫了出來。

那少女道：「你剛醒轉，可不能動，謝天謝地，這條小命兒是檢回來啦。」一低下頭在他臉頰上輕輕一吻，站直身子時但見她滿臉紅暈。

那少年也不明白這是少女的嬌羞，只覺她更是說不出的好看，便微微一笑，囁嚅着道：「我……我在那裏啊？」

那少女淺笑嫣然，正要回答，忽聽得門外脚步聲響，當即將左手食指豎在口唇之前，作個禁聲的姿勢，低聲道：「有人來啦，我要去了。」身子一幌，便從窗口中翻了出去。那少年眼睛一花，便不見了那姑娘，只聽得屋頂微有脚步細碎之聲，迅速遠去。

那少年心下茫然，只想：「她是誰？她還來不來看我？」過了片刻，只聽得脚步聲來到門外，有人咳嗽了兩聲，呀的一聲，房門推開，兩人走了進來。一個是臉有病容的老者，另一個是個瘦子，面貌有些熟悉，依稀似乎見過。

那老者見那少年睜大了眼望着他，登時臉露喜色，搶上一步，說道：「幫主，你覺得怎樣？今日你臉色可好得多了。」那少年道：「你……你叫我甚麼？我……我……在甚麼地方？」那老者臉上閃過了一絲憂色，但隨即滿面喜悅之容，笑道：「幫主大病了七八天，此刻神智已復，可喜可賀，請幫主安睡養神。屬下明日再來請安。」說着伸出手指，在那少年兩手腕脈上分別搭了片刻，不住點頭，笑道：「幫主脈象沉穩厚實，已無凶險，當眞是吉人天相，實乃我幫上下之福。」

那少年愕然道：「我……我……名叫『狗雜種』，不是『幫主』。」

那老者和那瘦子一聽此言，登時呆了，兩人對望了一眼，低聲道：「請幫主安息。」倒退幾步，轉身出房而去。

那老者便是「着手回春」貝海石，那瘦子則是米香主米橫野。

米橫野在摩天崖上爲謝煙客內勁所傷，幸喜謝煙客其時內力所賸無幾，再得貝海石及時救援，回到長樂幫總舵休養數日，便逐漸痊愈了，只是想到一世英名，竟被謝煙客一招之間擒獲，不免甚是鬱鬱。

貝海石勸道：「米賢弟，這事說來都是咱們行事莽撞的不是，此刻回想，我倒盼當時謝煙客將咱們九人一古腦兒的都制服了，那便不致衝撞了幫主，引得他走火入魔。幫主一直昏迷不醒，能否痊可，實在難說，就算身子好了，這門陰陽交攻的神奇內功，卻無論如何是練不成了。萬一他有甚麼三長兩短，唉，米賢弟，咱們九人中，倒是你罪名最輕。你雖然也上了摩天崖，但在見到幫主之前，便已先行失了手。」米橫野道：「那又有甚麼分別？要是幫主有甚麼不測，大夥兒都是大禍臨頭，也不分甚麼罪輕罪重了。」

豈知到得第八天晚間，貝海石和米橫野到幫主的臥室中去探病，竟見石幫主已能睜眼視物、張口說話，兩人自是欣慰無比。貝海石按他脈搏，覺到頗爲沉穩，正喜歡間，不料他突然說了一句莫名奇妙的言語，說甚麼自己不是幫主，乃是「狗雜種」。貝米二人駭然失色，不敢多言，立時退出。

到了房外，米橫野低聲問道：「怎樣？」貝海石沉吟半晌，說道：「幫主眼下心智未曾明白，但總勝於昏迷不醒。愚兄盡心竭力爲幫主醫治，假以時日，必可復原。」說到這裏，頓了一頓，道：「只是那件事說來便來，神出鬼沒，幫主卻不知何時方能全然痊可。」過了一會，說道：「只消有幫主在這裏，天塌下來，也有人承當。」輕拍米橫野的肩頭，微笑道：「米賢弟，你不用擔心，一切我理會得，自當妥爲安排。」

那少年見二人退出房去，這才迷迷糊糊的打量房中情景，只見自身是睡在一張極大的床上，床前一張朱漆書桌，桌旁兩張椅子，上鋪錦墊。房中到處陳設得花團錦簇，繡被羅帳，獸香裊裊，但覺置身於一個香噴噴、軟綿綿的神仙洞府，眼花繚亂，瞧出來沒一件東西是識得的。他歎了一口長氣，心想：「多半我是在做夢。」

但想到適才那個綠衫少女軟語靦覥的可喜模樣，連秀眉綠鬢也記得清清楚楚，她躍了出去的窗子兀自半開半掩，卻也不像是在做夢。他伸起右手，想摸一摸自己的頭，但手只這麼輕輕一抬，全身又是如針刺般劇痛，忍不住「哎喲」一聲，叫了出來。

忽聽得房角落裏有人打了個呵欠，說道：「少爺，你醒了……」那是個女子聲音，似是剛從夢中醒覺，突然之間，她「啊」的一聲驚呼，說道：「你……你醒了？」一個黃衫少女從房角裏躍了出來，搶到他床前。

那少年初時還道先前從窗中躍出的少女又再回來，心喜之下，定睛看時，卻見這少女身穿鵝黃短襖，服色固自不同，形顏亦是大異，她面龐略作圓形，眼睛睜得大大地，雖不若那綠衫少女那般明艷絕倫，但神色間多了一份溫柔，卻也嫵媚可喜。那少年生平直至此日，才首次與他年紀相若的兩個女郎面對面的說話，自是分辨不出其間的細緻差別。只聽她又驚又喜的道：「少爺，你醒轉來啦？」

那少年道：「我醒轉來了，我……我現下不是做夢了麼？」

那少女格格一笑，道：「只怕你還是在做夢也說不定。」她一笑之後，立即收斂笑容，一副凜然不可侵犯的模樣，問道：「少爺，你有甚麼吩咐？」

那少年奇道：「你叫我甚麼？甚麼少……少爺？」那少女眉目間隱隱含有怒色，道：「我早跟你說過，我們是低三下四之人，不叫你少爺，又叫甚麼？」那少年喃喃自語：「一個叫我幫……甚麼『幫主』，一個卻又叫我『少爺』，我到底是誰？怎麼在這裏了？」

那少女神色溫和，道：「少爺，你身子尚未復原，別說這些了。吃些燕窩好不好？」

那少年道：「燕窩？」他不知燕窩是甚麼東西，但覺肚子十分飢餓，不管吃甚麼都是好的，便點了點頭。

那少女走到鄰房之中，不久便捧了一隻托盤進來，盤中放着一隻青花瓷碗，熱氣騰騰地噴發甜香。那少年一聞到，不由得饞涎欲滴，肚中登時咕咕的響了起來。那少女微微一笑，說道：「七八天中只淨喝參湯吊命，可真餓得狠啦。」將托盤端到他面前。

那少年就着燭火看去，見是雪白一碗粥不像粥的東西，上面飄着些乾玫瑰花瓣，散發着微微清香，問道：「這樣好東西，是給我吃的麼？」那少女笑道：「是啊，還客氣麼？」那少年心想：「這樣的好東西，卻不知道要多少錢，我沒銀子，還是先說明白的好。」便道：「我身邊一個錢也沒有，可……可沒銀子給你。」那少女先是一怔，跟着忍不住噗哧一笑，說道：「生了這場大病，性格兒可一點也不改，剛會開口說話，便又這麼貧嘴貧舌的。既然餓了，便快吃罷。」說着將那托盤又移近了一些。

那少年大喜，問道：「我吃了不用給錢？」

那少女見他仍是說笑，有些厭煩了，沉着臉道：「不用給錢，你到底吃不吃？」

那少年忙道：「我吃，我吃！」伸手便去拿盤中的匙羹，右手只這麼一抬，登時全身刺痛，哼了兩聲，咬緊牙齒，慢慢提手，卻不住發顫。

那少女寒着臉問道：「少爺，你這是眞痛還是假痛？」那少年奇道：「自然是眞痛，爲甚麼要裝假？」那少女道：「好，瞧在你這場大病生得半死不活的份上，我便破例再餵你一次。你若是乘機又來毛手毛脚、不三不四，我可再也不理你了。」那少年問道：「甚麼叫毛手毛脚，不三不四？」

那少女臉上微微一紅，横了他一眼，哼了一聲，拿起匙羹，在碗中舀了一匙燕窩，往他嘴中餵去。

那少年登時儍了，想不到世上竟有這等好人，張口將這匙燕窩吃了，當眞是又甜又香，吃在嘴裏說不出的受用。

那少女一言不發，接連餵了他三匙，身子卻站在床前離得遠遠地，伸長了手臂去餵他，唯恐他突然有非禮的行動。

那少年吃得砸嘴舐唇，連稱：「好吃，好味道！唉，眞是多謝你了。」那少女冷笑道：「你別想使甚麼詭計騙我上當！燕窩便是燕窩罷啦，你幾千碗也吃過了，幾時又曾讚過一聲『好吃』？」那少年心下茫然，尋思：「這種東西，我幾時吃過了？」問道：「這……這便是燕窩麼？」那少女哼的一聲，道：「你也眞會裝儍。」說這句話時，同時退後了一步，臉上滿是戒備之意。

那少年見他一身鵝黃短襖和褲子，頭上梳着雙鬟，新睡初起，頭髮頗見蓬鬆，脚上未穿襪子，雪白赤足踏在一對繡花拖鞋之中，那是生平從所未見的美麗情景，母親脚上始終穿着襪子，卻又不許自己進她的房，當下讚道：「你……你的脚眞好看！」

那少女臉上微微一紅，隨即現出怒色，將盞碗往桌上一放，轉過身去，把鋪在房角裏的席子、薄被、和枕頭拿了起來，向房門走去。

那少年心下惶恐，道：「你……你到那裏去？你不睬我了麼？」語氣中頗有哀懇之意。

那少女道：「你病得死去活來，剛剛知了點人事，口中便又不乾不淨起來啦。我又能到那裏去了？你是主子，我們低三下四之人，怎說得上睬不睬的？」說着逕自出門去了。

那少年見她發怒而去，不知如何得罪了她，心想：「一個姑娘跳窗走了，一個姑娘從門中走了，她們說的話我一句也不懂。唉，眞不知道是怎麼一回事。」

他正自怔怔的出神，聽得脚步聲細碎，那少女又走進房來，臉上猶帶怒色，手中捧着臉盆。那少年心中喜歡，只見她將臉盆放在桌上，從臉盆中提出一塊熱騰騰的面巾來，絞得乾了，遞到那少年面前，冷冰冰的道：「擦面罷！」

那少年道：「是，是！」忙伸手去接，雙手一動，登時全身刺痛，他咬緊牙關，伸手接了過來，欲待擦面，卻雙手發顫，那面巾離臉尺許，說甚麼也湊不過去。

那少女將信將疑，冷笑道：「裝得眞像。」接過面巾，說道：「要我給你擦面，那也可以。可是你若伸手胡鬧，只要是碰到我一根頭髮，我也永遠不走進房裏來了。」那少年道：「我不敢，姑娘，你不用給我擦面。這塊布雪雪白的，我的臉髒得很，別弄髒了這布。」

那少女聽他語音低沉，咬字吐聲也與以前頗有不同，所說的話更是不倫不類，不禁起疑：「莫非他這場大病當眞傷了腦子。聽貝先生他們談論，說他練功時走火入魔，損傷了五臟六腑，性命能不能保也難說得很。否則怎麼說話總是這般顚三倒四的？」便問：「少爺，你記得我的名字麼？」

那少年道：「你從來沒跟我說過，我不知道你叫甚麼？」笑了又笑道：「我不叫少爺，叫做狗雜種，那是我娘這麼叫的。老伯伯說這是罵人的話，不好聽。你叫甚麼？」

那少女越聽越是皺眉，心道：「瞧他說話的模樣，全無輕佻玩笑之意，看來他當眞是胡塗啦。」不由得心下難過，問道：「少爺，你眞的不認得我了？不認得我侍劍了？」那少年道：「你叫侍劍麼？好，以後我叫你侍劍……不，侍劍姊姊。我媽說，女人年紀比我大得多的，叫她阿婆、阿姨，和我差不多的，叫她姊姊。」侍劍頭一低，突然眼淚滾了出來，泣道：「少爺，你……你不是裝假騙我，眞的忘了我麼？」

那少年搖頭道：「你說的話我不明白。侍劍姊姊，你爲甚麼哭了？爲甚麼不高興了？是我得罪了你麼？我媽媽不高興時便打我罵我，你也打我罵我好了。」

侍劍更是心酸，慢慢拿起那塊面巾，替他擦面，低聲道：「我是你的丫鬟，怎能打你罵你？少爺，但盼老天爺保祐你的病快快好了。要是你當眞甚麼都忘了，那可怎麼辦啦？」

擦完了面，那少年見雪白的面巾上倒也不怎麼髒，他可不知自己昏迷之際，侍劍每天都給他擦幾次臉，不住口的連聲稱謝。

侍劍低聲問道：「少爺，你忘了我的名字，其他的事情可還記得麼？比如說，你是甚麼幫的幫主？」那少年搖了搖頭道：「我不是甚麼幫主，老伯伯教我練功夫，突然之間，我半邊身子熱得發滾，半邊身子卻又冷得不得了，我……我……難過得抵受不住，便暈了過去。侍劍姊姊，我怎麼到了這裏？是你帶我來的麼？」侍劍心中又是一酸，尋思：「這麼說來，他……他當眞是甚麼都記不得了。」

那少年又問：「老伯伯呢？他教我照泥人兒身上的綫路練功，怎麼會練到全身發滾又發冷，我想問問他。」

侍劍聽他說到「泥人兒」，心念一動，七天前替他換衣之時，從他懷中跌了一隻木盒出來，好奇心起，曾打開來瞧瞧，見是一十八個裸體的男形泥人。她一見之下，臉就紅了，素知這位少主風流成性，極不正經，這些不穿衣衫的泥人兒決計不是甚麼好東西，當即合上盒蓋，藏入抽屜之中，這時心想：「我把這些泥人兒給他瞧瞧，說不定能助他記起走火入魔之前的事情。」於是拉開抽屜，取了那盒子出來，道：「是這些泥人兒麼？」

那少年喜道：「是啊，泥人兒在這裏。老伯伯呢？老伯伯到那裏去了？」侍劍道：「那一個老伯伯？」那少年道：「老伯伯便是老伯伯了。他名叫摩天居士。」

侍劍於武林中的成名人物極少知聞，從來沒聽見過摩天居士謝煙客的名頭，說道：「你醒轉了就好，從前的事一時記不起，也沒甚麼。天還沒亮，你好好再睡一會，唉，其實從前的甚麼都記不起，說不定還更好些呢？」說着給他攏了攏被子，拿起托盤，便要出房。

那少年問道：「侍劍姊姊，為甚麼我記不起從前的事還更好些？」

侍劍道：「你從前所做的事……」說了這半句話，突然住口，轉頭急步出房而去。

那少年心下茫然，只覺種種事情全都無法索解，耳聽得屋外篤篤篤的敲着竹梆，跟着噹噹鑼聲三響，他也不知這是敲更，只想：「午夜裏，居然還有人打竹梆、打鑼玩兒。」突然之間，右手食指的「商陽穴」上一熱，一股熱氣沿着手指、手腕、手臂直走上來。那少年一驚，暗叫：「不好！」跟着左足足心的「湧泉穴」中已是澈骨之寒。

這寒熱交攻之苦他已經歷多次，知道每次發作都是勢不可當，疼痛到了極處，便會神智不覺。已往幾次都是在迷迷糊糊之中發作，這次卻是清醒之中突然來襲，更是驚心動魄。只覺一股熱氣、一股寒氣分從左右上下，慢慢滙到心肺之間。

那少年暗想：「這一回我定要死了！」過去寒熱兩氣不是滙於小腹，便是聚於脊樑，這次竟向心肺要害間聚集，卻如何抵受得住？他知情勢不妙，強行掙扎，坐起身來，想要盤膝坐好，一雙腿卻無論如何彎不攏來，極度難當之際，忽然心想：「老伯伯當年練這功夫，難道也吃過這般苦頭？將兩隻麻雀兒放在掌心中令牠們飛不走，也不是當眞十分好玩之事。早知如此，這功夫我不練啦。」

忽聽得窗外有個男子聲音低聲道：「啓稟幫主，屬下豹捷堂展飛，有機密大事稟報。」

那少年半點聲息也發不出來，過了半晌，只見窗子緩緩開了，人影一閃，躍進一個身披斑衣的漢子。這人搶近前來，見那少年坐在床上，不由得吃了一驚，眼前情景大出他意料之外，當即急退了兩步。

這時那少年體內寒熱內息正在心肺之間交互激盪，心跳劇烈，只覺隨時都能心停而死，但極度疼痛之際，神智卻是異乎尋常的清明，聽得這斑衣漢子自報姓名爲「豹捷堂展飛」，眼見他越窗進來，不知他要幹甚麼，只是睜大了眼凝視着他。

展飛見那少年並無動靜，低聲道：「幫主，聽說你老人家練功走火，身子不適，現下可大好了？」那少年身子顫動了幾下，說不出話來。展飛臉現喜色，又道：「幫主，你眼下未曾復原，不能動彈，是不是？」

他說話雖輕，但侍劍在隔房已聽到房中異聲，走將進來，見展飛臉上露出猙獰兇惡的神色，驚道：「你幹甚麼？不經傳呼，擅自來到幫主房中，想犯上作亂麼？」

展飛身形一幌，突然搶到侍劍身畔，右肘在她腰間一撞，右指又在她肩頭加上了一指。侍劍登時被他封住了穴道，斜倚在一張椅上，登時動彈不得。展飛練的是外家功夫，手閉穴道只能制人手足，卻不能令人說不得話，當下取出一塊帕子，塞入她口中。侍劍心中大急，知他意欲不利於幫主，卻無法喚人來救。

展飛對幫主仍是十分忌憚，提掌作勢，低聲道：「我這鐵沙掌功夫，一掌打死你這小丫頭，想也不難！」呼的一掌，向侍劍的天靈蓋擊去，心想：「這小子若是武功未失，定會出手相救。」手掌離侍劍頭頂不到半尺，見幫主仍是坐着不動，心中一喜，立即收掌，轉頭向那少年獰笑道：「小淫賊，你生平作惡多端，今日卻死在我的手裏。」向床前走近兩步，低聲道：「你此刻無力抗禦，我下手殺你，非英雄好漢的行逕。可是老子跟你仇深似海，已說不上講甚麼江湖規矩。你若懂江湖義氣，也不會來勾引我妻子了！」

那少年和侍劍身子雖不能動，這幾句話卻聽得清清楚楚。那少年心想：「他為甚麼跟我仇深似海，又甚麼叫做勾引他的妻子？」侍劍卻想：「少爺不知欠下了多少風流孽債，今日終於遭到報應。唉，這人眞的要殺死少爺了。」心下惶急，極力掙扎，但手足酸軟，一頓側間，砰的一聲，倒在地上。

展飛惡狠狠的道：「我妻子失身於你，哼，你只道我閉了眼睛做王八，半點不知？可是以前雖然知道，卻也奈何你不得，只有忍氣低聲，啞子吃黃蓮，有苦說不出。那想到老天有眼，你這小淫賊做惡多端，終會落入我手裏。」說着雙足擺定馬步，吸氣運功，右臂格格作響，呼的一掌拍出，直擊在那少年心口。

展飛是長樂幫外五堂中豹捷堂香主，他這鐵沙掌已有二十餘年深厚功力，實非泛泛，這一掌使足了十成力，正打在那少年兩乳之間的「膻中穴」上。但聽得喀喇一聲響，展飛右臂折斷，身子向後直飛出去，撞破窗格，摔出房外，登時全身氣閉，暈了過去。

房外是座花園，園中有人巡邏。這一晚輪到豹捷堂的幫衆當值，因此展飛能進入幫主的內寢。他破窗而出，摔入玫瑰花叢，壓斷了不少枝幹，登時驚動了巡邏的幫衆，便有人提着火把搶過來。眼見展飛一動不動的躺在地下，不知死活，只道有強敵侵入幫主房中，那人大驚之下，當即吹起竹哨報警，同時拔出單刀，探頭從窗中向屋內望去，只見房內漆黑一團，更無半點聲息，左手忙舉火把去照，右手舞動單刀護住面門。從刀光的縫隙中望過去，只見幫主盤膝坐在床上，床前滾倒了一個女子，似是幫主的侍女，此外便無別人。

便在此時，聽到了示警哨聲的幫衆先後趕到。

虎猛堂香主邱山風手執鐵鐧，大聲叫道：「幫主，你老人家安好麼？」揭帷走進屋內，只見幫主全身不住的顫動，突然間「哇」的一聲，張口噴出無數紫血，足足有數碗之多。

邱山風忙向旁急閃，才避開了這股腥氣甚烈的紫血，正驚疑間，卻見幫主已跨下床來，扶起地下的侍女，說道：「侍劍姊姊，他……他傷到了你嗎？」跟着掏出了她口中塞着的帕子。

侍劍急呼了一口氣，道：「少爺，你……你可給他打傷了，你覺得怎……怎樣？」驚惶之下，話也說不清楚了。那少年微笑道：「他打了我一掌，我反而舒服之極。」

只聽得門外脚步聲響，許多人奔到。貝海石、米橫野等快步進房，有些人身分較低，只在門外守候。貝海石搶上前來，問那少年道：「幫主，刺客驚動你了嗎？」

那少年茫然道：「甚麼刺客？我沒瞧見啊。」

這時已有幫中好手救醒了展飛，扶進房來。展飛知道本幫幫規於犯上作亂的叛徒懲罰最嚴，往往剝光了衣衫，綁在後山「刑台石」上，任由地下蟲蟻咬嚙，天空兀鷹啄食，折磨八九日方死。他適才傾盡全力的一擊沒打死幫主，反被他以渾厚內力反彈出來，右臂旣斷，又受了內傷，只盼速死，卻又被人扶進房來，當下凝聚一口內息，只要聽得幫主說一聲「送刑台石受長樂天刑」，立時便舉頭往牆上撞去。

貝海石問道：「刺客是從窗中進來的麼？」那少年道：「我迷迷糊糊的，身上難受得要命，只道此番心跳定要跳死我了。似乎沒人進來過啊。」展飛大是奇怪：「難道他當眞的神智未清，不知是我打他麼？可是這個丫頭卻知是我下的手，她終就會吐露眞相。」

果然貝海石伸手在侍劍腰間和肩頭揑了幾下，運內力解開她穴道，問道：「是誰封了你的穴道？」侍劍指着展飛，說道：「是他！」貝海石眼望展飛，皺起了眉頭。

展飛冷笑一聲，正想痛罵幾句才死，忽聽得幫主說道：「是我……是我叫他幹的。」侍劍和展飛都是幾乎不相信自己的耳朵。兩人怔怔的瞧着那少年，不明白他這句話是何用意。那少年於種種事情全不了然，但已體會出情勢嚴重，各人對自己極是尊敬，若知展飛制住了侍劍，又曾發掌擊打自己，定然對他大大的不利，當即隨口撒了句謊，意欲幫他一個忙。至於爲甚麼要爲他隱瞞，其中原因可半點也說不出來。

他只隱約覺得，展飛擊打自己乃是激於一股極大的怨憤，實有不得已處。再加當時他體內寒熱內後交攻，難過之極，展飛這一掌正好打在他膻中穴上。那膻中穴乃人身氣海，展飛掌力奇勁，時刻又湊得極巧，一掌擊到，剛好將他八陰經脈與八陽經脈中所練成的陰陽勁力打成一片，水乳交融，再無寒息和炎息之分。當時他內力突然之間增強，以至將展飛震出窗外，心中全然不知，但覺體內澈骨之寒變成一片清涼，如烤如焙的炎熱化成融融陽和，四肢百骸間說不出的舒服，又過半晌，連清涼、暖和之感也已不覺，只是全身精力瀰漫，忍不住要大叫大喊。當虎猛堂香主邱山風進房之時，他一口噴出了體內的鬱積的瘀血，登時神氣清爽，不但體力旺盛，連腦子也加倍靈敏起來。

貝海石等見侍劍衣衫不整，頭髮蓬亂，神情惶急，心下都已了然，知道幫主向來好色貪淫，定是大病稍有轉機，便起邪念，意圖對她非禮，適逢展飛在外巡視，幫主便將他呼了進來，命他點了侍劍的穴道，只是不知展飛如何又得罪了幫主，以致被他擊出窗外，多半是展飛又奉命剝光侍劍的衣服，行動卻稍有遲疑。只是展飛武功遠較幫主爲強，所謂「被他擊出窗外」，也必是展飛裝腔作勢，想平息他怒氣，十之八九，還是自行借勢竄出去的。衆人見展飛傷勢不輕，頭臉手臂又被玫瑰花叢刺得斑斑血痕，均有狐悲之意，只是碍於幫主臉面，誰也不敢對展飛稍示慰問。

衆人既這麼想，無人敢再提刺客之事。虎猛堂香主邱山風想起自己阻了幫主的興頭，有展飛的例子在前，幫主說不定立時便會反臉怪責，做人以識趣爲先，當即躬身說道：「幫主休息，屬下告退。」餘人紛紛告辭。

貝海石見幫主臉上神色怪異，終是關心他的身子，伸手出去，說道：「我再搭搭幫主的脈搏。」那少年提起手來，任他搭脈。貝海石二根手指按到了那少年的手腕之上，驀地裏手臂劇震，半邊身子一麻，三根手指竟被他脈搏震了下來。

貝海石大吃一驚，臉現喜色，大聲道：「恭喜幫主，賀喜幫主，這蓋世神功，終究是練成了。」那少年莫名其妙，問道：「甚……甚麼蓋世神功？」貝海石料想他不願旁人知曉，當下不敢再提，說道：「是，是屬下胡說八道，幫主請勿見怪。」微微躬身，出房而去。

頃刻間羣雄退盡，房中又只剩下展飛和侍劍二人。展飛身負重傷，但衆人不知幫主要如何處置他，既無幫主號令，只得任由他留在房中，無人敢扶他出去醫治。

展飛手肩折斷，痛得額頭全是冷汗，聽得衆人走遠，咬牙怒道：「你要折磨我，便趕快下手罷，姓展的求一句饒，不是好漢。」那少年奇道：「我爲甚麼要折磨你？嗯，你手臂斷了，須得接起來才成。從前阿黃從山邊滾下坑去跌斷了腿，是我給牠接上的。」

那少年與母親二人僻居荒山，甚麼事情都得自己動手，雖然年幼，一應種菜、打獵、煮飯、修屋都幹得井井有條。狗兒阿黃斷腿，他用木棍給綁上了，居然過不了十多天便即痊愈。他說罷便東張西望，要找根木棍來給展飛接骨。

侍劍問道：「少爺，你找甚麼？」那少年道：「我找根木棍。」侍劍突然走上兩步，跪倒在地，道：「少爺，求求你，饒了他罷。你……你騙了他妻子到手，也難怪他惱恨，他又沒傷到你。少爺，你眞要殺他，那也一刀了斷便是，求求你別折磨他啦。」她想以木棍將人活活打死，可比一刀殺了痛苦得多，不由得心下不忍。

那少年道：「甚麼騙了他妻子到手？我爲甚麼要殺他？你說我要殺人？人那殺得的？」見臥室中沒有木棍，便提起一張椅子，用力一扳椅脚。他此刻水火既濟，陰陽調和，神功初成，力道大得出奇，手上使力輕重卻全然沒有分寸，這一扳之下，只聽得喀的一聲響，椅脚便折斷了。那少年不知自己力大，喃喃的道：「這椅子這般不牢，坐上去豈不摔個大交？侍劍姊姊，你跪着幹甚麼？快起來啊。」走到展飛身前，說道：「你別動！」

展飛口中雖硬，眼看他這麼一下便折斷了椅脚，又想到自己奮力一掌竟被他震斷手臂，身子立即破窗而出，此人內力實是雄渾無比，不由自主的全身顫慄，雙眼釘住了他手中的椅脚，心想：「他當然不會用椅脚來打我，啊喲，定是要將這椅脚塞入我嘴裏，從喉至胃，叫我死不去，活不得。」長樂幫中酷刑甚多，有一項刑罰正是用一根木棍撐入犯人口中，至咽喉直塞至胃，卻一時不得便死，苦楚難當，稱爲「開口笑」。展飛想起了這項酷刑，只嚇得魂飛魄散，見幫主走到身前，舉起左掌，便向他猛擊過去。

那少年卻不知他意欲傷人，說道：「別動，別動！」伸手便捉住他左腕。展飛只覺半身酸麻，掙扎不得。那少年將那半截椅脚放在他斷臂之旁，向侍劍道：「侍劍姊姊，有甚麼帶子沒有？給他綁一綁！」

侍劍大奇，問道：「你眞的給他接骨？」那少年笑道：「接骨便接骨了，難道還有甚麼眞的假的？你瞧他痛成這麼模樣，怎麼還能鬧着玩？」侍劍將信將疑，還是去找了一根帶子來，走到兩人身旁，向那少年看了一眼，惴惴然的將帶子替展飛縛上斷臂。那少年微笑道：「好極，你綁得十分妥貼，比我綁阿黃的斷腿時好得多了。」

展飛心想：「這賊幫主兇淫毒辣，不知要想甚麼新鮮古怪的花樣來折磨我？」聽他一再提到「阿黃斷腿」，忍不住問道：「阿黃是誰？」那少年道：「阿黃是我養的狗兒，可惜不見了。」展飛大怒，厲聲道：「好漢子可殺不可辱，你要殺便殺，如何將展某當做畜生？」那少年忙道：「不，不！我只是這麼提一句，大哥別惱，我說錯了話，給你賠不是啦。」說着抱拳拱了拱手。

展飛知他內功厲害，只道他假意賠罪，實欲以內力傷人，否則這人素來倨傲無禮，跟下屬和顏悅色的說幾句話已是十分難得，豈能給人陪甚麼不是？當即側身避開了這一拱，雙目炯炯的瞪視，瞧他更有甚麼惡毒花樣。那少年道：「大哥是姓展的麼？展大哥，你請回去休息罷。我狗雜種不會說話，得罪了你，展大哥別見怪。」展飛大吃一驚，心道：「甚……甚麼……他說甚麼『我狗雜種』？那又是一句繞了彎子來罵人的新鮮話兒？」

侍劍心想：「少爺神智清楚了一會兒，轉眼又胡塗啦。」但見那少年雙目發直，皺眉思索，便向展飛使個眼色，叫他乘機快走。

展飛大聲道：「姓石的小子，我也不要你賣好。你要殺我，我本來便逃不了，老子早認命啦，也不想多活一時三刻。你還不快快殺我？」那少年奇道：「你這人的胡塗勁兒，可眞叫人好笑，我幹麼要殺你？我媽媽講故事時總是說：壞人才殺人，好人是不殺人的。我當然不做壞人。你這麼一個大個兒，雖然斷了一條手臂，我又怎殺得了你？」侍劍忍不住接口道：「展香主，幫主已饒了你啦，你還不快去？」展飛提起左手摸了摸頭，心道：「到底是小賊胡塗了，還是我自己胡塗了？」侍劍頓足道：「快去，快去！」伸手將他推出了房外。

那少年哈哈一笑，說道：「這人倒也有趣，口口聲聲的說我要殺他，倒像我最愛殺人、是個大大的壞人一般。」

侍劍自從服侍幫主以來，第一次見他忽發善心，饒了一個得罪他的下屬，何況展飛犯上行刺，實是罪不可赦，不禁心中歡喜，微笑道：「你當然是好人哪，是個大大的好人。是好人才搶人家的妻子，拆散人家的夫妻……」說到後來，語氣頗有些辛酸，但幫主積威之下，究是不敢太過放肆，說到這裏便住口了。

那少年奇道：「你說我搶了人家的妻子？怎樣搶法的？我搶來幹甚麼了？」

侍劍嗔道：「是好人也說這些下流話？裝不了片刻正經，轉眼間狐狸尾巴就露出來了。我說呢，好少爺，你便要扮好人，謝謝你也多扮一會兒。」

那少年對她的話全然不懂，問道：「你……你說甚麼？我搶他妻子來幹甚麼，我就是不懂，你教我罷！」這時只覺全身似有無窮精力要發散出來，眼中精光大盛。

侍劍聽他越說越不成話，心中怕極，不住倒退，幾步便退到了房門口，若是幫主撲將過來，立時便可逃了出去，其實她知道他當眞要逞強暴，又怎能得脫毒手？以往數次危難，全仗自己以死相脅，堅決不從，這才保得了女兒軀體的清白。這時見他眼光中又露出野獸一般橫暴神情，不敢再出言譏刺，心中怦怦亂跳，顫聲道：「少爺，你身子沒……沒有復原，還是……還是多休息一會罷。」

那少年道：「我多休息一會，身子復原之後，那又怎樣？」侍劍滿臉通紅，左足跨出房門，只聽他喃喃的道：「這許多事情，我當眞是一點也不懂，唉，你好像很怕我似的。」雙手抓住椅背，忍不住手掌微微使勁。那椅子是紫檀木所製，堅硬之極，那知他內勁到處，喀喇一響，椅背登時便斷了。那少年奇道：「這裏甚麼東西都像是麵粉做的。」

謝煙客居心險毒，將上乘內功顚倒了次序傳授，只待那少年火候到時，陰陽交攻，死得慘酷無比，便算不得是自己「以一指之力相加」。那少年修習數年，那一日果然陰陽交迫，本來非死不可，說來也眞湊巧，恰好貝海石在旁。貝大夫既精醫道，又內力深湛，替他護住了心脈，暫且保住了一口氣息。來到長樂幫總舵後，每晚有人前來探訪，盜得了武林中珍奇之極的「玄冰碧火酒」相餵，壓住了他體內陰陽二息的交拚，但這藥酒性子猛烈，更增他內息力道，到這日剛好展飛在「膻中穴」上一擊，硬生生的逼得他內息龍虎交會，又震得他吐出丹田內鬱積的毒血，水火既濟，這兩門純陰純陽的內功非但不再損及他身子，反而化成了一門亙古以來從未有的古怪內力。

自來武功中練功，如此險徑，從未有人膽敢想到。縱令謝煙客忽然心生悔意，貝海石一心要救他性命，也決計不敢以剛猛掌力震他心口。但這古怪內力是誤打誤撞而得，畢竟不按理路，這時也未全然融會，偶爾在體內胡衝亂闖，又激得他氣血翻湧，一時似欲嘔吐，一時又想跳躍，難以定心。其中緣由，這少年自是一無所知。本來已是胡裏胡塗的如在夢境，這時更似夢中有夢。是眞是幻，再也摸不着半點頭腦。

侍劍低聲道：「你既饒了展香主性命，又替他接骨，卻又何苦再罵他畜生？這麼一來，他又要恨你切骨了。」見他神色怪異，目光炯炯，古裏古怪的瞧着自己，手足躍躍欲動，顯是立時便要撲將過來，再也不敢在房中稍有停留，立即退了出去。

水畔楊柳茂密，將一座小橋幾乎遮滿了，小船停在橋下，像是間天然的小屋一般。丁璫鑽入船艙，取出兩副杯筷，一把酒壺，再取幾盤花生、蠶豆、乾肉，放在石破天面前。

五　叮叮噹噹

那少年心中一片迷惘，搔了搔頭，說道：「奇怪，奇怪！」見到桌上那盒泥人兒，自言自語：「泥人兒卻在這裏，那麼我又不是做夢了。」打開盒蓋，拿了泥人出來。

其時他神功初成，既不會收勁內歛，亦不知自己力大，就如平時這般輕輕一捏，刷刷刷幾聲，裹在泥人外面的粉飾、油彩和泥底紛紛掉落。那少年一聲「啊喲」，心感可惜，卻見泥粉褪落處裏面又有一層油漆的木面。索性再將泥粉剝落一些，裏面依稀現出人形，當下將泥人身上泥粉盡數剝去，露出一個裸體的木偶來。

木偶身上油着一層桐油，繪滿了黑綫，卻無穴道位置。木偶刻工精巧，面目栩栩如生，張嘴作大笑之狀，雙手捧腹，神態滑稽之極，相貌和本來的泥人截然不同。

那少年大喜，心想：「原來泥人兒裏面尚有木偶，不知另外那些木偶又是怎生模樣？」反正這些泥人身上的穴道經脈早已記熟，當下將每個泥人身外的泥粉油彩逐一剝落。果然每個泥人內都藏有一個木偶，神情或喜悅不禁，或痛哭流淚，或裂眥大怒，或慈和可親，無一相同。木偶身上的運功綫路，與泥人身上所繪全然有異。

那少年心想：「這些木偶如此有趣，我且照他們身上的綫路練練功看。這個哭臉別練，似他這般哭哭啼啼的豈不難看？裂着嘴傻笑的也不好看，我照這個笑嘻嘻的木人兒來練。」當下盤膝坐定，將微笑的木偶放在面前几上，丹田中微微運氣，便有一股暖洋洋的內息緩緩上升，他依着木偶身上所繪綫路，引導內息通向各處穴道。

他卻那裏知道，這些木偶身上所繪，是少林派前輩神僧所創的一套「羅漢伏魔神功」。每個木偶是一尊羅漢。這門神功集佛家內功之大成，深奧精微之極。單是第一步攝心歸元，須得摒絕一切俗慮雜念，十萬人中便未必有一人能做到。聰明伶俐之人總是思慮繁多，但若資質魯鈍，又弄不清其中千頭萬緒的諸種變化。

當年創擬這套神功的高僧深知世間罕有聰明、純樸兩兼其美的才士。空門中雖然頗有根器既利、又已修到不染於物欲的僧侶，但如去修練這門神功，勢不免全心全意的「着於武功」，成為實證佛道的大障。佛法稱「貪、嗔、痴」為三毒，貪財貪色固是貪，躭於禪悅、武功亦是貪。因此在木羅漢外敷以泥粉，塗以油彩，繪上了少林正宗的內功入門之道，以免後世之人見到木羅漢後不自量力的妄加修習，枉自送了性命，或者離開了佛法正道。

大悲老人知道這一十八個泥人是武林異寶，花盡心血方始到手，但眼見泥人身上所繪的內功法門平平無奇，雖經窮年累月的鑽研，也找不到有甚寶貴之處。他既認定這是異寶，自然小心翼翼，不敢有半點損毀，可是泥人不損，木羅漢不現，一直至死也不明其中秘奧的所在。其實豈止大悲老人而已，自那位少林神僧以降，這套泥人已在十一個人手中流轉過，個個戰戰兢兢，對十八個泥人周全保護，思索推敲，盡屬徒勞。這十一人都是遺恨而終，將心中一個大疑團帶入了黃土之中。

那少年天資聰穎，年紀尚輕，一生居於深山，世務一概不通，非純樸不可，恰好合式。也幸好他清醒之後的當天，便即發見了神功秘要。否則幫主做得久了，耳濡目染，無非娛人聲色，所作所爲，盡是兇殺爭奪，縱然天性良善，出汙泥而不染，但心中思慮必多，那時再見到這一十八尊木羅漢，練這神功便非但無益，且是大大的有害了。

那少年體內水火相濟，陰陽調合，內力已十分深厚，將這股內力依照木羅漢身上綫路運行，一切窒滯處無不豁然而解。照着綫路運行三遍，然後閉起眼睛，不看木偶而運功，只覺舒暢之極，又換了一個木偶練功。

他全心全意的沉浸其中，練完一個木偶，又是一個，於外界事物，全然的不聞不見，從天明到中午，從中午到黃昏，又從黃昏到次日天明。

侍劍初時怕他侵犯，只探頭在房門口偷看，見他凝神練功，一會兒嘻嘻傻笑，過了一會卻又愁眉苦臉，顯是神智胡塗了，不禁擔心，便躡足進房。待見他接連一日一晚的練功，無止無休，心中早已忘了害怕，只是滿心掛懷，出去睡上一兩個時辰，又進來看他。

貝海石也在房外探視了數次，見他頭頂白氣氤氳，知他內功又練到了緊要關頭，便吩咐下屬在幫主房外加緊守備，誰也不可進去打擾。

待得那少年練完了十八尊木羅漢身上所繪的伏魔神功，已是第三日晨光熹微。他長長的舒了口氣，將木偶放入盒中，合上盒蓋，只覺神清氣爽，內力運轉，無不如意，卻不知武林中一門希世得見的「羅漢伏魔神功」已是初步小成。本來練到這境界，少則五六年，多則數十年，決無一日一夜間便一蹴可至之理。只是他體內陰陽二氣自然融合，根基早已培好，有如上游萬頃大湖早積蓄了汪洋巨浸，這「羅漢伏魔神功」只不過將之導入正流而已。正所謂「水到渠成」，他數年來苦練純陰純陽內力乃是貯水，此刻則是「渠成」了。

一瞥眼間，見侍劍伏在床沿之上，已然睡着了，於是跨下床來，其時中秋已過，八月下旬的天氣，頗有涼意，見侍劍衣衫單薄，便將床上的一條錦被取過，輕輕蓋在她身上。走到窗前，但覺一股清氣，夾着園中花香撲面而來。忽聽得侍劍低聲道：「少爺，少爺你……你別殺了！」那少年回過頭來，問道：「你怎麼老是叫我少爺？又叫我別殺人？」

侍劍睡得雖熟，但一顆心始終吊着，聽得那少年說話，便即醒覺，拍拍自己心口，道：「我……我好怕！」眼見床上沒了人，回過頭來，卻見那少年立在窗口，不禁又驚又喜，笑道：「少爺，你起來啦！你瞧，我……我竟睡着了。」站起身來，披在她肩頭的錦被便即滑落。她大驚失色，只道睡夢中已被這輕薄無行的主人玷污了，低頭看自身衣衫，卻是穿得好好地，霎時間驚疑交集，顫聲道：「你……你……我……我……」

那少年笑道：「你剛才說夢話，又叫我別殺人。難道你在夢中，也見到我殺人嗎？」

侍劍聽他不涉游詞，心中略定，又覺自身一無異狀，心道：「是我錯怪了他麼？謝天謝地……」便道：「是啊，我剛才做夢，見到你雙手拿了刀子亂殺，殺得地下橫七豎八的都是屍首，一個個都不……不……」說到這裏，臉上一紅，便即住口。她日有所見，夜有所夢，這一日兩晚之中，在那少年床前所見的只是那一十八具裸身木偶，於是夢中見到的也是大批裸體男屍。那少年怎知情由，問道：「一個個都不甚麼？」侍劍臉上又是一紅，道：「一個個都不……不是壞人。」

那少年問道：「侍劍姊姊，我心中有許多事不明白，你跟我說，行不行？」侍劍微笑道：「啊喲，怎地一場大病，把性格兒都病得變了？跟我們底下人奴才說話，也有甚麼姊姊、妹妹的。」那少年道：「我便是不懂，怎麼你叫我少爺，又說甚麼是奴才。那些老伯伯又叫我幫主。那位展大哥，卻說我搶了他的妻子，到底是怎麼一回事？」

侍劍向他凝視片刻，見他臉色誠摯，絕無開玩笑的神情，便道：「你有一日一夜沒吃東西了，外邊熬得有人參小米粥，我先裝一碗給你吃。」

那少年給她一提，登覺腹中飢不可忍，道：「我自己去裝好了，怎敢勞動姊姊？小米粥在那裏？」一嗅之下，笑道：「我知道啦。」大步走出房外。

他臥室之外又是一間大房，房角裏一隻小炭爐，燉得小米粥波波波的直響。那少年向侍劍瞧了一眼。侍劍滿臉通紅，叫道：「啊喲，小米粥燉糊啦。少爺，你先用些點心，我馬上給你燉過。眞糟糕，我睡得像死人一樣。」

那少年笑道：「糊的也好吃，怕甚麼？」揭開鍋蓋，焦臭刺鼻，半鍋粥已熬得快成焦飯了，拿起匙羹抄了一匙焦粥，便往口中送去。這人參小米粥本有苦澀之味，既未加糖，又煮糊了，自是苦上加苦。那少年皺一皺眉頭，一口吞下，伸伸舌頭，說道：「好苦！」卻又抄了一匙羹送入口中，吞下之後，又道：「好苦！」

侍劍伸手去奪他匙羹，紅着臉道：「糊得這樣子，虧你還吃？」手指碰到他手背，那少年不肯將匙羹放手，手背肌膚上自然而然生出一股反彈之力。侍劍手指一震，急忙縮手。那少年卻毫不知情，又吃了一匙苦粥。侍劍側頭相看，見他狼吞虎嚥，神色滑稽古怪，顯是吃得又苦澀，又香甜，忍不住抿嘴而笑，說道：「這也難怪，這些日子來，可眞餓壞你啦。」

那少年將半鍋焦粥吃了個鍋底朝天。這人參小米粥雖煮得糊了，但粥中人參是上品老山參，實具大補之功，他不多時更是精神奕奕。

侍劍見他臉色紅艷艷地，笑道：「少爺，你練的是甚麼功夫？我手指一碰到你手背，你便把人家彈了開去，臉色又變得這麼好。」那少年道：「我也不知是甚麼功夫，我是照着那些木人兒身上的綫路練的。侍劍姊姊，我……我到底是誰？」侍劍又是一笑，道：「你是眞的記不起了，還是在說笑話？」

那少年搔了搔頭，突然問：「你見到我媽媽沒有？」侍劍奇道：「沒有啊。少爺，我從來沒聽說你還有一位老太太。啊，是了，你一定很聽老太太的話，因此近來性格兒也有些兒改了。」說着向他瞧了一眼，生怕他舊脾氣突然發作，幸好一無動靜。那少年道：「媽媽的話自然要聽。」歎了口氣，道：「不知道我媽媽到那裏去了。」侍劍道：「謝天謝地，世界上總算還有人能管你。」

忽聽門外有人朗聲說道：「幫主醒了麼？屬下有事啓稟。」

那少年愕然不答，向侍劍低聲問道：「他是不是跟我說話？」侍劍道：「當然是了，他說有事向你稟告。」那少年急道：「你請他等一等。侍劍姊姊，你得先教教我才行。」

侍劍向他瞧了一眼，提高聲音說道：「外面是那一位？」那人道：「屬下獅威堂陳冲之。」侍劍道：「幫主吩咐，命陳香主暫候。」陳冲之在外應道：「是。」

那少年向侍劍招招手，走進房內，低聲問道：「我到底是誰？」侍劍雙眉微蹙，心間增憂，說道：「你是長樂幫的幫主，姓石，名字叫破天。」那少年喃喃的道：「石破天，石破天，原來我叫做石破天，那麼我的名字不是狗雜種了。」

侍劍見他頗有憂色，安慰他道：「少爺，你也不須煩惱。慢慢兒的，你會都記起來的。你是石破天石幫主，長樂幫的幫主，自然不是狗……自然不是！」

那少年石破天悄聲問道：「長樂幫是甚麼東西？幫主是幹甚麼的？」

侍劍心道：「長樂幫是甚麼東西，這句話倒不易回答。」沉吟道：「長樂幫的人很多，像貝先生啦，外面那個陳香主啦，都是有大本領的人。你是幫主，大夥兒都要聽你的話。」石破天道：「那我跟他們說些甚麼話好？」侍劍道：「我是個小丫頭，又懂得甚麼？少爺，你若是拿不定主意，不妨便問貝先生。他是幫裏的軍師，最是聰明不過的。」石破天道：「貝先生又不在這裏。侍劍姊姊，你想那個陳香主有甚麼話跟我說？他問我甚麼，我一定回答不出。你……你還是叫他去罷。」侍劍道：「叫他回去，恐怕不大好。他說甚麼，你只須點點頭就是了。」石破天喜道：「那倒不難。」

當下侍劍在前引路，石破天跟着她來到外面的一間小客廳中。只見一名身材極高的漢子倏地從椅上站了起來，躬身行禮，道：「幫主大好了！屬下陳冲之問安。」

石破天躬身還了一禮，道：「陳……陳香主也大好了，我也向你問安。」

陳冲之臉色大變，向後連退了兩步。他素知幫主倨傲無禮、殘忍好殺，自己向他行禮問安，他居然也向自己行禮問安，顯是殺心已動，要向自己下毒手了。陳冲之心中雖驚，但他是個武功高強、桀傲不馴的草莽豪傑，豈肯就此束手待斃？當下雙掌暗運功力，沉聲說道：「不知屬下犯了第幾條幫規？幫主若要處罰，也須大開香堂，當衆宣告才成。」

石破天不明白他說些甚麼，驚訝道：「處罰，處罰甚麼？陳香主你說要處罰？」陳冲之氣憤憤的道：「陳冲之對本幫和幫主忠心不貳，並無過犯，幫主何以累出譏刺之言？」石破天記起侍劍叫他遇到不明白時只管點頭，慢慢再問貝海石不遲，當下便連連點頭，「嗯」了幾聲，道：「陳香主請坐，不用客氣。」陳冲之道：「幫主之前，焉有屬下的坐位？」石破天又接連點頭，說道：「是，是！」

兩個人相對而立，登時僵着不語，你瞧着我，我瞧着你。陳冲之臉色是全神戒備而兼憤怒惶懼，石破天則是茫然而有困惑，卻又帶着溫和的微笑。

按照長樂幫規矩，下屬向幫主面陳機密之時，旁人不得在場，是以侍劍早已退出客廳，否則有她在旁，便可向陳冲之解釋幾句，說明幫主大病初愈，精神不振，陳香主不必疑慮。

石破天見茶几上放着兩碗清茶，便自己左手取了一碗，右手將另一碗遞過去。陳冲之既怕茶中有毒，又怕石破天乘機出手，不敢伸手去接，反退了一步，嗆啷一聲，一隻瓷碗在地下摔得粉碎。石破天「啊喲」一聲，微笑道：「對不住，對不住！」將自己沒喝過的茶又遞給他，道：「你喝這一碗罷！」

陳冲之雙眉一豎，心道：「反正逃不脫你的毒手，大丈夫死就死，又何必提心吊膽？」

他知道幫主武功雖然不及自己，但若出手傷了他，萬萬逃不出長樂幫這龍潭虎穴，在貝大夫手下只怕走不上十招，那時死起來勢必慘不可言，當下接過碗來，骨嘟嘟的喝乾，將茶碗重重在茶几上一放，慘然說道：「幫主如此對待忠心的下屬，但願長樂幫千秋長樂，石幫主長命百歲。」

石破天對「但願石幫主長命百歲」這句話倒是懂的，只不知陳冲之這麼說，乃是一句反話，也道：「但願陳香主也長命百歲。」

這句話聽在陳冲之耳中，又變成了一句刻毒的譏刺。他嘿嘿冷笑，心道：「我已命在頃刻，你卻還說祝我長命百歲。」朗聲道：「屬下不知何事得罪了幫主，既是命該如此，那也不必多說了。屬下今日是來向幫主稟告：昨晚有兩人擅闖總壇獅威堂，一個是四十來歲的中年漢子，另一個是二十七八歲的女子。兩人都使長劍，武功似是凌霄城雪山派一路。屬下率同部屬出手擒拿，但兩人劍法高明，給他們殺了三名兄弟。那年輕女子後來腿上中了一刀，這才被擒，那漢子卻給逃走了，特向幫主領罪。」

石破天道：「嗯，捉了個女的，逃了個男的。不知這兩人來幹甚麼？是來偷東西嗎？」陳冲之道：「獅威堂倒沒少了甚麼物事。」石破天皺眉道：「那兩人兇惡得緊，怎地動不動便殺了三個人。」他好奇心起，道：「陳香主，你帶我去瞧瞧那女子，好麼？」

陳冲之躬身道：「遵命。」轉身出廳，斗地動念：「我擒獲的這女子相貌很美，年紀雖然大了幾歲，容貌可眞不錯，幫主若是看上了，心中一喜，說不定便能把解藥給我。」又想：「陳冲之啊陳冲之，石幫主喜怒無常，待人無禮，這長樂幫非你安身之所。今日若得僥倖活命，從此遠走高飛，隱姓埋名，再也不來趕這淌渾水了。可是……可是脫幫私逃，那是本幫不赦的大罪，長樂幫便追到天涯海角，也放我不過，這便如何是好？」

石破天隨着陳冲之穿房過戶，經過了兩座花園，來到一扇大石門前，見四名漢子手執兵刃，分站石門之旁。四名漢子搶步過來，躬身行禮，神色於恭謹之中帶着惶恐。

陳冲之一擺手，兩名漢子當即推開石門。石門之內另有一道鐵柵欄，一把大鐵鎖鎖着。陳冲之從身邊取出鑰匙親自打開。進去後是一條長長的甬道，裏面點着巨燭，甬道盡處又有四名漢子把守，再是一道鐵柵。過了鐵柵是一扇厚厚的石門，陳冲之開鎖打開鐵門，裏面是間兩丈見方的石室。

一個白衣女子背坐，聽得開門之聲，轉過臉來。陳冲之將從甬道中取來的燭台放在進門處的几上，燭光照射到那女子臉上。

石破天「啊」的一聲輕呼，說道：「姑娘是雪山派的寒梅女俠花萬紫。」

那日侯監集上，花萬紫一再以言語相激謝煙客。當時各人的言語石破天一概不懂，也不知「雪山派」、「寒梅女俠」等等是甚麼意思，只是他記心甚好，聽人說過的話自然而然的便不會忘記。此刻相距侯監集之會已有七八年，花萬紫面貌並無多大變化，石破天一見便即識得。

但石破天當時是個滿臉泥污的小丐，今日服飾華麗，變成了個神采奕奕的高大青年，花萬紫自然不識。她氣憤憤的道：「你怎認得我？」

陳冲之聽石破天一見到這女子立即便道出她的門派、外號、名字，不禁佩服：「這小子眼力過人，倒也有他的本事。」當即喝道：「這位是我們幫主，你說話恭敬些。」

花萬紫吃了一驚，沒想在牢獄之中竟會和這個惡名昭彰的長樂幫幫主石破天相遇。她和師哥耿萬鍾夜入長樂幫，爲的是要查察石破天的身分來歷。她素聞石破天好色貪淫，敗壞過不少女子的名節，今日落入他手中，不免凶多吉少，不敢讓他多見自己的容色，立即轉頭，面朝裏壁，嗆啷啷幾下，發出鐵器碰撞之聲，原來她手上、脚上都戴了銬鐐。

石破天只在母親說故事之時聽她說起過脚鐐手銬，直至今日，方得親見，問陳冲之道：「陳香主，這位花姑娘手上脚上那些東西，便是脚鐐手銬麼？」陳冲之不知這句話是何用意，只得應道：「是。」石破天又問：「她犯了甚麼罪，要給她帶上脚鐐手銬？」

陳冲之恍然大悟，心道：「原來幫主怪我得罪了花姑娘，是以才向我痛下毒手。可須得趕快設法補救才是。男子漢大丈夫，爲一個女子而枉送性命，可眞是寃了。」忙道：「是，是，屬下知罪。」忙從衣袋中取出鑰匙，替花萬紫打開了銬鐐。

花萬紫手足雖獲自由，只有更增驚惶，一時間手足顫抖。她武功固然不弱，智謀膽識亦殊不在一般武林豪士之下，倘若石破天以死相脅，她非但不會皺一皺眉頭，還會侃侃而言，直斥其非，可是耳聽得他反而出言責備擒住自己的陳香主，顯然在向自己賣好，意存不軌。她一生守身如玉，想到石破天的惡名，當眞是不寒而慄，拚命將面龐挨在冰冷的石壁之上，心中只是想：「不知是不是那小子？我只須仔細瞧他幾眼，定能認得出來。」但說甚麼也不敢轉頭向石破天臉上瞧去。

陳冲之暗自調息，察覺喝了「毒茶」之後體內並無異樣，料來此毒並非十分厲害，當可有救，自須更進一步向幫主討好，說道：「咱們便請花姑娘同到幫主房中談談如何？這裏地方又黑又小，無茶無酒，不是欵待貴客的所在。」

石破天喜道：「好啊，花姑娘，我房裏有燕窩吃，味道好得很，你去吃一碗罷。」花萬紫顫聲道：「不去！不去吃！」石破天道：「味道好得很呢，去吃一碗罷！」花萬紫怒道：「你要殺便殺，姑娘是堂堂雪山派的傳人，決不向你求饒。你這惡徒無恥已極，竟敢有非份之想，我寧可一頭撞死在這石屋之中，也決不……決不到你房中。」

石破天奇道：「倒像我最愛殺人一般，眞是奇怪，好端端地，我又怎敢殺你了？你不愛吃燕窩也就罷了。想來你愛吃鷄鴨魚肉甚麼的。陳香主，咱們有沒有？」陳冲之道：「有，有，有！花姑娘愛吃甚麼，只要是世上有的，咱們厨房裏都有。」花萬紫「呸」了一聲，厲聲道：「姑娘寧死也不吃長樂幫中的食物，沒的玷汚了嘴。」石破天道：「那麼花姑娘喜歡自己上街去買來吃的了？你有銀子沒有？若是沒有，陳香主你有沒有，送些給她好不好？」

陳冲之和花萬紫同時開口說話，一個道：「有，有，我這便去取。」一個道：「不要，不要，死也不要。」

石破天道：「想來你自己有銀子。陳香主說你腿上受了傷，本來我們可以請貝先生給你瞧瞧，你既然這麼討厭長樂幫，那麼你到街上找個醫生治治罷，流多了血，恐怕不好。」

花萬紫決不信他眞有釋放自己之意，只道他是貓玩耗子，故意戲弄，氣憤憤的道：「不論你使甚麼詭計，我才不上你的當呢。」

石破天大感奇怪，道：「這間石屋子好像監牢一樣，在這裏有甚麼好玩？我雖沒見過監牢，我媽媽講故事時說的監牢，就跟這間屋子差不多。花姑娘，你還是快出去罷。」

花萬紫聽他這幾句話不倫不類，甚麼「我媽媽講故事」云云，不知是何意思，但釋放自己之意倒似不假，哼了一聲，說道：「我的劍呢，還我不還？」心想：「若有兵刃在手，這石破天如對我無禮，縱然鬥他不過，總也可以橫劍自刎。」

陳冲之轉頭瞧幫主的臉色。石破天道：「花姑娘是使劍的，陳香主，請你還了她，好不好？」陳冲之道：「是，是，劍在外面，姑娘出去，便即奉上。」

花萬紫心想總不能在這石牢中耗一輩子，只有隨機應變，既存了必死之心，甚麼也不怕了，當下霍地立起，大踏步走了出去。石陳二人跟在其後。穿過甬道、石門，出了石牢。

陳冲之要討好幫主，親自快步去將花萬紫的長劍取了來，遞給幫主。石破天接過後，轉遞給花萬紫。花萬紫防他遞劍之時乘機下手，當下氣凝雙臂，兩手倏地探出，連鞘帶劍，呼的一聲抓了過去。她取劍之時，右手搭住了劍柄，長劍抓過，劍鋒同時出鞘五寸，凝目向石破天臉上瞧去，突然心頭一震：「是他，便是這小子，決計錯不了！」

陳冲之知她劍法精奇，恐她出劍傷人，忙回手從身後一名幫眾手中搶過一柄單刀。

石破天道：「花姑娘，你腿上的傷不碍事罷？若是斷了骨頭，我倒會給你接骨，就像給阿黃接好斷腿一樣。」

這句話言者無心，聽者有意，花萬紫見他目光向自己腿上射來，登時臉上一紅，斥道：「輕薄無賴，說話下流。」石破天奇道：「怎麼？這句話說不得麼？我瞧瞧你的傷口。」他一派天眞爛漫，全無機心，花萬紫卻認定他在調戲自己，刷的一聲，長劍出鞘，喝道：「姓石的，你敢上一步，姑娘跟你拚了。」劍尖上青光閃閃，對準了石破天的胸膛。

陳冲之笑道：「花姑娘，我幫主年少英俊，他瞧中了你，是你大大的福份。天下也不知有多少年輕美貌的姑娘，想陪我幫主一宵也不可得呢。」

花萬紫臉色慘白，一招「大漠飛沙」，劍挾勁風，向石破天胸口刺去。

石破天此時雖然內力渾厚，於臨敵交手的武功卻從來沒學過，眼見花萬紫利劍刺到，心慌意亂之下，立即轉身便逃。幸好他內功極精，雖是笨手笨脚的逃跑，卻也自然而然的快得出奇，呼的一聲，已逃出了數丈以外。

花萬紫沒料到他竟會轉身逃走，而瞧他幾個起落，便如飛鳥急逝，姿式雖然十分難看，但輕功之佳，實是生平所未覩，一時不由得呆了，怔怔的站在當地，說不出話來。

石破天站在遠處，雙手亂搖，道：「花姑娘，我怕了你啦，你怎麼動不動便出劍殺人。好啦，你愛走便走，愛留便留，我……我不跟你說話了。」他猜想花萬紫要殺自己，必有重大原由，自己不明其中關鍵，還是去問侍劍的爲是，當下轉身便走。

花萬紫更是奇怪，朗聲道：「姓石的，你放我出去，是不是？是否又在外伏人阻攔？」石破天停步轉身，奇道：「我攔你幹甚麼？一個不小心，給你刺上一劍，那可糟了。」

花萬紫聽他這麼說，心下將信將疑，兀自不信他眞的不再留難自己，心想：「且不理他有何詭計，只有走一步，算一步了。」向他狠狠瞪了一眼，心中又道：「果然是你！你這小子對雪山派膽敢如此無禮。」一轉身便行，腿上傷了，走起來一跛一拐，但想跟這惡賊遠離一步，便多一分安全，當下強忍腿傷疼痛，走得甚快。

陳冲之笑道：「長樂幫總舵雖不成話，好歹也有幾個人看守門戶，花姑娘說來便來，說去便去，難道當我們都是酒囊飯袋麼？」花萬紫止步回身，柳眉一豎，長劍當胸，道：「依你說便怎地？」陳冲之笑道：「依我說啊，還是由陳某護送姑娘出去為妙。」花萬紫尋思：「在他簷下過，不得不低頭。這次只怪自己太過莽撞，將對方瞧得忒也小了，以致失手。當眞要獨自闖出這長樂幫總舵去，只怕確實不大容易。眼下暫且忍了這口氣，日後邀集師兄弟們大舉來攻，再雪今日之辱。」低聲道：「如此有勞了。」

陳冲之向石破天道：「幫主，屬下將花姑娘送出去。」低聲道：「當眞是讓她走，還是到了外面之後，再擒她回來？」石破天奇道：「自然當眞送她走。再擒回來幹甚麼？」陳冲之道：「是，是。」心道：「準是幫主嫌她年紀大了，瞧不上眼。其實這姑娘雪白粉嫩，倒挺不錯哪！幫主既看不中，便也不用跟她太客氣了。」對花萬紫道：「走罷！」

石破天見花萬紫手中利劍青光閃閃，有些害怕，不敢多和她說話，陳冲之願送她出門，那是再好不過，當即覓路自行回房。一路上遇到的人個個閃身讓在一旁，神態十分恭謹。

石破天回到房中，正要向侍劍詢問花萬紫何以被陳香主關在牢裏，何以她又要挺劍擊刺自己，忽聽得門外守衞的幫衆傳呼：「貝先生到。」

石破天大喜，快步走到客廳，向貝海石道：「貝先生，剛才遇到了一件奇事。」當下將見到花萬紫的情形說了一遍。

貝海石點點頭，臉色鄭重，說道：「幫主，屬下向你求個情。獅威堂陳香主向來對幫主恭順，於本幫又有大功，請幫主饒了他性命。」石破天奇道：「饒他性命？為甚麼不饒他性命？他人很好啊，貝先生，要是他生了甚麼病，你就想法子救他一救。」貝海石大喜，深深一揖，道：「多謝幫主開恩。」當即匆匆而去。

原來陳冲之送走花萬紫後，即去請貝海石向幫主求情，賜給解藥。貝海石翻開他眼皮察看，又搭他脈搏，知他中毒不深，心想：「只須幫主點頭，解他這毒易如反掌。」他本來想石幫主既已下毒，自不允輕易寬恕，此人年紀輕輕，出手如此毒辣，倒是一層隱憂，不料一開口就求得了赦令，既救了朋友，又替幫中保留一份實力。這石幫主對自己言聽計從，不難對付，日後大事到來，當可依計而行，諒無變故，其喜可知。

貝海石走後，石破天便向侍劍問起種種情由，才知當地名叫鎮江，地當南北要衝，是長樂幫總舵的所在。他石破天是長樂幫的幫主，下分內三堂、外五堂，統率各路幫眾。幫中高手如雲，近年來好生興旺，如貝海石這等大本領的人物都投身幫中，可見得長樂幫的聲勢實力當眞非同小可。至於長樂幫在江湖上到底幹些甚麼事，跟雪山派有甚麼仇嫌，侍劍只是個妙齡丫鬟，卻也說不上來。

石破天也聽得一知半解，他人雖聰明，究竟所知世務太少，於這中間的種種關鍵過節，無法串連得起來，沉吟半晌，說道：「侍劍姊姊，你們定是認錯人了。我既然不是做夢，那個幫主便一定另外有個人。我只是個山中少年，那裏是甚麼幫主了。」

侍劍笑道：「天下就算有容貌相同之人，也沒像到這樣子的。少爺，你最近練功夫，恐怕是震……震動了頭腦，我不跟你多說啦，你休息一會兒，慢慢的便都記得起來了。」

石破天道：「不，不！我心中有許多疑惑不解之事，都要問你。侍劍姊姊，你爲甚麼要做丫鬟？」侍劍眼圈兒一紅，道：「做丫鬟，難道也有人情願的麼？我自幼父母都去世了，無依無靠，有人收留了我，過了幾年，將我賣到長樂幫來。賓總管要我服侍你，我只好服侍你啦。」石破天道：「如此說來，你是不願意的了。那你去罷，我也不用人服侍，甚麼事我自己都會做。」

侍劍急道：「我舉目無親的，叫我到那裏去？賓總管知道你不要我服侍，一定怪我不盡心，非將我打死不可。」石破天道：「我叫他不打你便是。」侍劍道：「你病還沒好，我也不能就這麼走了。再說，只要你不欺侮我，少爺，我是情願服侍你的。」石破天道：「你不願走，那也很好，其實我心裏也盼望你別走。我怎會欺侮你？我是從來不欺侮人的。」

侍劍又是好氣，又是好笑，抿嘴說：「你這麼說，人家還道咱們的石大幫主當眞改邪歸正了。」見他一本正經的全無輕薄油滑之態，雖想這多半是他一時高興，故意做作，但瞧着終究喜歡。

石破天沉吟不語，心想：「那個眞的石幫主看來是挺凶惡的，旣愛殺人，又愛欺侮人，個個見了他害怕。他還去搶人家妻子，可不知搶來幹甚麼？要她煮飯洗衣嗎？我……我可到底怎麼辦呢？唉，明天還是向貝先生說個明白，他們定是認錯人了。」心中思潮起伏，一時覺得做這幫主，人人都聽自己的話，倒也好玩；一時又覺冒充別人，當那幫主回來之後，一定大發脾氣，說不定便將自己殺了，可又危險得緊。

傍晚時分，厨房中送來八色精緻菜餚，侍劍服侍他吃飯，石破天要她坐下來一起吃，侍劍脹紅了臉，說甚麼也不肯。石破天只索罷了，津津有味的直吃了四大碗飯。

他用過晚膳，又與侍劍聊了一陣，問東問西，問這問那，幾乎沒一樣事物不透着新奇。眼見天色全黑，仍無放侍劍出房之意。侍劍心想這少爺不要故態復萌，又起不軌之意，便即告別出房，順手帶上了房門。

石破天坐在床上，左右無事，便照十八個木偶身上的綫路經脈又練了一遍功夫。

萬籟俱寂之中，忽聽得窗格上得得得響了三下。石破天睜開眼來，只見窗格緩緩推起，一隻纖纖素手伸了進來，向他招了兩招，依稀看到皓腕盡處的淡綠衣袖。

石破天心中一動，記起那晚這個瓜子臉兒、淡綠衣衫的少女，一躍下床，奔到窗前，叫道：「姊姊！」窗外一個清脆的聲音啐了一口，道：「怎麼叫起姊姊啦，快出來罷！」

石破天推開窗子，跨了出去，眼前卻無人影，正詭異間，突然眼前一黑，只覺一雙溫軟的手掌蒙住了自己眼睛，背後有人格格一笑，跟着鼻中聞到一陣蘭花般的香氣。

石破天又驚又喜，知道那少女在和他鬧着玩，他自幼在荒山之中，枯寂無伴，只有一條黄狗作他的遊侶，此刻突然有個年輕人和他鬧玩，自是十分開心。他反手抱去，道：「瞧我不捉住了你。」那知他反手雖快，那少女卻滑溜異常，這一下竟抱了個空。只見花叢中綠衫閃動，石破天搶上去伸手抓出，卻抓到了滿手玫瑰花刺，忍不住「啊」的一聲叫了出來。

那少女從前面紫荆花樹下探頭出來，低聲笑道：「傻瓜，別作聲，快跟我來。」石破天見她身形一動，便也跟隨在後。

那少女奔到圍牆脚邊，正要湧身上躍，黑暗中忽有兩人聞聲奔到，一個手持單刀，一個拿着兩柄短斧，在那少女身前一擋，喝道：「站住！甚麼人？」便在這時，石破天已跟着過來。那二人是在花園中巡邏的幫衆，一見到石破天和她笑嘻嘻的神情，忙分兩邊退下，躬身說道：「屬下不知是幫主的朋友，得罪莫怪。」跟着向那少女微微欠身，表示陪禮之意。那少女向他們伸了伸舌頭，向石破天一招手，飛身跳上了圍牆。

石破天知道這麼高的圍牆自己可萬萬跳不上去，但見那少女招手，兩個幫衆又是眼睜睜的瞧着自己，總不能叫人端架梯子來爬將上去，當下硬了頭皮，雙脚一登，往上便跳，說也奇怪，脚底居然生出一股不知從何而來的力量，呼的一聲，身子竟沒在牆頭停留，輕輕巧巧的便越牆而過。

那兩名幫衆嚇了一跳，大聲讚道：「好功夫！」跟着聽得牆外砰的一聲，有甚麼重物落地，卻原來石破天不知落地之法，竟然摔了一交。那兩名幫衆相顧愕然，不知其故，自然萬萬想不到幫主輕功如此神妙，竟會摔了個姿勢難看之極的仰八叉。

那少女卻在牆頭看得清清楚楚，吃了一驚，見他摔倒後一時竟不爬起，忙縱身下牆，伸手去扶，柔聲道：「天哥，怎麼啦？你病沒好全，別逞強使功。」伸手在他脅下，將他扶了起來。石破天這一交摔得屁股好不疼痛，在那少女扶持之下，終於站起。那少女道：「咱們到老地方去，好不好？你摔痛了麼？能不能走？」

石破天內功深湛，剛才這一交摔得雖重，片刻間也就不痛了，說道：「好！我不痛啦，當然能走！」

那少女拉着他的右手，問道：「這麼多天沒見到你，你想我不想？」微微仰起了頭，望着石破天的眼睛。

石破天眼前出現了一張清麗白膩的臉龐，小嘴邊帶着俏皮的微笑，月光照射在她明澈的眼睛之中，宛然便是兩點明星，鼻中聞到那少女身上發出的香氣，不由得心中一蕩，他雖於男女之事全然不懂，但一個二十歲的青年，就算再傻，身當此情此景，對一個美麗的少女自然而然會起愛慕之心。他呆了一呆，說道：「那天晚上你來看我，可是隨即就走了。我時時想起你。」

那少女嫣然一笑，道：「你失蹤這麼久，又昏迷了這許多天，可不知人家心中多急。這兩天來，每天晚上我仍是來瞧你，你不知道？我見你練功練得起勁，生怕打擾了你的療傷功課，沒敢叫你。」

石破天喜道：「眞的麼？我可一點不知道。好姊姊，你……你爲甚麼對我這樣好？」

那少女突然間臉色一變，摔脫了他的手，嗔道：「你叫我甚麼？我……我早猜到你這麼久不回來，定在外邊跟甚麼……甚麼……壞女人在一起，哼！你叫人家『好姊姊』叫慣了，順口便叫到我身上來啦！」她片刻之前還在言笑晏晏，突然間變得氣惱異常，石破天愕然不解，道：「我……我……」

那少女聽他不自辯解，更加惱了，一伸手便扯住了他右耳，怒道：「這些日子中，你到底和那個賤女人在一起？你是不是叫她作『好姊姊』？快說！快說！」她問一句「快說」，便用力扯他一下耳朵，連問三句，手上連扯三下。

石破天痛得大叫「啊喲」，道：「你這麼兇，我不跟你玩啦！」那少女又是用力扯他的耳朵，道：「你想撇下我不理麼？可沒這麼容易。你跟那個女人在一起？快說！」石破天苦着臉道：「我是跟一個女人在一起啊，她睡在我的房裏……」那少女大怒，手中使勁，登時將石破天的耳朵扯出血來，尖聲道：「我這就去殺死她。」

石破天驚道：「哎，哎，那是侍劍姊姊，她煮燕窩、煮人參小米粥給我吃，雖然小米粥煮得糊了，苦得很，可是她人很好啊，你……你可不能殺她。」

那少女兩行眼淚本已從臉頰上流了下來，突然破涕爲笑，「呸」的一聲，用力又將他的耳朵一扯，說道：「我道是那好姊姊，原來你說的是這個臭丫頭。你騙我，油嘴滑舌的，我才不信呢。這幾日每天晚上我都在窗外看你，你跟這個臭丫頭倒是規規矩矩的，算你乖！」伸過手去，又去碰他的耳朵。

石破天嚇了一跳，側頭想避，那少女卻用手掌在他耳朵上輕輕的揉了幾下，笑問：「天哥，你痛不痛？」石破天道：「自然痛的。」那少女笑道：「活該你痛，誰叫你騙人？又古裏古怪的叫我甚麼『好姊姊』！」石破天道：「我聽媽說，叫人家姊姊是客氣，難道我叫錯你了麼？」

那少女橫了他一眼道：「幾時要你跟我客氣了？好罷，你心中不服氣，我也把耳朵給你扯還就是了。」說着側過了頭，將半邊臉湊過了去。石破天聞到她臉上幽幽的香氣，提起手來在她耳朵上揑了幾下，搖頭道：「我不扯。」問道：「那麼我叫你甚麼才是？」那少女嗔道：「你從前叫我甚麼？難道連我名字也忘了？」

石破天定了定神，正色道：「姑娘，我跟你說，你認錯了人，我不是你的甚麼天哥。我不是石破天，我是狗雜種。」

那少女一呆，雙手按住了他的肩頭，將他身子扳轉了半個圈，讓月光照在他的臉上，向他凝神瞧了一會，哈哈大笑，道：「天哥，你眞會開玩笑，剛才你說得眞像，可給你嚇了一大跳，還道眞的認錯人。咱們走罷！」說着拉了他手，拔步便行。石破天急道：「我不是開玩笑，你眞的認錯了人。你瞧，我連你叫甚麼也不知道。」

那少女止步回身，右手拉住了他的左手，笑靨如花，說道：「好啦，你定要扯足了順風旗才肯罷休，我便依了你。我姓丁名璫，你一直便叫我『叮叮噹噹』。你記起來了嗎？」幾句話說完，驀地轉身，飛步向前急奔。

石破天被她一扯之下，身子向前疾衝，脚下幾個踉蹌，只得放開脚步，隨她狂奔，初時氣喘吁吁的十分吃力，但急跑了一陣，內力調勻，脚下越來越輕，竟是全然不用費力。也不知奔出了多少路，只見眼前水光浮動，已到了河邊，丁璫拉着他手，輕輕一縱，躍上泊在河邊的一艘小船船頭。石破天還不會運內力化爲輕功，砰的一聲，重重落在船頭，船旁時水花四濺，小船不住搖幌。

丁璫「啊」的一聲叫，笑道：「瞧你的，想弄個船底朝天麼？」提起船頭竹篙，輕輕一點，便將小船盪到河心。

月光照射河上，在河心映出個缺了一半的月亮。丁璫的竹篙在河中一點，河中的月亮便碎了，化成一道道的銀光，小船向前盪了出去。

石破天見兩岸都是楊柳，遠遠望出去才有疏疏落落的幾家人家，夜深人靜，只覺一陣陣淡淡香氣不住送來，是岸上的花香？還是丁璫身上的芬芳？

小船在河中轉了幾個彎，進了一條小港，來到一座石橋之下，丁璫將小船纜索繫在橋旁楊柳枝上。水畔楊柳茂密，將一座小橋幾乎遮滿了，月亮從柳枝的縫隙中透進少許，小船停在橋下，眞像是間天然的小屋一般。

石破天讚道：「這地方眞好，就算是白天，恐怕人家也不知道這裏有一艘船停着。」丁璫笑道：「怎麼到今天才讚好？」鑽入船艙取出一張草席，放在船頭，又取兩副杯筷，一把酒壺，笑道：「請坐，喝酒罷！」再取幾盤花生、蠶豆、乾肉，放在石破天面前。

石破天見丁璫在杯中斟滿了酒，登時酒香撲鼻。謝煙客並不如何愛飲酒，只偶爾飲上幾杯，石破天有時也陪着他喝些，但喝的都是白酒，這時取了丁璫所斟的那杯酒來，月光下但見黃澄澄、紅艷艷地，一口飲下，一股暖氣直衝入肚，口中有些辛辣、有些苦澀。丁璫笑道：「這是二十年的紹興女兒紅，味道可還好麼？」

石破天正待回答，忽聽得頭頂一個蒼老的聲音說道：「二十年的紹興女兒紅，味兒豈還有不好的？」

拍的一聲，丁璫手中酒杯掉上船板，酒水濺得滿裙都是。酒杯骨溜溜滾開，咚的一響，掉入了河中。她花容失色，全身發顫，拉住了石破天的手，低聲道：「我爺爺來啦！」

石破天抬頭向聲音來處瞧去，只見一雙脚垂在頭頂，不住幌啊幌的，顯然那人是坐在橋上，雙脚從楊枝中穿下，只須在垂下尺許，便踏到了石破天頭上。那隻脚上穿着白布襪子，繡着壽字的雙樑紫緞面鞋子。鞋襪都十分乾淨。

只聽頭頂那蒼老的聲音道：「不錯，是你爺爺來啦。死丫頭，你私會情郎，也就罷了。怎麼將我辛辛苦苦弄來的二十年的女貞陳紹，也偷出來給情郎喝？」丁璫強作笑容，說道：「他……他不是甚麼情郎，只不過是個……是個尋常朋友。」那老者怒道：「呸，尋常朋友，也抵得你待他這麼好？連爺爺的命根子也敢偷？小賊，你給我滾出來，讓老頭兒瞧瞧，我孫女兒的情郎是怎麼一個醜八怪。」

丁璫左手揑住石破天右手手掌，右手食指在他掌心寫字，嘴裏說道：「爺爺，這個朋友又蠢又醜，爺爺見了包不喜歡。我偷的酒，又不是特地給他喝的，哼，他才不配呢，我是自己愛喝酒，隨手抓了一個人來陪陪。」

她在石破天掌心中劃的是「千萬別說是長樂幫主」九個字，可是石破天的母親沒教他識字讀書，謝煙客更沒教他識字讀書，他連個「一」字也不識得，但覺到她在自己掌心中亂搔亂劃，不知她搞甚麼花樣，癢癢的倒也好玩，聽到她說自己「又蠢又醜」，又是不配喝她的酒，不由得有氣，將她的手一摔，便摔開了。

丁璫立即又伸手抓住了他手掌，寫道：「有性命之憂，一定要聽話」，隨即用力在他掌上揑了幾下，像是示意親熱，又像是密密叮囑。

石破天只道她跟自己親熱，心下只是喜歡，自是不明所以，只聽頭頂的老者說道：「兩個小傢伙都給我滾上來。阿璫，爺爺今天殺了幾個人啦？」

丁璫顫聲道：「好像……好像只殺了一個。」

石破天心想：「我撞來撞去這些人，怎麼口口聲聲的總是將『殺人』兩字掛在嘴邊？」只聽得頭頂檣上那老者說道：「好啊，今天我還只殺了一個，那麼還可再殺兩人。再殺兩個人來下酒，倒也不錯。」

石破天心想：「殺人下酒，這老公公倒會說笑話？」突覺丁璫握着自己的手鬆了，眼前一花，船頭上已多了一個人。

只見這人鬚髮皓然，眉花眼笑，是個面目慈祥的老頭兒，但與他目光一觸，登時不由自主的機伶伶打個冷戰，這人眼中射出一股難以形容的兇狠之意，叫人一見之下，便渾身感到一陣寒意，幾乎要冷到骨髓中去。

這老人嘻嘻一笑，伸手在石破天肩頭一拍，說道：「好小子，你口福不小，喝了爺爺的二十年女貞陳紹！」他只這麼輕輕一拍，石破天肩頭的骨骼登時格格的響了好一陣，便似已盡數碎裂一般。

丁璫大驚，伸手攀住了那老人的臂膀，求道：「爺爺，你……你別傷他。」

那老人隨手這麼一拍，其實掌上已使了七成力道，本擬這一拍便將石破天連肩帶臂、骨骼盡數拍碎，那知手掌和他肩膀相觸，立覺他肩上生出一股渾厚沉穩的內力，不但護住了自身，還將手掌向上一震，自己若不是立時加催內力，手掌便會向上彈起，當場便要出醜。那老人心中的驚訝實不在丁璫之下，又是嘻嘻一笑，說道：「好，好，好小子，倒也配喝我的好酒。阿璫，斟幾杯酒上來，是爺爺請他喝的，不怪你偷酒。」

丁璫大喜，素知爺爺目中無人，對一般武林高手向來都殊少許可，居然一見石破天便請他喝酒，實在大出意料之外。她對石破天情意纏綿，原認定他英雄年少，世間無雙，爺爺垂青賞識，倒也絲毫不奇，只是聽爺爺剛才的口氣，出手便欲殺人，怎麼一見面便轉了口氣，可見石郎英俊瀟洒，連爺爺也爲之傾倒。她一廂情願，全不想到石破天適才其實已然身遭大難，她爺爺所以改態，全因察覺了對方內力驚人之故，他於這小子的甚麼「英俊瀟洒」，那是絲毫沒放在心上。何況石破天相貌雖然不醜，也不見得如何英俊，「瀟洒」兩字，更跟他沾不上半點邊兒。當下丁璫喜孜孜的走進船艙，又取出兩隻酒杯，先斟了一杯給爺爺，再給石破天斟上一杯，然後自己斟了一杯。

那老人道：「很好，很好！你這娃娃既然給我阿璫瞧上了，定然有點來歷。你叫甚麼名字？」石破天道：「我……我……我……」這時他已知「狗雜種」三字是罵人的言語，對熟人說倒也不妨，跟陌生人說起來卻有些不雅，但除此之外更無旁的名字，因此連說三個「我」字，竟不能再接下去。那老人怫然不悅，道：「你不敢跟爺爺說麼？」石破天昂然道：「那又有甚麼不敢？只不過我的名字不大好聽而已。我名叫狗雜種。」

那老人一怔，突然間哈哈大笑，聲音遠遠傳了出去，笑得白鬍子四散飛動，笑了好半晌，才道：「好，好，好，小娃娃的名字很好。狗雜種！」

石破天應道：「嗯，爺爺叫我甚麼事？」

丁璫啓齒微笑，瞧瞧爺爺，又瞧瞧石破天，秋波流轉，嫵媚不勝。她聽到石破天自然而然的叫她的爺爺為「爺爺」，那是承認和她再也不分彼此，又想：「我在他掌中寫字，要他不可吐露身分，他居然全聽了我的。以他堂堂幫主之尊，竟肯自認『狗雜種』，為了我如此委屈，對我鍾情之深，實已到了極處。」

那老人也是心中大喜，連呼：「好，好！」自己一叫「狗雜種」，石破天便即答應，這麼一個身負絕技的少年居然在自己面前服服貼貼，不敢有絲毫倔強，自是令他大為得意。

那老人道：「阿璫，爺爺的名字，你早已跟你情郎說了罷？」

丁璫搖搖頭，神態甚是忸怩，道：「我還沒說。」

那老人臉一沉，說道：「你對他到底是真好還是假好，為甚麼連自己的身分來歷也不跟他說？說是假好罷，為甚麼偷了爺爺二十年陳紹給他喝不算，接連幾天晚上，將爺爺留作救命之用的『玄冰碧火酒』，也拿去灌在這小子的口裏？」越說語氣越嚴峻，到後來已是聲色俱厲，那「玄冰碧火酒」五字，說來更是一字一頓，同時眼中兇光大盛。石破天在旁看着，也不禁慄慄危懼。

丁璫身子一側，滾在那老人的懷裏，求道：「爺爺，你甚麼都知道了，饒了阿璫罷。」那老人冷笑道：「饒了阿璫？你說說倒容易。你可知道『玄冰碧火酒』效用何等神妙，給你這麼胡亂蹧踏了，可惜不可惜？」

丁璫道：「阿璫給爺爺設法重行配製就是了。」那老人道：「說來倒稀鬆平常。倘若說配製便能配製，爺爺也不放在心上了。」丁璫道：「我見他一會兒全身火燙，一會兒冷得發顫，想起爺爺的神酒兼具陰陽調合之功，才偷來給他喝了些，果然很有些效驗。這麼一喝再喝，不知不覺間竟讓他喝光了。爺爺將配製的法門說給阿璫聽，我偷也好，搶也好，定去給爺爺再配幾瓶。」那老人道：「幾瓶？哈哈，幾瓶？等你頭髮白了，也不知是否能找齊這許多珍貴藥材，給我配上一瓶半瓶。」

石破天聽着他祖孫二人的對答，這才恍然，原來自己體內寒熱交攻、昏迷不醒之際，丁璫竟然每晚偷了他爺爺珍貴之極的甚麼「玄冰碧火酒」來餵給自己服食，自己所以得能不死，多半還是她餵酒之功，那麼她於自己實有救命的大恩，耳聽得那老人逼迫甚緊，便道：「爺爺，這酒既是我喝的，爺爺便可着落在我身上討還。我一定去想法子弄來還你，若是弄不到，只好聽憑你處置了。你可別難為叮叮噹噹。」

那老人嘻嘻一笑，道：「很好，很好！有骨氣。這麼說，倒還有點意思。阿璫，你為甚麼不將自己的身分說給他聽。」丁璫臉現尷尬之色，道：「他……他一直沒問我，我也就沒說。爺爺不必疑心，這中間並無他意。」那老人道：「沒有他意嗎？我看不見得。只怕這中間大有他意，有些大大的他意。小丫頭的心事，爺爺豈有不知？你是真心真意的愛上了他，只盼這小子娶你為妻，但若將自己的姓名說了出來啊，哼哼，那就非將這小子嚇得魂飛魄散不可，因此上你只要能瞞得一時，便是一時。哼，你說是也不是？」

那老人這番話，確是猜中了丁璫的心事。他武功高強，殺人不眨眼，江湖上人物聞名喪膽，個個敬而遠之，不願跟他打甚麼交道，他卻偏偏要人家對他親熱，只要對方稍現畏懼或是厭惡，他便立下殺手。丁璫好生為難，心想自己的心事爺爺早已一清二楚，若是說謊，只有更惹他惱怒，將事情弄到不可收拾。但若把爺爺的姓名說了出來，十九會將石郎嚇得從此不敢再與自己見面，那又怎生是好？霎時間憂懼交集，既怕爺爺一怒之下殺了石郎，又怕石郎知道了自己來歷，這份纏綿的情愛就此化作流水，不論石郎或死或去，自己都不想活了，顫聲道：「爺爺，我……我……」

那老人哈哈大笑，說道：「你怕人家瞧咱們不起，是不是？哈哈，丁老頭威震江湖，我孫女兒居然不敢提他祖父名字，非但不以爺爺為榮，反以爺爺為恥，哈哈，好笑之極。」雙手捧腹，笑得極是舒暢。

丁璫知道危機已在頃刻，素知爺爺對這「玄冰碧火酒」看得極重，自己既將這酒偷去救石郎的性命，又不敢提爺爺名字，他如此大笑，心中實已惱怒到了極點，當下咬了咬唇皮，向石破天道：「天哥，我爺爺姓丁。」

石破天道：「嗯，你姓丁，爺爺也姓丁。大家都姓丁，丁丁丁的，倒也好聽。」

丁璫道：「他老人家的名諱上『不』下『三』，外號叫做那個……那個……『一日不過三』！」

她只道「一日不過三」丁不三的名號一出口，石破天定然大驚失色，一顆心卜卜卜的跳個不住，目不轉睛的瞧着他。

那知石破天神色自若，微微一笑，道：「爺爺的外號很好聽啊。」

丁璫心頭一震，登時大喜，卻兀自不放心，只怕他說的是反話，問道：「為甚麼你說很好聽？」

石破天道：「我也說不上為甚麼，只覺得好聽。『一日不過三』，有趣得很。」

丁璫斜眼看爺爺時，只見他捋鬍大樂，伸手在石破天肩頭又是一掌，這一掌中卻絲毫未用內力，搖頭幌腦的道：「你是我生平的知己，好得很。旁人聽到了我『一日不過三』的名頭，卑鄙的便歌功頌德，膽小的則心驚膽戰，向我戟指大罵的狂徒倒也有幾個，只有你這小娃娃不動聲色，反而讚我外號好聽。很好，小娃娃，爺爺要賞你一件東西。讓我想想看，賞你甚麼最好。」

他抱着膝頭，呆呆出神，心想：「老子當年殺人太多，後來改過自新，定下了規矩，一日之中殺人不得超過三名。這樣一來便有了節制，就算日日都殺三名，一年也不過一千，何況往往數日不殺，殺起來或許也只一人二人。好比那日殺雪山派弟子孫萬年、褚萬春，就只兩個而已。這『一日不過三』的外號自然大有道理，只可惜江湖上的傢伙都不明白其中的妙處。這少年對我不擺架子，不拍馬屁，已然十分難得，那也罷了，而他聽到了老子的名號之後，居然十分歡喜。老子年逾六十，甚麼人見沒見過？是眞是假，一眼便知，這小子說我名號好聽，可半點不假。」沉吟半晌，說道：「爺爺有三件寶貝，一是『玄冰碧火酒』，已經給你喝了，那是要還的，不算給你。第二寶是爺爺的一身武功。娃娃學了自然大有好處。第三寶呢，就是我這個孫女兒阿璫了。這兩件寶物可只能給一件。你是要學我武功呢，還是要我的阿璫？」

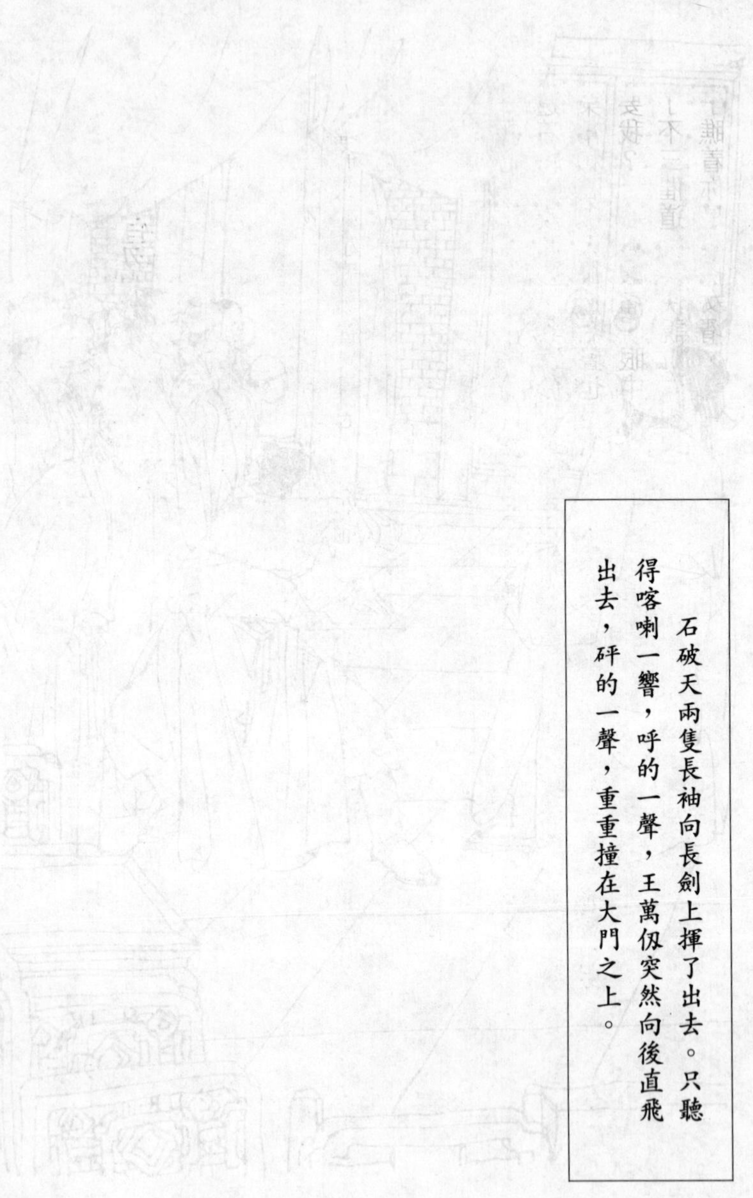

石破天兩隻長袖向長劍上揮了出去。只聽得喀喇一響，呼的一聲，王萬仞突然向後直飛出去，砰的一聲，重重撞在大門之上。

六 傷疤

丁不三這麼一問，丁璫和石破天登時都呆了。

丁璫心頭如小鹿亂撞，尋思：「爺爺一身武功當世少有敵手，石郎若得爺爺傳授神功，此後縱橫江湖，更加聲威大震了。先前他說，他們長樂幫不久便有一場大難，十分棘手，他要是能學到我爺爺的武功，多半便能化險爲夷。他是男子漢大丈夫，江湖上大幫會的幫主，自是以功業爲重，兒女私情爲輕。」偷眼瞧石破天時，只見他滿臉迷惘，顯是拿不定主意。丁璫一顆心不由得沉了下去：「石郎素來風流倜儻，一生之中不知有過多少相好。這半年雖對我透着特別親熱些，其實於我畢竟終也如過眼雲煙。何況我爺爺在武林中名聲如此之壞，他長樂幫和石破天雖然名聲也是不佳，跟我爺爺總還差着老大一截。他既知我身分來歷，又怎能要我？」心裏酸痛，眼中淚珠已是滾來滾去。

丁不三催道：「快說！你別想撿便宜，想先學我功夫，再娶阿璫，要不然娶了阿璫，料想老子瞧着你是我孫女壻，自然會傳武功給你。那決計不成。我跟你說，天下沒一人能在丁不三面前弄鬼。你要了這樣，不能再要那樣，否則小命兒難保，快說！」

丁璫眼見事機緊迫，石郎只須說一句「我要學爺爺的武功」，自己的終身就此斷送，忙道：「爺爺，我跟你實說了，他是長樂幫的幫主石破天，武林中也是大有名頭的人物……」丁不三奇道：「甚麼？他是長樂幫幫主？這小子不像罷？」丁璫道：「像的，像的。他年紀雖輕，但長樂幫中的眾英雄都服了他的，好像他們幫中那個『着手回春』貝大夫，武功就很了不起，可也聽奉他的號令。」丁不三道：「貝大夫也聽他的話？不會罷？」丁璫道：「會的，會的。我親眼瞧見的，那還會有假？爺爺武功雖然高強，但要長樂幫的一幫之主跟着你學武，這個……這個……」言下之意顯然是說：「貝大夫的武功就不在你下。石幫主可不能跟你學武功，還是讓他要了我罷。」

石破天忽道：「爺爺，叮叮噹噹認錯人啦，我不是石破天。」丁不三道：「你不是石破天，那麼你是誰？」石破天道：「我不是甚麼幫主，不是叮叮噹噹的『天哥』。我是狗雜種，狗雜種便是狗雜種。這名字雖然難聽，可是，我的的確確是狗雜種。」

丁不三捧腹大笑，良久不絕，笑道：「很好。我要賞你一寶，既不是為了你是甚麼瓦幫主、石幫主，也不是為了阿璫喜歡你還是不喜歡。那是丁不三看中了你！你是狗雜種也好、臭小子也好、烏龜王八蛋也好，丁不三看中了你，你就非要我的一寶不可。」

石破天向丁不三看看，又向丁璫看看，心想：「這叮叮噹噹把我認作她的天哥，那個眞的天哥不久定會回來，我豈不是騙了她，又騙了她的天哥？但說不要她而要學武功，又傷了她的心。我還是一樣都不要的好。」當下搖了搖頭，說道：「爺爺，我已喝了你的『玄冰碧火酒』，一時也難以還你，不如便算你老人家給我的一寶罷！」

丁不三臉一沉，道：「不成，不成，那『玄冰碧火酒』說過是要還的，你想賴皮，那可不成。你選好了沒有，要阿璫呢，還是要武功？」

石破天向丁璫偷瞧一眼，丁璫也正在偷眼看他，兩人目光接觸，急忙都轉頭避開。丁璫臉色慘白，淚珠終於奪眶而出，依着她平時驕縱的脾氣，不是伸手大扭石破天耳朵，也必頓足而去，但在爺爺跟前，卻半點威風也施展不出來，何況在這緊急當口，扭耳頓足，都適足以促使石破天選擇習武，更是萬萬不可，心頭當眞說不出的氣苦。

石破天又向她一瞥，見她淚水滾滾而下，大是不忍，柔聲道：「叮叮噹噹，我跟你說，你的確是認錯了人。倘若我眞是你的天哥，那還用得着挑選？自然是要……要你，不要學武功！」

丁璫眼淚仍如珍珠斷綫般在臉頰上不絕流下，但嘴角邊已露出了笑容，說道：「你不是天哥？天下那裏還有第二個天哥？」石破天道：「或許我跟你天哥的相貌，當眞十分相像，以致大家都認錯了。」丁璫笑道：「你還不認？好罷，容貌相似，天下本來也有的。今年年頭，我跟你初相識時，你粗粗魯魯的抓住我手，我那時又不識你，反手便打，是不是了？」

石破天儍儍的向她瞪視，無從回答。

丁璫臉上又現不悅之色，嗔道：「你當眞是一場大病之後全忘了呢，還是假痴假呆的混賴？」石破天搔了搔頭皮，道：「你明明是認錯了人，我怎知那個天哥跟你之間的事？」丁璫道：「你想賴，也賴不掉的。那日我雙手都給你抓住了，心中急得很。你還嘻嘻的笑，伸過嘴……伸過嘴來想……想香我的臉孔。我側過頭來，在你肩頭狠狠的咬了一口，咬得鮮血淋漓，你才放了。你……你……解開衣服來看看，左肩上是不是有這傷疤？就算我眞的認錯了人，這個我……我口咬的傷疤，你總抹不掉的。」

石破天點頭道：「不錯，你沒咬過我，我肩上自然不會有傷疤……」說着便解開衣衫，露了左肩出來。「咦！這……這……」突然間身子劇震，大聲驚呼：「這可奇了！」

三個人都看得淸淸楚楚，他左肩上果然有兩排彎彎的齒痕，合成一張櫻桃小口的模樣。齒印結成了疤，反而凸了出來，顯是人口所咬，其他創傷決不會結成這般形狀的傷疤。

丁不三冷冷一笑，道：「小娃娃想賴，終於賴不掉了。我跟你說，上得山多終遇虎，你到處招惹風流，總有一天會給一個女人抓住，甩不了身。這種事情，爺爺少年時候也上過大當。要不然這世上怎會有阿璫的爹爹，又怎會有阿璫？只有我那不成器的兄弟丁不四，一生娶不到老婆，到老還是痴痴迷迷的，整日哭喪着臉，一副狗熊模樣。好了，這些閒話也不用說你，如此說來，你是要阿璫了？」

石破天心下正自大奇，想不起甚麼時候曾給人在肩頭咬了一口，瞧那齒痕，顯而易見這一口咬得十分厲害，這等創傷留在身上，豈有忘記之理？這些日子來他遇到了無數奇事，但心中知道一切全因「認錯了人」，唯獨這一件事卻實在難以索解。他呆呆出神，丁不三問他的話，竟一句也沒聽進耳裏。

丁不三見他不作一聲，臉上神色十分古怪，只道少年臉皮薄，不好意思直承其事，哈哈一笑，便道：「阿璫，撐船回家去！」

丁瑺又驚又喜，道：「爺爺，你說帶他回咱們家去？」丁不三道：「他是我孫女壻兒，怎不帶回家去？要是冷不防給他溜之大吉，丁不三今後還有臉做人麼？你說他幫裏有甚麼『着手回春』貝大夫這些人，這小子倘若縮在窩裏不出頭，去抓他出來就不大容易了。」

丁瑺笑咪咪的向石破天橫了一眼，突然滿臉紅暈，提起竹篙，在橋墩上輕輕一點，小船穿過橋洞，直盪了出去。

石破天想問：「到你家裏去？」但心中疑團實在太多，話到口邊，又縮了回去。

小河如青緞帶子般，在月色下閃閃發光，丁瑺竹篙刺入水中，激起一圈圈漪漣，小船在青緞上平平滑了過去。有時河旁水草擦上船舷，發出低語般的沙沙聲，岸上柳枝垂了下來，拂過丁瑺和石破天的頭髮，像是柔軟的手掌撫摸他二人頭頂。良夜寂寂，花香幽幽，石破天只當是又入了夢境。

小船穿過一個橋洞，又是一個橋洞，曲曲折折的行了良久，來到一處白石砌成的石級之旁。丁瑺拾起船纜抛出，纜上繩圈套住了石級上的一根木樁。她掩嘴向石破天一笑，縱身上了石級。

丁不三笑道：「今日你是嬌客，請，請！」

石破天不知說甚麼好，迷迷糊糊的跟在丁瑺身後，跟着她走進一扇黑漆小門，跟着她踏過一條鵝卵石鋪成的長長石路，跟着她走進了一個月洞門，跟着她走進一座花園，跟着她來到一個八角亭子之中。

丁不三走進亭中，笑道：「嬌客，請坐！」

石破天不知「嬌客」二字是何意義，見丁不三叫他坐，只得坐下。丁不三卻攜着孫女之手，穿過花園，遠遠的去了。

明月西斜，涼亭外的花影拖得長長地，微風動樹，涼亭畔的一架秋千一幌一幌的顫抖。石破天撫着左肩上的疤痕，心下一片迷惘。

過了好一會，只聽得脚步細碎，兩個中年婦人從花徑上走到涼亭外，畧畧躬身，微笑道：「請新官人進內堂更衣。」石破天不知是甚麼意思，猜測要他進內堂去，便隨着二人向內走去。

經過一處荷花池子，繞過一道迴廊，隨着兩個婦人進了一間廂房。只見房裏放着一大盤熱水，旁邊懸着兩條布巾。一個婦人笑道：「請新官人沐浴。老爺說，時刻匆忙，沒預備新衣，請新官人將就些，仍是穿自己的衣服罷。」二人吃吃而笑，退出房去，掩上了房門。

石破天心想：「我明明叫狗雜種，怎麼一會兒變成幫主，一會兒成了天哥，叫作石破天也就罷了，這時候又給我改名叫甚麼『嬌客』、『新官人』？」

他存着既來之則安之的心情，看來丁不三和丁璫對自己並無惡意，一盤熱湯中散發着香氣，不管三七二十一，除了衣衫，便在盤中洗了個浴，精神為之一爽。

剛穿好衣衫，聽得門外一個男子聲音朗聲說道：「請新官人到堂上拜天地。」石破天吃了一驚，「拜天地」三字他是懂的，一經聯想，「新官人」三字登時也想起來了，小時候曾聽母親講過新官人、新娘子拜天地的事。他怔怔的不語，只聽那男子又問：「新官人穿好衣衫了罷？」石破天道：「是。」

那人推開房門，走了進來，將一條紅綢掛在他頸中，另一朵紅綢花扣在他的襟前，笑道：「大喜，大喜。」扶着他手臂便向外走去。

石破天手足無措，跟着他穿廊過戶，到了大廳上。只見明晃晃地點着八根巨燭，居中一張八仙桌上披了紅色桌幃。丁不三笑吟吟的向外而立。石破天一踏進廳，廊下三名男子便齊聲吹起笛子來。扶着石破天的那男子朗聲道：「請新娘子出堂。」

只聽得環珮丁冬，先前那兩個中年女子扶着一個頭兜紅綢、身穿紅衫的女子，瞧這身形正是丁璫。那三個女子站在石破天右側。燭光耀眼，蘭麝飄香，石破天心中又是胡塗，又是害怕，卻又是喜歡。

那男子朗聲贊道：「拜天！」

石破天見了丁璫已向中庭盈盈拜倒，正猶豫間，那男子在他耳邊輕聲說道：「跪下來叩頭。」又在他背上輕輕推了推。石破天心想：「看來是非拜不可。」當即跪下，胡亂叩了幾個頭。扶着丁璫的一個女子見他拜得慌亂，忍不住噗哧一聲，笑了出來。

那男子贊道：「拜地！」石破天和丁璫轉過身來，一齊向內叩頭。那男子又贊道：「拜爺爺。」丁不三居中一站，丁璫先拜了下去，石破天微一猶豫，跟着便也拜倒。

那男子贊道：「夫婦交拜。」

石破天見丁璫側身向自己跪下，腦子中突然清醒，大聲說道：「爺爺，叮叮噹噹，我可眞的不是甚麼石幫主，不是你的天哥。你們認錯了人，將來可別……可別怪我。」

丁不三哈哈大笑，說道：「這渾小子，這當兒還在說這些笑話！將來不怪，永遠也不怪你！」

石破天道：「叮叮噹噹，咱們話說在頭裏，咱們拜天地，是鬧着玩呢，還是當眞的？」丁璫已跪在地下，頭上罩着紅綢，突然聽他問這句話，笑道：「自然是當眞的。這種事……那有……那有鬧着玩的？」石破天大聲道：「今日你認錯了人，可不管我事啊。將來你反悔起來，又來扭我耳朵，咬我肩膀，那可不成！」

一時之間，堂上堂下，盡皆粲然。

丁璫忍俊不禁，格格一聲，也笑了出來，低聲道：「我永不反悔，只要你待我好，對我眞心，我……我自然不會扭你耳朵，咬你肩頭。」

丁不三大聲道：「老婆扭耳，天經地義，自盤古氏開天闢地以來，就是如此。有甚麼不成的？我的乖孫女壻兒，阿璫向你跪了這麼久，你怎不還禮？」

石破天道：「是，是！」當即跪下還禮，兩人在紅氈之上交拜了幾拜。

那贊禮男子大聲道：「夫妻交拜成禮，送入洞房。新郎新娘，百年好合，多子多孫，五世其昌。」登時笛聲大作。一名中年婦人手持一對紅燭，在前引路，另一婦人扶着丁璫，那贊禮男子扶着石破天，一條紅綢繫在兩人之間，擁着走進了一間房中。

這房比之石破天在長樂幫總舵中所居要小得多，陳設也不如何華麗，只是紅燭高燒，東掛一塊紅綢，西貼一張紅紙，雖是匆匆忙忙間胡亂湊起來的，卻也平添不少喜氣。幾個人扶着石破天和丁璫坐在床沿之上，在桌上斟了兩杯酒，齊聲道：「恭喜姑爺小姐，喝杯交杯酒兒。」嘻嘻哈哈的退了出去，將房門掩上了。

石破天心中怦怦亂跳，他雖不懂世務，卻也知這麼一來，自己和丁璫已拜了天地，成了夫妻。他見丁璫端端正正的坐着，頭上罩了那塊紅綢，一動也不動，隔了半晌，想不出甚麼話說，便道：「叮叮噹噹，你頭上蓋了這塊東西，不氣悶麼？」

丁璫笑道：「氣悶得緊，你把它揭了去罷！」

石破天伸兩根手指揑住紅綢一角，輕輕揭了下來，燭光之下，只見丁璫臉上、唇上胭脂搽得紅撲撲地，明艷端麗，嫣然靦覥。石破天驚喜交集，目不轉睛的向她呆呆凝視，說道：「你……你眞好看。」

丁璫微微一笑，左頰上出現個小小的酒窩，慢慢把頭低了下去。

正在此時，忽聽得丁不三在房外高處朗聲說道：「今宵是小孫女于歸的吉期，何方朋友光臨，不妨下來喝杯喜酒。」

另一邊高處有人說道：「長樂幫主座下貝海石，謹向丁三爺道安問好，深夜滋擾，甚是不當。丁三爺恕罪。」

石破天低聲道：「啊。是貝先生來啦。」丁璫秀眉微蹙，竪食指擱在嘴唇正中，示意他不可作聲。

只聽丁不三哈哈一笑，說道：「我道是那一路偷鷄摸狗的朋友，卻原來是長樂幫的人。你們喝喜酒不喝？可別大聲嚷嚷的，打擾了我孫女壻、孫女兒的洞房花燭，要鬧新房，可就來得遲了。」言語之中，好生無禮。

貝海石卻並不生氣，咳嗽了幾聲，說道：「原來今日是丁三爺令孫千金出閣的好日子。我們兄弟來得魯莽，沒携禮物，失了禮數，改日登門道賀，再叨擾喜酒。敝幫眼下有一件急事，要親見敝幫石幫主，煩請丁三爺引見，感激不盡。若非爲此，深更半夜的，我們便有天大膽子，也不敢貿然闖進丁三爺的歇駕之所。」

丁不三道：「貝大夫，你也是武林中的前輩高人了，不用跟丁老三這般客氣，你說甚麼石幫主，便是我的新孫女壻狗雜種了，是不是？他說你們認錯了人，不用見了。」

隨伴貝海石而來的共有幫中八名高手，米橫野、陳冲之等均在其內，聽丁不三罵他們幫主爲狗雜種，有幾人喉頭已發出怒聲。貝海石卻曾聽石破天自己親口說過幾次，知道丁不三之言倒不含侮辱之意，只是幫主竟做了丁不三這老魔頭的孫女壻，不由得暗暗擔憂，說道：「丁三爺，敝幫此事緊急，必須請示幫主。我們幫主愛說幾句笑話，那也是常有的。」

石破天聽得貝海石語意甚是焦急，想起自己當日在摩天崖上寒熱交困，幸得他救命，此後他又日夜探視，十分關心，此刻實不能任他憂急，置之不理，當即走到窗前，推開窗子，大聲叫道：「貝先生，我在這裏，你們是不是找我？」

貝海石大喜，道：「正是。屬下有緊急事務稟告幫主。」石破天道：「我是狗雜種，可不是你們的甚麼幫主。你要找我，是找着了。要找你們幫主，卻沒找着。」貝海石臉上閃過一縷尷尬的神色，道：「幫主又說笑話了。幫主請移駕出來，咱們借一步說話。」石破天道：「你要我出來？」貝海石道：「正是！」

丁璫走到石破天身後，拉住他衣袖，低聲說道：「天哥，別出去。」石破天道：「我跟他說個明白，立刻就回來。」從窗子中毛手毛脚的爬了出去。

只見院子中西邊牆上站着貝海石，他身後屋瓦上一列站着八人，東邊一株栗子樹的樹幹上坐着一人，卻是丁不三，樹幹一起一伏，緩緩的抖動。

丁不三道：「貝大夫，你有話要跟我孫女婿說，我在旁聽聽成不成？」貝海石沉吟道：「這個……」心想：「你是武林中的前輩高人，豈不明白江湖上的規矩？我賁夜來見幫主，說的自是本幫機密，外人怎可與聞？早就聽說此人行事亂七八糟，果然名不虛傳。」便道：「此事在下不便擅專，幫主在此，一切自當由幫主裁定。」

丁不三道：「很好，很好，你把事情推到我孫女婿頭上。喂，狗雜種，貝大夫有話跟你說，我想在旁聽聽。」石破天道：「爺爺要聽，打甚麼緊？」丁不三哈哈大笑，道：「乖孫子，孝順孫兒。貝大夫，有話便請快說，春宵一刻値千金，我孫女兒洞房花燭，你這老兒在這裏囉唆不停，豈不是大煞風景？」

貝海石沒料到石破天竟會如此回答，一言既出，勢難挽回，心下老大不快，說道：「幫主，總舵有雪山派的客人來訪。」

石破天還沒答話，丁不三已搶口道：「雪山派沒甚麼了不起。」

石破天道：「雪山派？是花萬紫花姑娘他們這批人麼？」

武林中門派千百，石破天所知者只一個雪山派，雪山派中門人千百，他所熟識的又只花萬紫一人，因此衝口而出便提她的名字。

隨貝海石而來的八名長樂幫好手不約而同的臉上現出微笑，均想：「咱們幫主當眞風流好色，今晚在這裏娶新媳婦，卻還是念念不忘的記着雪山派中的美貌姑娘。」

貝海石道：「有花萬紫花姑娘在內，另外卻還有好幾個人。領頭的是『氣寒西北』白萬劍。此外還有八九個他的師弟，看來都是雪山派中的好手。」

丁不三插口道：「白萬劍有甚麼了不起？就算白自在這老匹夫自己親來，卻又怎地？貝大夫，老夫聽說你的『五行六合掌』功夫着實不壞，爲甚麼一見白萬劍這小子到來，便慌慌張張、大驚小怪起來？」

貝海石聽他稱讚自己的「五行六合掌」，心下不禁得意：「這老魔頭向來十分自負，居然還將我的五行六合掌放在心上。」微微一笑，說道：「在下這點兒微末武功，何足掛齒？我們長樂幫雖是小小幫會，卻也不懼武林中那一門、那一派的欺壓。只是我們和雪山派素無糾葛，『氣寒西北』卻聲勢洶洶的找上門來，要立時會見幫主，請他等到明天，卻也萬萬等不得，這中間多半有甚麼誤會，因此我們要向幫主討個主意。」

石破天道：「昨天花姑娘闖進總舵來，給陳香主擒住了，今天早晨已放了她出去。他們雪山派爲這件事生氣了？」貝海石道：「這件事或者也有點干係。但屬下已問過了陳香主，他說幫主始終待花姑娘客客氣氣，連頭髮也沒碰到她一根，也沒追究她擅闖總舵之罪，臨別之時還要請她吃燕窩，送銀子，實在是給足雪山派面子了。但瞧『氣寒西北』的神色，只怕中間另有別情。」石破天道：「你要我怎麼樣？」貝海石道：「全憑幫主號令。幫主說『文對』，我們回去好言相對，給他們個軟釘子碰碰。若說『武對』，就打他們個來得去不得，誰教他們肆無忌憚的到長樂幫來撒野？要不然，幫主親自去瞧瞧，隨機應變，那就更好。」

石破天和丁璫同處一室，雖然喜歡，卻也是惶誠之極，心下惴惴不安，不知洞房花燭之後，下一步將是如何，暗思自己不是她的眞「天哥」，這場「拜天地成親」，到頭來終不免拆穿西洋鏡，弄得尷尬萬分，幸好貝海石到來，正好乘機脫身，便道：「旣是如此，我便回去瞧瞧。他們如有甚麼誤會，我老老實實跟他們說個明白便了。」回頭說道：「爺爺，叮叮噹噹，我要去了。」

丁不三搔了搔頭皮，道：「這個不大妙。雪山派的小子們來攪局，我去打發好了，反正我殺過他們兩個弟子，和白老兒早結了怨，再殺幾個，這筆帳還是一樣算。」

丁不三殺了孫萬年、褚萬青二人之事，雪山派引為奇恥大辱，秘而不宣；石清、閔柔夫婦得知後也從未對人說起，因此江湖上全無知聞。貝海石一聽之下，心想：「雪山派勢力甚盛，不但本門師徒武功高強，且與中原各門派素有交情，我們犯不着無緣無故的樹此強敵。長樂幫自己的大麻煩事轉眼就到，實不宜另生枝節。」當即說道：「幫主要親自去會會雪山派人物，那是再好也沒有了。丁三爺，敝幫的小事，不敢勞動你老人家的大駕。我們了結此事之後，再來拜訪如何？」他絕口不提「喝喜酒」三字，只盼石破天回總舵之後，勸得他打消與丁家結親之意。

丁不三怒道：「胡說八道，我說過要去，那便一定要去。我老人家的大駕，是非勞動不可的。長樂幫這件事，丁老三是管定了。」

丁璫在房內聽着各人說話，猜想雪山派所以大興問罪之師，定是自己這個風流夫壻見花萬紫生得美貌，輕薄於她，十之八九還對她橫施強暴，至於陳香主說甚麼「連頭髮也沒有碰到她一根」，多半是在爲幫主掩飾，否則送銀子也還罷了，怎地要請人家姑娘吃燕窩補身？又想今宵洞房花燭，他居然要趕去跟花萬紫相會，將自己棄之不顧，這口氣如何嚥得下去？又聽爺爺和貝海石鬥口，漸漸說僵，當即縱身躍入院子，說道：「爺爺，石郎幫中有事，要回總舵，咱們可不能以兒女之私，誤他正事。這樣罷，咱祖孫二人便跟隨石郎而去，瞧瞧雪山派中到底有甚麼了不起的人物。」

石破天雖要避開洞房中的尷尬，卻也不願和丁璫分離，聽她這麼說，登時大喜，笑道：「好極，好極！叮叮噹噹，你和我一起去，爺爺也去。」

他既這麼說，貝海石等自不便再生異議。各人來到河畔，坐上長樂幫駛來的大船，回歸總舵。

貝海石在船上低聲對石破天道：「幫主，你勸勸丁三爺，千萬不可出手殺傷雪山派的來人，多結寃家，殊是無謂。」石破天點頭道：「是啊，好端端地怎可隨便殺人，那不是成了壞人麼？」

一行來到長樂幫總舵。丁璫說道：「天哥，我到你房中去換一套男子衣衫，這才跟你一起，去見見那位花容月貌的花姑娘。」石破天大感興趣，問道：「那爲甚麼？」丁璫笑道：「我不讓她知道我是你的娘子，說起話來方便些。」石破天聽到她說「我是你的娘子」這六個字時，臉上神情又是嬌羞，又是得意，不由得胸口爲之一熱，道：「很好，我同你換衣服去。」

丁不三道：「我也去裝扮裝扮，我扮作貴幫的一個小頭目可好？」貝海石本不願讓雪山派中人知道丁不三與本幫混在一起，聽他說願意化裝，正合心意，卻不動聲色，說道：「丁三爺愛怎樣着，可請自便。」

丁不三祖孫二人隨着石破天來到他臥室之中。推門進去時侍劍兀自睡着，她聽到門響，「啊」的一聲，從床上跳將起來，見到丁不三祖孫，大為驚訝。石破天一時難以跟她說明，只道：「侍劍姊姊，這兩位要裝扮裝扮，你……幫幫他們罷。」深恐侍劍問東問西，這拜天地之事可不便啓齒，說了這句話，便走到房外的花廳之中。

過得一頓飯時分，陳冲之來到廳外，朗聲道：「啓稟幫主，衆兄弟已在虎猛堂中伺候幫主大駕。」

便在此時，丁璫掀開門帷，走了出來，笑道：「好啦，咱們去罷。」石破天眼前突然多了一個粉裝玉琢般的少年男子，不由得一怔，只見丁璫穿了一襲青衫，頭帶書生巾，手中拿着一柄摺扇。石破天雖不知甚麼叫做「風流儒雅」，卻也覺得她這般打扮，較之適才的新娘子服飾另有一番嫵媚。丁不三卻穿了一套粗布短衣，臉上搽滿了淡墨，足下一雙麻鞋，左肩高，右肩低，走路一跛一拐，神情十分猥崽。石破天乍看之下，幾乎認不出來，隔了半晌，這才哈哈大笑，說道：「爺爺，你樣子可全變啦。」

陳冲之低聲道：「幫主，要不要携帶兵刃？」石破天睜大了眼睛問道：「帶甚麼兵刃，為甚麼要帶兵刃？」陳冲之只道他問的是反話，忙道：「是！是！」當下當先引路，四個人來到虎猛堂中。

陳冲之推門進去，堂中數十人倏地站起，齊聲說道：「參見幫主！」石破天萬沒料到廳門開處，廳堂竟是如此宏大，堂中又有這許多人等着，不由得嚇了一跳，見各人躬身行禮，既不知如何答禮，又不知說甚麼好，登時呆在門口，不由得手足無措。但見四周几桌上點着明晃晃的巨燭，數十名高高矮矮的漢子分兩旁站立，居中空着一張虎皮交椅。大廳中這一股威嚴之氣，登時將他這個從未見過世面的鄉下少年懾住了，連大氣也不敢喘一口，雙眼望着貝海石求援，只盼他指示如何應對。

貝海石搶到門邊，扶着石破天的手臂，低聲道：「幫主，咱們先坐定了，才請雪山派的朋友們進來。」石破天自是一切都聽由他的擺布，在貝海石扶持下走到虎皮交椅前。貝海石低聲道：「請坐！」

石破天茫然道：「我……坐在那裏？」心裏說不出的害怕，眼光不由自主的向丁璫望去，最好丁璫能拉着他手逃出大廳，逃得遠遠地，到甚麼深山野嶺之中，再也別回到這地方來。丁璫卻向他微微一笑。石破天從她眼色中感到一陣親切之意，似乎聽她在說：「天哥，不用怕，我便在你身邊，若有甚麼難事，我總是幫你。」他登時精神一振，心下又是感激，又是安慰，當下便在居中那張虎皮大椅上坐了下去。

石破天坐下後，丁不三和丁璫站在虎皮交椅之後，堂上數十條漢子一一按座次就座。

貝海石道：「衆家兄弟，幫主這些日子中病得甚是沉重，幸得吉人天相，已大好了，只是精神尚未全然復元。本來幫主還應安安靜靜的休養多日，方能親理幫務，不料雪山派的朋友們卻非見幫主不可，倒似乎幫主已然一病不起了似的。嘿嘿，幫主內功深湛，小小病魔豈能奈何得了他？幫主，咱們便請雪山派的朋友們進來如何？」

石破天「嗯」了一聲，也不知該說「好」還是「不好」。

貝海石道：「安排座位！西邊的兄弟們都坐到東邊來。」衆人當即移動座位，坐到了東首。在堂下侍候的幫衆上來，在西首擺開一排九張椅子

貝海石道：「米香主，請客人來會幫主。」米橫野應道：「是。」轉身出去。

過不多時，聽得廳堂外脚步聲響。四名幫衆打開大門。米橫野側身在旁，朗聲道：「啓稟幫主，雪山派衆位朋友到來！」

貝海石低聲道：「咱們出去迎接！」輕輕扯了扯石破天的衣袖。石破天道：「是麼？」遲遲疑疑的站起身來，跟着貝海石走向廳口。

雪山派九人走進廳來，都穿着白色長衫，當先一人身材甚高，四十二三歲年紀，一臉英悍之色，走到離石破天丈許之地，突然站住，雙目向他射來，眼中精光大盛，似乎要直看到他心中一般。石破天向他傻傻一笑，算是招呼。

貝海石道：「啓稟幫主，這位是威震西陲、劍法無雙，武林中大大有名的『氣寒西北』白萬劍白大哥。」

石破天點點頭，又傻裏傻氣的一笑，他只認得跟在白萬劍身後最末一個的花萬紫，笑道：「花姑娘，你又來了。」

此言一出，雪山派九人登時盡皆變色。花萬紫更是尷尬，哼的一聲，轉過了頭去。

白萬劍是雪山派掌門人威德先生白自在的長子，他們師兄弟均以「萬」字排行，他名字居然叫到白萬劍，足見劍法固然高出儕輩，而白自在對兒子的武功也確是着實得意，才以此命名。他與「風火神龍」封萬里合稱「雪山雙傑」，在武林中當眞是好大的威名，這次若不是他親來，貝海石也決不會賁夜趕到丁不三家中去將石破天請來。白萬劍在外邊客廳中候石破天延見，足足等了兩個時辰，心頭已是老大一股怒火，一碗茶沖了喝，喝了沖，已喝得與白水無異，早沒半點茶味，好容易進得虎猛堂來，那幫主還是大模大樣的居中坐在椅上，貝海石報了自己的名字向他引見，他連「久仰大名」之類的客氣話半句不說，一開口便向花師妹招呼，如何不令白萬劍氣破了胸膛？

他登時便想：「瞧模樣八成便是那小子，這幾天四下打聽，江湖上都說長樂幫石幫主貪淫好色，自然便是他了。這小子不將我放在眼裏，卻色迷迷的向花師妹獻殷勤，大庭廣衆之間已是如此，花師妹陷身於此之時，自然更是大大不堪了。」總算他是大有身分之人，不願立即發作，斜眼冷冷的向石破天側視，口中不語，臉上神色顯得大爲不屑。

石破天又問：「花姑娘，你大腿上的劍傷好些了嗎？還痛不痛？」這一問之下，花萬紫登時滿臉通紅，其餘八名雪山派弟子一齊按住劍柄。

貝海石忙道：「衆位朋友遠來，請坐，請坐。敝幫幫主近日身體不適，本來不宜會客，只是衝着衆位的面子，這才抱病相見，有勞各位久候，實在抱歉得很。」

白萬劍哼的一聲，大踏步走上去，在西首第一張椅坐下，耿萬鍾坐第二位，以下是柯萬鈞、王萬仞等幾人，花萬紫坐在末位。

長樂幫中有幾人嘻皮笑臉，甚是得意，心想：「幫主一出口便討了你們的便宜，關心你師妹的大腿，嘿嘿，你『氣寒西北』還不是無可奈何？」

貝海石陪了石破天回歸原位，僕役奉上茶來。貝海石拱手道：「敝幫上下久仰雪山派威德先生、雪山雙傑、以及衆位朋友的威名，只是敝幫僻處江南，無由親近。今日承白師傅和衆家朋友枉顧，敝幫上下有緣會見西北雪山英雄，實是三生之幸。」

白萬劍拱手還禮，道：「貝大夫着手成春，五行六合掌天下無雙，在下一直仰慕得緊。貴幫衆位朋友英才濟濟，在下雖不相識，卻也早聞大名。」他將貝海石和長樂幫衆都捧了幾句，卻絕口不提石破天。

貝海石詐作不知，謙道：「豈敢，豈敢！不知各位到鎮江已有幾日了？金山焦山去玩過了嗎？改日讓敝幫幫主作個小東，陪各位到市上酒家小酌一番，再瞧瞧我們鎮江小地方的風景。」他隨口敷衍，總是不問雪山派羣弟子的來意。

終於還是白萬劍先忍耐不住，朗聲說道：「江湖上多道貴幫石幫主武功了得，卻不知石幫主是那一門那一派的武功？」

長樂幫上下盡皆心中一凜，均想：「幫主於自己的武功門派從來不說，偶爾有人於奉承之餘將話頭帶過去，他也總是微笑不答。貝先生說他是前東方幫主的師姪，但武功卻全然不像。不知他此時是否肯說？」

石破天囁嚅道：「這……這個……你問我武功麼？我……我是一點兒也不會。」

白萬劍聽他這麼說，心中先前存着三分懷疑也即消了，嘿嘿一聲冷笑，說道：「長樂幫英賢無數，石幫主倘若當眞不會武功，又如何作得羣雄之王？這句話只好去騙騙小孩子了。想來石幫主羞於稱述自己的師承來歷，卻不知是何緣故。」

石破天道：「你說我騙小孩子？誰是小孩子？叮叮噹噹，她……她不是小孩子，我也沒騙她，我早跟她說過，我不是她的天哥。」他雖和白萬劍對答，鼻中聞着身後丁璫的衣香，一顆心卻全懸在她的身上。

白萬劍渾不知他說些甚麼叮叮噹噹，只道他心中有鬼，故意東拉西扯，臉色更是沉了下來，沉聲道：「石幫主，咱們打開天窗說亮話，閣下在凌霄城中所學的武功，只怕還沒盡數忘得乾乾淨淨罷？」

此言一出，長樂幫幫衆無不聳然動容。衆人皆知西域「凌霄城」乃雪山派師徒聚居之所，白萬劍如此說，難道幫主曾在雪山派門下學過武功？這夥人如此聲勢洶洶的來到，莫非與他們門戶之事有關？

石破天茫然道：「凌霄城？那是甚麼地方？我從來沒學過甚麼武功。如果學過，那也不會忘得乾乾淨淨罷？」

這幾句話連長樂幫羣豪聽來也覺大不對頭。「凌霄城」之名，凡是武林中人，可說無人不知，他身爲長樂幫幫主，居然詐作未之前聞，又說從未學過武功，如此當面撒謊，不免有損他的身分體面，又有人料想，幫主這麼說，必定另有深意。

在白萬劍等人聽來，這幾句話更是大大的侮辱，顯是將雪山派絲毫沒放在眼裏，把「凌霄城」三字輕輕的一筆勾銷。王萬仞忍不住大聲道：「石幫主這般說，未免太過目中無人。

在石幫主眼中，雪山派門下弟子是個個一錢不值了。」

石破天見他滿臉怒容，料來定是自己說錯了話，忙道：「不是，不是的。我怎會說雪山派個個一錢不值。好像……好像……好像……」他在摩天崖居住之時，一年有數次隨着謝煙客到小市鎮上買米買鹽，知道越是値錢的東西越好，這時只想說幾句討好雪山派的話，以平息王萬仞的怒氣，但連說了三個「好像」，卻舉不出適當的例子。這幾人中，耿萬鍾、柯萬鈞、王萬仞等幾個他在侯監集上曾經見過，但不知他們的名字，只有花萬紫一人比較熟悉，窘迫之下，便道：「好像花萬紫姑娘，就値錢得很，値得很多很多銀子……」

呼的一聲，雪山派九人一齊起立，跟着眼前青光亂閃，八柄長劍出鞘，除了白萬劍一人之外，其餘八人各挺長劍，站成一個半圓，圍在石破天身前。王萬仞戟指罵道：「姓石的，你口出汚言穢語，當眞是欺人太甚。我們雪山弟子雖然身在龍潭虎穴之中，也不能輕易嚥下這口氣！」

石破天見這九人怒氣沖天，半點摸不着頭腦，心想：「我說的明明是好話，怎麼你們又生氣了？」回頭向丁璫道：「叮叮噹噹，我說錯了話嗎？」丁璫聽得夫壻當衆羞辱花萬紫，知他全沒將這美貌姑娘放在心上，自是喜慰之極，聽他問及，當即抿嘴笑道：「我不知道。或許花姑娘不値很多很多銀子，也未可知。」石破天點了點頭，道：「就算花姑娘不値甚麼銀子，便宜得很，賤得很，那也不用生氣啊！」

長樂幫羣豪轟然大笑，均想幫主旣這麼說，那是打定主意跟雪山派大戰一場了。有人便道：「貴了我買不起，倘若便宜，嘿嘿，咱們倒可湊乎湊乎……」

青光一閃，跟着叮的一聲，卻原來王萬仞狂怒之下，挺劍便向石破天胸口刺去。白萬劍隨手抽出腰間長劍，輕輕擋開。王萬仞手腕酸麻，長劍險些脫手，這一劍便遞不出去。

白萬劍喝道：「此人跟咱們仇深似海，豈能一劍了結？」刷的一聲，還劍入鞘，沉聲道：「石幫主，你到底認不認得我？」

石破天點點頭，說道：「我認得你，你是雪山派的『氣寒西北』白萬劍白師傅。」白萬劍道：「很好，你自己做過的事，認也不認？」石破天道：「我做過的事，當然認啊。」白萬劍道：「嗯，那麼我來問你，你在淩霄城之時，叫甚麼名字？」

石破天搔了搔頭，道：「我在淩霄城？甚麼時候我去過了？啊，是了，那年我下山來尋媽媽和阿黃，走過許多城市小鎮，我也不知是甚麼名字，其中多半有一個叫做淩霄城了。」

白萬劍寒着臉，仍是一字一字的慢慢說道：「你別東拉西扯的裝蒜！你的真名字，並非叫石破天！」

石破天微微一笑，說道：「對啦，對啦，我本來就不是石破天，大家都認錯了我，畢竟白師傅了不起，知道我不是石破天。」

白萬劍道：「你本來的真姓名叫做甚麼？說出來給大夥兒聽聽。」

王萬仞怒喝：「他叫做甚麼？他叫——狗雜種！」

這一下輪到長樂幫羣豪站起身來，紛紛喝罵，十餘人抽出了兵刃。王萬仞已將性命豁出去了，心想我就是要罵你這狗雜種，縱然亂刀分屍，王某也不能皺一皺眉頭。

那知石破天哈哈大笑，拍手道：「是啊，對啦！我本來就叫狗雜種。你怎知道？」

此言一出，衆人愕然相顧，除了貝海石、丁不三、丁璫等少數幾人聽他說過「狗雜種」的名字，餘人都是驚疑不定。白萬劍卻想：「這小子果然是大奸大猾，實有過人之長，連如此辱罵也能坦然受之，對他可要千萬小心，半點輕忽不得。」

王萬仞仰天大笑，說道：「哈哈，原來你果然是狗雜種，哈哈，可笑啊可笑。」石破天道：「我叫做狗雜種有甚麼可笑？這名字雖然不好，但當年你媽媽若是叫你做狗雜種，你便也是狗雜種了。」王萬仞怒喝：「胡說八道！」長劍挺起，使一招「飛沙走石」，內勁直貫劍尖，寒光點點，直向石破天胸口刺去。

白萬劍有心要瞧瞧石破天這幾年來到底學到了甚麼奇異武功，居然年紀輕輕，便身爲一幫之主，令得羣豪貼服，這一次便不再阻擋，口中說道：「王師弟不可動粗。」身子離椅，作個阻攔之勢，卻任由王萬仞從身旁掠過，連人帶劍，直向石破天撲去。

石破天雖練成了上乘內功，但動手過招的臨敵功夫卻半點也沒學過，眼見對方劍勢來得凌厲之極，既不知如何閃避，亦不知怎生招架才好，手忙脚亂之間，自然而然的伸手向外推出。他身穿長袍，兩隻長袖向長劍上揮了出去。只聽得喀喇一響，呼的一聲，王萬仞突然向後直飛出去，砰的一聲，重重撞在大門之上。

雪山派九人進入虎猛堂後，長樂幫幫衆便將大門在外用木柱撐住了，以便一言不合，動起手來，便是個甕中捉鼈之勢。這虎猛堂的大門乃堅固之極的梨木所製，鑲以鐵片，嵌以銅釘。王萬仞背脊猛力撞在門上，跟着噗噗兩響，兩截斷劍插入了自己肩頭。

原來石破天雙袖這一揮之勢，竟將他手中長劍震爲兩截。王萬仞被他內力的勁風所逼，氣也喘不過來，全身勁力盡失，雙臂順着來勢揮出，兩截斷劍竟反刺入身。他軟軟的坐倒在地，已然動彈不得，肩頭傷口中鮮血泊泊流出，霎時之間，白袍的衣襟上一片殷紅。柯萬鈞和花萬紫急忙搶過，一個探他鼻息，一個把他腕脈，幸好石破天內力雖強，卻不會運使，王萬仞只受外傷，性命無碍。

這麼一來，雪山派羣弟子固然又驚又怒，長樂幫羣豪也是欣悅之中帶着極大的詫異。羣豪曾見幫主施展過武功，也不怎麼了得，所以擁他爲主，只爲了他銳身赴難，甘願犧牲一己而救全幫上下性命，再加貝海石全力扶持，衆人畏懼石幫主，其實大半還是由於怕了貝海石之故，萬料不到石幫主內力竟如此強勁。只貝海石暗暗點頭，心中憂喜參半。

白萬劍冷笑道：「石幫主，咱們武林中人，講究輩份大小。犯上作亂，人人得而誅之。常言道得好：一日爲師，終身爲父。你既曾在我雪山派門下學藝，我這個王師弟好歹也是你的師叔，你向他下此毒手，到底是何道理？天下抬不過一個『理』字，你武功再強，難道能將普天下尊卑之分、師門之義，一手便都抹煞了麼？」

石破天茫然道：「你說甚麼，我一句也不懂。我幾時在你雪山派門下學過武藝了？」

白萬劍道：「到得此刻，你還是不認。你自稱狗雜種，嘿嘿，你自甘下流，都沒甚麼好說，可是你父母是江湖上大大有名的俠義英雄，你也不怕辱沒了父母的英名。你不認師父，難道連父母也不認了？」

石破天大喜，道：「你認識我爹爹媽媽？那是再好也沒有了。白師傅，請你告訴我，我媽媽在那裏？我爹爹是誰？」說着站起身來深深一揖，臉上神色異常誠懇。

白萬劍大是愕然，不知他如此裝假，卻又是甚麼用意，轉念又想：「此人大奸大惡，實不可以常理度之。他為了遮掩自己身分，居然父母也不認了。他既肯自認狗雜種，自然連祖宗父母也早不放在心上了。」霎時間心下感慨萬分，一聲長歎，說道：「如此美質良材，偏偏不肯學好，當眞是可恨可歎。」

石破天吃了一驚，道：「白師傅，你說可恨可歎，我爹爹媽媽怎麼了？」說時關懷之情見於顏色。

白萬劍見他眞情流露，卻決非作偽，便道：「你既對你爹娘尙有懸念之心，還不算是喪盡了天良。你爹娘劍法通神，英雄了得，夫妻倆携手行走江湖，又會有甚麼凶險？」

長樂幫羣豪相顧茫然，均想：「幫主的身世來歷，我們一無所知，原來他父母親是江湖上的有名人物。說甚麼『劍法通神，英雄了得』。武林中當得起白萬劍這八個字考語的夫妻可沒幾對啊，那是誰了？」貝海石登時便想：「難道他是玄素莊黑白雙劍的兒子？這……這可有些麻煩了。」

這時王萬仞在柯萬鈞和花萬紫兩人扶掖之下，緩過了氣來，長長呻吟了一聲。

石破天見他叫聲中充滿痛楚，甚是關懷，問道：「這位大哥為何突然向後飛了出去？好像是撞傷了？貝先生，你說他傷勢重不重？」

這幾句詢問在旁人聽來，無不認為他是有意譏刺，長樂幫中羣豪倒有半數哈哈大笑。有的說道：「此人傷勢說重不重，說輕恐怕也不輕。」有的道：「雪山派的高手聲勢洶洶，半夜三更前來生事，我道眞有甚麼驚人藝業，嘿嘿，果然驚人之至，名不虛傳。」

白萬劍只作充耳不聞，朗聲說道：「石幫主，我們今日造訪，為的是你一人的私事，和別的朋友均無干係。雪山派弟子不願跟人作無聊的口舌之爭。石中玉，我只問你一句話，你到底認是不認？」石破天奇道：「石中玉？誰是石中玉，你要我認甚麼？」

白萬劍道：「你師父風火神龍為了你的卑鄙惡行，以致斷去了一臂，封師哥待你恩重如山，你心中可有絲毫內愧？」這幾句說得甚是誠懇，只盼他天良發見，終於生出悔罪之心。

石破天對所聽到的言語卻句句不懂，又問：「風火神龍封師兄，他是誰？怎麼為了我的卑鄙惡行而斷去一臂？我……做了甚麼卑鄙惡行？」

白萬劍聽他始終不認，顯是要逼着自己當眾吐露愛女受辱、跳崖自盡的慘事，只氣得目眥欲裂，刷的一聲，拔劍出鞘，手腕一抖，禿的一響，長劍又還入了劍鞘，指着柱上的三個劍痕，朗聲說道：「列位朋友，我雪山派劍法低微，不值方家一笑。但本派自創派祖師傳下來的劍法，若是僥倖刺傷對手，往往留下雪花六出之形。本派的派名，便是由此而來。」

眾人齊向柱子上望去，只見朱漆的柱上共有六點劍痕，布成六角，每一點都是雪花六出之形，甚是整齊。適才見他拔劍還劍，只一瞬間之事，那知他便在這一剎那中已在柱上連刺六劍，每一劍都憑手腕顫動，幻成雪花六出，手法之快實是無與倫比。眾人當王萬仞被石破天內勁摔出後，對雪山派已沒怎麼放在眼裏，但白萬劍這一手劍法精妙，武林中罕見罕聞，有的不由得肅然起敬，有的更大聲叫起好來。

白萬劍抱拳道：「列位朋友之中，兵刃上勝過白某的，不知道有多少。白某豈敢班門弄斧，到貴幫總舵來妄自撒野？只是有一件事要請列位朋友作個見證。七年之前，敝派有個不成器的弟子，名叫石中玉，膽大妄為，和在下的廖師叔動手較量。我廖師叔為了教訓於他，曾在他左腿上刺了六劍，每一劍都成雪花六出之形。本派劍法雖然平庸無奇，但普天之下，並無第二派劍法能留下這等傷痕的。」說到這裏，轉頭瞪視石破天，森然道：「石中玉，你欺瞞眾人，不敢自暴身分，那麼你將褲管捋起來，給列位朋友瞧瞧，到底你大腿上是否有這般的傷痕？是眞是假，一見便知。」

石破天奇道：「你叫我捋起褲管來給大家瞧瞧？」白萬劍道：「不錯，若是閣下腿上無此傷痕，那是白某瞎了眼睛，前來貴幫騷擾胡混，自當向幫主磕頭陪罪。但若你腿上當眞有此傷痕，那……那……那便如何？」石破天笑道：「要是我腿上眞有這麼六個劍疤，那可眞奇了，怎麼我自已全不知道？」

白萬劍目不轉睛的凝視着他，見他說得滿懷自信，不由得心下嘀咕：「此人定然是石中玉那小子。雖然相隔數年，他長大成人之後相貌變了，神態舉止也頗有不同，但面容一般無異。花師妹潛入此處察看，回來後一口咬定是他，難道咱們大夥兒都走了眼不成？」一時沉吟未答。

陳冲之笑道：「你要看我們幫主腿上傷疤，我們幫主卻要看貴派花姑娘大腿上的傷疤。這裏人多，赤身露體的不便，不如讓他兩位同到內室之中，你瞧瞧我，我瞧瞧你，大家仔仔細細的看上一看！」長樂幫羣豪捧腹大笑，聲震屋瓦。

白萬劍怒極，低聲罵道：「無恥！」身形一轉，已站在廳心，喝道：「石中玉，你作賊心虛，不肯顯示腿傷，那便隨我上凌霄城去了斷罷！」刷的一聲，已拔劍在手。

石破天道：「白師傅又何必生氣？你說我腿上有這般傷痕，我卻說沒有，那麼大家瞧瞧便是，又打甚麼緊了？」說着抬起左腿，左脚踏在虎皮交椅的扶手上，捋起左脚的褲管，露出腿上肌膚。

大廳中登時鴉雀無聲。突然間衆人不約而同「哦」的一聲，驚呼了出來。

只見石破天左腿外側的肌膚之上，果然有六點傷疤，宛然都有六角，雖然皮肉上的傷疤不如柱上的劍痕那般清晰，但六角之形，人人卻都看得清清楚楚。這中間最驚訝的卻是石破天自己，他伸手用力一擦那六個傷疤，果然是生在自己腿上，絕非僞造。他揉了揉眼睛，又再細看，腿上這六個傷疤實和柱上劍痕一模一樣。

雪山派九人一十八隻眼睛冷冷的凝望着他。

石破天捋着褲管，額頭汗水一滴滴的流下來，他又摸摸肩頭，喃喃道：「肩頭、腿上都有傷疤，怎麼別人知道，我……我自己都不知道？難道……我把從前的事都忘了？」

他瞧瞧貝海石，貝海石緩緩搖了搖頭。他回頭去望丁璫，丁璫皺着鼻子，向他笑着裝個鬼臉。他又向丁不三瞧去，丁不三右手食中兩指向前一送，示意動武殺人。

石破天笑道：「你們少了一個人，比不成劍，我來和白師傅聯手，湊個興兒。不過我是不會的，請你們指點。」

七　雪山劍法

陳冲之雙手橫托長劍，送到石破天身前，低聲道：「幫主，不必跟他們多說，以武力決是非。勝的便是，敗的便錯。」他見白萬劍劍法雖精，料想內力定然不如幫主，既然證據確鑿，辯他不過，只好用武，就算萬一幫主不敵，長樂幫人多勢衆，也要殺他們個片甲不回。

石破天隨手接過長劍，心中兀自一片迷惘。

白萬劍森然道：「石中玉聽了：白萬劍奉本派掌門人威德先生令諭，今日清理門戶。這是雪山派本門之事，與旁人無涉。若在長樂幫總舵動手不便，咱們到外邊了斷如何？」

石破天迷迷糊糊的道：「了……了甚麼斷？」丁璫在他背上輕輕一推，低聲道：「跟他打啊，你武功比他強得多，殺了他便是。」石破天道：「我……我不殺他，爲甚麼要殺他？白師傅又不是壞人。」一面說，一面向前跨了兩步。

白萬劍適才見他雙袖一拂，便將王萬仭震得身受重傷，心想這小子離了凌霄城後，不知得逢甚麼奇遇，竟練成了這等深厚內功，旁的武功自也定然非同小可，那裏敢有絲毫疏忽？

長劍抖動，一招「梅雪爭春」，虛中有實，實中有虛，劍尖劍鋒齊用，劍尖是雪點，劍鋒乃梅枝，四面八方的向石破天攻了過來。

霎時之間，石破天眼前一片白光，那裏還分得清劍尖劍鋒？他驚惶之下，又是雙袖向外亂揮，他空有一身渾厚內功，卻絲毫不會運用，適才將王萬仭摔出，不過機緣巧合而已，這時亂揮之下，力分則弱，何況白萬劍的武功又遠非王萬仭之可比。但聽得嗤嗤聲響，他兩隻衣袖已被白萬劍長劍削落，跟着咽喉間微微一涼，已被劍尖抵住。

白萬劍情知對方高手如雲，尤其貝海石武功決不在自己之下，站在石破天身後那老者目中神光湛然，也必是個極厲害的人物，身處險地，如何可給對方以喘息餘暇？一招得手，立即搶上兩步，左臂伸出，已將石破天挾在脅下，胳臂使勁，逼住了石破天腰間的兩處穴道，喝道：「列位朋友，今日得罪了，日後登門陪禮！」

柯萬鈞等眼見師哥得手，不待吩咐，立時將王萬仭負起，同時向大門闖去。陳冲之和米橫野刀劍齊出，喝道：「放下幫主！」刀砍肩頭，劍取下盤，向白萬劍同時攻上。

白萬劍長劍顫動，噹噹兩聲，將刀劍先後格開，雖說是先後，其間相差實只一霎。他覺察到敵刃上所含內力着實不弱，心想：「這兩人武功已如此了得，長樂幫衆好手併力齊上，我等九人非喪生於此不可。」身形一幌，貼牆而立，喝道：「那一個上來，兄弟只得先斃了石中玉，再和各位周旋。」

長樂幫羣豪萬料不到幫主如此武功，竟會一招之間便被他擒住，不由得都沒了主意。

丁璫滿臉惶急之色，向丁不三連打手勢，要他出手。丁不三卻笑了笑，心想：「這小子武功極強，在那小船之上，輕描淡寫的便卸了我的一掌，豈有輕易爲人所擒之理？他此舉定有用意，我何必強行出頭，反而壞他的事？且暗中瞧瞧熱鬧再說。」丁璫見爺爺笑嘻嘻的漫不在乎，心下畧寬，但良人落入敵手，總是擔心。

這時柯萬鈞雙掌抵門，正運內勁向外力推，大門外支撐的木柱被他推得吱吱直響，眼見大門便要被他推開。貝海石斜身而上，說道：「柯朋友不用性急，待小弟叫人開門送客。」花萬紫喝道：「退開了？」揮動長劍，護住柯萬鈞的背心。

貝海石伸指便向劍刃上抓去。花萬紫一驚：「難道你這手掌竟然不怕劍鋒？」便這麼稍一遲疑，眼見貝海石的手指已然抓到劍上，不料他手掌和劍鋒相距尚有數寸，驀地裏屈指彈出，嗡的一聲，花萬紫長劍把揑不住，脫手落地。貝海石右手探出，一掌拍在她肩頭。這兩下兔起鶻落，變招之速，實不亞於剛才白萬劍在柱上留下六朵劍花。

丁不三暗暗點頭：「貝大夫五行六合掌武林中得享大名，果然有他的眞實本領。」但見他輕飄飄的東遊西走，這邊彈一指，那邊發一掌，雪山派衆弟子紛紛倒地，每人最多和他拆上三四招，便給擊倒。

白萬劍大叫：「好功夫，好五行六合掌，姓白的改日定要領教！」突然飛身而起，忽喇喇一聲，衝破屋頂，挾着石破天飛了出去。

貝海石叫道：「何不今日領教？」跟着躍起，從屋頂的破洞中追出。只見寒光耀眼，頭頂似有萬點雪花傾將下來。他身在半空，手中又無兵刃，急切間難以招架，立時使一個千斤墜，硬生生的直墮下來。這一下看似平淡無奇，但在一瞬間將向上急衝之勢轉爲下墜，其間只要有毫髮之差，便已中劍受傷，大廳中一衆高手看了，無不打從心底喝出一聲采來。但白萬劍便憑了這一招，已將石破天挾持而去。貝海石足尖在地下一登，跟着又穿屋追出。

丁璫大急，也欲縱身從屋頂的破孔中追出。丁不三抓住她手臂，低聲道：「不忙！」只聽得砰砰、拍拍，響聲不絕，屋頂破洞中瓦片泥塊紛紛下墜。橫臥在地的雪山派八弟子中，忽有一個瘦小人形急縱而起，快如狸貓，捷似猿猴，從屋頂破洞中鑽了出去。

陳沖之反手一刀，嗤的一聲，削下了他一片鞋底，便只一寸之差，沒砍下他的脚板來。羣豪都是一楞，沒想到雪山派中除白萬劍外，居然還有這樣一個高手，他被貝海石擊倒後，竟尙能脫身逃走。米橫野深恐其餘七人又再脫逃，一一補上數指。

這時長樂幫中已有十餘人手提兵刃，從屋頂破洞中竄出，分頭追趕。各人均想：「人家欺上門來，將我們幫主擒了去，若不截回，今後長樂幫在江湖上那裏還有立足之地？雖將敵人也擒住了七名，但就算擒住七十名、七百名，也不能抵償幫主被擒之辱。」又想：「只須將那姓白的絆住，拆得三招兩式，衆兄弟一擁而上，救得幫主，那自是天大的奇功。」當下人人奮勇，分頭追趕。

四下裏唿哨大作，長樂幫追出來的人愈來愈衆。

白萬劍一招間竟便將石破天擒住，自己也覺難以相信，穿破屋頂脫出之後，心中暗呼：「慚愧！」耳聽得身後追兵喊聲大作，手中抱着人難以脫身遠走，縱目四望，見西首河上一道拱橋，此時更無多思餘暇，便即撲向橋底，抱着石破天站在橋蹬石上，緊貼橋身。

過不多時，便聽得長樂幫羣豪在小河南岸呼嘯來去，更有七八人踏着石橋，自橋南奔至橋北。白萬劍打定了主意：「若我行迹給敵人發覺，說不得只好先殺了這小子。」只聽得又有一批長樂幫中人沿河畔搜將過來。突然間河畔草叢中忽喇聲響，一個人向東疾馳而去。白萬劍聽着此人脚步聲，知是師弟汪萬翼，心頭一喜。汪萬翼的輕功在雪山派中向稱第一，奔行如飛，他此舉顯是意在引開追兵，好讓自己乘機脫險。果然長樂幫羣豪蜂湧追去。白萬劍心想：「長樂幫中識見高明之士不少，豈能留下空隙，任我從容逸去？」

正遲疑間，只聽得櫓聲夾着水聲，東邊搖來三艘敞篷船，兩艘裝了瓜菜，一艘則裝滿稻草，當是鄉人一早到鎮江城裏來販賣。三艘船首尾相貫，穿過拱橋。白萬劍大喜，待最後一艘柴船經過身畔時，縱身躍起，連着石破天一齊落到稻草堆上。稻草積得高高的，幾欲碰到橋底，二人輕輕落下，船上鄉人全不知覺。白萬劍帶着石破天身子一沉，鑽入了稻草堆中。

柴船駛到柴市，靠岸停泊，搖船的鄉農逕自上茶館喝茶去了。

白萬劍從稻草中探頭出來，見近旁無人，當即挾着石破天躍上岸來，見西首碼頭旁泊着一艘烏篷船，當即踏上船頭，摸出一錠三兩來重的銀子，往船板一抛，說道：「船家，我這朋友生了急病，快送我們上揚州去。這錠銀子是船錢，不用找了。」船家見了這麼大一錠銀子，大喜過望，連聲答應，拔篙開船。烏篷船轉了幾個彎便駛入運河，逕向北航。

白萬劍縮在船艙之中，他知這一帶長樂幫勢力甚大，稍露風聲，羣豪便會趕來，心下盤算：「我雖僥倖擒得了石中玉這小子，但將七名師弟、師妹都陷在長樂幫中，卻如何搭救他們出險？」心下一喜一憂，生恐石破天裝模作樣，過不到一盞茶時分，便伸指在他身上點上幾處穴道，當烏篷船轉入長江時，石破天身上也已有四五十處穴道被他點過了。

白萬劍道：「船家，你只管向下流駛去，這裏又是五兩銀子。」船家大喜，說道：「多謝客官厚賞，只是小人的船小，經不起江中風浪，靠着岸駛，勉強還能對付。」白萬劍道：「靠南岸順流而下最好。」

駛出二十餘里，白萬劍望見岸上一座黃牆小廟，當即站在船頭，縱聲呼嘯。廟中隨即傳出呼嘯之聲。白萬劍道：「靠岸。」那船家將船駛到岸旁，揷了篙子，待要鋪上跳板，白萬劍早已挾了石破天縱躍而上。

白萬劍剛踏上岸，廟中十餘人已歡呼奔至，原來是雪山派第二批來接應的弟子。衆人見他腋下挾着一個錦衣靑年，齊問：「白師哥，這個是……」

白萬劍將石破天重重往地下一摔，憤然道：「衆位師弟，愚兄僥倖得手，終於擒到了這罪魁禍首。大家難道不認得他了？」

衆人向石破天瞧去，依稀便是當年凌霄城中那個跳脫調皮的少年石中玉。

衆人怒極，有的擧脚便踢，有的向他大吐唾沫。一個年長的弟子道：「大家可莫打傷了他。白師哥馬到功成，實是可喜可賀。」白萬劍搖了搖頭，道：「雖然擒得這小子，卻失陷了七位師弟、師妹，其實是得不償失。」

衆人說着走進小廟。兩名雪山弟子將石破天挾持着隨後跟進。那是一座破敗的土地廟，既無和尙，亦無廟祝。雪山派羣弟子圖這小廟地處荒僻，無人打擾，作爲落脚聯絡之處。

白萬劍到得廟中，衆師弟擺開飯菜，讓他先吃飽了，然後商議今後行止。雖說是商議，但白萬劍胸中早有成竹，一句句說出來，衆師弟自是盡皆遵從。

白萬劍道：「咱們須得儘快將這小子送往凌霄城，去交由掌門人發落。七位師弟、師妹雖然陷敵，諒來長樂幫想到幫主在咱們手中，也不敢難爲他們。張師弟、王師弟、趙師弟三位是南方人，留在鎮江城中，喬裝改扮了，打探訊息。好在你們沒跟長樂幫朝過相，他們認不出來。」張王趙三人答應了。白萬劍又道：「汪萬翼汪師弟機靈多智，你們三個和他聯絡上後，全聽他的吩咐。可別自以爲入門早過他，擺師兄的架子，壞了大事。」張王趙三人對這位白師哥甚是敬畏，連聲稱是。

白萬劍道：「咱們在這裏等到天黑，東下到江陰再過長江，遠兜圈子回凌霄城去。路程雖然遠些，長樂幫卻決計料不到咱們會走這條路。這時候他們定然都已追過江北去了。」他對長樂幫十分忌憚，言下也毫不掩飾。

白萬劍在四下察看了一周，衆同門又聚在廟中談論。他歎了口氣，說道：「咱們這次來到中原，雖然燒了玄素莊，擒得逆徒石中玉，但孫、褚兩位兄弟死於非命，耿師弟他們又陷於敵手，實是大折本派的銳氣，歸根結底，總是愚兄統率無方。」

衆同門中年紀最長的呼延萬善說道：「白師哥不必自責，其實眞正原因，還是衆兄弟武功沒練得到家。大夥兒一般受師父傳授，可是本門中除白師哥、封師哥兩位之外，都只學了師尊武學的一點兒皮毛，沒學到師門功夫的精義。」另一個胖胖的弟子聞萬夫道：「咱們在凌霄城中自己較量，都自以了不起啦，不料到得外面來，才知滿不是這麼一回事。白師哥，咱們要等到天黑才動身，左右無事，請你指點大夥兒幾招。」眾師弟齊聲附和。

白萬劍道：「爹爹傳授眾兄弟的武功，其實是一模一樣，不存半分偏私。你們瞧封師哥練功比我勤勉，他功夫便在我之上。」聞萬夫道：「師父絕無偏私，這是人人知道的，只恨做兄弟的太笨，領會不到其中訣竅。」白萬劍道：「此去凌霄城，途中未必太平無事，多學一招劍法，咱們的力量便增了一分。呼延師弟、聞師弟，你們兩個便過過招。趙師弟、王師弟，你們到外邊守望，見到有甚麼動靜，立即傳聲通報。」趙王二人心想白師哥要點撥師弟們劍法，自己偏偏無此眼福，心中老大不願，卻又不敢違抗師哥命令，只得快快出外。

呼延萬善和聞萬夫打起精神，各提長劍，相向而立。聞萬夫站在下首，叫道：「呼延師哥請！」呼延萬善倒轉劍柄，向白萬劍一拱手，道：「請白師哥點撥。」白萬劍點了點頭。呼延萬善劍尖倏地翻上，斜刺聞萬夫左肩，正是雪山派劍法中的一招「老枝橫斜」。

凌霄城內外遍植梅花，當年創製這套劍法的雪山派祖師又生性愛梅，是以劍法中夾雜了不少梅花、梅蕚、梅枝、梅幹的形態，古樸飄逸，兼而有之。梅樹枝幹以枯殘醜拙為貴，梅花梅蕚以繁密濃聚為尚，因而呼延萬善和聞萬夫兩人長劍一交上手，有時招式古樸，有時劍點密集，劍法一轉，便見雪花飛舞之姿，朔風呼號之勢，出招迅捷，宛若梅樹在風中搖曳不定，而塞外大漠飛沙、駝馬奔馳的意態，在兩人的身形中亦偶爾一現。

石破天這時被拋在一旁，誰也不來理會。他百無聊賴之下，便觀看呼延萬善和聞萬夫二人拆解劍法。他內功已頗為精湛，拳術劍法卻一竅不通，眼看兩人你一劍來、我一劍去，攻守進退，甚爲巧妙，於其中理路自是全無所知，只覺鬥得緊湊，倒也看得津津有味。

又看一會，覺得兩人兩柄長劍刺來刺去，宛如兒戲，明明只須再向前送，便可刺中了對手，總是力道已盡，倏然而止，功虧一簣。他想：「他們師兄弟練劍，又不是當眞要殺死對方，自然不會使盡了。」

忽聽得白萬劍喝道：「且住！」緩步走到殿中，接過呼延萬善手中長劍，比劃了一個姿式，說道：「這一招只須再向前遞得兩寸，便已勝了。」石破天道：「是啊！白師傅說得很對，這一劍只須再向前刺上兩寸，便已勝了。那位呼延師傅何以故意不刺？」

呼延萬善點頭道：「白師哥指教得是，只是小弟這一招『風沙莽莽』用到這裏時，內力已盡，再也無法刺前半寸。」

白萬劍微微一笑，說道：「內力修爲，原非一朝一夕之功。但內力不足，可用劍法上的變化補救。本派的內功秘訣，老實說未必有特別的過人之處，比之少林、武當、峨嵋、崑崙諸派，雖說是各有所長，畢竟雪山一派創派的年月尙短，可能還不足以與已有數百年積累的諸大派相較。但本派劍法之奇，實說得上海內無雙。諸位師弟在臨敵之際，便須以我之長，攻敵之短，不可與人比拚內力，力求以劍招之變化精微取勝。」

衆師弟一齊點頭，心想：「白師哥這番話，果然是說中了我們劍法中最要緊的所在。」

凌霄城城主、雪山派掌門人威德先生白自在少年時得遇機緣，服食靈藥，內力斗然間大進，抵得常人五六十年修練之功。他雪山派的內功法門本來平平無奇，白自在的內力卻在少林、武當的高手之上。然而這種靈丹妙藥，終究是可遇不可求之物，他自己內力雖強，門下諸弟子卻在這一關上大大欠缺了。威德先生要強好勝，從來不向弟子們說起本門的短處。雪山派在凌霄城中閉門爲王，衆弟子也就以爲本派內外功都是當世無敵。直至此番來到中原，連續失利，白萬劍坦然直告，衆人這才恍然大悟。

當下白萬劍將劍法中的精妙變化，一招一式的再向各人指點。呼延萬善與聞萬夫拆招之後，換上兩名師弟。兩人比過後，白萬劍命呼延萬善、聞萬夫在外守望，替回趙王二人。

衆人經過了一番大閱歷，深切體會到只須有一招劍法使得不到家，立時便是生死之分，無不凝神注目，再不像在凌霄城時那樣單爲練劍而用功了。

各人每次拆招，所使劍法都是大同小異。石破天人本聰明，再聽白萬劍不斷點撥，當第七對弟子拆招時，那一路七十二招雪山劍法，石破天已大致明白，雖然招法的名稱雅致，他既不明其意，便無法記得，而劍法中的精妙變化也未領悟，但對方劍招之來，如何拆架，如何反擊，他心中所想像的已頗合雪山派劍法要旨。

衆人全神貫注的學劍，學者忘倦，觀者忘飢，待得一十八名雪山弟子盡數試完。這套劍法九對弟子反來覆去的已試演了九遍，石破天也已記得了十之六七。

忽然嗆啷一響，白萬劍擲下長劍，一聲長歎。衆師弟面面相覷，不知他此舉是何含意。只見他眼光轉向躺在地下的石破天，黯然道：「這小子入我門來，短短兩三年內，便領悟到本派武功精要之所在，比之學了十年、二十年的許多師伯、師叔，招式之純自然不如，機變卻大有過之。本派劍法原以輕靈變化爲尙，有此門徒，封師哥固然甚爲得意，掌門人對他也是青眼有加，期許他光大本派。唉……唉……唉……」連歎三聲，惋惜之情見於顏色。

「氣寒西北」白萬劍武功固高，識見亦是超人一等，此刻指點十八名師弟練了半天劍，均覺這些師弟爲資質所限，便再勤學苦練，也已難期大成，想到本派後繼無人，甚覺遺憾。石中玉本是個千中之選的佳弟子，偏偏不肯學好。他此刻沉浸於劍法變幻之中，一時間忘了師門之恨，家門之辱，不由得大是痛心。

石破天見他瞧向自己的目光中含着極深厚的愛護情意，雖然不明白他的深意，心下卻不禁暗暗感激。

土地廟中一時沉寂無聲。過了片刻，白萬劍右足在地下長劍的劍柄上輕輕一點，那劍倏地跳起，似是活了一般，自行躍入他的手中。他提劍在手，緩步走到中庭，朗聲道：「何方高人降臨？便請下來一敍如何？」

雪山衆弟子都嚇了一跳，心道：「長樂幫的高手趕來了？怎地呼延萬善、聞萬夫兩個在外守望，居然沒出聲示警？來者毫無聲息，白師哥又如何知道？」

只聽得拍的一聲輕響，庭中已多了兩個人，一個男子全身黑衣，另一個婦人身穿雪白衣裙，只腰繫紅帶，鬢邊戴了一朵大紅花，顯得不是服喪。兩人都是背負長劍，男子劍上飄的是黑穗，婦人劍上飄的是白穗。兩人躍下，同時着地，只發出一聲輕響，已然先聲奪人，更兼二人英姿颯爽，人人瞧着都是心頭一震。

白萬劍倒懸長劍，抱劍拱手，朗聲道：「原來是玄素莊石莊主夫婦駕到。」

躍下的兩人正是玄素莊莊主石清、閔柔夫婦。石清臉露微笑，抱拳說道：「白師兄光臨敝莊，愚夫婦失迎，未克稍盡地主之誼，抱歉之至。」

和石清夫婦在侯監集見過面的雪山弟子都已失陷於長樂幫總舵，這一批人卻都不識，聽得是他夫婦到來，不禁心下嘀咕：「咱們已燒了他的莊子，不知他已否知道？」不料白萬劍單刀直入，說道：「我們此番自西域東來，本來爲的是找尋令郎。當時令郎沒能找到，在下一怒之下，已將貴莊燒了。」

石清臉上笑容絲毫不減，說道：「敝莊原是建造得不好，白師兄瞧着不順眼，代兄弟一火毀去，好得很啊，好得很！還得多謝白師兄手下留情，將莊中人丁先行逐出，沒燒死一雞一犬，足見仁心厚意。」

白萬劍道：「貴莊家丁僕婦又沒犯事，我們豈可無故傷人？石莊主何勞多謝？」

石清道：「雪山派羣賢向來對小兒十分愛護，只恨這孩子不學好，胡作非爲，有負白老前輩和封師兄、白師兄一番厚望。愚夫婦既是感激，又復慚愧。白老前輩身子安好？白老夫人身子安好？」說到這裏，和閔柔一齊躬身爲禮，乃是向他父母請安之意。

白萬劍彎腰答禮，說道：「家父託福安健，家母卻因令郎之故，不在淩霄城中。」說到這裏，不由得憂形於色。石清道：「老夫人武功精湛，德高望重，一生善舉屈指難數，江湖上人人欽仰。此番出外小遊散心，福體必定安康。」白萬劍道：「多謝石莊主金言，但願如此。只是家母年事已高，風霜江湖，爲人子的不能不擔心掛懷。」石清道：「這是白師兄的孝思。爲人子的孝順父母，爲父母的掛懷子女，原是人情之常。子女縱然行爲荒謬不肖，爲父母的痛心之餘，也只有帶回去狠狠管教。」

白萬劍聽他言語漸涉正題，便道：「石莊主夫婦是武林中衆所仰慕的英俠，玄素莊大廳上懸有一匾，在下記得寫的是『黑白分明』四個大字。料來說的是石莊主夫婦明辨是非、主持公道的俠義胸懷。卻不單是說兩位黑白雙劍縱橫江湖的威風。」石清道：「不錯。『俠義胸懷』四字，愧不敢當。但想咱們學武之人，於這是非曲直之際總當不可含糊。但不知『黑白分明』這四字木匾，如今到了何處？」白萬劍一楞，隨即泰然道：「是在下燒了！」

石清道：「很好！小兒拜在雪山派門下，若是犯了貴派門規，原當任由貴派師長處治，或打或殺，做父母的也不得過問，這原是武林中的規矩。愚夫婦那日在侯監集上，將黑白雙劍交在貴派手中，言明押解小兒到凌霄城來換取雙劍，此事可是有的？」

白萬劍和耿萬鍾、柯萬鈞等會面後，即已得悉此事。當日耿萬鍾等雙劍被奪，初時料定是石清夫婦使的手脚，但隨即遇到那一羣狼狽逃歸的官差轎伕，詳問之下，得悉轎中人一老一小，形貌打扮，顯是携着那小乞丐的摩天居士謝煙客。白萬劍素聞謝煙客武功極高，行蹤無定，要奪回這黑白雙劍，實是一件大難事，此刻聽石清提及，不由得面上微微一紅，道：「不錯，尊劍不在此處，日後自當專誠奉上。」

石清哈哈一笑，說道：「白師兄此言，可將石某忒也看得輕了。『黑白分明』四字，也不是石某夫婦才講究的。你們既已將小兒扣押住了，又將石某夫婦的兵刃扣住不還，卻不知是武林中那一項規矩？」白萬劍道：「依石莊主說，該當如何？」石清道：「大丈夫一言既出，駟馬難追。要孩子不能要劍，要了劍便不能要人。」

白萬劍原是個響噹噹的脚色，信重然諾，黑白雙劍在本派手中失去，實是對石清有愧，按理說不能再強辭奪理，作口舌之爭。但他曾和耿萬鍾等商議，揣測說不定石清與謝煙客暗中勾結，交劍之後，便請謝煙客出手奪去。何況石中玉害死自己獨生愛女，既已擒住禍首，豈能憑他一語，便將人交了出去？當下說道：「此事在下不能自專，石莊主還請原諒。至於賢夫婦的雙劍，着落在白萬劍身上奉還便了。白某若是無能，交不出黑白雙劍，到貴莊之前割頭謝罪。」這句話說得斬釘截鐵，更無轉圜餘地。

石清知道以他身分，言出必踐，他說還不出雙劍，便以性命來賠，在勢不能不信。但眼睜睜見到獨生愛兒躺在滿是泥污的地下，說甚麼也要救他回去。閔柔一進殿後，一雙眼光便沒離開過石破天的身上。她和愛子分別已久，乍在異地相逢，只想撲上去將他摟在懷中，親熱一番，眼中淚水早已滾來滾去，差一點要奪眶而出，任他白萬劍說甚麼話，她都是聽而不聞。只是她向來聽從丈夫主張，是以站在石清身旁，始終不發一言。

石清道：「白師兄言重了！愚夫婦的一對兵刃，算得甚麼？豈能與白師兄萬金之軀相提並論？只是咱們在江湖上行走，萬事抬不過一個『理』字。雪山派劍法雖強，人手雖衆，卻也不能仗勢欺人，既要了劍，卻又要人！白師兄，這孩子今日愚夫婦要帶走了。」他說到這個「了」字，左肩微微一動，那是招呼妻子拔劍齊上的訊號。

寒光一閃，石清、閔柔兩把長劍已齊向白萬劍刺去。雙劍刺到他胸前一尺之處，忽地凝立不動，便如猛然間僵住了一般。石清說道：「白師兄，請！」他夫婦不肯突施偷襲。白萬劍若不拔劍招架，雙劍便不向前擊刺。

白萬劍目光凝視雙劍劍尖，向前踏出半步。石清、閔柔手中長劍跟着向後一縮，仍和他胸口差着這麼一尺。白萬劍陡地向後滑出一步，當石清夫婦的雙劍跟着遞上時，只聽得叮叮兩聲，白萬劍已持劍還擊，三柄長劍顫成了三團劍花。石清使的本是一柄黑色長劍，此刻使的則是一口青鋼劍，碧油油地泛出綠光。三劍一交，霎時間滿殿生寒。

雪山派羣弟子對白師哥的劍法向來懾服，心想他雖然以一敵二，仍是必操勝算，各人抱劍在手，都貼牆而立，凝神觀鬥。初時但見石清、閔柔夫婦分進合擊，一招一式，都是妙到巓毫，拆到六七十招後兩人出招越來越快，已看不清劍招。白萬劍使的仍是七十二路雪山劍法，衆弟子練慣之下，看來已覺平平無奇，但以之對抗石清夫婦精妙的劍招，時守時攻，本來毫不出奇的一招劍法，在他手下卻生出了極大威力。

殿上只點着一枝蠟燭，火光黯淡，三個人影夾着三團劍光，卻耀眼生花，熾烈之中又夾着令人心爲之顫的凶險，往往一劍之出，似是只毫髮之差，便會血濺神殿。劍光映着燭火，三人臉上時明時暗。白萬劍臉露冷傲，石清神色和平，閔柔亦不減平時的溫雅嫻靜。單瞧三人的臉色氣度，便和適才相互行禮問安時並無分別，但劍招狠辣，顯是均以全力拚鬥。

當石清夫婦來到殿中，石破天便認出閔柔就是在侯監集上贈他銀兩的和善婦人。他夫婦一進殿來，便和白萬劍說個不停，跟着便拔劍相鬥，始終沒時候讓石破天開口相認，至於他三人說些甚麼，石破天卻一句也不懂，只知石清要向白萬劍討還兩把劍，又有一個孩子甚麼的，黑白雙劍他是知道的，卻全沒想到三人所爭原來是爲了自己。

石破天適才見到雪山派十八名弟子試劍，這時見三人又拔劍動手，既無一言半語叱責喝罵，神色間又十分平靜，只道三人還是和先前一般的研討武藝，七十二路雪山派劍法他早已看得熟了，這時在白萬劍手中使出來輕靈自然，矯捷狠辣，每一招都看得他心曠神怡。

看了一會，再轉而注視石清夫婦的劍法，便即發覺三人的劍路大不相同。石清是大開大闔，端嚴穩重；閔柔卻是隨式而轉，使劍如帶。兩夫婦所使的劍法招式並無不同，但一剛一柔、一陽一陰，一直一圓、一速一緩，運招使式的內勁全然相反，但一與白萬劍長劍相遇，兩夫婦的劍招又似相輔相成，凝爲一體。他夫婦在上清觀學藝時本是同門師兄妹，學藝時互生情愫，當時合使劍法之際便已有心心相印之意，其後結縭二十餘載，從未有一日分離，也從未有一日停止練劍，早已到了心意相通、有若一人的地步。劍法陰陽離合的體會，武林中更無另外兩人能與之相比。這般劍法上的高深道理，石破天自然半點不懂。

石清夫婦的劍法內勁，分別和白萬劍在伯仲之間，兩個打一個，白萬劍早非對手，只是白萬劍的劍法中有一股凌厲的狠勁，閔柔生性斯文，出招時往往留有三分餘地，三個人才拚鬥了這麼久。但別看閔柔一股嬌怯怯的模樣，劍法之精，殊不在丈夫之下。白萬劍只鬥到七十招時，便接連兩次險些爲閔柔劍鋒掃中，心中已在暗暗叫苦，只是他生性剛強，縱然喪生在他夫婦劍底，也是寧死不屈，但攻守之際，不免越來越落下風。

雪山派中的幾名弟子看出情勢不對，一人大聲叫道：「兩個打一個，太不成話了。石莊主，你有種便和白師哥單打獨鬥，若是羣毆，我們也要一擁而上了。」

石清一笑，說道：「風火神龍封師兄在這兒麼？封師兄若在，原可和白師兄聯手，咱們四個人比劍玩玩。」言下之意十分明白，雪山派羣弟子中除了封萬里，餘人未必能與白萬劍聯手出劍。眼前敵手只白萬劍一人，自己夫婦佔了很大便宜，但獨生愛子若被他携上凌霄城去，那裏還能活命？何況這廟中雪山派幾近二十人，也可說自己夫妻兩人鬥他十餘人，至於除白萬劍一人之外其餘都是庸手，又誰叫他雪山派中不多調教幾個好手出來？

白萬劍聽他提到封萬里，心下大怒：「封師哥只為收了教你的小鬼兒子為徒，這才被爹爹斬去一臂，虧你還有臉提到他？」但高手比武不可絲毫亂了心神。白萬劍本已處境窘迫，這一發怒，一招「明駝駿足」使出去時不免招式稍老。石清登時瞧出破綻，舉劍封擋，內力運到劍鋒之上，將白萬劍的來劍微微一黏。白萬劍急忙運勁滑開，便只這麼電光石火的一個空隙，閔柔長劍已從空隙中穿了進去，直指白萬劍胸口。

白萬劍雙目一閉，知道此劍勢必穿心而過，無可招架。那知閔柔長劍只遞到離他胸口半尺之處，立即縮回。夫婦倆並肩向後躍開，擦的一聲響，雙劍同時入鞘，一言不發。

白萬劍睜開眼來，臉色鐵青，心想對方饒了我的性命，用意再也明白不過，那是要帶了他們兒子走路，自己落敗，如何再能窮打爛纏，又加阻攔？何況即使再鬥，雙拳難敵四手，終究鬥他夫婦不過，想起愛女為他夫婦的兒子所害，自己率衆來到中原，既將七名師弟妹失陷在長樂幫中，石中玉得而復失，而生平自負的雪山劍法又敵不過玄素雙劍，一生英名付於流水，霎時間萬念俱灰，怔怔的站着，也是不作一聲。

這時呼延萬善、聞萬夫已得訊回廟，眼見師哥落敗，齊聲呼道：「他們以多鬥少，難道咱們便不能學樣？」十八人各挺長劍，從四面八方向石清、閔柔夫婦攻了上去。

石清道：「白師兄，我夫婦聯手，雖然畧佔上風，勝敗未分，接招！」說着挺劍向白萬劍刺去。以白萬劍的身分，適才對方既饒了自己性命，決不能再行索戰，但石清自己發劍，卻可招架，心道：「好，我和你一對一的決一死戰。」當即舉劍格開，斜身還招。

白萬劍和石清這一門上手，情勢又自不同，適才他以一敵二，處處受到牽制，防守固是極盡嚴密之能事，反擊之際卻難以盡情發揮，攻擊石清時要防到閔柔來襲，劍刺閔柔時又須回招拆架石清在旁所作的呼應。這時一人鬥一人，單劍對單劍，他又恥於適才之敗，登時將這七十二路雪山劍法使得淋漓盡致，全力進擊。

石清暗暗吃驚：「『氣寒西北』名下無虛，果是當世一等一的劍士！」提起精神，將生平所學盡數施展出來，心想：「要教你知道我上清觀劍法，原不在你雪山派之下。我命兒子拜在你派門下，乃是另有深意。你別妄自尊大，以為我石清便不如你白萬劍了。」

二人這一拚鬥，當眞是棋逢敵手。白萬劍出招迅猛，劍招縱橫。石清卻是端凝如山，法度嚴謹。白萬劍連變了十餘次劍招，始終佔不到絲毫上風，心下也是暗暗驚異：「此人劍法之高，更在他所享聲名之上，然則他何以命他兒子拜在本派門下？」又想：「適才我比劍落敗，還可說雙拳難敵四手，現下單打獨鬥，若再輸得一招半式，雪山派當眞是聲名掃地了。我非得制住他的要害，也饒他一命不可，否則奇恥難雪。」他一存着急於求勝之心，出招時不免行險。石清暗暗心喜：「你越急於求勝，只怕越易敗在我的手裏。」

十餘招過去，果然白萬劍連遇險招，他心中一凜，登時收懾心神，去奇詭而行正道，改急攻為爭先着，到此地步，兩人才眞的是鬥了個旗鼓相當，難分軒輊。

石破天在一旁看着二人相鬥，雖然不明其中道理，卻也看得出了神。

石清和白萬劍也是鬥得渾忘了身際的情事，待拆到二百餘招之後，白萬劍心神酣暢，只覺今日之鬥實是平生一大快事，早將剛才被閔柔一劍制住之恥拋在腦後。石清也深以遇此勁敵爲喜。兩人自然而然都生出惺惺相惜之情，敵意漸去，而切磋之心越來越盛，各展絕技，要看對方如何拆解。

二人初鬥之時，殿中叮叮噹噹之聲響成一片，這時卻唯有雙劍撞擊的錚錚之聲。鬥到分際，白萬劍一招「暗香疏影」，劍刃若有若無的斜削過來。石清低讚一聲：「好劍法！」豎劍一立，雙劍相交。兩人所使的這一招上都運上了內勁，拍的一聲響，石清手中青鋼劍竟爾折斷。他手中長劍甫斷，左邊一劍便遞了上來。石清左手接過，一招「左右逢源」，長劍自左至右的在身前劃了一弧，以阻對方續繼進擊。

白萬劍退後一步，說道：「此是石莊主劍質較劣，並非劍招上分了輸贏。石莊主若有黑劍在手，寶劍焉能折斷？倒是兄弟的不是了。」剛說了這句話，突然間臉色大變，這才發覺站在石清左首遞劍給他的乃是閔柔，本派十八名師弟，卻橫七豎八的躺得滿地都是。

原來當白萬劍全神貫注的與石清鬥劍之時，閔柔已將雪山派十八名弟子一一刺傷倒地。每人身上所受劍傷都極輕微，但閔柔的內力從劍尖上傳了過去，直透穴道，竟使衆人中劍後再也動彈不得。這是閔柔劍法中的一絕。她宅心仁善，不願殺傷敵人，是以別出心裁，將上清觀的打穴法融化在劍術之中。雪山派十八名弟子雖說是中劍，實則是受了她內力的點穴，只不過她內力未臻上乘境界，否則劍尖碰到對方穴道，便可制敵而不使其皮肉受傷。

閔柔手中長劍一遞給丈夫，足尖輕撥，從地下挑起一柄雪山派弟子脫落的長劍，握在手中，站在丈夫左側之後三步，隨時便能搶上夾擊。

白萬劍一顆心登時沉了下去，尋思：「我和石清說甚麼也只能鬥個平手，石夫人再加入戰團，舊事重演，還打甚麼？」黯然說道：「只可惜封師哥不在這裏，否則封白二人聯手，當可和賢伉儷較量一場。今日敗勢已成，還有甚麼可說？」

石清道：「不錯，日後遇到風火神龍……」一句話沒說完，想起封萬里爲了兒子石中玉之故，臂膀爲他師父所斬，日後縱然遇到，也不能比劍了，登時住口，不再繼續往下說，臉上不禁深有慚色，絲毫不以夫婦聯手打敗雪山派十九弟子爲喜。

石破天見白萬劍臉色鐵青，顯是心中痛苦之極，而石清、閔柔均有同情和惋惜之色，心想：「雪山派這十八個師弟都是笨蛋，沒一個能幫他和石莊主夫婦兩個鬥兩個，好好的比一場劍，當眞十分掃興。」想起白萬劍適才凝視自己時大有愛惜之意，尋思：「白師傅對我甚好，那位石夫人給過我銀子，待我也不錯。他們要比劍，卻少一個對手，有一位封師哥甚麼的，偏偏不在這裏，大家都不開心。我雖然不會甚麼劍法，但剛才看也看熟了，幫他們湊湊熱鬧也好。」當即站起身來，學着白萬劍適才的模樣，足尖在地下一柄長劍的劍柄上一點，內力到處，那劍呼的一聲，躍將起來。他毛手毛脚的搶着抓住劍柄，笑道：「你們少了一個人，比不成劍，我來和白師傅聯手，湊個興兒。不過我是不會的，請你們指點。」

白萬劍和石淸夫婦見他突然站起，都是大吃一驚。白萬劍心想自己明明已點了他全身數十處穴道，怎麼忽然間能邁步行動，定是閔柔在擊倒本派十八弟子後，便去解開他的穴道。石清、閔柔料想白萬劍既將他擒住，定然便點了他的重穴，怎麼竟會走過來？閔柔叫道：「玉……」那一聲「玉兒」只叫得一個字，便即住口，轉眼向丈夫瞧去。

石破天被白萬劍點了穴道，躺在地下已有兩個多時辰。本來白萬劍點了旁人穴道，至少要六個時辰方得解開，可是石破天內功深厚，雖然不會自解穴道之法，但不到一個時辰，各處所封穴道在他內力自然運行之下，不知不覺的便解開了。他渾渾噩噩，全然不知，只覺本來手足麻木，不會動彈，後來慢慢的都會動了。

白萬劍大聲道：「你為甚麼要和我聯劍？要試試你在雪山派所學的劍法？」

石破天心想：「我確是看你們練劍而學到了一些，就只怕學錯了。」便點了點頭，道：「我學的也不知學對了沒有，請白師傅和石莊主、石夫人教我。」說着長劍斜起，站在白萬劍身側，使的正是雪山劍法中一招「雙駝西來」。

石清、閔柔夫婦一齊凝視石破天，他們自送他上凌霄城學劍，已有多年不見，此刻異地重逢，中間又滲着許多愛憐、喜悅、惱恨、慚愧之情，當眞是百感交集。夫婦倆見兒子長得高了，身子粗壯，臉上雖有風塵憔悴之色，卻也掩不住一股英華飛逸之氣，尤其一雙眸子精光燦然，便似體內蘊蓄有極深的內力一般。

石清身為嚴父，想到武林中的種種規矩，這不肖子大壞玄素莊門風，令他夫婦在江湖上羞於見人，這幾年來，他夫婦只是暗中探訪他的蹤迹，從不和武林同道相見。他此刻見到父母，居然不上前拜見，反要比試武藝，單此一事，足見雪山派說他種種輕佻不端的行逕當非虛假，不由得暗暗切齒，只是他向來極沉得住氣，又碍於在白萬劍之前，一時不便發作。

閔柔卻是慈母心腸，歡喜之意，遠過惱恨。她本來生有兩子，次子為仇家所害慘死，傷心之餘，將疼愛兩子之心都移注在這長子石中玉身上。她常對丈夫爲兒子辯解，說雪山派一面之辭未必可信，定是兒子在凌霄城中受人欺凌，給逼得無可容身，多半還是白自在的孫女恃寵而驕，欺壓得他狠了，因而憤而反抗。否則他小小年紀，怎會做出這種貪淫犯上的事來？何況白家的女孩兒當時只十二三歲，中玉也不會對這樣的小姑娘胡作非爲。數年中風霜江湖，一直沒得到兒子的訊息，她時時暗中飲泣，總擔心兒子已葬身於西域大雪山中，又或是膏於虎狼之吻，此刻乍見愛子，他便是有天大的過犯，在慈母心中早就一切都原諒了。但見他提劍而出，步履輕健，身形端穩，不由得心花怒放，恨不得將他摟在懷裏，好好的疼他一番。她知這個兒子從小便狡獪過人，既說要和白萬劍聯手比劍，定是另有深意，她深恐丈夫惱怒之下，出聲叱責，又想看看兒子這些年來武功進境到底如何，當即說道：「好啊，咱們四個便二對二的研討一下武功，反正是點到爲止，也沒甚麼相干。」語音柔和，充滿了愛憐之意，只是心下激動，話聲卻也顫了。

石清向妻子斜視了一眼，點了點頭。閔柔性子和順，甚麼事都由丈夫作主，自來不出甚麼主意，但她偶爾說甚麼話，石清倒也總不違拗。他猜想妻子的心意，一來是急於要瞧兒子的武功，二來是要白萬劍輸得心服，諒來石中玉小小年紀，就算聰明，劍法也高不過那些被閔柔點倒的雪山派衆師叔，何況他決計不會眞的幫着白萬劍出力與父母相抗。

白萬劍卻另有一番主意：「你以雪山派劍法和我聯手抗敵，便承認是雪山派弟子。不論這場比劍結果如何，只須我不爲你一家三人所殺，待得取出雪山派掌門人令符，你便非得跟我回山不可。石清夫婦若再阻撓，那更是壞了武林中的規矩。」當下長劍一舉，說道：「是二對二也好，是三對一也好，白某人反正是玄素雙劍的手下敗將，再來捨命陪君子便是。」

他已定下死志，倘若他石家三人向自己圍攻逼迫，那便說甚麼也要殺了石中玉，只須不求自保，捨命殺他諒來也辦得到。

石破天見他長劍劍尖微顫，斜指石清，當是似攻實守，便道：「那麼是由我搶攻了。」長劍也是微顫，向石清右肩刺去，一招刺出，陡然間劍氣大盛。這一劍去勢並不甚急，但內力到處，只激得風聲嗤嗤而響，劍招是雪山劍法，內力之強卻遠非白萬劍所能及。

白萬劍、石清、閔柔三人同時不約而同的低聲驚呼：「咦！」

石破天這一劍刺出，白萬劍初見便微生卑視之意，心想：「你這一招『雲橫西嶺』，右肘抬得太高，招數易於用老；左指部位放得完全不對，不含伸指點穴的後着；左足跨得前了四寸，敵人若施反擊，便不懼你抬左足踢他脛骨……」他一眼之間，便瞧出了石破天這一招中八九處錯失，但霎時之間，卑視立時變爲錯愕。石破天這一招劍氣之勁，眞是生平罕見，只有父親酒酣之餘，向少數幾名得意弟子試演劍法之時，出劍時才有如此嗤嗤聲響，但那也要在三四十招之後，內力漸漸凝聚，方能招出生風。石破天這般起始發劍便有疾風厲聲，難道劍上裝有哨子之類的古怪物事麼？

他這念頭只是一轉，便知所想不對，只見石清「咦」了一聲之後，舉劍封擋，喀的一聲響，石清手中長劍立時斷爲兩截。上半截斷劍直飛出去，揷入牆中，深入數寸。

石清只覺虎口一熱，膀子顫動，半截劍也險些脫手。他雖惱恨這個敗子，但練武之人遇上了武功高明之士，忍不住會生出讚佩的念頭，一個「好」字當下便脫口而出。

石破天見石清的長劍斷折，卻吃了一驚，叫聲：「啊喲！」立即收劍，臉上露出歉仄和關懷之意。這時他臉向燭火，這般神色都教石清、閔柔二人瞧在眼裏。夫婦二人心中都閃過一絲暖意：「玉兒畢竟還是個孝順兒子！」

石清拋去斷劍，用足尖又從地下挑起一柄長劍，說道：「不用顧忌，接招罷！」刷的一劍，向石破天左腿刺去。石破天畢竟從來沒練過劍術，內力雖強，在進攻時尚可發威力，一遇上石清這種虛虛實實、忽左忽右的劍法，卻那裏能接得住？一招間便慌了手脚，總算心念轉得甚快，手忙脚亂的使招「蒼松迎客」，橫劍擋去。

石清長劍翯斜，劍鋒已及他右腿，倘若眼前這人不是他親生兒子，而是個須殺之而後快的死敵，這一劍已將石破天右腿斬爲兩截。他長劍輕輕一抖，閔柔卻已嚇出了一身冷汗，急叫：「清哥！」

石破天眼望自己右腿時，但見褲管上已被劃開一道破口，卻沒傷到皮肉，他歉然笑道：「多謝你手下留情，我的劍法學得全然不對，比你可差得遠了！」

他這句話出於眞心，但言者無意，聽者有心，語入白萬劍耳中，直是一萬個不受用，心道：「你向父親說你劍法比他差得甚遠，豈非明明在貶低雪山派劍法？又說學得全然不對，便是說我們雪山派藏私，沒好好教你。只一句話，便狠狠損了雪山派兩下。白萬劍但教一口氣在，豈能受你這小子奚落折辱？」

石清也是眉頭微蹙，心想：「師妹老是說玉兒在雪山派中必受師叔、師兄輩欺凌，我想白老前輩爲人正直，封萬里肝膽俠義，既收我兒爲徒，決不能虧待了他。但瞧他使這兩招劍法，姿式已然不對，中間更是破綻百出，如何可以臨敵？似乎他在淩霄城中果然沒學到甚麼眞實武功。他先一劍內力強勁之極，但這份內力與雪山派定然絕無干係，便威德先生自己也未必有此造詣，必是他另有奇遇所致。到底如何，須得追究個水落石出，日後也好分辯是非曲直。」當下說道：「來來來，大家不用有甚麼顧忌，好好的比劍。」左手揑個劍訣，向前一指，挺劍向白萬劍刺去。

白萬劍擧劍格開，還了一劍。

閔柔便伸劍向石破天緩緩刺去，她故意放緩了去勢，好讓兒子不致招架不及。石破天見她這一劍來勢甚緩，想起當年侯監集上贈銀之情，裂開了嘴向她一笑，又點頭示謝，這才提劍輕輕一擋。閔柔見他神情，只道他是向母親招呼，心中更喜，迴劍又向他腰間掠去。石破天想了一想：「這一招最好是如此拆解。」當下使出一招雪山劍法，將來劍格開。

閔柔見他劍法生疏之極，出招旣遲疑，遞劍時手法也是嫩極，不禁心下難過：「雪山派這些劍客們自命俠義不凡，卻如此的敎我兒劍法！」於是又變招刺他左肩。她每一招遞出，都要等石破天想出了拆解之法，這才眞的使實，倘若他一時難以拆解，她便慢慢的等待。這那是比劍？比之師徒間的餵招，她更多了十二分慈愛，十二分耐心。

十餘招後，石破天信心漸增，拆解快了許多。閔柔心中暗喜，每當他一劍使得不錯，便點頭嘉許。石破天早看出她在指點自己使劍，倘若閔柔不點頭，那便重使一招，閔柔如認爲他拆解不善，仍會第三次以同樣招式進擊，總要讓他拆解無誤方罷。

這邊廂石淸和白萬劍三度再鬥，兩人於對方的功力長短，心下均已了然，更不敢有絲毫怠忽。數招之後，兩人都已重行進入全神專注、對周遭變故不聞不見的境界，閔柔和石破天如何拆招、是眞鬥還是假鬥、誰佔上風誰處敗勢，石白二人固然無暇顧及，卻也無法顧及，在這場釐毫不能相差的拚鬥中，只要那一個稍有分心，立時非死即傷。

閔柔於指點石破天劍法之際，卻儘有餘暇去看丈夫和白萬劍的廝拚。她靜聽丈夫呼吸悠長，知他內力仍然充沛，就算不勝，也決不會落敗，眼見石破天一劍又一劍的將雪山劍法演完，七十二路劍法中忘卻了二十來路，於是又順着他劍法的路子，誘導他再試一遍。

石破天第二遍再試，比之第一次時便已頗有進境，居然能偶爾順勢反擊，拆解之時也快了些。他堪堪把學到的四十幾路劍法第二次又將拆完，閔柔見丈夫和白萬劍仍在激鬥。心想：「把這套劍拆完後，便該揷手相助，不必再跟這白萬劍糾纏下去，帶了玉兒走路便是。」一眼見石破天一劍刺來，便舉劍擋開，跟着還了一招，料想這一招的拆法兒子已經學會，定會拆解妥善，豈知便在此時，眼前陡然一黑，原來殿上的蠟燭點到盡頭，猛然裏熄了。

閔柔一劍刺出，見燭光熄滅，立時收招。不料石破天沒半分臨敵經驗，眼前一黑，不向後退，反而迎了上去，想要和閔柔敍舊，謝她教劍之德，這一步踏前，正好將身子湊到了閔柔劍上。

閔柔只覺兵刃上輕輕一阻，已刺入人身，大驚之下，抽劍向後擲去，黑暗中伸臂抱了石破天，驚叫：「刺傷了你嗎？傷在那裏？傷在那裏？」石破天道：「我……我……」一連聲咳嗽，說不出話來。閔柔急幌火摺，只見石破天胸口滿是鮮血，她本來極有定力，這時卻嚇得呆了，心下惶然一片，仰頭向石淸道：「師哥，怎……怎麼辦？」

石清和白萬劍在黑暗之中仍是憑着對方劍勢風聲，劇鬥不休。待得閔柔幌亮火摺，哀聲叫嚷，石清斜目一瞥，見石破天受傷倒地，妻子驚懼已極，畢竟父子關心，心中微微一亂。便這麼稍露破綻，白萬劍已乘隙而入，長劍疾指，刺向石清心口，這一招制其要害，石清要待拆架，已萬萬不及。

白萬劍長劍遞到離對方胸口八寸之處，立即收劍。適才閔柔在劍法上制他死命之後，迴劍不刺，現下他一命還一命，也在制住對方要害之後撤劍，從此誰也不虧負誰。

石清掛念兒子傷勢，也不暇去計較這些劍術上的得失榮辱，忙俯身去看石破天的劍傷，只見他胸口鮮血緩緩滲出，顯是這一劍刺得不深。原來閔柔反應極快，劍尖甫觸人體，立即縮回。石清、閔柔正自心下稍慰，只見一柄冷森森的長劍已指住石破天的咽喉。

只聽白萬劍冷冷的道：「令郎辱我愛女，累得她小小年紀，投崖自盡，此仇不能不報。兩位要是容我帶他上凌霄城去，至少尚有二月之命，但若欲用強，我這一劍便刺下去了。」

石清和閔柔對望一眼。閔柔不由得打個寒噤，知道此人言出必踐，等他這一劍刺下，就算夫婦二人合力再將他斃於劍底，也已於事無補。石清使個眼色，伸手握住妻子手腕，縱身便竄出殿外。閔柔將出殿門時回過頭來，向躺在地下的愛兒再瞧一眼，眼色又是溫柔，又是悲苦，便這麼一瞬之間，她手中火摺已然熄滅，殿中又是黑漆一團。

白萬劍側身聽着石清夫婦腳步遠去，知他夫婦定然不肯干休，此後回向凌霄城的途中，定將有無數風波、無數惡鬥，但眼前是暫且不會回來了，回想適才的鬥劍，實是生平從所未遇的奇險，倘若那蠟燭再長得半寸，這姓石的小子非給他父母奪去不可。

他定了定神，吁了一口氣，伸手到懷中去摸火刀火石，卻摸了個空，這才記得去長樂幫總舵之前已交給了師弟聞萬夫，以免激鬥之際多所累贅，高手過招，相差只在毫髮之間，身上輕得一分就靈便一分。當下到躺在身旁地下的一名師弟懷中摸到了火刀、火石、火紙，打着了火，待要找一根蠟燭，突然一呆，脚邊的石中玉竟已不知去向。

他驚愕之下，登時背上感到一陣涼意，全身寒毛直豎，心中只叫：「有鬼，有鬼！」若不是鬼怪出現，這石中玉如何會在這片刻之間無影無蹤，而自己又全無所覺？他一凜之後，抛去火摺，提着長劍直搶在廟外。四下裏絕無人影。

他初時想到「有鬼」，但隨即知道早有高手窺伺在側，在自己摸索火石之時，乘機將人救去，多半便是貝海石。他急躍上屋，遊目四顧，唯見東西角上有一叢樹林可以藏身，當下縱身落地，搶到林邊，喝道：「鬼鬼祟祟的不是好漢，出來決個死戰。」

畧待片刻，林中並無人聲，他又叫：「貝大夫，是你嗎？」林中仍無回答。當此之時，也顧不得敵人在林中倏施暗算，當即提劍闖了進去。但林中也是空蕩蕩地，涼風拂體，落葉沙沙，江南秋意已濃。

白萬劍怒氣頓消，適才這一戰已令他不敢小覷了天下英雄，這時更興「天上有天，人上有人」之念，心中隱隱感到三分涼意，想起女兒稚齡慘亡，不由得悲從中來。

長江中風勁水急，兩船瞬息間已相距十餘丈，丁不三輕功再高，卻無法縱跳過去。那小船輕舟疾行，越駛越遠，再也追不上了。

八　白痴

石破天自己撞到閔柔劍上，受傷不重，也不如何疼痛，眼見石淸、閔柔二人出廟，跟着殿中燭火熄滅，一團漆黑之中，忽覺有人伸手過來，按住自己嘴巴，輕輕將自己拖入了神枱底下。正驚異間，火光閃亮，見白萬劍手中拿着火摺，驚叫：「有鬼，有鬼！」一奔出廟去，料得他不知自己躲在神枱之下，出廟追尋，不由得暗暗好笑，只覺那人抱着自己快跑出廟，奔馳了一會，躍入一艘小舟，接着有人點亮油燈。

石破天見身畔拿着油燈的正是丁璫，心下大喜，叫道：「叮叮噹噹，是誰抱我來的？」丁璫小嘴一撇，道：「自然是爺爺了，還能有誰？」石破天側過頭來，見丁不三抱膝坐在船頭，眼望天空，便問：「爺爺，你……你……抱我來做甚麼？」

丁不三哼了一聲，說道：「阿璫，這人是個白痴，你嫁他作甚？反正沒跟他同房，不如趁早一刀殺了。」

丁璫急道：「不，不！天哥生了一場大病，好多事都記不起了，慢慢就會好。天哥，我瞧瞧你的傷口。」解開他胸口衣襟，拿手帕醮水抹去傷口旁的血迹，敷上金創藥，再撕下自己衣襟，給他包紮了傷口。

石破天道：「謝謝你。叮叮噹噹，你和爺爺都躲在那桌子底下嗎？好像捉迷藏，好玩得很。」丁璫道：「還說好玩呢？你爸爸媽媽和那姓白的鬥劍，可不知瞧得我心中多慌。」石破天奇道：「我爸爸媽媽？你說那個穿黑衣服的大爺是我爸爸？那個俊女人可不是我媽媽……我媽媽不是這個樣子，沒她好看。」丁璫歎了口氣，說道：「天哥，你這場病眞是害得不輕，連自己父母親也忘了。我瞧你使那雪山劍法，也是生疏得緊，難道眞的連武功也都忘記得乾乾淨淨了？……這……這怎麼會？」

原來石破天爲白萬劍所擒，丁不三祖孫一路追了下來。白萬劍出廟巡視，兩人乘機躲入神枱之下，石淸夫婦入廟鬥劍種種情形，祖孫二人都瞧在眼裏。丁不三本來以爲石破天假裝失手，必定另有用意，那知見他使劍出招，劍法之糟，幾乎氣破了他肚子，心中只是大罵：「白痴，白痴，白痴！」乘着白萬劍找尋火刀、火石，便將石破天救出。

只聽得石破天道：「我會甚麼武功？我甚麼武功也不會。你這話我更加不明白了。」丁不三再也忍耐不住，突然站起，回頭厲聲說道：「阿璫，你到底是迷了心竅還是甚麼，偏要嫁這麼個胡說八道、莫名其妙的小混蛋？我一掌便將他斃了，包在爺爺身上，給你另外找一個又英俊、又聰明、風流體貼、文武雙全的少年來給你做小女壻兒。」

丁璫眼中淚水滾來滾去，哽咽道：「我……我不要甚麼別的少年英雄。他……他又不是白痴，只不過……只不過生了一場大病，腦子一時胡塗了。」

丁不三怒道：「甚麼一時胡塗？他父母明明武功了得，他卻自稱是『狗雜種』，他若不是白痴，你爺爺便是白痴。瞧着他使劍那一副鬼模樣，不教人氣炸了胸膛才怪，那麼毛手毛脚的，沒一招不是破綻百出，到處都是漏洞。嘿嘿，人家明明收了劍，這小子卻把身子撞到劍上去，硬要受了傷才痛快。這樣的膿包我若不殺，早晚也給人宰了。江湖上傳出去，說道丁不三的孫女壻給人家殺了，我還做人不做？不行，非殺不可！」

丁璫咬一咬下唇，問道：「爺爺，你要怎樣才不殺他？」丁不三道：「哈，我幹麼不殺他？非殺不可，沒的丟了我丁不三的臉。人家聽說丁老三殺了自己的孫女壻，沒甚麼希奇。若說丁老三的孫女壻給人家殺了，那我怎麼辦？」丁璫道：「怎麼辦？你老人家替他報仇啊。」丁不三哈哈大笑，道：「我給這種膿包報仇？你當你爺爺是甚麼人？」丁璫哭道：「是你叫我和他拜堂的，他早是我的丈夫啦。你殺了他，不是教我做小寡婦麼？」

丁不三搔搔頭皮，說道：「那時候我曾試過他，覺得他內功不壞，做得我孫女壻，那知他竟是個白痴。你一定不讓我殺他，那也成，卻須依我一件事。」

丁璫聽到有了轉機，喜道：「依你甚麼事？快說，爺爺，快說。」

丁不三道：「我說他是白痴，該殺。你卻說他不是白痴，不該殺。好罷，我限他十天之內，去跟那個白萬劍比武，將那個『氣寒西北』甚麼的殺死了或者打敗了，我才饒他，才許他和你做眞夫妻。」

丁璫倒抽了一口涼氣，剛才親眼見到白萬劍劍術精絕，石郎如何能是這位劍術大名家的敵手，只怕再練二十年也是不成，說道：「爺爺，你出的明明是個辦不到的難題。」

丁不三道：「難也好，容易也好，他打不過白萬劍，我一掌便將這白痴斃了。」自覺這題目出得甚好，這小子說甚麼也辦不到，不禁洋洋自得。

丁璫滿腹愁思，側頭向石破天瞧去，卻見他一臉漫不在乎的神氣，悄聲道：「天哥，我爺爺限你在十天之內，打敗那個白萬劍，你說怎樣？」石破天道：「白萬劍？他劍法好得很啊，我怎打得過他？」丁璫道：「是啊。我爺爺說，你若是打不贏他，便要將你殺了。」石破天嘻嘻一笑，說道：「好端端的爲甚麼殺我？爺爺跟你說笑呢，你也當眞？爺爺是好人，不是壞人，他……他怎麼會殺我？」

丁璫一聲長歎，心想：「石郎當眞病得傻了，不明事理。眼前之計，唯有先答允爺爺再說，在這十天之內，好歹要想法兒讓石郎逃走。」於是向丁不三道：「好罷，爺爺，我答允了，教他十天之內，去打敗白萬劍便是。」

丁不三冷冷一笑，說道：「爺爺餓了，做飯吃罷！我跟你說：一不教，二別逃，三不饒。不教，是爺爺決不教白痴武藝。別逃，是你別想放他逃命，爺爺只要發覺他想逃命，不用到十天，隨時隨刻便將他斃了。不饒，用不着我多說。」

丁璫道：「你既說他是白痴，那麼你就算教他武藝，他也是學不會的，又何必『一不教』？」

丁不三道：「就算爺爺肯教，他十天之內又怎能去打敗白萬劍？教十年也未必能夠。」丁璫道：「那是你教人的本領不好，以你這樣天下無敵的武功，好好教個徒兒來，怎會及不上雪山派白自在的徒兒？難道甚麼威德先生白自在還能強過了你？」

丁不三微笑道：「阿璫，你這激將之計不管用。這樣的白痴，就算神仙也拿他沒法子。

你有沒聽見石清夫婦跟白萬劍的說話？這白痴在雪山派中學藝多年，居然學成了這樣獨脚貓的劍法？」他名叫丁不三，這「三」字犯忌，因此「三脚貓」改稱「獨脚貓」。

其時坐船張起了風帆，順着東風，正在長江中溯江而上，向西航行。天色漸明，江面上都是白霧。丁璫說道：「好，你不教，我來教。爺爺，我不做飯了，我要教天哥武功。」丁不三怒道：「你不做飯，不是存心餓死爺爺麽？」丁璫道：「你要殺我丈夫，我不如先餓死了你。」丁不三道：「呸，呸！快做飯。」丁璫不去睬他，向石破天道：「天哥，我來教你一套功夫，包你十天之內，打敗了那白萬劍。」丁不三道：「胡說八道，連我也辦不到的事，憑你這小丫頭又能辦到？」

祖孫倆不住鬥口。丁璫心中卻着實發愁。她知爺爺脾氣古怪，跟他軟求決計無用，只有想個甚麽刁鑽的法子，或能讓他回心轉意，尋思：「我不給他做飯，他餓起上來，只好停舟泊岸，上岸去買東西吃，那便有機可乘，好教石郎脫身逃走。」

不料石破天見丁不三餓得愁眉苦臉，自己肚中也餓了，他又怎猜得到丁璫的用意，站起身來，說道：「我去做飯。」丁璫怒道：「你去勞碌做飯，創口再破，那怎麽辦？」丁不三道：「我丁家的金創藥靈驗如神，敷上即愈，他受的劍創又不重，怕甚麽？好孩子，快去做飯給爺爺吃。」爲了想吃飯，居然不叫他「白痴」。丁璫道：「他做飯給你吃，那麽你還殺不殺他？」丁不三道：「做飯管做飯，殺人管殺人。兩件事毫不相干，豈可混爲一談？」

石破天一按胸前劍傷，果然並不甚痛，便到後梢去淘米燒飯，見一個老梢公掌着舵，坐在梢後，對他三人的言語恍若不聞。煮飯燒菜是石破天生平最拿手之事，片刻間將兩尾魚煎得微焦，一鑊白米飯更是煮得熱烘烘、香噴噴地。

丁不三吃得連聲讚好，說道：「你的武功若有燒飯本事的一成，爺爺也不會殺你了，當日你若沒跟阿璫拜堂成親，只做我的廚子，別說我不會殺你，別人若要殺你，爺爺也決不答應。唉，只可惜我先前已限定了十日之期，丁不三言出如山，決不能改，倘若我限的是一個月，多吃你二十天的飯，豈不是好？這當兒悔之莫及，無法可想了。」說着歎氣不已。

吃過飯後，石破天和丁璫並肩在船尾洗碗筷。丁璫見爺爺坐在船頭，低聲道：「待會我教你一套擒拿手法，你可得用心記住。」石破天道：「學會了去跟那白師傅比武麼？」丁璫道：「你難道當眞是白痴？天哥，你……你從前不是這個樣子的。」石破天道：「從前我怎麼了？」丁璫臉上微微暈紅，道：「從前你見了我，一張嘴可比蜜糖兒還甜，千伶百俐，有說有笑，哄得我好不歡喜，說出話來，句句令人意想不到。你現在可當眞傻了。」

石破天歎了一口氣，道：「我本來不是你的天哥，他會討你歡喜，我可不會，你還是去找他的好。」丁璫軟語央求：「天哥，你這是生了我的氣麼？」石破天搖頭道：「我怎會生氣？我跟你說實話，你總是不信。」

丁璫望着船舷邊滔滔江水，自言自語：「不知道甚麼時候，他才會變回從前那樣。」呆呆出神，手一鬆，一隻磁碗掉入了江中，在綠波中幌得兩下便不見了。

石破天道：「叮叮噹噹，我永遠變不成你那個天哥。倘若我永遠是這麼……這麼……」

個白痴，你就永遠不會喜歡我，是不是？」

丁璫泫然欲泣，道：「我不知道，我不知道！」心中煩惱已極，抓起一隻隻磁碗，接二連三的拋入了江心。

石破天道：「我……我要是口齒伶俐，說話能討你喜歡，那麼我便整天說個不停，那也無妨。可是……可是我眞的不是你那個『天哥』啊。要我假裝，也裝不來。」

丁璫凝目向他瞧去，其時朝陽初上，映得她一張臉紅彤彤地，雙目靈動，臉上神色卻十分懇摯。丁璫幽幽歎了口氣，說道：「若說你不是我那個天哥，怎麼肩頭上會有我咬傷的疤痕？怎麼你也是這般喜歡拈花惹草，既去勾引你幫中展香主的老婆，又去調戲雪山派的那花姑娘？若說你是我那個天哥，怎麼忽然間痴痴呆呆，再沒從前的半分風流瀟洒？」

石破天笑道：「我是你的丈夫，老老實實的不好嗎？」丁璫搖頭道：「不，我寧可你像以前那樣活潑調皮，偷人家老婆也好，調戲人家閨女也好，便不愛你這般規規矩矩的。」石破天於偷人家老婆一事，心中始終存着個老大疑竇，這時便問：「偷人家老婆？偷來幹甚麼？老伯伯說，不先跟人家說而拿人東西，便是小賊。我偷人家老婆，也算小賊麼？」

丁璫聽他越說越纏夾，簡直莫名其妙，忍不住怒火上衝，伸手便扭住他耳朵用力一扯，登時將他耳根子上血也扯出來了。

石破天吃痛不過，反手格出。丁璫只覺一股大得異乎尋常的力道擊在他手臂之下，身子猛力向後撞去，幾乎將後梢上撐篷的木柱也撞斷了。她「啊喲」一聲，罵道：「死鬼，打老婆麼？使這麼大力氣。」石破天忙道：「對不起！我……我不是故意的。」

丁璫望手臂上看去，只見已腫起了又青又紫的老大一塊，忽然之間，她俏臉上的嗔怒變為喜色，握住了石破天雙手，連連搖幌，道：「天哥，原來你果然是在裝假騙我。」

石破天愕然：「裝甚麼假？」丁璫道：「你武功半點也沒失去。」石破天道：「我不會武功。」丁璫嗔道：「你再胡說八道，瞧我理不理你。」伸出手掌往他左頰上打去。

石破天一側頭，伸掌待格，但丁璫是家傳的掌法，去勢飄忽，石破天這一格中沒半分武術手法，自是格了個空，只覺臉上一痛，無聲無息的已被按了一掌。

丁璫手臂劇震，手掌便如被石破天的臉頰彈開一般，又是「啊喲」一聲，驚惶之意卻比適才更甚。她料想石破天武功既然未失，自是輕而易舉的避開了自己這一掌，因此掌中自然而然的使上了本門陰毒的柔力，那料到石破天這一格竟會如此笨拙，直似全然不會武功，可是手掌和他臉頰相觸，卻又受到他內力的劇震。她左手抓住自己右掌，只見石破天左頰上一個黑黑的小手掌印陷了下去。她這「黑煞掌」是祖父親傳，着實厲害，幸得她造詣不深，而石破天又內力深厚，才受傷甚輕，但烏黑的掌印卻終於留下了，非至半月之後，難以消退。她又是疼惜，又是歉仄，摟住了他腰，將臉頰貼在他左頰之上，哭道：「天哥，我眞不知道，原來你並沒復原。」

石破天玉人在抱，臉上也不如何疼痛，歎道：「叮叮噹噹，你一時生氣，一時喜歡，到底為了甚麼，我終究不明白。」

丁璫急道：「那……怎麼辦？那怎麼辦？」坐直了身子，在懷中取出一個瓷瓶，倒出一顆藥丸給他服下，道：「唉，但願不會留下疤痕才好。」

兩人偎依着坐在後梢頭，一時之間誰也不開口。

過了良久，丁璫將嘴湊到他耳邊，低聲道：「天哥，你生了這場病後，武功都忘記了，內力卻是忘不了的。我將那套擒拿手教你，於你有很大用處。」

石破天點點頭，道：「你肯教我，我用心學便了。」

丁璫伸出手指，輕輕撫摸他臉頰上烏黑的手掌印，心中好生過意不去，突然湊過口去，在那掌印上吻了一下。

霎時之間，兩人的臉都羞得通紅，心下均感甜蜜無比。

丁璫掠了掠頭髮，將一十八路擒拿手演給他看。當天教了六路，石破天都記住了。跟着兩人逐一拆解。次日又教了六路。

過得三天，石破天已將一十八路擒拿手練得頗爲純熟。這擒拿法雖只一十八路，但其中變化卻着實繁複。這三天之中，石破天整日只是與丁璫拆解。丁不三冷眼旁觀，有時冷言冷語，譏嘲幾句。到第四天上，石破天胸口劍創已大致平復。

丁璫眼見石郎進步極速，芳心竊喜，聽得丁不三又罵他「白痴」，問道：「爺爺，咱們丁家一十八路擒拿手，叫一個白痴來學，多少日子才學得會？」

丁不三一時語塞，眼見石破天確已將這套擒拿手學會了，那麼此人實在並非痴呆，這小子到底是裝假呢，還是當眞將從前的事情都忘了？他不肯輸口，強辯道：「有的白痴聰明，有的白痴愚笨。聰明的白痴，半天便會了，傻子白痴就像你的石郎，總得三天才能學會。」

丁璫抿嘴笑道：「爺爺，當年你學這套擒拿法之時，花了幾天？」丁不三道：「我那用着幾天？你曾祖爺爺只跟我說了一遍，也不過半天，爺爺就全學會了。」丁璫笑道：「哈哈，爺爺，原來你是個聰明白痴。」丁不三沉臉喝道：「沒上沒下的胡說八道。」

便在此時，一艘小船從下流趕將上來。當地兩岸空闊，江流平穩，但見那船高張風帆，又有四個人急速划動木槳，船小身輕，漸漸迫近丁不三的坐船。船頭站着兩名白衣漢子，一人縱聲高叫：「姓石的小子是在前面船上麼？快停船，快停船！」

丁璫輕輕哼了一聲，道：「爺爺，雪山派有人追趕石郎來啦。」丁不三眉花眼笑，道：「讓他們捉了這白痴去，千刀萬剮，才趁了爺爺的心願。」丁璫問道：「捉聰明白痴？還是捉傻子白痴？」丁不三道：「自然是捉傻子白痴，誰敢來捉聰明白痴？」丁璫微笑道：「不錯，聰明白痴武功這麼高，又有誰敢得罪他半分。」丁不三一怔，怒道：「小丫頭，你敢繞彎子罵爺爺？」丁璫道：「雪山派殺了你的孫女婿，日後長樂幫問你要人，丁三老爺不大有面子罷？」丁不三道：「爲甚麼沒面子？有面子得很。」自覺這句話難以自圓其說，便道：「誰敢說丁老三沒面子，我扭斷他的脖子。」

丁璫自言自語：「旁人諒來也不敢說甚麼，就只怕四爺爺要胡說八道，說他倘若有個孫女婿，就決不能讓人家殺了。不知道爺爺敢不敢扭斷自己親兄弟的脖子？就算有這個膽子，也不知有沒這份本事。」丁不三大怒，說道：「你說老四的武功強過我的？放屁，放屁！他比我差得遠了。」

說話之間，那小船又追得近了些。只聽得兩名白衣漢子大聲叱喝：「兀那漢子，瞧你似是長樂幫石中玉那小子，怎地不停船？」

石破天道：「叮叮噹噹，有人追上來啦，你說怎麼辦？」

丁璫道：「我怎知怎麼辦？你這樣一個大男人，難道半點主意也沒有？」

便在此時，那艘小船已迫近到相距丈許之地，兩名白衣漢子齊聲呼喝，縱身躍上石破天的坐船後梢。兩人手中各執長劍，耀日生光。

石破天見這二人便是在土地廟中會過的雪山派弟子，心想：「不知我甚麼地方得罪了他們，這些雪山派的人如此苦苦追我？」只聽得嗤的一聲，一人已挺劍向他肩頭刺來。石破天在這三日中和丁璫不斷拆解招式，往往手脚稍緩，便被她扭耳拉髮，吃了不少苦頭，此刻身手上的機變迅捷，比之當日在土地廟中和石清夫婦對招之時已頗爲不同，眼見劍到，也不遑細思，隨手使出第八招「鳳尾手」，右手繞個半圓，欺上去抓住那人手腕一扭。

那人「啊」的一聲，撤手拋劍。石破天右肘乘勢抬起，拍的一聲，正中那人下頦。那人下巴立碎，滿口鮮血和着十幾枚牙齒都噴出船板之上。

石破天萬萬料不到這招「鳳尾手」竟如此厲害，不由得嚇得呆了，心中突突亂跳。第二名雪山弟子本欲上前夾擊，突見一霎之間，同來的師兄便已身受重傷。這師兄武功比他爲高，料想自己若是上前，也決計討不了好去，當即搶上去抱起師兄。此時那小船已和大船並肩而駛，那人挾着傷者躍回小船，喝令收篷扳梢。

眼見小船掉轉船頭，順流東下，不多時兩船相距便遠。但聽得怒罵之聲順着東風隱隱傳來。石破天瞧着船板上的一灘鮮血，十幾枚牙齒，又是驚訝，又是好生歉仄，兀自喃喃的道：「這……這可當眞對不住了！」

丁璫從船艙中出來，走到他身旁，微笑道：「天哥，這一招『鳳尾手』乾淨利落，使得可着實不錯啊。」石破天搖頭道：「你怎事先沒跟我說明白？早知道一下會打得人家如此厲害，這功夫我也就不學了。」丁璫心頭一沉，尋思：「這獃子傻病發作，又來說獃話了。」說道：「既學武功，當然越厲害越好。剛才你這一招『鳳尾手』若不是使得恰到好處，他的長劍早已刺通你的肩頭。你不傷人，人便傷你。你喜歡打傷人家呢，還是喜歡讓人家打傷？打落幾枚牙齒，那是最輕的傷了。武林中動手過招，隨時隨刻有性命之憂。你良心好，對方卻良心不好，你若給人家一劍殺了。良心再好，又有甚麼用？」

石破天沉吟道：「最好你教我一門功夫，既不會打傷打死人家，又不會讓人家打傷打死我。大家嘻嘻哈哈的，只做朋友，不做敵人。」丁璫苦笑道：「獃話連篇，滿嘴廢話！咱們學武之人，動上手便是拚命，你道是捉迷藏、玩泥沙嗎？」石破天道：「我喜歡捉迷藏、玩泥沙，不喜歡動手拚命。可惜一直沒人陪我捉迷藏，阿黃又不會。」丁璫越聽越惱，嗔道：「你這胡塗蛋，誰跟你說話，就倒足了霉。」賭氣不再理他，回到艙中和衣而睡。

丁不三道：「是嗎？我說他是白痴，終究是白痴。武功好是白痴，武功不好也是白痴，不如趁早殺了，免得生氣。」

丁璫尋思：「石郎倘若眞的永遠這麼胡塗，我怎能跟他廝守一輩子？倒也不如眞的依爺爺之言，一刀將他殺了，落得眼前清淨。」但隨即想到他大病之前的種種甜言蜜語，就算他一句話不說，只要悄悄的向自己瞧上一眼，那也是眉能言，目能語，風流蘊藉之態，眞教人如飲美酒，心神俱醉，別後相思，實是顛倒不能自已，萬不料一場大病，竟將一個英俊機變的俏郎君，變成了一段迂腐遲鈍的呆木頭。她越想越是煩惱，不由得珠淚暗滴，將一張薄被蒙住了頭。

丁不三道：「你哭又有甚麼用？又不能把一個白痴哭成才子！」丁璫怒道：「我把一個儍子白痴哭成了聰明白痴，成不成？」丁不三怒道：「又來胡說八道！」

丁璫不住飲泣，尋思：「瞧雪山派那花萬紫姑娘的神情，對石郎怒氣沖沖的，似乎還沒給他得手。他見到美貌姑娘居然不會輕薄調戲，那還像個男子漢大丈夫？我眞的嫁了這麼個規規矩矩的呆木頭，做人有甚麼樂趣？」

她哭了半夜，又想：「我已和他拜堂成親，名正言順的是他妻子。這幾日中，白天和他練功夫，他就只一本正經的練武，從來不乘機在我身上碰一下、摸一把。晚上睡覺，相距不過數尺，可是別說不來親我一親，連我的手脚也不來捏一下，那像甚麼新婚夫婦？別說新婚夫婦，就算是七八十歲的老夫老妻，也該親熱一下啊。」

耳聽得石破天睡在後梢之上，呼吸悠長，睡得正香，她怒從心起，從身畔摸過柳葉刀，輕輕拔刀出鞘，咬牙自忖：「這樣的呆木頭老公，留在世上何用？」悄悄走到後梢，心道：「石郎石郎，這是你自己變了，須莫怪我心狠。」提起刀來正要往他頭上斫落，終於心中一軟，將他肩頭輕輕扳過，要在他臨死之前再瞧他最後一眼。

石破天在睡夢中轉過身來，淡淡的月光洒在他臉上，但見他臉上笑容甚甜，不知在做甚麼好夢。丁璫心道：「你轉眼便要死了，讓你這好夢做完了再殺不遲，左右也不爭在這一時半刻。」當下抱膝坐在他身旁，凝視着他的臉，只待他笑容一斂，揮刀便斫將下去。

過了一會，忽聽得石破天迷迷糊糊說道：「叮叮噹噹，你……你爲甚麼生氣？不過……不過你生起氣來，模樣兒很好看，是眞的……眞的十分好看……我就看上一百天，一千天，也決不會夠，一萬天……十萬天，不，五千天……也是不夠……」

丁瑺靜靜的聽着，不由得心神盪漾，後道：「石郎，石郎，原來你在睡夢之中，也對我念念不忘。這般好聽的話若是白天裏跟我說了，豈不是好？唉，總有一天，你的胡塗病根子好了，會跟我說這些話。」眼見船舷邊露水沾濕了木板，石破天衣衫單薄，心生憐惜，將艙裏一張薄被扯了出來，輕輕蓋在他身上，又向他痴痴的凝視半天，這才回入艙中。

只聽得丁不三罵道：「半夜三更，一隻小耗子鑽來鑽去，便是膽子小，想動手卻不敢，有甚麼屁用？也不知是不是我丁家的種？」

丁瑺知道自己的舉止都教爺爺瞧在眼裏了，這時她心中喜歡，對爺爺的譏刺毫不在意，心中反來覆去只是想着這幾句話：「不過你生起氣來，模樣兒很好看……我看上一萬天，十萬天，也是不夠。」突然間噗哧一聲，笑了出來，心道：「這白痴天哥，便在睡夢中說話，也是痴痴的。咱們就活了一百歲，也不過三萬六千日，那有甚麼十萬天可看？」

她又哭又笑的自己鬧了半天，直到四更天時才朦朧睡去，但睡不多時，便給石破天的聲音驚醒，只聽得他在後梢頭大聲嚷道：「咦，這可眞奇了！叮叮噹噹，你的被子，半夜裏怎麼會跑到我身上來？難道被子生脚的麼？」

丁瑺大羞，從艙中一躍而起，搶到後梢，只聽石破天手中拿着那張薄被，說道：「叮叮噹噹，你說這件事奇怪不奇怪？這被子……」丁璫滿臉通紅，夾手將被子搶了過來，低聲喝道：「不許再說了，被子生脚，又有甚麼奇怪？」石破天道：「被子生脚還不奇怪？你說被子的脚在那裏？」

丁璫一側頭，見那老梢公正在拔篙開船，似笑非笑的斜視自己，不由得一張臉更是羞得如同紅布相似，嗔道：「你還說？」左手便去扭他的耳朶。

石破天右手一抬，自然而然的使出「十八路擒拿手中的「鶴翔手」。丁璫右手迴轉，反拿他脅下。石破天左肘橫過，封住了她這一拿，右手便去抓她肩頭。丁璫將被子往船板上一抛，回了一招，她知石破天內勁凌厲，手掌臂膀不和他指掌相接。霎時之間兩人已拆了十餘招。丁璫越打越快，石破天全神貫注，居然一絲不漏，待拆到數十招後，丁璫使一招「龍騰爪」，直抓他頭頂。石破天反腕格去，這一下出手奇快，丁璫縮手不及，已被他五指拂中了手腕穴道，只覺一股強勁的熱力自腕而臂，自臂而腰，直轉了下去。這股強勁的內力又自腰間直傳至腿上，丁璫站立不穩，身子一側，便倒了下來，正好摔在薄被上。

石破天童心大起，俯身將被子在她身上一裹，抱了起來，笑道：「你爲甚麼扭我？我把你抛到江裏餵大魚。」丁璫給他抱着，雖是隔着一條被子，也不由得渾身酸軟，又羞又喜，笑道：「你敢！」石破天笑道：「爲甚麼不敢？」將她連人帶被的輕輕一送，擲入船艙。

丁璫從被中鑽了出來，又走到後梢。石破天怕她再打，退了一步，雙手擺起架式。

丁璫笑道：「不玩啦！瞧你這副德性，拉開了架子，倒像是個莊稼漢子，那有半點武林高手的風度！」石破天笑道：「我本來就不是武林高手。」丁璫道：「恭喜，恭喜！你這套擒拿手法已學會了，青出於藍，連我做師父的也已不是徒兒的對手了。」

丁不三在船艙中冷冷的道：「要和雪山派高手白萬劍較量，卻還差着這麼老大一截。」

丁璫道：「爺爺，他學功夫學得這麼快。只要跟你學得一年半載，就算不能天下無敵，做你的孫女壻，卻也不丟你老人家的臉了。」丁不三冷笑道：「丁老三說過的話，豈有改口的？第一、我說過他既要娶你為妻，永遠就別想學我武藝；第二、我限他十天之內打敗白萬劍。再過得五天，他性命也不在了，還說甚麼一年半載？」

丁璫心中一寒，昨天晚上還想親手去殺死石破天，今日卻已萬萬捨不得石郎死於爺爺之手，但爺爺說過的話，確是從來沒有不算數的，這便如何是好？思前想後，只有照着原來的法子，從這一十八路擒拿手中別出機謀。

於是此後幾天之中，丁璫除了吃飯睡覺，只是將這一十八路擒拿手的諸般變化，反來覆去的和石破天拆解。到得後來，石破天已練得純熟之極，縱然不借強勁的內力，也已勉強可和丁璫攻拒進退，拆個旗鼓相當。

第八天早晨，丁不三咳嗽一聲，說道：「只剩下三天了。」

丁璫道：「爺爺，你要他去打敗白萬劍，依我看也不是甚麼難事。白萬劍雪山派的劍法雖然厲害，總還不是我丁家的武功可比。石郎這套擒拿手練得差不多了。單憑一雙空手，便能將那姓白的手中長劍奪了下來。他空手奪人長劍，算不算得是勝了？」

丁不三冷笑道：「小丫頭說得好不稀鬆！憑他這一點子能耐，便能將『氣寒西北』手中長劍奪將下來？我叫你乘早別發清秋大夢。就是你爺爺，一雙空手只怕也奪不下那姓白的手中長劍。」丁璫道：「原來連你也奪不下，那麼你的武功我瞧……哼，哼，也不過……哼，哼！」丁不三怒道：「甚麼哼哼？」丁璫仰頭望着天空，說道：「哼哼就是哼哼，就是說你武功了得。」丁不三道：「你說甚麼鬼話？哼哼就是說我武功稀鬆平常。」丁璫道：「你自己說你武功稀鬆平常，可不是我說的。」丁不三道：「你哼哼也好，哈哈也好，總而言之，十天之內他不能打敗白萬劍，我就殺了這白痴。」

丁璫嘟起了小嘴，說道：「你叫他十天之內去打敗白萬劍，但若十天之內找不到那姓白的，可不是石郎的錯。」丁不三道：「我說十天，就是十天。找得到也好，找不到也好，十天之內不將他打敗，我就殺了這小白痴。」丁璫急道：「現下只剩三天了，卻到那裏找白萬劍去？你……你……你當眞是不講道理。」丁不三笑道：「丁不三若講道理，也就不是丁不三了。你到江湖上打聽打聽，丁不三幾時講過道理了？」

到第九天上，丁不三嘴角邊總是掛着一絲微笑，有時斜睨石破天，眼神極是古怪，帶着三分卑視，卻有七分殺氣。

丁璫知道爺爺定是要在第十天上殺了石郎，這時候別說石破天的武功仍與白萬劍天差地遠，就算當眞勝得了他，短短兩天之中，茫茫大江之上，卻又到那裏找這「氣寒西北」去？

這日午後，丁璫和石破天拆了一會擒拿手，臉頰暈紅，她打了個呵欠，說道：「八月天時，還這麼熱！」坐在石破天身邊，指着長江中並排而游的兩隻水鳥，說道：「天哥，你瞧這對夫妻水鳥在江中游來游去，何等逍遙快樂，若是一箭把雄鳥射死了，雌鳥孤苦伶仃的，豈不可憐？」石破天道：「我以前在山裏打獵、射鳥的時候，倒也沒想到它是雌是雄，依你這麼說，我以後只揀雌鳥來射罷！」丁璫歎了口氣，心道：「我這石郎畢竟痴痴呆呆。」又打個呵欠，斜身依着石破天，將頭靠在他肩上，合上了眼。

石破天道：「叮叮噹噹，你倦了嗎？我扶你到船艙裏睡，好不好？」丁璫迷迷糊糊的道：「不，我就愛這麼睡。」石破天不便拂她之意，便任由她以自己左肩爲枕，只聽得她氣息悠長，越睡越沉，一頭秀髮擦在自己左頰之上，微感痲癢，卻也是說不出的舒服。

突然之間，一縷極細微的聲音鑽入了自己左耳，輕如蜂鳴，幾不可辨：「我跟你說話，你只聽着，不可點頭，更不可說話，臉上也不可露出半點驚奇的神氣。你最好閉上眼睛，假裝睡着，再發出一些鼾聲，以便遮掩我的話聲。」

石破天大感奇怪，還道她是在說夢話，斜眼看去，但見她長長的睫毛覆蓋雙眼，突然間左眼張開，向他霎了兩下，隨即又閉上了。石破天當即省悟：「原來她要跟我說說幾句秘密話兒，不讓爺爺聽見。」於是也打了個呵欠，說道：「好倦！」合上了眼睛。

丁璫心下暗喜：「天哥畢竟不是白痴，一點便透，要他裝睡，他便裝得眞像。」又低聲道：「爺爺說你武功低微，又是個白痴，不配做他的孫女壻兒。十天的期限，明天便到，他定要將你殺死。咱們又找不着白萬劍，就算找到了，你也打他不過。唯一的法子，只有咱夫妻倆脫身逃走，躱到深山之中，讓爺爺找你不到。」

石破天心道：「好端端地，爺爺怎麼會殺我，叮叮噹噹究竟是個小孩子，將爺爺的笑話也當了眞，不過她說咱兩個躱到深山今中，讓爺爺找不到，那倒好玩得很。」他一生之中，都是二人共處深山，自覺那是自然不過的生涯，這些日子來遇到的事無不令他茫然失措，實深盼得能回歸深山，想到此後相伴的竟是個美麗可愛的叮叮噹噹，不由得大是興奮。

丁璫又道：「咱兩個若是上岸逃走，定給爺爺追到，無論如何是逃不了的。你記好了，今晚三更時分，我突然抱住爺爺，哭叫：『爺爺，你饒了石郎，別殺他，別殺他！』你便立刻搶進艙來，右手使『虎爪手』，抓住爺爺的背心正中，左手使『玉女拈針』拿住他後腰。記着，聽到我叫『別殺他』，你得趕快動手，是『虎爪手』和『玉女拈針』。爺爺被我抱住雙臂，一時不能分手抵擋，你內力很強，這麼一拿，爺爺便不能動了。」

石破天心道：「叮叮噹噹眞是頑皮，叫我幫忙，開爺爺這樣一個大玩笑，卻不知爺爺會不會生氣？也罷，她既愛鬧着玩，我順着她意思行事便了。想來倒是有趣得緊。」

丁璫又低聲道：「這一抓一拿，可跟我二人生死攸關。你用左手摸一下我背心的『靈台穴』，那『虎爪手』該當抓在這裏。」石破天仍是閉着眼睛，慢慢提起左手，在丁璫「靈台穴」上輕輕撫摸一下。丁璫道：「是啦，黑暗之中出手要快，認穴要準，我拚命抱住爺爺，只能挨得一霎時間，只要他一驚覺，立時便能將我摔開，那時你萬難抓得到他了。你再輕輕碰我後腰的『懸樞穴』，且看對是不對。那『玉女拈針』這一招，只用大拇指和食指兩根中指，勁力要從指尖直透穴道。」

石破天左手緩緩移下，以兩根手指在他後腰「懸樞穴」上輕輕搔爬了一下，他這時自是絲毫沒有使勁，不料丁璫是黃花閨女，份外怕癢，給他在後腰上這麼輕輕一搔，忍不住格的一聲笑了出來，笑喝：「你胡鬧！」石破天哈哈大笑。丁璫也伸手去他脅下呵癢。兩人嘻嘻哈哈，笑作一團，把裝睡之事全然置之腦後。

這日黃昏時分，老梢公將船泊在江邊的一個小市鎮旁，上岸去沽酒買菜。丁瑺道：「天哥，咱們也上岸去走走。」石破天道：「甚好！」丁瑺攜了他手，上岸閒行。

那小市鎮只不過八九十家人家，倒有十來家是魚行。兩人行到市梢，眼看身旁無人。石破天道：「爺爺在船艙中睡覺，咱們這麼拔足便走，豈不就逃走了？」他只盼儘早與丁瑺躲入深山。丁瑺搖頭道：「那有這麼容易？就是讓咱們逃出十里二十里，他一樣也能追上。」

忽聽得背後一人粗聲道：「不錯，你便是逃出一千里，一萬里，咱們一樣也能追上。」石破天和丁瑺回過頭來，只見兩名漢子從一棵大樹後轉了出來，向着二人獰笑。石破天識得這兩人便是雪山派中的呼延萬善和聞萬夫，不由得一怔，心下暗暗驚懼。

原來雪山派兩名弟子在長江中發見了石破天的蹤迹，上船動手，其一身受重傷。白萬劍得報，分遣衆師弟水陸兩路追尋。呼延萬善和聞萬夫這一撥乘馬溯江向西追來，竟在這小鎮上和石破天相遇。呼延萬善爲人持重，心想自己二人未必是這姓石小子的對手，正想依着白師兄的囑咐發射沖天火箭傳訊，不料聞萬夫忍耐不住，登時叫了出來。

丁瑺也是一驚：「這二人是雪山派弟子，不知白萬劍是否便在左近？倘若那姓白的也趕了來，爺爺逼着石郎和他動手，那可糟了。」向二人橫了一眼，啐道：「我們自己說話，誰要你們插口？天哥，咱們回船去。」石破天也是心存怯意，點了點頭，兩人轉身便走。

聞萬夫向來便瞧不起這師姪，心想：「王萬仞王師哥、張萬風張師弟兩人都折在這小子手下，也不知他二人怎麼搞的。這小子要是當眞武功高強，怎麼會一招之間便給白師哥擒了來？我今日將他擒了去，那可是大功一件，從此在本門中出人頭地。」當即喝道：「往那裏走？姓石的小子，乖乖跟我走罷！」口中叱喝，左手便向石破天肩頭抓來。

石破天側身避過，使出丁璫所教的擒拿手法，橫臂格開來招。聞萬夫一抓不中，飛脚便向石破天小腹上踢去。

這一脚如何拆解，石破天卻沒學過。他這半天中，心頭反來覆去的便是想着「虎爪手」和「玉女拈針」兩招，危急之際，所想起的也只這兩招。但聞萬夫和他相對而立，這兩招攻人後心的手法卻全然用不上，這時他也顧不得合式不合式，拔步便搶向對方身後。他內功深厚，轉側便捷無比，這麼一奔，便已將聞萬夫那一足避過，同時右手「虎爪手」抓他「靈台穴」，左手「玉女拈針」拿他「懸樞穴」，內力到處，聞萬夫微一痙攣，便即萎倒。

呼延萬善正欲上前夾攻，突見石破天已拿住師弟要穴，情急之下不及抽劍，揮拳往石破天腰間擊來。他這一拳用上了十成勁力，波的一響，跟着喀喇一聲，右臂竟爾震斷。

石破天卻只腰間畧覺疼痛，鬆手放開聞萬夫時，只見他縮成了一團，毫不動彈，扳過他肩頭，見他雙目上挺，神情甚是可怖。石破天吃了一驚，叫道：「啊喲，不好，叮叮噹噹，他……他……他怎麼忽然抽筋，莫非……莫非死了？」

丁璫格的一笑，道：「天哥，你這兩招使得甚好，只不過慌慌張張的，姿勢太也難看。你這麼一拿，他死是不會死的，殘廢卻免不了，雙手雙脚，總得治上一年半載罷。」

石破天伸手去扶聞萬夫，道：「眞……眞對不起，我……我不是有意傷你，那怎麼……

怎麼辦？叮叮噹噹，得想法子給他治治？」丁璫伸手從聞萬夫身畔抽出長劍，道：「你要讓他不多受苦楚？那容易得緊，一劍殺了就是。」石破天忙道：「不行，不行！」

呼延萬善怒道：「你這兩個無恥小妖。雪山派弟子能殺不能辱。今日老子師兄弟折在你手裏，快快把我們兩個都殺了。多說這些氣人的話幹麼？」

石破天深恐丁璫眞的將聞萬夫殺了，忙奪下她手中長劍，在地下一插，說道：「叮叮噹噹，快……快回去罷。」拉着她衣袖，快步回船。丁璫哂道：「聽人說長樂幫石幫主心狠手辣，殺人不眨眼，怎地忽然婆婆媽媽起來？剛才之事，可別跟爺爺說。」石破天道：「是，我不說，你說那個人，他……他當眞會手足殘廢？」丁璫道：「你拿了他兩處要穴，若還不能令他手足殘廢，咱們丁家這一十八路擒拿手法還有甚麼用處？」石破天道：「那怎麼你叫我待會也這麼去擒拿爺爺？」丁璫笑道：「傻哥哥，爺爺是何等樣人物，豈可和雪山派中這等膿包相比？你若僥倖能拿住爺爺這兩處要穴，又能使上內力，最多令他兩三個時辰難以行動，難道還能叫他殘廢了？」

石破天心頭栗六，怔忡不安，只是想着聞萬夫適才的可怖模樣。

這一晚迷迷糊糊的半醒半睡，到得半夜，果然聽得丁璫在船艙中叫了起來：「爺爺，爺爺，你饒了石郎性命，別殺他，別殺他！」石破天急躍而起，搶到艙中，朦朧中只見丁璫抱了丁不三的上身，不住的叫：「爺爺，別殺石郎！」

石破天伸出雙手，便要往丁不三後心抓去，陡然想起聞萬夫縮成一團的可怖神情，心道：「我這雙手抓將下去，倘若將爺爺也抓成這般模樣，那可太對不起他，我……我決計不可。」

當即悄悄退出船艙，抱頭而睡。

丁璫眼見石破天搶進艙來，時刻配合得恰到好處，正欣喜間，不料他遲疑片刻，便即退出，功敗垂成，不由得又急又怒。

石破天回到後梢，心中兀自怦怦亂跳，過了一會，只聽得丁璫道：「啊喲，爺爺，我怎麼抱着你？我……我剛才做了個惡夢，夢見你將石郎打死了，我求你……求你饒他性命，你總是不答應，謝天謝地，只不過是個夢。」

卻聽丁不三道：「你做夢也好，不做夢也好，天一亮便是咱們說好了的第十天。且瞧他這一日之中，能不能找到白萬劍來將他打敗了。」丁璫歎了口氣，說道：「我知道石郎不是白痴！」丁不三道：「是啊，他良心好！良心好的人便是傻子，便是白痴，該死之極。唉，以『虎爪手』抓『靈台穴』，以『玉女拈針』拿『懸樞穴』，妙計啊妙計！就可惜白痴良心好，不忍下手。不忍下手，就是白痴，白痴就是該死。」

這幾句話鑽入了艙內艙外丁璫和石破天耳裏，兩人同時大驚：「爺爺怎知道我們的計策？」石破天還不怎麼樣，丁璫卻不由得遍體都是冷汗，心想：「原來爺爺早已知曉，那麼暗中自必有備，天哥剛才沒有下手，也不知是福是禍？」

石破天渾渾噩噩，卻絕不信次日丁不三眞會下手殺他，過不多時，便即睡着了。

天剛破曉，忽聽得岸上人聲喧嘩，紛紛叫嚷：「在這裏了！」「便是這艘船。」「別讓老妖怪走了！」石破天坐起身來，只見岸邊十多人手提燈籠火把，奔到船邊，當先四五人搶上船頭，大聲叱喝：「老妖怪在那裏？害人老妖往那裏逃？」

丁不三從船艙中鑽了出來，喝道：「甚麼東西在這裏大呼小叫的？」一條漢子喝道：「是他，是他！快潑！」他身後兩人手中拿着竹做的噴筒，對準丁不三，兩股血水向他急速射去。岸上衆人歡呼吆喝：「黑狗血洒中老妖怪，他就逃不了！」

可是這兩股狗血那裏能濺中丁不三半點？他騰身而起，心下大怒：「那裏來的妄人，當老夫是妖怪，用黑狗血噴我？」旁人不去惹他，他喜怒無常之時，舉手便能殺人，何況有人欺上頭來？他身子落下來時，雙脚齊飛，踢中兩名手持噴筒的漢子，跟着呼的一掌，將當先的大漢擊得直飛出去。這三人都不會甚麼武功，中了這江湖怪傑的拳脚，那裏還有性命？兩個人當即死在船頭，當先的那條大漢在半空中便狂噴鮮血。

丁不三又要擧脚向餘人掃去，忽聽得丁璫在身後冷冷的道：「爺爺，一日不過三！」

丁不三一怔，盛怒之下，險些兒忘了自己當年立下的毒誓，這一脚離那船頭漢子已不過尺許，當下硬生生的收了回來。

衆人嚇得魂飛魄散，叫道：「老妖怪厲害，快逃，快逃！」霎時之間逃了個乾乾淨淨，燈籠火把有的抛在江中，有的丟在岸上。三具屍首一在岸上，二在船頭，誰也顧不得了。

丁不三將船頭的屍首踢入江中，向梢公道：「快開船，再有人來，我可不能殺啦！」那梢公嚇得呆了，雙手不住發抖，幾乎無力拔篙。丁不三提起竹篙，將船撑離岸邊。狗血沒射到人，卻都射在艙裏，腥氣難聞。

丁不三冷冷的道：「阿璫，你搗這鬼爲了甚麼？」丁璫笑道：「爺爺，你說過的話算不算數？」丁不三道：「我幾時說過話不算數了？」丁璫道：「好，你說十天一滿，若是石郎沒將那姓白的打敗，便要殺他。今日是第十日，可是你已經殺了三個人啦！」

丁不三一凜，怒道：「小丫頭，詭計多端，原來爺爺上了你的惡當。」

丁璫極是得意，笑吟吟的道：「丁家三老爺素來說話算數，你說在第十天上定要殺了這小子，可是『一日不過三』，你已殺了三個人，這第四個人，便不能殺了。你既在第十天上殺他不得，以後也就不能再殺了。我瞧你的孫女壻兒也不是眞的甚麼白痴，等他身子慢慢復原，武功自會大進，包不丟了你的臉面便是。」

丁不三伸足在船頭用力一蹬，喀的一聲，船頭木板登時給他踹了一個洞，怒道：「不成，不成！丁不三折在你小丫頭手下，便已丟了臉。」丁璫笑道：「我是你的孫女兒，大家是一家人，有甚麼丟不丟臉的？這件事我又不會說出去。」丁不三怒道：「我輸了便心中不痛快，你說不說有甚麼相干？」丁璫道：「那就算是你贏好了。」丁不三道：「輸便輸，贏便贏。我又不是你那不成器的四爺爺，他小時候跟我打架，輸了反而自吹是贏了。」

石破天聽着他祖孫二人對話，這才恍然大悟，原來那些人是丁璫故意引了來給她爺爺殺的，好讓他連殺三人之後，限於「一日不過三」的規定，便不能再殺他，眼看丁不三於一瞬間連殺三人的兇狠神態，那麼要殺死自己的話，只怕也不是開玩笑了；見丁璫笑嘻嘻的走到後梢，便道：「叮叮噹噹，你爲了救我性命，卻無緣無故的害死了三人，那不是……不是太也殘忍了麼？」丁璫臉一沉，說道：「是你害的，怎麼反而怪起我來了？」石破天惘然道：「是……是我害的？」丁璫道：「怎麼不是？昨晚你事到臨頭，不敢動手。否則咱二人早已逃得遠遠的了，又何至累那三人無辜送命？」

石破天心想這話倒也不錯，一時說不出話來。

忽聽得丁不三哈哈大笑，說道：「有了，有了！姓石的小子，爺爺要挖出你的眼珠子，斬了你的雙手，教你死是死不了，卻成爲一個廢人。我只須不取你性命，那就不算破了『一日不過三』的規矩。」丁璫和石破天面面相覷，神色大變。

丁不三越想越得意，不住口的道：「妙計，妙計！小白痴，我不殺死你，卻將你弄成人不像人，鬼不像鬼。阿璫哪，那總可以的罷？」丁璫一時無辭可辯，只得道：「這第十天又沒過，說不定待會就遇到白萬劍，石郎又出手將他打敗了呢？」丁不三呵呵而笑，道：「不錯，不錯，咱們須得公平交易，童叟無欺。爺爺等到今晚三更再動手便了。」

丁璫愁腸百結，再也想不出別的法子來令石破天脫此危難。偏偏石破天似是仍不知大禍臨頭，反來問她：「你爲甚麼皺起了眉頭，有甚麼心事？」丁璫嗔道：「你沒聽爺爺說麼？他要挖了你的眼珠子，斬了你的雙手。」石破天笑道：「爺爺說笑話嚇人呢，你也當眞！他挖了我眼睛、斬了我雙手去，又有甚麼用？我又沒得罪他。」

丁璫由嗔轉怒，心道：「這人行事婆婆媽媽，腦筋胡裏胡塗，我一輩子跟着他確也沒趣得緊，爺爺要殺他，讓他死了便是。」但想到爺爺待會將他挖去雙目、斬去雙手，自己如果回心轉意，又要起他來，我叮叮噹噹嫁了這麼一個沒眼沒手的丈夫，更加無味已極。

眼見太陽漸漸西沉，丁璫面向船尾，見自己和石破天的影子雙雙浮在江面之上，就像是游泳一般，隨舟逐波而西。丁璫側過身來，見石破天背脊向着自己，她雙手伸出，便向他背心要穴拿去。她右手使「虎爪手」抓住石破天背心「靈台穴」，左手以「玉女拈針」拿他「懸樞穴」。石破天絕無防備，被她拿住後立時全身酸軟，動彈不得。

丁璫卻受到他內力震盪，身子向後反彈，險些墮入江中，伸手抓住船篷，罵道：「爺爺要挖你雙眼，斬你雙手，你這種廢人留在世上，就算不丟爺爺的臉，我叮叮噹噹也沒臉見人了。也不用爺爺動手，我自己先挖出你的眼珠子。」在後梢取過一條長長的帆索，將石破天雙手雙脚都縛住了，又將帆索從肩至脚，一圈又一圈的緊緊綑綁，少說也纏了八九十圈，直如一隻大粽子相似。

本來如此這般的被擒拿了穴道，一個對時中難以開口說話，但石破天內力深厚，四肢雖不能動，卻張口說道：「叮叮噹噹，你跟我鬧着玩嗎？」他話是這般說，但見着丁璫兇狠的神氣，也已知道大事不妙，眼神中流露出乞憐之色。丁璫伸足在他腰間狠狠踢了一脚，罵道：「哼，我跟你鬧着玩？死在臨頭，還在發你的清秋大夢，這般的傻蛋，我將你千刀萬剮，也是不寃。」颼的一聲，拔出了柳葉刀來，在石破天臉頰上來回擦了兩下，作磨刀之狀。

石破天大駭，說道：「叮叮噹噹，我今後總是聽你的話就是。你殺了我，我，我……我……可活不轉來啦！」丁璫恨恨的道：「誰要你活轉來了？我有心救你性命，你偏不照我吩咐。那是你自尋死路，又怪得誰來？我此刻不殺你，爺爺也會害你。哼，是我丈夫，要殺便由我自己動手，讓別人來殺我丈夫，我叮叮噹噹一世也不快活。」

石破天道：「你饒了我，我不再做你丈夫便是。」他說這幾句話，已是在極情哀求，只是自幼稟承母訓，不能向人求懇，這個「求」字卻始終不出口。

丁璫道：「天地也拜過了，怎能不做我丈夫？再囉唆，我一刀便砍下你的狗頭。」

石破天嚇得不敢再作聲。只聽得丁不三笑道：「很好，很好，妙得很！那才是丁不三的乖孫女兒。爽爽快快，一刀兩段便是！」

那老梢公見丁璫舉刀要殺人，嚇得全身發抖，舵也掌得歪了。船身斜裏橫過去，恰好迎面一艘小船順着江水激流衝將過來，眼見兩船便要相撞。對面小船上的梢公大叫：「扳梢，扳梢！」

丁璫提起刀來，落日餘暉映在刀鋒之上，只照得石破天雙目微眯，猛見丁璫手臂往下急落，拍的一聲響，這一刀卻砍得偏了，砍在他頭旁數寸處的船板上。丁璫隨即撤手放刀，雙手抓起石破天的身子，雙臂運勁向外一拋，將他向着擦舟而過的小船船艙摔去。

丁不三見孫女突施詭計，怒喝：「你……你幹甚麼？」飛身從艙中撲出，伸手去抓石破天時，終究慢了一步。江流湍急，兩船瞬息間已相距十餘丈，丁不三輕功再高，卻也無法縱跳過去。他反手重重打了丁璫一個耳光，大叫：「回舵，回舵，快追！」

但長江之中風勁水急，豈能片刻之間便能回舵？何況那小船輕舟疾行，越駛越遠，再也追不上了。

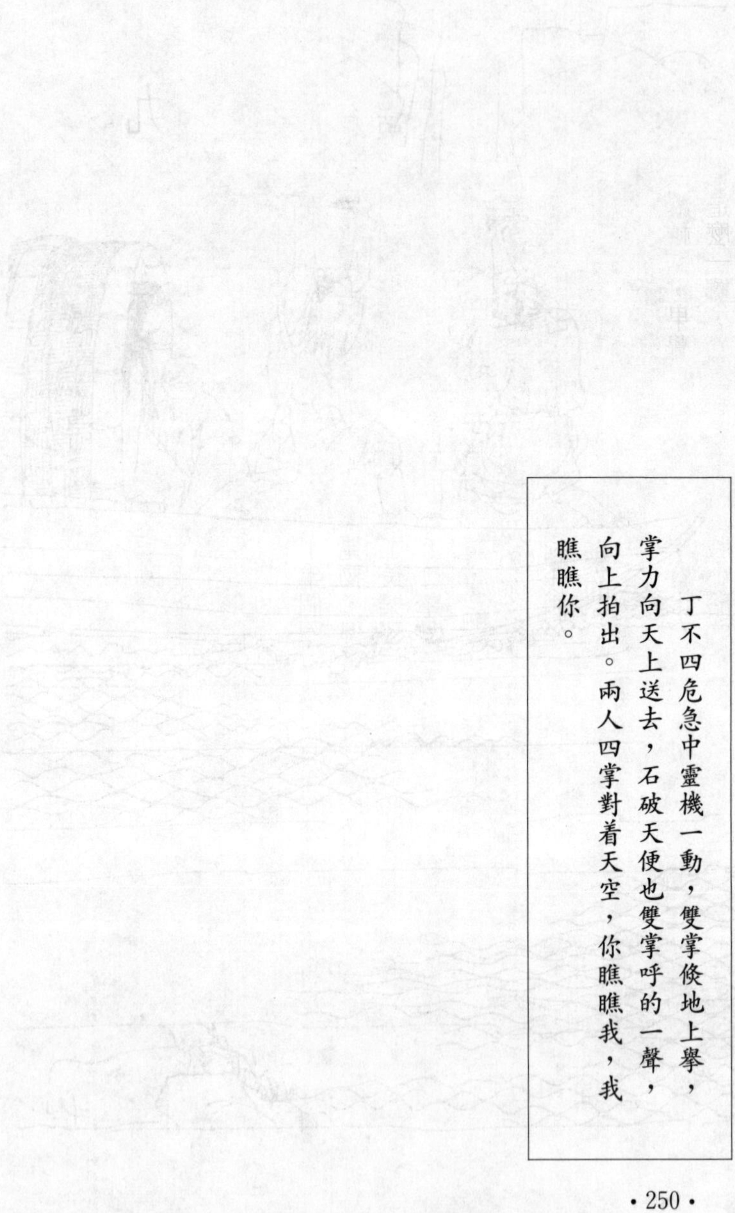

丁不四危急中靈機一動，雙掌倏地上舉，掌力向天上送去，石破天便也雙掌呼的一聲，向上拍出。兩人四掌對着天空，你瞧瞧我，我瞧瞧你。

九 大粽子

石破天耳畔呼呼風響，身子在空中轉了半個圈，落下時臉孔朝下俯伏，但覺着身處甚是柔軟，倒也不感疼痛，只是黑沉沉的目不見物，但聽得耳畔有人驚呼。他身不能動，也不敢開口說話，鼻中聞到一陣幽香，似是回到了長樂幫總舵中自己的床上。

微一定神，果然覺到是躺在被褥之上，口鼻埋在一個枕頭之中，枕畔卻另有一個人頭，長髮披枕，竟然是個女子。石破天大吃一驚，「啊」的一聲，叫了出來。

只聽得一個女子的聲音說道：「甚麼人？你……你怎麼……」石破天道：「我……我……」不知如何回答才是。那女子道：「你怎麼鑽到我們船裏？我一刀便將你殺了！」石破天大叫：「不，不是我自己鑽進來的，是人家摔我進來的。」那女子急道：「你……你……你快出去，怎麼爬在我被……被窩裏？」

石破天一凝神間，果覺自己胸前有褥，背上有被，臉上有枕，而且被褥之間更是頗爲溫暖，才知丁瑺這麼一擲，恰巧將他摔入這艘小船的艙門，穿入船艙中一個被窩；更糟的是，從那女子的話中聽來，似乎這被窩竟是她的。他若非手足被綁，早已急躍而起，逃了出去，偏生身上穴道未解，連一根手指也抬不起來，只得說道：「我動不得，求求你，將我搬了出去，推出去也好，踢出去也好。」

只聽得脚後一個蒼老的婦人聲音道：「這混蛋說甚麼胡話？快將他一刀殺了。」那女子道：「奶奶，若是殺了他，我被窩中都是鮮血，那……那怎麼辦？」語氣甚是焦急。那老婦怒道：「那是甚麼鬼東西？喂，你這混蛋，快爬出來。」

石破天急道：「我眞是動不得啊，你們瞧，我給人抓了靈台穴，又拿了懸樞穴，全身又給綁得結結實實，要移動半分也動不了。這位姑娘還是太太，你快起來罷，咱們睡在一個被窩裏，可……可實在不大妙。」

那女子啐道：「甚麼太太的？我是姑娘，我也動不了。奶奶，你……你快想個法子，這個人當眞是給人綁着的。」石破天道：「老太太，我求求你，勞你駕，把我拉出去。我……我得罪這位姑娘……唉……這個……眞是說不過去。」

那老婦怒道：「小混蛋，倒來說風涼話。」那姑娘道：「奶奶，咱們叫後梢的船家來把他提出去，好不好？」那老婦道：「不成，不成！這般亂七八糟的情景，怎能讓旁人見到？偏生你我又動彈不得，這……這……」

石破天心道：「莫非這位老太太和那姑娘也給人綁住了？」

那老婦不住口的怒罵：「小混蛋，臭混蛋，你怎麼別的船不去，偏偏撞到我們這裏來？阿綉，把他殺了，被窩中有血，有甚麼要緊？這人早晚總是要殺的。」那姑娘道：「我沒力氣殺人。」那老婦道：「用刀子慢慢的鋸斷了他喉管，這小混蛋就活不了。」

石破天大叫：「鋸不得，鋸不得！我的血髒得很，把這香噴噴的被窩弄得一塌胡塗，而且……而且……被窩裏有個死屍，也很不妙。」只聽得嚶的一聲，那姑娘顯是聽到「被窩裏有個死屍」這話甚是害怕，石破天心中一喜，聽那姑娘道：「奶奶，我拔刀子也沒力氣。」石破天道：「你沒力氣拔刀子，那再好也沒有了。我此刻動不得，你若是將我殺了，我就變成了僵屍，躺在你身旁，那有多可怕。我活着不能動，變成僵屍，就能動了，我兩隻冷冰冰的僵屍手握住你的喉嚨……」

那姑娘給他說得更加怕了，忙道：「我不殺你，我不殺你！」過了一會兒，又道：「奶奶，怎生想個法子，叫他出去？」那老婦道：「我在想哪，你別多說話。」

這時已然入夜，船艙中漆黑一團。石破天和那姑娘雖然同蓋一被，幸好擲進來時偏在一旁，沒碰到她身子，黑暗中只聽得那姑娘氣息急促，顯然十分惶急。過了良久，那老婦仍是沒想出甚麼法子來。

突然之間，遠處傳來兩下尖銳的嘯聲，靜夜中十分淒厲刺耳。跟着飄來一陣大笑之聲，聲音蒼老豪邁。那人邊笑邊呼：「小翠，我等了你一日一晚，怎麼這會兒才到？」

那姑娘急道：「奶奶，他……他迎上來了，那便如何是好？」那老婦哼了一聲，說道：「你再也別作聲，我正在凝聚真氣，但須足上經脈稍通，能有片刻動彈，我便往江心一跳，免得受這老妖之辱。」那姑娘急道：「奶奶，奶奶，那使不得。」那老婦怒道：「我叫你別來打擾我。奶奶投江之時，你跟不跟我去？」那姑娘微一遲疑，說道：「我……我跟着奶奶一塊兒死。」那老婦道：「好！」說了這個「好」後，便再也不作聲了。

石破天兩度嘗過這「走火」的滋味，心想：「原來這老太太和小姑娘都是練內功走火，以致動彈不得，偏生敵人在這當頭趕到，那當眞爲難之極。」

只聽下游那蒼老的聲音又叫道：「你愛比劍也好，鬥拳也好，丁老四定然奉陪到底。小翠，你怎麼不回答我？」這時話聲又已近了數十丈。過不多時，只聽得半空中嗆啷啷鐵鍊響動，跟着拍的一聲巨響，一件東西落到了船上，顯是迎面而來的船上有人擲來鐵錨鐵鍊。後梢的船家大叫：「喂，喂，幹甚麼？幹甚麼？」

石破天只覺坐船向右急劇傾側，不由自主的也向右滾去，那姑娘向他側過來，靠在他身上。石破天道：「這個……這個……你……」要想叫她別靠在自己身上，但隨即想起她跟自己一樣，也是動彈不得，話到口邊，又縮了回去。

跟着覺得船頭一沉，有人躍到了船上，傾側的船身又回復平穩。那老人站在船頭說道：「小翠，我來啦，咱們是不是就動手？」

後梢的船家叫道：「你這麼攪，兩艘船都要給你弄翻了。」那老人怒道：「狗賊，快給我閉了你的鳥嘴！」提起鐵錨擲出。兩艘船便即分開，同時順着江水疾流下去。船家見他如此神力，將一隻兩百來斤重的鐵錨擲來擲去，有如無物，嚇得撟舌不下，再也不敢作聲了。

那老人笑道：「小翠，我在船頭等你。你伏在艙裏想施暗算，我可不上你當。」

石破天心頭一寬，心想他一時不進艙來，便可多挨得片刻，但隨即想起，多挨片刻，未必是好，那老婦若能凝聚眞氣，便要挾了這小姑娘投江自盡，這時那姑娘的耳朵正挨在他口邊，便低聲道：「姑娘，你叫你奶奶別跳到江裏。」

那姑娘道：「她……她不肯的，一定要跳江。」一時悲傷不禁，流下淚來，眼淚既奪眶而出，便再也忍耐不住，抽抽噎噎的哭了起來，淚水滾滾，沾濕了石破天的臉頰。她哽咽道：「對……對不住！我的眼淚流到了你臉上。」這姑娘竟是十分斯文有禮。

石破天輕歎一聲，說道：「姑娘不用客氣，一些眼淚水，又算得了甚麼？」那姑娘泣道：「我不願意死。可是船頭那人很兇，奶奶說寧可死了，也不能落在他手裏。我……我的眼淚，眞對不住，你可別見怪……」只聽得船板格的一聲響，船艙彼端一個人影坐了起來。

石破天本來口目向下，埋在枕上，但滾動之下，已側在一旁，見到這人坐起，心中怦怦亂跳，顫聲說道：「姑……姑娘，你奶奶坐起來啦。」那姑娘「啊」的一聲，她臉孔對着石破天，已瞧不見艙中情景。過了一會，只聽石破天叫道：「老太太，你別抓她，她不願意陪你投江自盡，救人哪，救人哪！」

船頭上那老人聽到船艙中有個青年男子的聲音，奇道：「甚麼人大呼小叫？」

石破天道：「你快進來救人。老太太要投江自盡了。」

那老人大驚，一掌將船篷掀起了半邊，右手探出，已抓住了那老婦的手臂。那老婦凝聚了半天的眞氣立時渙散，應聲而倒。那老人一搭她的脈搏，驚道：「小翠，你是練功走了火嗎？幹麼不早說，卻在強撐？」那老婦氣喘喘的道：「放開手，別管我，快滾出去！」那老人道：「你經脈逆轉，甚是凶險，若不早救，只怕……只怕要成爲殘廢。我來助你一臂之力。」

那老婦怒道：「你再碰一下我的身子，我縱不能動，也要咬舌頭，立時自盡。」

那老人忙縮回手掌，說道：「你的手太陰肺經、手少陰心經、手少陽三焦經全都亂了，這個……這個……」那老婦道：「你一心一意只想勝過我。我練功走火，豈不是再好也沒有了？正好如了你的心願。」那老人道：「咱們不談這個。阿綉，你怎麼了？快勸勸你奶奶。你……你……咦！你怎麼跟一個大男人睡在一起，他是你的情郎，還是你的小女壻兒？」

阿綉和石破天齊聲道：「不，不是的，我們都動不了啦。」

那老人大是奇怪，伸手將石破天一拉。石破天給帆索綁得直挺挺地，腰不能曲，手不能彎，給他這麼一拉，便如一根木材般從被窩中豎了起來。那老人出其不意，倒嚇了一大跳，待得看清，不禁哈哈大笑，道：「阿綉，端陽節早過，你卻在被窩中藏了一隻大粽子。」

阿綉急道：「不是的，他是外邊飛進來的，不……不是我藏的。」

那老人笑道：「你怎麼也不能動，也變成了一隻大粽子麼？」

那老婦厲聲道：「你敢伸一根指頭碰到阿綉，我和你拚命。」

那老人歎了口氣，道：「好，我不碰她。」轉頭向梢公道：「船家，轉舵掉頭，扯起帆來，我叫你停時便停船。」那梢公不敢違拗，應道：「是！」慢慢轉舵。

那老婦怒道：「幹甚麼？」那老人道：「接你到碧螺山去好好調養。你這次走火，非同小可。」那老婦道：「我死也不上碧螺山。我又沒輸給你，幹麼迫我到你的狗窩去？」那老人道：「咱們約好了在長江比武，我輸了到你家磕頭，你輸了便到我家裏。是你自己練功走火也好，是你鬥不過我也好，總而言之，這一次你非上碧螺山走一遭不可。我幾十年來的心願，這番總算得償，妙極，妙極！」那老婦怒發如狂，叫道：「不去，不去，不……」越叫越淒厲，陡然間一口氣轉不過來，竟爾暈了過去。

那老人笑吟吟的道：「你不去也得去，今日還由得你嗎？」石破天忍不住插口道：「她既不願去，你怎能勉強人家？」

那老人大怒，喝道：「要你放甚麼狗屁？」反掌便往他臉上打去。這一掌眼見便要打得他頭暈眼花、牙齒跌落，突然之間，見到石破天臉上一個膝黑的掌印，那老人一怔之下，登時收掌，笑道：「啊哈，大粽子，我道是誰將你綁成這等模樣，原來是我那乖乖姪孫女。你臉上這一掌，是給我姪孫女打的，是不是？」

石破天不明所以，問道：「你姪孫女？」那老人道：「你還不知老夫是誰？我是丁不四，丁不三是我哥哥，他年紀比我大，武功卻不及我……我的姪孫女……」石破天看他相貌確與丁不三有幾分相似，服飾也差不多，只是腰間纏着一條黃光燦然的金帶，便道：「啊，是了，叮叮噹噹是你姪孫女，不錯，這一掌正是叮叮噹噹打的，我也是給她綁的。」

丁不四捧腹大笑，道：「我原說天下除了阿璫這小丫頭，再沒第二個人這麼頑皮淘氣。很好，很好，很好！她爲甚麼綁你？」石破天道：「她爺爺要殺我，說我武功太差，是個白痴。」丁不四更是大樂，笑得彎下腰來，道：「老三要殺的人，老四既然撞上了，那就……那就……」石破天驚道：「你也要殺？」

丁不四道：「丁不四的心意，天下有誰猜得中？你以爲我要殺你，我就偏偏不殺。」站起身來，左手抓住石破天後領提將起來，右手併掌如刀，在他身上重重纏繞的帆索自上而下急劃而落，數十重帆索立時紛紛斷絕，當眞是利刃也未必有如此鋒銳。

石破天讚道：「老爺子，你這手功夫厲害得很，那叫甚麼名堂？」

丁不四聽石破天一讚，登時心花怒放，道：「這一手功夫自然了不起，普天下能有如此功力的，除了丁不四外，只怕再無第二人了。這手功夫嗎？叫做……」

這時那老婦已醒，聽到丁不四自吹自擂，當即冷笑道：「哼，耗子上天平，自稱自讚！這一手『快刀斬亂麻』，不論那個學過幾手三脚貓把式的莊家漢子，又有誰不會使了？」丁不四道：「呸！呸！學過幾手三脚貓把式的人，就會使我這手『快刀斬亂麻』？你倒使給我瞧瞧！」那老婦道：「你明知我練功走火，沒了力氣，來說這種風涼言語。大粽子，我跟你說，你到隨便那一處市鎭上，見到有人練把式賣膏藥，騙人錢財，只須給他一文兩文，他就會練這手『快刀斬亂麻』給你瞧，包管跟這老騙子練得一模一樣，沒半點分別，說不定還比他強些。這是普天下騙人的混蛋都會的法門，又有甚麼希罕了？」

丁不四聽那老婦說得刻薄，不由得怒發如狂，順手便向她肩頭抓落。石破天叫道：「不可動粗！」斜身反手，向他右腕上切去，正是丁璫所敎一十八路擒拿手中的一招「白鶴手」。他被丁璫拿中穴道後爲時已久，在內力撞擊之下，穴道漸解，待得身上帆索斷絕，血行順暢，立時行動自如。

丁不四「咦」的一聲，反手勾他小臂。石破天於這一十八路擒拿手練得已甚純熟，當即變招，左掌拍出，右手取對方雙目。丁不四喝道：「好！這是老三的擒拿手。」伸臂上前，壓他手肘。石破天雙臂圈轉，兩拳反擊他太陽穴。丁不四兩條手臂自下穿上，向外一分，快如電閃般向石破天手臂上震去。只道這一震之下，石破天雙臂立斷，不料四臂相撞，石破天穩立不動，丁不四卻感上身一陣酸麻，喀喇一聲，足下所踏的一塊船板從中折斷，船身也向左右猛烈搖幌兩下。他急忙後退了一步，已免陷入斷板，口中又是「咦」的一聲。

他前一聲「咦」，只是驚異石破天居然會使他丁家的一十八路擒拿手，但當雙臂與石破天較勁，震得他退出一步，那一聲「咦」卻是大大的吃驚，只覺這年輕人內力充盈厚實，直是無窮無盡，自己適才雖然未出全力，但對方渾若無事，自己卻踏斷了船板，可說已輸了一招。此人這等厲害，怎能為丁璫所擒？臉上又怎會給她打中一掌？一時心中疑團叢生。

那老婦驚詫之情絲毫不亞於丁不四，當即哈哈大笑，說道：「連……連一個渾小子也……也……」一時氣息不暢，卻說不下去了。丁不四怒道：「我代你說了罷，『連一個渾小子也鬥不過，逞甚麼英雄好漢？』是不是？這句話你說不出口，只怕將你彆也彆死了。」那老婦滿臉笑容，連連點頭。

丁不四側頭向石破天道：「大粽子，你……你師父是誰？」石破天搔了搔頭，心想自己雖向謝煙客和丁璫學過武功，卻沒拜過師父，說道：「我沒師父！」丁不四怒道：「胡說八道，那麼你這一十八路擒拿手，又是那裏偷學得來的？」石破天道：「我不是偷學得來的，叮叮噹噹教了我十天。她不是我師父，是我……是我……」要想說「是我妻子」，總覺有些不妥，便不說了。丁不四更是惱怒，罵道：「你奶奶的，這武功是阿璫教你的？胡說八道。」

那老婦這時已順過氣來，冷冷的道：「江湖上人人都說，『丁氏雙雄，一是英雄，一是狗熊！』這句話當眞不錯。今日老婆子親眼目覩，果然是江湖傳言，千眞萬確。」

丁不四氣得哇哇大叫，道：「幾時有這句話了？定是你揑造出來的。你說，誰是英雄，誰是狗熊？我的武功比老三強，武林中誰人不知，那個不曉？」

那老婦不敢急促說話，一個字一個字的緩緩說道：「丁璫是丁老三的孫女兒。丁老三教了他兒子，他兒子教他的女兒丁璫，丁璫又教這個渾小子。這渾小子只學了十天，就勝過了丁老四，你教天下人去評……評……評……」連說了三個「評」字，一口氣又轉不過來了。

丁不四聽着她慢條斯理、一板一眼的說話，早已十分不耐，這時忍不住搶着說道：「我來代你說：『你教天下人評評這道理看，到底誰是英雄，誰是狗熊？自然丁老三是英雄，丁老四是狗熊！』」越說聲音越響，到後來聲如雷震，滿江皆聞。

那老婦笑瞇瞇的點了點頭，道：「你……你自己知道就好。」這幾個字說的氣若遊絲，但聽在丁不四耳中，卻令他憤懣難當，大聲叫道：「誰說這大粽子勝過丁老四了？來，來，來，咱們再比過！我不在……不在……」

他本想說「不在三招之內就將你打下江去，那就如何如何」，但說到口邊，心想此人武功非同小可，「三招之內」只怕拾奪他不下，要想說「十招之內」，仍覺沒有把握，說「三十招」罷，還是怕這句話說得太滿，若說「一百招之內」，卻已沒了英雄氣概，自己一個成名人物，要花到一百招才能將姪孫女兒的徒弟打敗，那又有甚麼了不起？他略一遲疑，那老婦已道：「你不在十萬招之內將他打敗，你就拜他……拜他……拜他……咳……咳……」

丁不四怒吼：「『你就拜他爲師！』你要說這句話，是不是？」「拜他爲師」這四個字一出口，身子已縱在半空，掌影翻飛，向石破天頭頂及胸口同時拍落。

石破天雖學過一十八路擒拿手法，但只能拆解丁璫的一十八路擒拿手，學時既非活學，用時也不能活用，眼見丁不四猶似千手萬掌般拍將下來，那裏能夠抵禦？只得雙掌上伸，護住頭頂，便在這時，後頸大椎穴上感到一陣極沉重的壓力，已然中掌。

那大椎穴乃人手足三陽督脈之會，最是要害，但也正因是人手足三陽督脈之會，諸處經脈中內力同時生出反擊的勁道。丁不四只感全身劇震，向旁反彈了開去，看石破天時，卻是渾若無事。這一招石破天固然被他擊中，但丁不四反而向外彈去，不能說分了輸贏。

那老婦卻陰陽怪氣的道：「丁不四，人家故意讓你擊中，你卻給彈了開去，當眞無用之極，只是一招，你便輸了。」丁不四怒道：「我怎麼輸了？胡說八道！」那老婦道：「就算你沒有輸，那麼你讓他在你大椎穴上拍一掌看。如果你不死，也能將他彈開幾步，那麼你們就算打成平手。」丁不四心想：「這小子內力雄厚之極，我大椎穴若給他擊上一掌，那是不死也得重傷。」說道：「好端端地，我爲甚麼給要他打？你的大椎穴倒給我打一掌看。」那老婦道：「早知丁狗熊沒種，就只會一門取巧撿便宜的功夫，若是跟人家一掌還一掌、一拳還一拳的文比，誰也不得躲閃擋架，你就不敢。」

丁不四給她說中了心事，訕訕的道：「這等蠻打，是不會武功的粗魯漢子所爲，咱們武學名家，怎麼能玩這等笨法子？」他自知這番話強詞奪理，經不起駁，在那老婦笑聲中，向石破天道：「再來，再來，咱們再比過。」

石破天道：「我只學過叮叮噹噹教的那些擒拿手，別的武功都不會，你剛才那樣手掌亂幌的功夫，我不會招架。老爺子，就算你贏了，咱們不比啦。」

那「就算你贏了」這五個字，聽在丁不四耳中極不受用，他大聲說道：「贏就是贏，輸就是輸，那有甚麼算不算的？我讓你先動手，你過來打我啊。」石破天搖頭道：「我就是不會。」丁不四聽那老婦不住冷笑，心頭火起，罵道：「他媽的，你不會，我來教你。你瞧仔細了，你這樣出掌打我，我就這麼架開，跟着反手這麼打你，你就斜身這麼閃過，跟着左手拳頭打我這裏。」

石破天學招倒是很快，依樣出手，丁不四回手反擊。兩人只拆得四招，丁不四呼的一拳打到，石破天不知如何還手，雙手下垂，說道：「下面的我不會了。」

丁不四又是好氣，又是好笑，道：「都是我教你的，那還比甚麼武？」石破天道：「我原說不用比啦，算你贏就是了。」丁不四道：「不成，我若不是眞正勝了你，小翠一輩子都笑話我，丁大英雄給她說成是丁大狗熊，我這張臉往那裏擱去？你記着，我這麼打來，你不用招架，搶上一步，伸指反來戳我小腹，這一招很是陰毒，我這拳就不能打實了，就只得避讓，這叫做以攻爲守，攻敵之所必救。」

他口中教招，手上比劃。石破天用心記憶，學會後兩人便從頭打起，打到丁不四所教的武功用盡之時，便即停了，只得一個往下再教，一個繼續又學。丁不四這些拳法掌法變化甚是繁複，但他與石破天對打，卻只以曾經教過的爲限。

丁不四心想這般鬥將下去，如何勝得了他？唯一機緣只是這渾小子將所學的招數忘了，拆解稍有錯誤，便立中自己毒手。但偏偏石破天記心極好，丁不四只教過一遍，他便牢牢記住。兩人直拆了數十招，他招式中仍無破綻。

那老婦不時發出幾下冷笑之聲，又令丁不四不敢以凡庸的招數相授，只要攻守之際有一招不夠凌厲精妙，那老婦便出言相譏。她走火之後雖然行動不得，但眼光仍是十分厲害，就算是一招高明武功，她也要故意詆譭幾句，何況是不十分出色精奧之着。

丁不四打醒了精神，傳授石破天拳掌，這股全力以赴的兢兢業業之意，竟絲毫不亞於當年數度和那老婦眞刀眞槍的拚鬥。又教了數十招，天色將明，丁不四漸感焦躁，突然拳法一變，使出一招先前教過的「渴馬奔泉」，連拳帶人，猛地撲將過去。

石破天叫道：「次序不對了！」丁不四道：「有甚麼次序不次序的？只要是教過你的便行。」石破天倒也沒忘他曾教過用「粉蝶翻飛」來拆解，當即依式縱身閃開。丁不四心想：「我只須將你逼下江去，就算是贏了。小翠再要說嘴，也已無用。」踏上一步，一招「橫掃千軍」，雙臂猛掃過去。石破天仍是依式使招「和風細雨」，避開了對方狂暴的攻勢，但這步一退，左足已踏上了船舷。

丁不四大喜，喝道：「下去罷！」一招「鐘鼓齊鳴」，雙拳環擊，攻他左右太陽穴。依照丁不四所授的功夫，石破天該當退後一步，再以「春雲乍展」化開來掌，可是此刻身後已無退路，一步後退，便踏入了江中，情急之下難以多想，生平學得最熟的只是丁璫教的那兩招，也不理會用得上用不上，一閃身，已穿到了丁不四背後，右手以「虎爪手」抓住他「靈台穴」，左手以「玉女拈針」拿住他「懸樞穴」，雙手一拿實，強勁內力陡然發出。

丁不四大叫一聲，坐倒在艙板之上。

其實石破天內力再強，憑他只學幾天的擒拿手法，又如何能拿得住丁不四這等高手？只因丁不四有了先入爲主的成見，認定石破天必以「春雲乍展」來解自己這招「鐘鼓齊鳴」，而要使「春雲乍展」，非退後一步而摔入江中不可。他若和另一個高手比武，自會設想對方能有種種拆解之法，拆解之後跟着便有諸般厲害後着，自是四面八方都防到了，決不能被對手閃到自己後心而拿住了要穴。但他和石破天拆解了百餘招，對方招招都是一板一眼，全然依準了自己所授的法門而發，心下對他既無半分提防之意，又全沒想到這渾小子居然會突然變招，所用的招數卻純熟無比，出手如風，待要擋避，已然不及，竟着了他的道兒。偏生石破天的內力十分厲害，勁透要穴，以丁不四修爲之高，竟也抵擋不住。

這一下變故之生，丁不四和石破天固然吃驚不小，那老婦也是錯愕無已，「哈哈，哈哈」狂笑兩下，又暈厥了過去，雙目翻白，神情殊是可怖。

石破天驚道：「老太太，你……你怎麼啦？」

阿綉身在艙裏，瞧不見船頭上的情景，聽石破天叫得惶急，忙問：「這位大哥，我奶奶怎麼了？」石破天道：「啊喲……她……她……暈過去啦，這一次……這一次模樣不對，只怕……只怕……難以醒轉。」阿綉驚道：「你說我奶奶……已經……已經死了？」石破天伸手去探了探那老婦的鼻息，道：「氣倒還有，只不過模樣兒……那個……那個很不對。」阿綉急道：「到底怎麼不對？」石破天道：「她神色像是死了一般，我扶起你來瞧瞧。」

阿綉不願受他扶抱，但實在關心祖母，躊躇道：「好！那就勞你這位大哥的大駕。」

石破天一生之中，從未聽人說話如此斯文有禮，長樂幫中諸人跟他說話之時儘管恭謹，卻是敬畏多過了友善，連小丫頭侍劍也總是掩不住臉上惶恐之神色。丁璫跟他說話有時十分親熱，卻也十分無禮。只有這個姑娘的說話，聽在耳中當眞是說不出的慰貼舒服，於是輕輕扶她起來，將一條薄被裹在她身上，然後將她抱到船頭。

阿綉見到祖母暈去不醒的情狀，「啊」的一聲叫了起來，說道：「這位大哥，可不可以請你在奶奶『靈台穴』上，用手掌運一些內力過去？這是不情之請，可眞不好意思。」

石破天聽她說話柔和，垂眼向她瞧去。這時朝陽初生，只見她一張瓜子臉，清麗文秀，一雙明亮清澈的大眼睛也正在瞧着她。兩人目光相接，阿綉登時羞得滿臉通紅，她無法轉頭避開，便即閉上了眼睛。石破天衝口而出：「姑娘，原來你也是這樣好看。」阿綉臉上更加紅了，兩人相距這麼近，生怕說話時將口氣噴到他臉上，將小嘴緊緊閉住。

石破天一呆，道：「對不起！」忙放下了她，伸掌按住那老婦的「靈台穴」，也不知如何運送內力，便照丁璫所教以「虎爪手」抓人「靈台穴」的法子，發勁吐出。

那老婦「啊」一聲，醒了過來，罵道：「渾小子，你幹甚麼？」石破天道：「這位姑娘叫我給你運送內力，你……你果然醒過來啦。」那老婦罵道：「你封了我穴道啦，運送內力，是這麼幹的？」石破天訕訕的道：「對不起，對不起。我實在不會，請你教一教。」

適才他這麼一使勁，只震得那老婦五臟六腑幾欲翻轉，「靈台穴」更被封閉，好在她練功走火，穴道早已自塞，這時封上加封，也不相干。她初醒時十分惱怒，但已知他內力渾厚無比，心想：「這傻小子天賦異稟，莫非無意中食了靈芝仙草，還是甚麼通靈異物的內丹，以致內力雖強，卻不會運使。我練功走火，或能憑他之力，得能打通被封的經脈？」便道：「好，我來教你。你將內息存於丹田，感到有一股熱烘烘的暖氣了，是不是？你心中想着，讓那暖氣通到手少陽膽經的經脈上。」

這些經脈穴道的名稱，當年謝煙客在摩天崖上都曾教過，石破天依言而為，毫不費力的便將內力集到了掌心，他所修習的「羅漢伏魔功」乃少林派第一精妙內功，並兼陰陽剛柔之用，只是向來不知用法，等如一人家有寶庫，金銀堆積如山，卻覓不到那枚開庫的鑰匙，此刻經那老婦畧加指撥，依法而為，體內本來蓄積的內力便排山倒海般湧出。

那老婦叫道：「慢些，慢……」一言未畢，已「哇」的一聲，吐出大口黑血。

石破天吃了一驚，叫道：「啊喲！怎麼了？不對麼？」阿綉道：「這位大哥，我奶奶請你緩緩運力，不可太急了。」那老婦罵道：「傻瓜，你想要我的命嗎？你將內力運一點兒過來，等我吸得幾口氣，再送一點而過來。」

石破天道：「是，是！對不起。」正要依法施為，突見丁不四一躍而起，叫道：「他奶奶的，咱們再比過，剛才不算。」那老婦道：「老不要臉，為甚麼不算？明明是你輸了。剛才他只須在你身上補上一刀一劍，你還有命麼？」

丁不四自知理虧，不再和那老婦鬥口，呼的一掌，便向石破天拍來，喝道：「這招拆法我教過你，不算不講理罷？」石破天忙依他所授招式，揮掌擋開。丁不四跟着又是一掌，喝道：「這一招我也教過你的，總不能說我要無賴欺侮小輩了罷？」他每出一招，果然都是曾經教過石破天的，顯得自己言而有信，是個君子。

他越打越快，十餘招後，已來不及說話，只是不住叱喝：「教過你的，教過的，教過！教過！教……教……教……」如此迅速出招，石破天雖然天資聰穎，總是無法只學過一遍，便將諸般繁複的掌法盡數記住活用，對方拳脚一快，登時便無法應付，眼見數招之間，便會傷於丁不四的掌底，正在手忙脚亂之際，忽聽得那老婦叫道：「且慢，我有話說。」丁不四住手不攻，問道：「小翠，你要說甚麼？」那老婦向石破天道：「少年，我身子不舒服，你再來送一些內力給我。」丁不四點頭道：「那很好。你走火後經脈窒滯，你既不願我相助，叫他出點力氣倒好。這少年武功不行，內力挺強！」

那老婦哼了一聲，冷冷的道：「是啊，他武功是你教的，內力卻不是你教的，他武功不行，內力挺強。」丁不四怒道：「他武功怎麼能算是我教的，我只教了他半天，只須他跟我學得三年五載，哼，小一輩人物之中，沒一個能是他敵手。」那老婦道：「就算學得跟你一模一樣，又有甚麼用？他不學你的武功，便能將你打敗，學得了你的武功，只怕反而打你不過了。越學越差，你說是學你的好，還是不學的好？」丁不四登時語塞，呆了一呆，說道：「他那兩招虎爪手和玉女拈針，還不是我丁家的功夫？」

那老婦道：「這是丁不三的孫女所教，可不是你教的。少年，你過來，別去理他。」石破天道：「是！」坐到那老婦身側，伸手又去按住她靈台穴，運功助她打通經脈，這一次將內力極慢極慢的送去，惟恐又激得她吐血。

那老婦緩緩伸臂，將衣袖遮在臉上，令丁不四見不到自己在開口說話，又聽不到話聲，低聲道：「待會他再和你廝打，你手掌之上須帶內勁。就像這樣把內勁運到拳掌之中。只要見到他伸掌拍來，你就用他一模一樣的招式，和他手心相抵，把內勁傳到他身上。這老兒想把你逼下江中淹死，你記好了，見到他使甚麼招，你也就使甚麼招。只有用這法子，方能保得……保得咱們三人活命。」她和石破天只相處幾個時辰，便已瞧出他心地良善，若要他為他自己而和丁不四為難，多半他會起退讓之心，不一定能遵照囑咐，但說「方能保得咱三人活命」，那是將他祖孫二人的性命也包括在內了，料想他便能全力以赴。

石破天點了點頭。那老婦又道：「你暫且不用給我送內力。待會你和那老兒雙掌相抵，送出內力時可不能慢慢的來，須得急吐而出，越強越好。」石破天道：「他會不會吐血？」

那老婦道：「不會的。我練功走火，半點內力也沒有了，你的內力猛然湧到，我無法抗拒，這才吐血。這老兒的內力強得很，剛才你抓住他背心穴道，他並沒吐血，是不是？你若不出全力，反而會給他震得吐血。你若受傷，那便沒人來保護我祖孫二人，一個老太婆，一個小姑娘，躺在這裏動彈不得，只有任人宰割欺凌。」

石破天聽到這裏，心頭熱血上湧，只覺此刻立時為這老婆婆和姑娘死了也是毫不皺眉，其實她二人是何等樣人，是善是惡，他卻是一無所知。

那老婦將遮在臉上的衣袖緩緩拿開，說道：「多謝你啦。丁不四死不認輸，你就和他過過招。唉，老婆子活了這一把年紀，天下的眞好漢、大英雄也見過不少，想不到臨到歸天之際，眼前見到的卻是一隻老狗熊，當眞夠寃。」丁不四怒道：「你說老狗熊，是罵我嗎？」那老婦微微一笑，說道：「一個人若有三分自知之明，也許還不算壞得到了家。丁老四，你要殺他，還不容易？只管使些從來沒教過他的招數出來，包管他招架不了。」

丁不四怒道：「丁老四豈是這等無恥之徒？你瞧仔細了，招招都是我教過他的。」那老婦原是要激他說這句話，歎了口氣，不再作聲。

丁不四「哼」的一聲，大聲道：「大粽子，這招『逆水行舟』要打過來啦！那是我教過你的，可別忘了。」說着雙膝微曲，身子便矮了下去，左掌自下而上的揮出。

石破天聽他說「逆水行舟」，心下已有預備，也是雙膝微曲，左掌自下而上的揮出。

丁不四喝道：「錯了！不是這樣拆法。」一句話沒說完，眼見石破天左掌即將和自己左掌相碰，心下一凜：「這小子內力甚強，只怕猶在我之上。若跟他比拚內力，那可沒甚麼味道。」當即收回左掌，右掌推了出去，那一招叫作「奇峯突起」。石破天心中記着那老婦的話，跟着也使一招「奇峯突起」，掌中已帶了三分內勁。丁不四陡覺對方掌力陡強，手掌未到，掌風已然撲面而來，心下微感驚訝，立即變招。

石破天凝視丁不四的招式，見他如何出掌，便跟着依樣葫蘆，這麼一來，不須記憶如何拆解，只是依樣學樣，心思全用以凝聚內力，果然掌底生風，打出的掌力超來越強。

丁不四卻有了極大的顧忌，處處要防到對手手掌和自己手掌相碰，生怕一黏上手之後，硬碰硬的比拚內力，好幾次捉到石破天的破綻，總是眼見他照式施爲，便不得不收掌變招。他自成名以來，江湖上的名家高手會過不知多少，卻從未遇到過這樣的對手，不論自己出甚麼招式，對方總是照抄。倘若對方是個成名人物，如此打法自是迹近無賴，當下便可立斥其非，但偏偏石破天是個徒具內力、不會武功之人，講明只用自己所授的招式來跟自己對打，這般學了個十足十，原是名正言順之舉。他心下焦躁，不住咒罵，卻始終奈何石破天不得。

這般拆了五六十招，石破天漸漸摸到運使內力的法門，每一拳、每一掌打將出去，勁力愈來愈大，船頭上呼呼風響，便如疾風大至一般。

丁不四不敢絲毫怠忽，只有全力相抗，心道：「這小子到底是甚麼邪門？莫非他有意裝傻藏奸，其實卻是個身負絕頂武功的高手？」再拆數招，覺得要避開對方來掌越來越難，幸好石破天一味模仿自己的招數，倒也不必費心去提防他出其不意的攻擊。

又鬥數招，丁不四雙掌轉了幾個弧形，斜斜拍出，這一招叫做「或左或右」，掌力擊左還是擊右，要看當時情景而定，心頭暗喜：「臭小子，這一次你可不能照抄了罷？你怎知我掌力從那一個方向襲來？」果然石破天見這一招難以仿效，問道：「你是攻左還是攻右？」丁不四一聲狂笑，喝道：「你倒猜猜看！」兩隻手掌不住顫動。石破天心下驚惶，只得提起雙掌，同時向丁不四掌上按去，他不知對方掌力來自何方，惟有左右同時運勁。

丁不四見他雙掌一齊按到，不由得大驚，暗想傻小子把這招虛中套實、實中套虛的巧招使得笨拙無比，「或左或右」變成了「亦左亦右」，兩掌齊重，令此招妙處全失。但這麼一來，自己非和他比拚內力不可，霎時間額頭冒汗，危急中靈機一動，雙掌倏地上舉，掌力向天上送去。這一招叫做「天王托塔」，原是對付敵人飛身而起、凌空下擊而用。石破天此時並非自空下搏，這招本來全然用不上。但石破天每一招都學對方而施，眼見丁不四忽出這招「天王托塔」，不明其中道理，便也雙掌上舉，呼的一聲，向上拍出。

兩人四掌對着天空，你瞧瞧我，我瞧瞧你。

丁不四忍俊不禁，哈哈大笑起來。石破天見對方敵意已去，跟着縱聲而笑。阿綉斜倚在艙門木柱上，見此情景，也是嫣然微笑。

那老婦卻道：「不要臉，不要臉！打不過人家，便出這種鬼主意來騙小孩子！」

丁不四在電光石火的一瞬之間，竟想出這個古怪法子來避免和石破天以內力相拚，躲過了危難，於自己的機警靈變甚為得意，雖聽到那老婦出言譏刺，便也不放在心上，只嘻嘻一笑，說道：「我跟這小子無怨無仇，何必以內力取他性命！」

那老婦正要再出言譏刺，突然船身顛簸了幾下，向下游直衝，原來此處江面陡狹，水流十分湍急。丁不四又是哈哈大笑，叫道：「小翠，到碧螺島啦，你們祖孫兩位，連同大粽子一起，都請上去盤桓盤桓。」那老婦臉色立變，顫聲道：「不去，我寧死也不踏上你的鬼島一步。」丁不四道：「上去住幾天打甚麼緊？你在我家裏好好養傷，舒服得很。」那老婦怒道：「舒服個屁！」惶急之下，竟然口出粗言。

江水滔滔，波濤洶湧，浪花不絕的打上船來。石破天順着丁不四的目光望去，只見右前方江中出現一個山峯，一片青翠，上尖下圓，果然形如一螺，心想這便是碧螺島了。

丁不四向梢公道：「靠到那邊島上。」那梢公道：「是！」丁不四俯身提起鐵錨，站在船頭，只待駛近，便將鐵錨拋上島去。

石破天道：「老爺子，這位老太太既然不願到你家裏去，你又何必……」一句話沒說完，突然那老婦一躍而起，伸手握住阿綉的手臂，湧身入江。

丁不四大叫：「不可！」反手來抓，卻那裏來得及？只聽得撲通一聲，江水飛濺，兩人已沒入水中。

石破天大驚之下，抓起一塊船板，也向江中跳了下去，他躍下時雙足在船舷上力撐，身子直飛出去，是以雖比那老婦投江遲了片刻，入水之處卻就在她二人身側。他不會游水，江浪一打，口中咕咕入水，他一心救人，右手抱住船板，左手亂抓，正好抓住了那老婦頭髮，當下再不放手，三人順着江水直衝下去。

江水衝了一陣，石破天已是頭暈眼花，口中仍是不住的喝水，突然間身子一震，腰間疼痛，重重的撞上一塊巖石。石破天大喜，伸足凝力踏住，忙將那老婦拉近，幸喜她雙臂仍是緊緊抱着孫女兒，只是死活難知。

石破天將她兩人一起抱起，一脚高一脚低，拖泥帶水，向陸地上走去。只走出十餘丈便已到了乾地，忽聽那老婦罵道：「無禮小子，你剛才怎敢抓我頭髮？」

石破天一怔，忙道：「是，是！眞對不起。」那老婦道：「你怎……哇！」她這麼一聲「哇」，隨着吐了許多江水出來。阿繡道：「奶奶，若不是這位大哥相救，咱二人又不識水性，此刻……此刻……」說到這裏，也嘔出了不少江水。那老婦道：「如此說來，這小子於咱們倒有救命之恩了。也罷，抓我頭髮的無禮之舉，不跟他計較便是。」

阿繡微笑道：「救人之際，那是無可奈何。這位大哥，可當眞……當眞多謝了。」她被石破天抱在懷中，四隻眼睛相距不過尺許，她說話之時，轉動目光，不和石破天相對，但她祖孫二人嘔出江水，終究淋淋漓漓的濺了石破天一身。好在他全身早已濕透，再濕些也不相干，但阿繡漲紅了臉，甚是不好意思。

那老婦道：「好啦，你可放我們下來了，這裏是紫煙島，離那老怪居住之處不遠，須得防他過來囉唣。」石破天道：「是，是！」正要將她二人放下，忽聽得樹叢之後有人說道：「這小子多半沒死，咱們非找到他不可。」石破天吃了一驚，低聲道：「丁不四追來啦。」

抱着二人，便在樹叢中一縮，一動也不敢動。只聽得脚踏枯草之聲，有二人從身側走過，一個是老人，另一個卻是少女。

石破天這一下卻比見到丁不四追來更是怕得厲害，向二人背影瞧去，果然一個是丁璫，一個卻是丁不三。他顫聲道：「不好，是……是丁三爺爺。」

那老婦奇道：「你爲甚麼怕成這個樣子？丁不三的孫女兒不是傳了你武功麼？」石破天道：「爺爺要殺我，叮叮噹噹又怪我不聽話，將我綁成一隻大粽子，投入江中。幸好你們的船從旁經過，否則……否則……」那老婦笑道：「否則你早成了江中老烏龜、老甲魚的點心啦。」石破天道：「是，是！」想起昨日被丁璫用帆索全身纏繞的情景，兀自心有餘悸，道：「婆婆，他們還在找我。這一次若給他們捉到，我……我可糟了！」

那老婦怒道：「我若不是練功走火，區區丁不三何足道哉！你去叫他來，瞧他敢不敢動你一根毫毛。」阿綉勸道：「奶奶，此刻你老人家功力未復，暫且避一避丁氏兄弟的鋒頭，等你身子大好了，再去找他們的晦氣不遲。」那老婦氣忿忿的道：「這一次你奶奶也眞倒足了大霉，說來說去，都是那小畜生、老不死這兩個鬼傢伙不好。」阿綉柔聲道：「奶奶，過去的事情，又提它幹麼？咱二人同時走火，須得平心靜氣的休養，那才能好得快。你心中不快，只有於身子有損。」那老婦怒道：「身子有損就有損，怕甚麼了？今日喝了這許多江水，史小翠一世英名，那是半點也不賸了。」越說越是大聲。

石破天生怕給丁不三聽到，勸道，「老婆婆，你平平氣。我……我再運些內力給你。」也不等她答應，便伸掌按上她靈台穴，將內力緩緩送去，內力既到，那老婦史婆婆只得凝神運息，將石破天這股內力引入自己各處閉塞了的經脈穴道，一個穴道跟着一個穴道的衝開，口中再也不能出聲。石破天只求她不驚動丁不三，掌上內力源源不絕的送出。

史婆婆心下暗自驚訝：「這小子的內功如此精強，卻何以不會半點武功？」她腦中念頭只是這麼一轉，胸口便氣血翻湧，當下再也不敢多想，直至足少陽經脈打通，這才長長舒了口氣，站起身來，笑道：「辛苦你了。」

石破天和阿綉同感驚喜，齊聲道：「你能行動了？」

史婆婆道：「通了足上一脈，還有許多經脈未通呢！」

石破天道：「我又不累，咱們便把其餘經脈都打通了。」

史婆婆眉頭一皺，說道：「小子胡說八道，我是和阿綉同練『無妄神功』以致走火，豈是尋常的瘋癱？今日打通一處經脈，已是謝天謝地了，就算是達摩祖師、張三丰眞人復生，也未必能在一日之中打通我全身塞住了經脈。」石破天訕訕的道：「是，是！我不懂這中間的道理。」史婆婆道：「左右閒着無事，你就幫助阿綉打通足少陽經脈。」

石破天道：「是，是！」將阿綉扶起，讓她左肩靠在一根樹幹之上，然後伸掌按她靈台穴，以那老婦所教的法門，緩緩將內力送去。阿綉內功修爲比之祖母淺得多了，石破天直花了四倍時間，才將她足少陽經脈打通。

阿綉掙扎着站起，細聲細語的道：「多謝你啦。奶奶，咱們也不知這位大哥高姓大名，不知如何稱呼，多有失禮。」她這句話是向祖母說的，其實是在問石破天的姓名，只是對着這個青年男子十分靦覥，不敢正面和他說話。

史婆婆道：「喂，大粽子，我孫女兒問你叫甚麼名字呢？」

石破天道：「我……我……也不知道，我媽媽叫我……叫我那個……」他想說「狗雜種」，但此時已知道這三字十分不雅，無法在這溫文端莊的姑娘面前出口，又道：「他們卻又把我認錯是另外一個人，其實我不是那個人。到底我是誰，我……我實在說不上來……」

史婆婆聽得老大不耐煩，喝道：「你不肯說就不說好了，偏有這麼囉裏囉唆的一大套鬼話。」阿綉道：「奶奶，人家不願說，總是有甚麼難言之隱，咱們也不用問了。叫不叫名字沒甚麼分別，咱們心裏記着人家的恩德好處，也就是了。」

石破天道：「不，不，我不是不肯說，實在說出來很難聽。」史婆婆說道：「甚麼難聽好聽？還有難聽過大粽子的麼？你不說，我就叫你大粽子了。」石破天心道：「大粽子比狗雜種好聽得多了。」笑道：「叫大粽子很好，那也沒甚麼難聽。」

阿綉見石破天性子隨和，祖母言語無禮，他居然一點也不生氣，心中更過意不去，道：「奶奶，你別取笑。這位大哥可別見怪。」

石破天嘻嘻一笑，道：「沒有甚麼。謝天謝地，只盼丁不三爺爺和叮叮噹噹找不到我就好了。你們在這裏歇一會，我去瞧瞧有甚麼吃的沒有。」史婆婆道：「這紫煙島上柿子甚多，這時正當紅熟，你去採些來。島上魚蟹也肥，不妨去捉些。」

石破天答應了，閃身在樹木之後躡手躡脚，一步步的走去，生怕給丁氏祖孫見到，只走出數十丈，果見山邊十餘株柿樹，樹上點點殷紅，都是熟透了的圓柿。

他走到樹下，抓住樹幹用力搖幌，柿子早已熟透，登時紛紛跌落。他張開衣衫兜接住，奔回樹叢，給史婆婆和阿綉吃。她二人雙足已能行走，手上經脈未通，史婆婆勉強能提起手臂，阿綉的雙臂卻仍癱瘓不靈。石破天剝去柿皮，先餵史婆婆吃一枚，又餵阿綉吃一枚。

阿綉見他將剝了皮的柿子送到自己口邊，滿臉羞得就如紅柿子一般，又不能拒卻，只得在他手中吃了。石破天欲待再餵，阿綉道：「這位大哥，你自己先吃飽了，再……再……」

史婆婆道：「這邊向西南行出里許，有個石洞，咱們待天黑後，到那邊安身，好讓這對不三不四的鬼兄弟找咱們不到。」

石破天大喜，道：「好極了！」他對丁不四倒不如何忌憚，但丁不三祖孫二人一意要取他性命，實是害怕之極，聽史婆婆說有地方可以躲藏，心下大慰。

眼巴巴的好容易等到天色昏暗，當下左手扶着史婆婆，右手扶了阿綉，三人向西南方行去。這紫煙島顯是史婆婆舊遊之所，地形甚是熟悉，行不到一里，右首便全是山壁。史婆婆指點着轉了兩個彎，從一排矮樹間穿了過去，赫然現出一個山洞的洞口。

史婆婆道：「大粽子，今晚你睡在外面守着，可不許進來。」石破天道：「是，是！」

又道：「可惜咱們不敢生火，烤乾浸濕的衣服。」

史婆婆冷冷的道：「這叫做虎落平陽被犬欺。日後終要讓這對不三不四的鬼兄弟身受十倍報應。」

阿綉拿起那把爛柴刀，緩緩使個架式，跟着橫刀向前推出，隨即刀鋒向左掠去，拖過刀來，又向右斜刺。

十　金烏刀法

次晨醒來，三人吃了幾枚柿子，石破天又替她祖孫分別打通了一處經脈，於是兩人雙手也能動彈了。

史婆婆道：「大粽子，這島上的小湖裏有螃蟹，你去捉些來，螃蟹雖還沒肥，總是勝過天天吃柿子。」石破天躊躇：「捉蟹倒不難，就是沒法子煮，又不能生吃。」

史婆婆道：「好好一個年輕力壯的大男人，對丁不三這老鬼如此害怕，成甚麼樣子？」石破天搖頭道：「別說丁不三爺爺，連叮叮噹噹也比我厲害得多。若是給他們捉到，再將我綁成一隻大粽子丟在江裏，那可糟了。」

阿綉勸道：「奶奶，這位大哥說得是，咱們暫且忍耐，等奶奶的經脈都打通了，恢復功力，那時又怕他們甚麼丁不三、丁不四。」史婆婆道：「哼，你說得倒也稀鬆平常，回復功力，談何容易？咱二人經脈全通，少說也得十天，要回復功力，多則一年，少則八月。難道今後一年咱天天吃柿子？過不了十天，柿子都爛光啦。」

石破天道：「那倒不用發愁，我去多摘些柿子，晒成柿餅，咱三人吃他一年半載，也餓不死。」這些日子來他多遇困苦，迭遭凶險，但覺世情煩紛，甚麼事都難以明白，不如在這石洞旁安穩渡日，遠爲平安喜樂。

史婆婆罵道：「你肯做縮頭烏龜，我卻不肯。再說，丁不四那廝一兩日之內定會尋上島來，你想做縮頭烏龜也做不成。大粽子，你到底怎麼攪的，怎地空有一身深厚內功，卻又沒練過武藝？」石破天歉然道：「我就是沒跟人好好學過。只有叮叮噹噹教過我一十八手擒拿法，我自然鬥他們不過。丁不四老爺爺教我的這些武功，又是每一招他都知道的。」

阿綉忽然插口道：「奶奶，你爲甚麼不指點這位大哥幾招？他學了你的功夫，若是將丁不四打敗了，豈不是比你老人家自己出手取勝還要光采？」

史婆婆不答，雙眼盯住了石破天，目不轉睛的瞧着他。

突然之間，她目光中流露出十分兇悍憎惡的神色，雙手發顫，便似要撲將上去，一口將他咬死一般。石破天害怕起來，不由自主的倒退了一步，道：「老太太，你……你……」史婆婆厲聲道：「阿綉，你再瞧瞧他，像是不像？」

阿綉一雙大眼睛在石破天臉上轉了一轉，眼色卻甚是柔和，說道：「奶奶，相貌是有些像的，然而……然而決計不是。只要他……他有這位大哥一成的忠誠厚道……他也就決計不會……不會……」

史婆婆眼色中的兇光慢慢消失，哼了一聲，道：「雖然不是他，可是相貌這麼像，我也決計不教。」

石破天登時恍然：「是了，她又疑心我是那個石破天了。這個石幫主得罪的人眞多，天下竟有這許多人恨他。日後若能遇上，我得好好勸他一勸。」只聽史婆婆道：「你是不是也姓石？」石破天搖頭道：「不是！人家都說我是長樂幫的甚麼石幫主，其實我一點也不是，半點也不是。唉，說來說去，誰也不信。」說着長長歎了口氣，十分煩惱。

阿綉低聲道：「我相信你不是。」

石破天大喜，叫道：「你當眞相信我不是他？那……那好極了。只有你一個人，才不相信。」阿綉道：「你是好人，他……他是壞人。你們兩個全然不同。」

石破天情不自禁的拉着她手，連聲道：「多謝你！多謝你！多謝你！」這些日子來人人都當他是石幫主，令他無從辯白，這時便如一個滿腹含冤的犯人忽然得到昭雪，對這位明鏡高懸的青天大老爺自是感激涕零，說得幾句「多謝你」，忍不住留下淚來，滴滴眼淚，都落在阿綉的纖纖素手之上。阿綉羞紅了臉，卻不忍將手從他掌中抽回。

史婆婆冷冷的道：「是便是，不是便不是。一個大男人，哭哭啼啼的，像甚麼樣子。」石破天道：「是！」伸手要擦眼淚，猛地驚覺自己將阿綉的手抓着，忙道：「對不起，對不起！」放開她的手掌，道：「我……我……我不是……我再去摘些柿子。」不敢再向阿綉多看，向外直奔。

史婆婆見到他如此狼狽，絕非作僞，不禁也感好笑，歎了口氣，道：「果然不是。那姓石的小畜生若有大粽子一成的厚道老實，也不會……唉！」

過不多時，忽聽得洞外樹叢刷的一聲響，石破天急奔回來，臉色慘白，驚惶無已，顫聲道：「糟糕……這可糟啦。」史婆婆道：「怎麼？丁不三見到你了？」

石破天道：「不，不是！雪山派的人到了島上，危險之極……」

史婆婆和阿綉臉色齊變，兩人對瞧了一眼。史婆婆問道：「是誰？」石破天道：「那個白萬劍白師傅，率領了十幾個師弟。他們……他們定是來找我的，要捉我到甚麼凌霄城去處死。」史婆婆向阿綉又瞧了一眼，問石破天道：「他們見到你沒有？」石破天道：「幸虧沒見到，不過我見到白師傅和丁……丁……不四爺爺在說話。」史婆婆眉頭一皺，問道：「丁不四？不是丁不三？」

石破天道：「丁不四。他說：『長江中沒浮屍，定是在島上。』他們定要一路慢慢找來，我這……這可……可糟了。」只急得滿頭大汗。

阿綉安慰他道：「那位白師傅把你也認錯了，是不是？你既然不是那個壞人，總說得明白的，那也不用擔心。」石破天急道：「說不明白的。」

史婆婆道：「說不明白，那就打啊！天下給人冤枉的，又不止你一人！」石破天道：「那位白師傅是雪山派中的高手，劍法好得不得了，我……我怎打他得過？」史婆婆冷笑道：「雪山派劍法便怎麼了？我瞧也是稀鬆平常！」

石破天搖頭道：「不對，不對！這個白師傅的劍術，真是說不出的厲害了得。他手中長劍這麼一抖，就能在柱子上或是人身上留下六個劍痕，你信不信？」伸足拉起褲脚，將自己大腿上的六朵劍痕給她們瞧，至於此舉十分不雅，他是山鄉粗鄙之人，卻也不懂。

史婆婆哼的一聲，道：「我有甚麼不信？」隨即氣忿忿的道：「雪山派的武功又有甚麼了不起？在我史小翠眼中不值一文。白自在這老鬼在凌霄城中自大爲王，不知天高地厚，只道他雪山派的劍法天下第一。哼，我金烏派的刀法，偏偏就是他雪山派的剋星。大粽子，你知道金烏派是甚麼意思？」石破天道：「不……不知道。」

史婆婆道：「金烏就是太陽，太陽一出，雪就怎麼啦？」石破天道：「雪就融了。」史婆婆哈哈一笑，道：「對啦！太陽一出，雪就融成了水，金烏派武功是雪山派武功的剋星對頭，就是這個道理。他們雪山派弟子遇上了我金烏派，只有磕頭求饒的份兒。」

雪山派劍法的神妙，石破天是親眼目覩過的，史婆婆將她金烏派的功夫說得如此厲害，他不免有些將信將疑。他心下既不信服，臉上登時便流露出來。

史婆婆道：「你不信嗎？」石破天道：「我在土地廟中給那位白師傅擒住，見到他們師兄弟過招，心中也記得了一些，我覺得……我覺得雪山派的劍法實在……實在……」史婆婆怒問：「實在怎麼樣？」石破天道：「實在是好！」史婆婆道：「你只見到人家師兄弟過招，一晚之間又學得到甚麼？怎知是好是壞？你演給我瞧瞧。」

石破天道：「我學到的劍法，可沒有白師傅那麼厲害。」

史婆婆哈哈大笑，阿繡也不禁嫣然。史婆婆道：「白萬劍這小子天資聰穎，用功又勤，從小至今練了二十幾年劍。你只瞧了一晚，就想有他那麼厲害，可不笑歪了人嘴巴？」阿繡道：「奶奶，這位大哥原是說沒白師傅那麼厲害。」史婆婆向她瞪了一眼，轉頭向石破天道：「好罷，你快試着演演，讓我瞧瞧到底有多『厲害』！」

石破天知她是在譏諷自己，當下紅着臉，拾起地下一根樹枝，折去了技葉，當作長劍，照着呼延萬善、聞萬夫他們所使的招數，一「劍」刺了出去。

史婆婆「哈」的一聲，說道：「第一招便不對！」石破天臉色更紅了，垂下手來。史婆婆道：「練下去，練下去，我要瞧瞧你『厲害』的雪山劍法。」

石破天羞慚無地，正想擲下樹枝，一轉眼間，只見阿綉神色殷切，目光中流露出鼓勵之色，絕無譏諷的意思，當即反手又刺一劍。他使出招數之後，深恐記錯，更貽史婆婆之譏，當下心無旁鶩，一劍劍的使將下去。

七八招一出，他記着那晚土地廟中石夫人和他拆解的劍招，越使越是純熟，風聲漸響。史婆婆和阿綉本來臉上都帶笑意，雖是一個意存譏嘲，一個溫文微笑，但均覺石破天的劍招似是而非，破綻百出，委實不成模樣，可是越看臉色越變，輕視之心漸去，驚佩之色漸濃。待得石破天將那顛三倒四、七零八落的七十二路雪山劍法使完（其實只使了六十三路，其餘九路卻記不起了），史婆婆和阿綉又對望了一眼，均想此人於雪山派劍法學得甚不周全，顯是未經正式傳授，但挾以深厚內力，招數上的威力卻實已非同尋常。

石破天見二人不語，訕訕的擲下樹枝，道：「眞令兩位笑掉了牙齒，我人太蠢，隔了十多天，便記不全啦。」

史婆婆道：「你說是在土地廟中看雪山派弟子練劍，這才偷學到的？」石破天紅了臉道：「我知偷學人家武功，甚是不該。帶我到高山上的那位老伯伯說，不得准許而拿了人家東西，便是小賊。我偷學了雪山派的劍法，只怕也是小賊了。只不過當時覺得這樣使劍實在很好，不知不覺中便記了一些。」

史婆婆喜道：「你只一晚功夫，便學到這般模樣，那已是絕頂聰明的資質。我那金烏刀法，你也學得會的。這樣罷，你就拜我爲師好了……」

阿綉插口道：「奶奶，那不好。」史婆婆奇道：「爲甚麼不好？」阿綉滿臉紅暈，道：「那……那我豈不是要叫他師叔，平空矮了一輩？」史婆婆臉色一沉，道：「師叔就師叔，又有甚麼了不起啦？丁不四尋到這兒，定要再逼我上碧螺島去，咱二人豈不是又得再投江尋死？只有快快把大粽子教會了武功，才能抵擋，眼下事勢緊迫，那還顧得到甚麼輩份大小？大粽子，我史婆婆今日要開宗立派，收你做我金烏派的首徒，你拜不拜師？」

石破天性子隨和，本來史婆婆要他拜師，他就拜師，但聽阿綉說不願叫他師叔，不由得有些躊躇。史婆婆道：「你快跪下磕頭，就成了我金烏派的嫡系傳人啦。我是金烏派創派祖師，你是第二代的大第子。」

阿綉突然想起一事，微微一笑，說道：「奶奶，恭喜你開宗立派。這位大哥，你就拜奶奶爲師好啦。我不是金烏派弟子，咱們是兩派的，大家不相統屬，不用叫你做師叔。」

史婆婆急於要開派收徒，也不去跟阿綉多說，只道：「快跪下，磕八個頭。」

石破天見阿綉已無異議，當下歡歡喜喜的向史婆婆跪下，磕了八個頭。這八個頭磕得咚咚有聲，着實不輕。

史婆婆眉花眼笑，甚是喜歡，道：「罷了！乖徒兒，你我既是一家，這情份就不同了。我金烏派今日開宗立派，你可須用心學我的功夫，日後金烏派在江湖上名聲如何，全要瞧你的啦。大粽子……」

阿綉抿嘴笑道：「金烏派的祖師奶奶，貴派首徒英雄了得，這個外號兒可不夠氣派。」

史婆婆道：「不錯，你到底叫甚麼名字？對着師父，可甚麼都不許隱瞞的了。」石破天道：「是！是！我媽叫我狗雜種。長樂幫中的人，卻說我是他們的幫主石破天，其實我不是的。只不過……只不過我不知道自己眞的姓甚麼，叫甚麼名字。」

史婆婆「嘿」的一聲，道：「甚麼狗雜種？胡說八道，你媽媽多半是個瘋子。這樣罷，你就跟我姓，姓史。咱們金烏派第二代弟子用甚麼字排行？嗯，雪山派弟子叫甚麼白萬劍、封萬里、耿萬鍾的，咱們可強他一萬倍。他們是『萬』字輩，咱們就是『億』字輩。那個姓白的叫白萬劍。我就給你取個名字，叫作史億刀。」

石破天一生之中從未有過眞正的姓名，叫他狗雜種也好、石破天也好、大粽子也好，都不怎麼放在心上。史婆婆給他取名史億刀，他本不知「億」乃「萬萬」之義，聽了也就隨口答應，渾不在意。

史婆婆卻是興高采烈，精神大振，說道：「我這路金烏刀法，五六年前已想得周全，只是使這刀法，須有極強的內力，否則刀法的妙處運使不出來。這次長江中遇到了丁不四這老怪，他定要邀我上他碧螺島去。非惡鬥一場，不能叫他知難而退，當下我便和阿綉同練『無妄神咒』，練成之後，我使金烏刀法，她使……她使……那個玉兔劍法，日月輪轉，別說丁不四區區一個旁門左道的老妖怪，便是爲禍武林的甚麼『賞善罰惡』使者，只怕也要望風遠遁。至於雪山派中那些狂妄自大之輩，便是非甘拜下風不可。不料阿綉給我催得急了，一個不小心，內息走入了岔道，我忙加救援，累得兩人一齊走火，動彈不得。」她既收石破天為徒，一切直言無忌，將走火的原因和經過都說了出來。

史婆婆又道：「幸好你天生內力渾厚，正是練我金烏刀法的好材料。刀法不同劍法，劍以輕靈翔動為高，刀以厚實狠辣為尚。這根樹枝太輕，你再去另找一根粗些的樹枝來。」

石破天應了，到樹林中去找樹枝，只見一株斷樹之下丟着一柄滿是鐵銹的柴刀。他俯身拾將起來，見刀柄已然腐朽，刀鋒上累累都是缺口，也不知是那一年遺在那裏的，拿着倒也沉沉的有些墜手，心想：「雖是柄銹爛的柴刀，總也勝於樹枝。」於是將腐壞的刀柄拔了出來，另找一段樹枝，塞入柄中，興沖沖的回來。

史婆婆和阿繡見了這柄銹爛柴刀，不禁失笑。阿繡笑道：「奶奶，貴派今日開山大典，用這把寶刀傳授開山大弟子的武功，未免……未免有欠冠冕。」

史婆婆道：「甚麼有欠冠冕？我金烏派他日望重武林，威震江湖，全是以這柄……這柄寶刀起家。哈哈！」她說到「寶刀」二字，自己也忍俊不禁。三人同時大笑。

史婆婆笑道：「好啦，你記住了，金烏刀法第一招，叫做『開門揖盜』。」拿起一根短樹枝，緩緩作了個姿勢，又道：「我手脚無力，出招不快，你卻須使得越快越好。」

石破天提起柴刀，依樣使招，甚是迅捷，出刀風聲凌厲。

史婆婆點頭道：「很好，使熟之後，還得再快些。這招『開門揖盜』，是用來剋制雪山劍法那招『蒼松迎客』的。他們假仁假義的迎客，咱們就直捷了當的迎賊。好像是向對方作揖行禮，其實心中當他盜賊。第二招『梅雪逢夏』，是剋制他『梅雪爭春』那一招。雪山劍法又是梅花五瓣啦，又是雪花六出啦，咱們叫他們梅雪逢夏。一到夏天，他們的梅花、雪花還有甚麼威風？」

「梅雪爭春」這招劍法甚是繁複，石破天在長樂幫總舵中曾見白萬劍使過，劍光點點，大具威勢，他在土地廟中就沒學會。這招「梅雪逢夏」的刀法，是在霎息之間上三刀、下三刀、左三刀、右三刀，連砍三四一十二刀，不理對方劍招如何千變萬化，只是以一股威猛迅狠的勁力，將對方繁複的劍招盡數消解，有如炎炎夏日照到點點雪花上一般。

那第三招叫做「千鈞壓駝」，用以剋制雪山劍法的「明駝西來」；第四招「大海沉沙」剋制「風沙莽莽」；第五招「赤日炎炎」剋制「月色昏黃」，以光勝暗；第七招「鮑魚之肆」剋制「暗香疏影」，以臭破香。每招刀法都有個稀奇古怪的名稱，無不和雪山劍法的招名針鋒相對，名稱雖怪，刀法卻當眞十分精奇。

石破天一字不識，這些刀法劍法的招名大都是書上成語，他既不懂，自然也記不住，只是用心記憶出刀的部位和手勢。史婆婆口講手比，緩緩而使，石破天學得不對，立加校正，比之在土地廟中偷學劍法，難易自是大不相同。

史婆婆授了十八招後，已感疲累，當下閉目休息，任由石破天自行練習。過得大半個時辰，史婆婆又傳了十八招。到得黃昏時分，已傳了七十二招。同時將他已忘了的九招雪山劍法也都教了。金烏刀法以剋制雪山劍法爲主，自也須得學會雪山劍法。

史婆婆道：「雪山派劍法有七十二招，我金烏派武功處處勝他一籌，卻有七十三招。咱們七十三招破他七十二招，最後一招，你瞧仔細了！」說着將那樹枝從上而下的直劈下來，又道：「你使這招之時，須得躍起半空，和身直劈！」當下又教他如何縱躍，如何運勁，如何封死對方逃遁退避的空隙。

石破天凝思半晌，依法施爲，縱身躍起，從半空中揮刀直劈下來，呼的一聲，刀鋒離他尙有數尺，地下已是塵沙飛揚，敗草落葉被刀風激得團團而舞，果然威力驚人。

石破天一劈之下，收勢而立，看史婆婆時，只見她臉色慘白，再轉頭去瞧阿綉，卻見她一對大眼中淚水盈盈，淒然欲泣，顯是十分傷心。石破天大奇，囁嚅道：「我這一招……使得不對嗎？」

史婆婆不語，過了片刻，擺擺手道：「對的。」呆了一陣，又道：「此招威力太大，千萬不可輕用，以免誤傷好人。」石破天道：「是，是！好人是決計傷不得的。」

這一晚他便是在睡夢之間，也是翻來覆去的在心中比劃着那七十三招刀法，竟將強敵在外搜索之事擱在一旁。幸好這紫煙島方圓雖然不大，卻是樹木叢生，山徑甚多，白萬劍等一時沒找到左近。

次晨天剛黎明，他便起來練這刀法，直練到第七十三招，縱躍半空，一刀劈將下來，這一次威力更強，刀風撞到地上，砰的一聲，發出巨響。

只聽得阿綉在背後說道：「史……史大哥，你起身好早。」石破天轉過身來，見她斜倚在石洞口，一雙妙目正凝視着自己，忙道：「你也早。」

阿綉臉上微微一紅，道：「我想到那邊林中走走，舒舒筋骨，你陪我去，好不好？」石破天道：「好好，你全身經脈剛通，正該多活動活動。」當下兩人並肩向林中走去。

走出十餘丈，已入樹林深處，此時日光尚未照到，林中瀰漫着一片薄霧，瞧出來朦朦朧朧地，樹上、草上，阿綉身上、臉上，似乎都蒙着一層輕紗。林中萬籟俱寂，只兩人踏在枯草之上，發出沙沙微聲。

突然之間，石破天聽得身旁發出幾下抽噎聲息，一轉頭，只見阿綉正在哭泣，晶瑩的淚珠正從她臉頰上緩緩流下。石破天吃了一驚，忙問：「阿綉姑娘，你……你為甚麼哭？」

阿綉不答，走了幾步，伸手扶住一枝樹幹，哭得更加傷心了。

石破天道：「為甚麼啊？是婆婆罵你嗎？」阿綉搖搖頭。石破天又問：「你身子不舒服，是不是？」阿綉又搖搖頭。石破天連猜了七八樣原因，阿綉只是搖頭。霎時間叫他可沒了主意，過去他所遇到的女子如他母親、侍劍、丁璫、花萬紫等，都是性格爽朗之輩，石夫人閔柔雖為人溫和，卻也是端凝大方，從未見過如阿綉這般嬌羞忸怩的姑娘，實不知如何應付才好。阿綉越是哭泣，他越是心慌，只道：「到底為了甚麼事？你跟我說好不好？」阿綉抽抽噎噎的道：「都是……都是……你……你不好，你……你……還要問呢！」

石破天大吃一驚，心想：「我甚麼事做錯了？」他對這位溫柔靦覥的阿綉十分敬重，她既說都是他不好，自然一定是他不好了，當下顫聲道：「阿……阿綉姑娘，請你跟我說，我是個蠢人，自己做錯了事也不知道，當眞該死。」

阿綉淚眼盈盈的回過頭來，說道：「昨兒晚上我做了個夢，嚇人得很，你……你……你對我這麼兇！」說到這裏，眼淚又似珍珠斷綫般流將下來。石破天奇道：「我對你很兇？」阿綉道：「是啊，我夢見你使金烏刀法第七十三招，從半空中一刀劈將下來，將我殺了。」石破天一怔，伸拳在自己胸口重重搥了兩下，道：「該死，該死！我在夢中嚇着了你。」

阿綉破涕爲笑，說道：「史大哥，那是我自己做夢，原怪不得你。」石破天見她白玉般的臉頰上兀自留着幾滴淚水，但笑靨生春，說不出的嬌美動人，不由得痴痴的看得呆了。阿綉面上一紅，身子微顫，那幾顆淚水便滾了下來，說道：「我做的夢，常常是很準的，因此我害怕將來總有一日，你眞的會使這一招將我殺了。」

石破天連連搖頭，道：「不會的，不會的，我說甚麼也不會殺你，別說我決不會殺你，就是你要殺我，我……我也不還手。」阿綉奇道：「倘若我要殺你，你爲甚麼不還手？」石破天伸手搔了搔頭，傻笑道：「我覺得……我覺得不論你要我做甚麼事，我總會依順你，聽你的話。你眞要殺我，我倘若不給你殺，你就不快活了，那還是讓你殺了的好。」

阿綉怔怔的聽着，只覺他這幾句話誠摯無比，確是出於肺腑，不由得心中感激，眼眶兒又是紅了，道：「你……你爲甚麼對我這麼好？」

石破天道：「只要你快活，我就說不出的喜歡。阿綉姑娘，我……我眞想天天這樣瞧着你。」他說這幾句話時，只是心中這麼想，嘴裏就說了出來。阿綉年紀雖比他小着幾歲，於人情世故卻不知比他多懂了多少，一聽之下，就知他是在表示情意，要和自己終身廝守，結成眷屬，不禁滿臉含羞，連頭頸中也紅了，慢慢把頭低了下去。

良久良久，兩人誰也不說一句話。過了一會，阿綉仍是低着頭，輕聲道：「我也知道你是好人，何況那也正巧，在那船中，咱們……咱們共……共一個枕頭，我……我寧可死了，也不會去跟別一個人。」她意思是說，冥冥之中，老天似是早有安排，你全身被綁，卻偏偏鑽進我的被窩之中，同處了一夜，只是這句話究竟羞於出口，說到「咱們共一個枕頭」這幾句時，已是聲若蚊鳴，幾不可聞。

石破天還不明白她這番話已是天長地久的盟誓，但也知她言下對自己甚好，忍不住心花怒放，忽道：「倘若這島上只有你奶奶和我們三個人，那可有多好，咱們就永遠住在這裏，偏偏又有白萬劍師傅啦，丁不四爺爺啦，叫人提心吊膽的老是害怕。」

阿綉抬起頭來，道：「丁不四、白師傅他們，我倒不怕。我只怕你將來殺我。」石破天急道：「我寧可先殺自己，也決不會傷了你一根小指頭兒。」

阿綉提起左手，瞧着自己的手掌，這時日光從樹葉之間照進林中，映得她幾根手指透明如瑪瑙。石破天情不自禁的抓起她的手掌，放到嘴邊去吻了一吻。

阿綉「啊」的一聲，將手抽回，內息一岔，四肢突然乏力，倚在樹上，喘息不已。

石破天忙道：「阿綉姑娘，你別見怪。我……我……我不是想得罪你。下次我不敢了，眞是再也不敢了。」阿綉見他急得額上汗水也流出來了，將左手又放在他粗大的手掌之中，柔聲道：「你沒得罪我。下次……下次……也不用不敢。」石破天大喜，心中怦怦亂跳，只是將她柔嫩的小手這麼輕輕握着，卻再也不敢放到嘴邊去親吻了。

阿綉調勻了內息，說道：「我和奶奶雖蒙你打通了經脈，卻不知何年何月，才能回復功力。」石破天不懂這些走火、運功之事，也不會空言安慰，只道：「只盼丁不四爺爺找不到咱們，那麼你奶奶功力一時未復，也不打緊。」

阿綉嫣然道：「怎麼還是你奶奶、我奶奶的？她是你金烏派的開山大師祖，你連師父也不叫一聲？」石破天道：「是，是。叫慣了就不容易改口。阿綉姑娘……」阿綉道：「你怎麼仍是姑娘長，姑娘短的，對我這般生份客氣？」石破天道：「是，是。你教教我，我怎麼叫你才好？」

阿綉臉蛋兒又是一紅，心道：「你該叫我『綉妹』才是，那我就叫你一聲『大哥』。」可是終究臉嫩，這句話說不出口，道：「你就叫我『阿綉』好啦。我叫你甚麼？」石破天道：「你愛叫甚麼，就叫甚麼。」阿綉笑道：「我叫你大粽子，你生不生氣？」石破天笑道：「好得很，我怎麼會生氣？」

阿綉嬌聲叫道：「大粽子！」石破天應道：「嗯，阿綉。」阿綉也應了一聲。兩人相視而笑，心中喜樂，不可言喻。

石破天道：「你站着很累，咱們坐下來說話。」當下兩人並肩坐在大樹之下。阿綉長髮垂肩，陽光照在她烏黑的頭髮上發出點點閃光。她右首的頭髮拂到了石破天胸前，石破天拿在手裏，用手指輕輕梳理。

阿綉道：「大粽子哥哥，倘若我沒遇上你，奶奶和我都已在長江中淹死啦，那裏還有此刻的時光？」石破天道：「倘若沒你們這艘船剛好經過，我也早在長江中淹死啦。大家永遠像此刻這樣過日子，豈不快樂？為甚麼又要學武功你打我、我打你的，害得人家傷心難過？我眞不懂。」阿綉道：「武功是一定要學的。世界上壞人多得很，你不去打人，別人卻會來打你。給人打了還不要緊，給人殺了可活不成啦。大粽子哥哥，我求你一件事，成不成？」

石破天道：「當然成！你吩咐甚麼，我就做甚麼。」

阿綉道：「我奶奶的金烏刀法，的確是很厲害的，你內力又強，練熟之後，武林中就很少有人是你對手了。不過我很擔心一件事，你忠厚老實，江湖上人心險詐，要是你結下的寃家多，那些壞人使鬼計來害你，你一定會吃大虧。因此我求你少結寃家。」

石破天點頭道：「你這是爲我好，我自然更加要聽你的話。」

阿綉臉上泛過一層薄薄的紅暈，說道：「以後你別淨說必定聽我的話。你說的話，我也一定依從。沒的叫人笑話於你，說你沒了男子漢大丈夫氣概。」頓了一頓，又道：「我瞧奶奶教你這門金烏刀法，招招都是兇狠毒辣的殺着，日後和人動手，傷人殺人必多，那時便想不結寃家，也不可得了。」

石破天惕然驚懼，道：「你說得對，不如我不學這套刀法，請你奶奶另教別的。」

阿綉搖頭道：「她金烏派的武功，就只這套刀法，別的沒有了。再說，不論甚麼武功，一定會傷人殺人的。不能傷人殺人，那就不是武功了。只要你和人家動手之時，處處手下留情，記着得饒人處且饒人，那就是了。」石破天道：「『得饒人處且饒人』，這句話很好！阿綉，你眞聰明，說得出這樣好的話。」阿綉微笑道：「我豈有這般聰明，想得出這樣的話來？那是有首詩的，叫甚麼『自出洞來無敵手，得饒人處且饒人』。」

石破天問道：「甚麼有首詩？」他連字也不識，自不知甚麼詩詞歌賦。

阿綉向他瞧了一眼，目光中露出詫異的神色，也不知他眞是不懂，還是隨口問問，當下也不答言，沉吟半晌，說道：「要能天下無敵手，那才可以想饒人便饒人。否則便是向人家求饒，往往也不可得。大粽……」突然間嫣然一笑，道：「我叫你『大哥』好不好？那是『大粽子哥哥』五個字的截頭留尾，叫起來簡便一點。」也不等石破天示意可否，接着道：「我要你饒人，但武林中人心險詐，你若心地好，不下殺手，說不定對方乘機反施暗算，那可害了你啦。大哥，我曾見人使過一招，倒是奧妙得很，我比劃給你瞧瞧。」

她說着從石破天身旁拿起那把爛柴刀，站起身來，緩緩使個架式，跟着橫刀向前推出，隨即刀鋒向左掠去，拖過刀來，又向右斜刺，然後運刀反砍，從自己眉心向下，在身前尺許處直砍而落。石破天見她衣帶飄飄，姿式美妙，萬料不到這樣一個嬌怯怯的少女，居然能使這般精奧的刀法，只看得心曠神怡，就沒記住她的刀招。

阿繡一收柴刀，退後兩步，抱刀而立，說道：「收刀之後，仍須鼓動內勁，護住前後左右，以防敵人突施偷襲。」卻見石破天呆呆的瞧着自己出神，顯是沒聽到自己說話，問道：「你怎麼啦？我這一招不好，是不是？」

石破天一怔，道：「這個……這個……」阿繡嗔道：「我知道啦，你是金烏派的開山大弟子，壓根兒就沒將我這些三脚貓的招式放在眼裏。」石破天慌了，忙道：「對不起，我……我瞧着你眞好看，就忘了去記刀法。阿繡姑娘，你……你再使一遍。」

阿繡佯怒道：「不使啦！你又叫我『阿繡姑娘』！」石破天伸指在自己額頭上打個爆栗，說道：「該死，老是忘記。阿繡，阿繡！你再使一遍罷。」

阿繡微笑道：「好，再使一遍，我可沒氣力再使第三遍啦。」當下提起刀來，又拉開架式，橫推左掠，右刺反砍，下斫抱刀，將這一招緩緩使了一遍。

這一次石破天打醒了精神，將她手勢、步法、刀式、方位，一一牢記。阿繡再度叮囑他收刀後鼓勁防敵，他也記在心中，於是接過柴刀，依式使招。

阿繡見他即時學會，心下甚喜，讚道：「大哥，你眞是聰明，只須用心，一下子便學會了。這一招刀法叫做『旁敲側擊』，刀刃到那裏，內力便到那裏。」

石破天道：「這一招果然好得很，忽左忽右，忽上忽下，叫敵人防不勝防。」阿繡道：「這招的妙處還是在饒人之用。一動上手比武，自然十分兇險，敗了的非死即傷。你比不過人家，自是無話可說，就算比人家厲害，要想不傷對方而自己全身而退，卻也是十分不易。這一招『旁敲側擊』，卻能既不傷人，也不致爲人所傷。」

石破天見她肩頭倚在樹上，頗爲吃力，道：「你累啦，坐下來再說。」

阿繡曲膝慢慢跪下，坐在自己脚跟上，問道：「你有沒聽到我的話？」石破天道：「聽到的。這一招叫做旁敲……旁敲甚麼的。」這一次他倒不是沒用心聽，只因「旁敲側擊」四字是個文謅謅的成語，他不明其意，就說不上來。

阿繡道：「哼，你又分心啦，你轉過頭去，不許瞧着我。」這句話原是跟他說笑，那知石破天當眞轉過頭去，不再瞧她。

阿繡微微一笑，道：「這叫做『旁敲側擊』。大哥，武林人士大都甚是好名。一個成名人物給你打傷了，倒也沒甚麼，但如敗在你的手下，他往往比死還要難過。因此比武較量之時，最好給人留有餘地。如果你已經勝了，不妨便使這一招，這般東砍西斫，旁人不免眼花繚亂，你到後來又退後兩步，再收回兵刃，就算旁邊有人瞧着，也不知誰勝誰敗。給敵人留了面子，就少結了寃家。要是你再說上一兩句場面話，比如說：『閣下劍法精妙，在下佩服得緊。今日難分勝敗，就此罷手，大家交個朋友如何？』這麼一來，對方知道你故意容讓，卻又不傷他面子，多半便會和你做朋友了。」

石破天聽得好生佩服，道：「阿綉，你小小年紀，怎麼懂得這許多事情？這個法子眞是再好也沒有了。」阿綉笑道：「我話說完了，你回過頭來罷。」

石破天回過頭來，只見她臉頰生春，笑嘻嘻的瞧着自己，不由得心中一蕩。

阿綉道：「我又懂得甚麼了？都是見大人們這麼幹，又聽他們說得多了，才知道該當這樣。」

石破天道：「我再練一遍，可別忘記了。」當下躍起身來，提起柴刀，將這招「旁敲側擊」連練了兩遍。

阿綉點頭道：「好得很，一點也沒忘記。」

石破天喜孜孜的坐到她身旁。阿綉忽然歎了口氣，說道：「大哥，我敎你這招『旁敲側擊』，可別跟奶奶說。」石破天道：「是啊，我不說。我知道你奶奶會不高興。」阿綉道：「你怎知奶奶會不高興？」石破天道：「你不是金烏派的。我這金烏派弟子去學別派武功，她自然不喜歡了。」

阿綉嘻嘻一笑，說道：「金烏派，嘿，金烏派！奶奶倒像是小孩兒一般。」

石破天道：「我說你奶奶確是有點小孩兒脾氣。丁不四老爺子請她到碧螺島去玩，去一趟也就是了，又何必帶着你一起投江？最多是碧螺島不好玩。那也沒甚麼打緊。我瞧丁不四老爺子對你奶奶倒也是挺好的，你奶奶不斷罵他，他也不生氣。倒是你奶奶對他很兇。」

阿綉微笑道：「你在師父背後說她壞話，我去告你，小心她抽你的筋，剝你的皮。」石破天雖見她這般笑着說，心中卻也有些着慌，忙道：「下次我不說了。」

阿綉見他神情惶恐，不禁心中歉然，覺得欺侮他這老實人很是不該，又想到自己引導他學這招「旁敲側擊」，雖說於他無害，終究是頗存私心，便柔聲道：「大哥，你答允我以後和人動手，既不隨便殺人傷人，又不傷人顏面，我……我實在好生感激。我無可報答，先在這裏多謝你了。」隨即俯身向他拜了下去。

石破天一驚，忙道：「你怎……怎麼拜我？」忙也跪倒，磕頭還禮。

忽聽得遠處一個女子聲音怒喝：「呔！不要臉，你又在跟人拜天地了！」正是丁璫的聲音。

石破天一驚非同小可，「啊喲」一聲，躍起身來，叫道：「叮叮噹噹！」果見丁璫從樹林彼端縱身奔來，丁不三跟在她後面。

石破天一見二人，嚇得魂飛天外，彎腰將阿綉抱在臂中，拔足便奔。丁不三身法好快，幾個起落，已搶到石破天面前，攔住去路。石破天又是一聲：「啊喲！」斜刺裏逃去。他輕身功夫本就不如丁不三遠甚，何況臂中又抱了一人？片刻間又被丁不三迎面攔住。

這時丁璫也已追到身後，石破天見到她手中柳葉刀閃閃發光，更是心驚。只聽得丁璫怒喝：「把小賤人放下來，讓我一刀將她砍了便罷，否則咱倆永世沒完沒了。」石破天道：「不行，不行！」丁璫刷的一刀，便向阿綉頭上砍去。石破天大驚，雙足一登，向旁縱躍。他深恐丁璫砍死了阿綉，不知不覺間力與神會，勁由意生，一股雄渾的內力起自足底，呼的一聲，身子向上躍起，竟高過了樹巔。

一躍之勁，竟致如斯，丁不三、丁璫固然大吃一驚，石破天在半空中也是大叫：「啊喲！」心想這一落下來，跌得筋折腿斷倒罷了，阿綉被丁璫殺死，那可如何是好？眼見雙足落向一根松樹的樹幹，心慌意亂的使勁一撐，只盼逃得遠些，卻聽喀喇一聲，樹幹折斷，身子向前彈了數丈，身旁風聲呼呼，身子飛得極快。

只聽懷中的阿綉說道：「落下去時用力輕些，彈得更……」她一言未畢，石破天雙足又落向一棵松樹，當即依言微微彎膝，收小了勁力一撐，那樹幹一沉，並未折斷，反彈上來，卻將他彈得更遠更高。丁璫的喝罵之聲仍可聽到，卻也漸漸遠了。

石破天一起一落，覺得甚是有趣。阿綉在他懷中，不住出言指點他運勁使力之法。他本來內力有餘，一得輕功的訣竅，在樹枝上縱躍自如，便似猿猴松鼠一般，輕巧自在，喜樂無窮，說道：「這法子真好，這麼一來，他們便追不上咱們了。」

眼見樹林將到盡頭，忽聽得叱喝之聲，又見日光一閃一閃，顯是從兵刃上反照出來，有人正在爭鬥。石破天道：「不好，那邊有人，可不能過去了！」左足在樹幹上一點，輕輕落下，依着阿綉所說的法子，提一口氣，足尖向下，手中雖抱着人，卻着地極輕。

他躲在一株大松樹後，悄悄探頭出去張望，不由得嚇了一跳。只見林隙的一片大空地中兩人鬥得正緊，一個是手持長劍的白萬劍，另一個卻是雙手空空的丁不四。十餘名雪山派弟子手中各挺長劍，疏疏落落的站在四周凝神觀鬥，爲白萬劍作聲援之勢。丁不四手中雖無兵刃，但擒、拿、劈、打、點、戳、勾、抓，兩隻手掌便如是一對厲害兵器一般，遇到白萬劍長劍刺削而來，他往往猱身而上，硬打搶攻。

石破天只看得數招，便即全神貫注，渾忘了懷中還抱着一人。他既學過雪山劍法，而丁不四所用的招數，一小半是曾經教過他的，沒教過的卻也理路相通，有脈絡可尋。兩大高手比武，鬥得緊湊異常，所使武功他又大部份學過，自是瞧得興高采烈。

但見丁不四招招搶攻，雙掌如刀如劍，如槍如戟，似乎逼着白萬劍守勢多而攻着少，但白萬劍打得極是沉着，樸實無華，偶然間鋒芒一現，又即收斂，看來丁不四若想取勝，可着實不易，鬥得久了，只怕白萬劍還會佔到上風。

連石破天都看出了這點，丁不四和白萬劍自是早就心中有數。原來丁不四自負與白萬劍之父威德先生白自在同輩，聲稱不肯以大壓小，只以空手接他的長劍。但一動上手，丁不四立即暗暗叫苦不迭，對方出招之迅，變化之精，內力之厚，法度之謹，在在均是第一流高手風範，即令白自在當年縱橫江湖的全盛之時，劍法之精，只怕也不過如是。

丁不四打醒十二分精神，施展小巧騰挪功夫，在他劍光中縱躍來去，有時迫不得已，只好行險僥倖，以兩敗俱傷的狠着，逼退白萬劍凌厲劍招。遇上這等情形，白萬劍總是退讓一步，不與他硬拚，倒似是智珠在握，心有必勝成算一般。以二人眞功夫而論，畢竟還是丁不四高出一籌，但他輸在過於托大，不肯用兵刃和對方動手，明明一條金光燦然的九節軟鞭圍在腰間，既已說過不用，便是殺了他頭，也不肯抖將出來。

再拆二十餘招，白萬劍道：「丁四叔，你用九節鞭罷，只是空手，你打我不過的。」丁不四怒道：「放屁，我怎會打你不過？你試試這招！」左手劃個圈子，右手拳從圈子中直擊出去。這一招來得甚怪。白萬劍不明拆法，便退了一步。丁不四哈哈大笑，右足在地下一登，身子向左彈出，便似脚底下裝了機關，突然飛起，雙脚在半空中急速踢出。白萬劍又退一步，揮劍護住面門。

丁不四條左條右，忽前忽後，只將石破天看得眼花繚亂。猛聽得嗤的一聲響，丁不四右腿褲管上中了一劍，雖沒傷到皮肉，卻將他褲子劃了一條長長的破口。白萬劍收劍退回，說道：「承讓，承讓！」

高手比武，這一招原可說勝敗已分。但丁不四老羞成怒，喝道：「誰來讓你了？這一招你一時運氣好，算得甚麼？」一招「逆水行舟」，向白萬劍又攻了過去。白萬劍只得挺劍接住。剛才這一劍劃破對方褲脚，說是運氣好，確也不錯，其時白萬劍挺劍刺去，丁不四剛好揮足踢出，倒似是將自己褲管送到劍鋒上去給他劃破一般。但這麼一來，丁不四一股淩厲的氣燄不免稍煞，出招時就慎重得多，越打越處下風。

雪山派衆弟子瞧着十分得意，就有人出聲稱讚：「你瞧白師哥這一招『月色黃昏』，使得若有若無，朦朦朧朧，當眞是得了雪山劍法的神髓。丁四老爺子手忙脚亂，若不是白師哥劍下留情，他身上已然掛彩了。」

猛聽得一聲「放屁！」同時從兩處響出。一處出自丁不四之口，那是應有之義，毫不希奇，另一處卻來自東北角上。

眾人目光不約而同的轉了過去。這些人中，倒以石破天嚇得最爲厲害。只見兩人並肩站在林邊，一是丁不三，另一個是丁璫。

丁不四叫道：「老三，你走開些！我跟人家過招，你站在這裏幹甚麼？」他雖全神貫注的和白萬劍動手，但究竟兄弟之親，丁不三只說了「放屁」兩字，他便知道是兄長到了，何況他兄弟倆自幼到老，相互間說得最多的便是這「放屁」兩字。

丁不三笑道：「我要瞧瞧你近來武功長進了些沒有。」

丁不四大急，情知眼前情勢，自己已無法取勝，這個自幼便跟他爭強鬥勝、互不相下的兄長偏偏在這時現身，正是不巧之極，他大聲叫道：「你在旁邊只有搞亂我心神。我既分心和你說話，怎麼還有心思跟人家廝打？」

丁不三笑道：「你不用和我說話，專心打架好了。」轉頭向丁璫道：「你四爺爺老是自稱武功了得，天下無敵，倒似比你親爺爺還行些一般。現下你睜大了眼，可要瞧仔細了，瞧你四爺爺單憑一雙肉掌，要將人家打得撤劍認輸，跪地求饒。哈哈，哈哈！」笑聲怪作，人人耳鼓中嗡嗡作響，都是十分的不舒服。

丁不四邊鬥邊喝：「老三，你笑甚麼鬼？」丁不三笑道：「我笑你啊！」丁不四怒道：「笑我甚麼？我有甚麼好笑？」丁不三道：「我笑你一生要強好勝，遇到危難之際，總還得靠哥哥來提你一把。」丁不四怒道：「這姓白的是我後輩，若不是瞧在他父母臉上，早就一掌將他斃了。我有甚麼危難？誰要你來提一把，你還是去提一把酒壺、提一把尿壺的好！哎喲！好小子，你乘人之危……」

他空手和白萬劍對打，本已落於下風，這麼分心和丁不三說話，門戶中便即現出空隙。白萬劍乘勢直上，在他左肩上劃了一劍，登時鮮血淋漓。

丁不三、丁不四兩兄弟自幼吵鬥不休，互爭雄長，做哥哥的不似哥哥，做兄弟的不似兄弟，但這時丁不三眼見兄弟受傷，卻也不禁關心，怒道：「好小子，你膽敢傷我丁老三的兄弟！」身形微矮，突然呼的一聲彈將出去，伸手直抓白萬劍後心。

白萬劍前後受攻，心神不亂，長劍向丁不四先刺一劍，將他逼開一步，隨即迴劍向丁不三斜削過去。

丁不四叫道：「老三退開！誰要你來幫我？」丁不三道：「誰幫你了？丁老三最惱人打架不公平。我先弄掉他的劍，再在他身上弄些血出來，你們再公公平平的打一架。」

雪山派羣弟子見師兄受二人夾擊，何況這丁不三乃是殺害同門的大仇人，他一上前動手，衆人發一聲喊，紛紛攻上。

丁不三喝道：「狗崽子，活得不耐煩了，通統給我滾回去！」卻見劍光閃閃，幾柄長劍同時向他刺來。丁不三一一避過，大聲叫道：「再不滾開，老子可要殺人了。」

白萬劍知道這些師弟們決不是他的對手，他說要殺人，那是眞的殺人，忙叫道：「大家退回去！」雪山羣弟子對這位師兄的號令不敢絲毫違拗，當即散開退後。

丁不三向着一名肥肥矮矮、名叫李萬山的雪山弟子道：「把你的劍給我！」李萬山怒道：「好！給你！」劍起中鋒，嗤的一聲，向他小腹直刺過去。丁不三左手疾探，從側抓住了他右腕，輕輕一扭，便將他手中長劍奪過，便如李萬山眞是乖乖將長劍遞給他一般。這一扭之下，李萬山右腕已然脫臼，丁不三跟着飛脚將他踢了個觔斗。

其餘雪山弟子挺劍欲上相助，丁不三已手持長劍，劍尖刺地，繞着白萬劍和丁不四二人奔了一圈，畫了個長約二丈的圓圈，站定身子，向雪山羣弟子冷冷說道：「那一個踏進這圈子一步，便算是踏進鬼門關了。」

白萬劍打得雖然鎭定，心中卻已十分焦急，情知這不三、不四兩兄弟殺人不眨眼，此刻二人聯手，自己已無論如何討不了好去，比之當日土地廟中獨鬥石淸夫婦，情勢更是凶險得多，丁氏兄弟可不似石淸夫婦那麼講究武林道義，只怕雪山派十七弟子，今日要盡數畢命於紫煙島上。當下劍走險勢，要搶着將丁不四先斃於劍底，雪山派十七人生死存亡，全看是否能先行殺了丁不四而定。

但丁不四脅下雖中一劍，傷非要害，儘能支撑得住，白萬劍這一躁急求勝，劍招雖狠，「穩、準」二字反而不如先前。丁不四雙掌翻飛，在長劍中穿來揷去，仍是矯捷狠辣之極，創口中的鮮血卻也不住飛濺出來。

丁不三挺劍向前，叫道：「老四，你先退下，把劍傷裹好了，再打不遲。」丁不四大聲道：「甚麼劍傷？我身上有甚麼劍傷？諒這小子的一把爛劍，又怎傷得了我？」丁不三道：「咦！怎麼你身上有傷口、又有鮮血？」丁不四道：「我高興起來，自己在身上搔搔癢，弄了點血出來，有甚麼希奇？」

丁不三哈哈大笑，挺劍向白萬劍刺去，大聲說道：「姓白的，你聽仔細了，現下是我跟你單打獨鬥，丁老四也在跟你單打獨鬥，可不是咱們兩兄弟聯手夾攻於你。老四叫我不可出手，我不聽他的。我叫老四退下，他也不聽我的。我瞧着你不順眼，要教訓教訓你。他討厭你老子，要打你幾個耳光。咱們各人打各人的，別讓人說丁氏雙雄以二打一，傳到江湖上可不大好聽。」口中囉唕，手下絲毫沒有閒着，出招悍辣之極。

白萬劍以一敵二，心想：「原來你跟我單打獨鬥，丁老四也跟我單打獨鬥，不是兩人夾攻。」他生性端嚴，向來不喜和人做口舌之爭，心中又瞧不起丁氏兄弟的無賴；而在這兩名高手的夾擊之下，也委實不能分心答話，只是全神貫注的嚴密的防守，尋瑕反擊，一句話也不說。

鬥到分際，丁不三的長劍和他長劍一交，白萬劍只覺手臂劇震，對方的內力猛攻而至，急忙運內力外盪，迴劍橫削，便在此時，右腿上被丁不四左掌作刀，重重的斫了一掌，當即向後退出兩步，脚步踉蹌，險些摔倒。

雪山派一名弟子叫道：「休得傷我師哥！」挺劍來助，左脚剛踏進丁不三所畫的圓圈，眼前白光一閃，長劍貫胸而過，已被丁不三一劍刺死。兩名雪山弟子又驚又怒，雙雙進襲。

丁不三大喝一聲，躍起半空，長劍從空中劈將下來，同時左掌擊落，劍鋒落處，將一名雪山派弟子從右肩劈至左腰，以斜切藕勢削成兩截，左手這掌擊在另一名雪山弟子的天靈蓋上。那人悶哼一聲，委頓在地，頭顱扭過來向着背心，頸骨折斷，自也不活了。

他頃刻間連殺三人，石破天在樹後見着，不由得心驚膽戰，臉如土色。

丁不三餘威不歇，長劍如疾風驟雨般向白萬劍攻去，猛聽得喀喀兩響，雙劍同時折斷。

兩人同時以半截斷劍向對方擲出，同時低頭矮身，兩截斷劍同時向兩人頭頂掠去，相去均是不到半尺。

兩人一般行動，一般快速，又是一般的生死懸於一綫。

白萬劍右腿受傷，步履不便，再失去了兵刃，登時變成了只有挨打，難以還手的地步。兩名雪山弟子明知踏進圈子不免有死無生，但總不能眼睜睜的瞧着師兄被這兩個兇人聯手害死，當即挺劍衝了進去。

丁不三叫道：「老四，你來打發，我今天已殺了三人。」

丁不四笑道：「哈，你也有求我出手的時候。」竟不轉身，左足向後彈出，便似騾馬以後腿踢人一般，拍拍兩聲，分別踢中兩人的胸口。兩名雪山弟子飛出數丈，摔跌在地，哼也沒哼一聲。原來兩人胸口中腿，當即斃命。

丁氏兄弟兇性大發，足掌齊施，各以狠毒手法向白萬劍攻擊。白萬劍跛着一足，沉着應付，一步步退出圈子，突然一聲低哼，右肩又中了丁不四一掌，右臂幾乎提不起來。

眼見白萬劍命在頃刻，石破天只瞧得熱血沸騰，叫道：「你們不能殺白師傅！」隨手將阿綉往地下一放，拔出插在腰帶中那把爛銹柴刀，大呼：「不能再殺人了！」

阿綉突然被他放落，「啊」的一聲叫了出來。石破天百忙中回頭，說道：「對不起！」幾個起落，已踏入圈中。

丁不四仍是頭也不回，反脚踢出。石破天右足一點，輕飄飄的從他頭頂躍過，落在他面前，使得正是阿綉適才所教的輕身功夫。丁不四一脚踢空，眼前卻多了一人，一怔之下，叫道：「大粽子，原來是你！」

石破天道：「是，是我。爺爺、四爺爺，你們已經……已殺了五人，應該住手啦。」斜眼向丁不三瞧去，心中怦怦亂跳，眼見他殺死的那三名雪山派弟子屍橫就地，連自己足上也濺滿了鮮血，更是怕得厲害。

丁不三道：「小白痴，那日給你在船上逃得性命，卻原來躲在這裏。此刻你又出來幹甚麼？」石破天道：「我來勸兩位老爺子少結寃家，既然勝了，得饒人處且饒人，又何必趕盡殺絕？」

丁不三和丁不四相對哈哈大笑，丁不四道：「老三，這小子不知從那裏聽了幾句狗屁不通的言語，居然來相勸老爺爺。」

石破天提起柴刀，將地下一柄長劍挑起，向白萬劍擲去，說道：「白師傅，你們雪山派的，一定要用劍。」

白萬劍轉眼便要喪於丁氏兄弟手下，萬不料這小寃家石中玉反會出來相助，心下滿不是滋味。他擲過來這柄長劍，是被丁不三劈死的那個師弟遺下來的，當下接過了長劍，凝立不動，一劍在手，精神陡振。

丁不三罵道：「這姓白的要捉你去殺了，當日若不是我相救，你還有命麼？」石破天點頭道：「正是。爺爺，我是很感激你的。所以嘛，我也勸白師傅得饒人處且饒人。」

丁不四生怕石破天說出在小船上打敗了自己之事，急於要將他一掌斃了，喝道：「胡說八道些甚麼？」呼的一掌向他直擊過去，這一次並無史婆婆在旁，再沒顧忌，這招「黑雲滿天」卻是從未教過他的。

白萬劍不願石中玉就此被他如此凌厲的一招擊斃，挺劍使招「老枝橫斜」，從側刺去。石破天柴刀一落，使出一招「長者折枝」，去砍丁不四的手掌。說也奇怪，這一刀一劍的招數本來相剋，但合併使用，居然生出極大威力，霎時之間，將丁不四籠罩在刀劍之下。

丁不三大叫：「小心！」但刀光劍勢，凌厲無儔，他雖欲插手相助，可是一雙空手實不敢伸入這刀劍織成的光網之中。

丁不四也是大吃一驚，危急之就地一個打滾，逃出圈子之外，挺起身來時，只見對方的一刀一劍之旁飛舞着無數白絲，一摸下頦，一排鬍子竟被割去了一截。

丁不四自是又驚又怒，丁不三駭然失色，白萬劍大出意外，只有石破天還不知自己適才這一招內力雄渾，刀法精妙，已令當世三大高手大為震動。

丁不三道：「好，咱們也用兵刃了。」從地下拾起一把長劍，叫道：「老四，還逞個屁能？用鞭子！」劍尖一抖，向石破天刺了過去。

石破天究無應變之能，眼見劍到，便即慌亂，不知該使那一招才好。白萬劍使招「明駝西來」從旁相助，這一劍提醒了石破天，當即使出「千鈞壓駝」，以刀背從空中壓將下來，柴刀雖鈍，但加上沉重內力，丁不三登感劍招窒滯，幸好丁不四已抖出腰間金龍九節鞭，搶着來救，丁不三乘機閃開。

白萬劍使一招「風沙莽莽」，石破天便跟着使「大海沉沙」。一刀一劍配合得天衣無縫，上似有狂風黃沙之重壓，下如有怒海洪濤之洶湧。丁不三、丁不四齊聲大呼。

石破天內力強勁之極，所學武功也是十分精妙，只是少了習練，更無臨敵應變的經歷，眼見敵招之來，不知該出那一招去應付才是。他所學的金烏刀法，除了最後一招之外，每一招都是針對雪山劍法而施，史婆婆傳授之時，總也是和每招雪山劍法合併指點。此刻他心中慌亂，無暇細思，但見白萬劍使甚麼招數，他便跟着使出那一招相應的招數來，是以白萬劍使「老枝橫斜」，他便使「長者折枝」，白萬劍使「明駝西來」，他便使「千鈞壓駝」。那知這金烏刀法雖說是雪山劍法的剋星，但正因爲相剋，一到聯手並使之時，竟將雙方招數中的空隙盡數彌合，變成了威力無窮的一套武功。

白萬劍驚詫之極，數招之下，便知石破天這套刀法和自己的劍招聯成一氣之後，直是無堅不摧，這小子內力更似有一股有質無形的力道，不斷的漸漸擴展。

丁不三、丁不四自然也早就瞧了出來，只是兩人不肯認輸，還盼石破天這路古怪刀法招數有限，兩兄弟打起精神，苦苦撐持。白萬劍也怕石破天不過是「程咬金三斧頭」，時刻一長，又被丁氏兄弟佔了先機，眼下情勢，須當速戰速決，當即使一招「暗香疏影」，長劍顫動，劍光若有若無，那是雪山劍法中最精微的一招，往往傷人於不知不覺之間。石破天柴刀橫削，也是連連抖動，這一招「鮑魚之肆」，內力從四面八方湧出。

只聽得「啊、啊」兩聲，丁不四肩頭中刀，丁不三臂上中劍。兩人倏然轉身，躍出圈外。丁不三反手抓住丁璫，迅速之極的隱入了東邊林中。丁不四卻在西首山後逸去，只聽山背後傳來他的大聲呼叫：「白萬劍，老子瞧在你母親面上，今日饒你一命，下次可決不輕饒了……」聲音漸漸遠去。

但見滿地是血，衰草上躺着五具屍首，雪山派羣弟子你看看我，我看看你，又驚又悲，又是滿腹疑團。

白萬劍側目瞧着石破天，一時之間痛恨、悲傷、慚愧、慶幸、惶惑、詫異、佩服，百感交集，而感激之意卻也着實不少，若不是這小子出手，雪山派十餘人自必盡數畢命於紫煙島上，回想適才丁氏兄弟出手之狠辣，兀自心有餘悸。他長長舒了口氣，問道：「你這路刀法是誰教你的？」

石破天道：「是史婆婆教的，共有七十三路，比你們的雪山劍法多一路，招招是雪山劍法的剋星。」白萬劍哼的一聲，說道：「招招是雪山劍法的剋星？口氣未免太大。誰是史婆婆？」石破天道：「史婆婆是我金烏派的開山祖師，她是我師父，我是金烏派的第二代大弟子。」白萬劍不禁大怒，冷冷的道：「你不認師門，那也罷了，卻又另投甚麼金烏派門下。金烏派，金烏派？沒聽見過，武林中沒這個字號。」

石破天還不知他已動怒，繼續解釋：「我師父說道，金烏就是太陽，太陽一出，雪就融了。因此雪山派弟子遇到我金烏派，只有……只有……」下面本來是「磕頭求饒的份兒」，但他只不過不通人情世故，畢竟不是傻子，話到口邊，想起這句話不能在雪山派弟子面前說出來，當即住口。

白萬劍臉色鐵青，厲聲道：「我雪山弟子遇上你金烏派的，那便如何？只有甚麼？」石破天搖頭道：「這句話你聽了要不高興的，我也以為師父這話不對。」白萬劍道：「只有大敗虧輸，望風而逃，是不是？」石破天道：「我師父的話，意思也就差不多。白師傅你別生氣，我師父恐怕也是說着玩的，當不得眞。」

白萬劍右腿、右肩都被丁不四手掌斬中，這時候更覺疼痛難當，然石破天的言語句句辱及本門，卻如何忍得，長劍一舉，叫道：「好！我來領教領教金烏派的高招，且看如何招招是雪山劍法的剋星！」但這一舉劍，肩頭登時劇痛，臉上變色，長劍險些脫手。

一名雪山弟子包萬葉上前兩步，挺劍說道：「姓石的小子，你當然不認我這師叔了，我來接你的高招！」

白萬劍咬牙忍痛，說道：「包師弟，你……你……」他本要說「你不行」，但學武之人，臉面最是要緊，隨即改口道：「我來接他好了！」劍交左手，說道：「姓石的小子，上罷！」石破天搖頭道：「你肩頭、腿上都受了傷，咱們不用比了，而且，而且，我一定打你不過的。」

白萬劍道：「你有膽子侮辱雪山派，卻沒膽子跟我比劍！」長劍挺出，一招「梅雪爭春」，劍光點點，向石破天頭頂罩了下來，他雖左手使劍，不如右手靈便，但凌厲之意，絲毫不減。石破天見劍光當頭而落，只得舉起柴刀，還了一招「梅雪逢夏」，攻瑕抵隙，果然正是這招「梅雪爭春」的剋星。

白萬劍心中一凜，不等這招「梅雪爭春」使老，急變「胡馬越嶺」，石破天依着來一招「漢將當關」，白萬劍眼見對方這一招守得嚴密異常，不但將自己去招全部封住，而且顯然還含有厲害後着，當即換成一招「明月羌笛」，石破天跟着變爲「赤日金鼓」。白萬劍又是一驚，眼見他柴刀直攻而進，正對準了自己這招最軟弱之處，忙又變招。

幸好石破天不懂這其間的奧妙，眼見對方變招，跟着便即變化。其實適才已佔敵機先，不管白萬劍變招也好，不變招也好，乘勢直進，立時便可迫他急退三步。此時他腿上不便，這三步難以疾退，不免便要撤劍認輸。但說到當眞拆招鬥劍，石破天可差得遠了，他只是眼見白萬劍使出甚麼劍招，便照式應以金烏刀法中配好了的一招，較之日前與丁不四在舟中鬥拳，其依樣葫蘆之處，實無多大分別。他招數不會稍有變更，自不免錯過了這大好機會。

白萬劍心中暗叫：「慚愧！」旁觀的雪山派弟子中，倒也有半數瞧了出來，也是暗道：「僥倖，僥倖！」

數招一過，白萬劍又遇凶險。不管他劍招如何巧妙繁複，石破天以拙應巧，一柄爛柴刀總是佔了上風。白萬劍越鬥越驚，心想：「這小子倒也不是胡吹，他的甚麼金烏刀法，果然是我雪山劍法的剋星。那個史婆婆莫非是我爹爹的大仇人？她如此處心積慮的創了這套刀法出來，顯是要打得我雪山派一敗塗地。」

拆到三十餘招時，石破天柴刀斫落，劈向白萬劍左肩。白萬劍本可飛腿踢他手腕，以解此招，但他右脚一提，傷處突然奇痛徹骨，右膝竟爾不由自主的跪倒，急忙右掌按地。石破天這刀砍下，他已無法抗禦，眼見便要將他左臂齊肩斫落。雪山羣弟子大聲驚呼。不料石破天提起柴刀，說道：「這一下不算。」

白萬劍左脚使勁，奮力躍起，心中如閃電般轉過了無數念頭：「這小子早就可以勝我，何以每一招都使不足？倒似他沒好好學過雪山劍法似的。此刻他明明已經勝我了，何以又故意讓我？石中玉這小子向來陰狠，他只消一刀殺了我，其餘衆師弟那一個是他對手？他忽發善心，那是甚麼緣故？難道……難道……他當眞不是石中玉？」
一轉到這個念頭，左手長劍輕送，一招「朝天勢」向前刺出。雪山諸弟子都是「咦」的一聲。這「朝天勢」不屬雪山劍法七十二招，是每個弟子初入門時鍛鍊筋骨、打熬氣力的十二式基本功夫之一，招式尋常，簡便易記，雖於練功大有好處，卻不能用以臨敵。衆人見他突然使出這一招來，都吃了一驚，只道白師哥傷重，已無力使劍。

不料石破天也是一呆，這一招「朝天勢」他從未見過，史婆婆也沒敎過破法，不知如何拆解才是。可是在「氣寒西北」的長劍之前，又有誰能呆上一呆？石破天只是這麼稍一遲疑，白萬劍長劍猶似電閃，中宮直進，劍尖已指住了他心口，喝道：「怎麼樣？」

石破天道：「你這一招是甚麼劍法？我沒見過。」

白萬劍見他此刻生死繫於一綫，居然還問及劍法，倒也佩服他的膽氣，說道：「你當眞沒學過？」石破天搖了搖頭。白萬劍道：「我此時取你性命，易如反掌，只是適才我受丁氏兄弟圍攻，閣下有解圍大德，咱們一命換一命，誰也不虧負誰。從今而後，你可不許再說金烏刀法是雪山劍法剋星的話。」

石破天點頭道：「我原說打你不過。你叫我不可再說，我以後不說了。白師傅，我想明白了，剛才你這一招劍法，好像也可破解。」陡然間胸口一縮，凹入數寸，手中柴刀橫掠，拍的一聲，刀劍相交，內力到處，白萬劍手中長劍斷爲兩截。

白萬劍臉色大變，左足一挑，地下的一柄長劍又躍入他手中，刷刷刷三劍，都是本派練功的入門招式，快速無倫。石破天只瞧得眼花繚亂，手忙足亂之際，突然間手腕中劍，柴刀再也抓揑不住，噹的一聲，掉在地下。便在那時，對方長劍又已指住了他心口。

白萬劍手腕輕抖，石破天叫聲「哎喲」，低頭看時，只見自己胸口已整整齊齊的被刺了六點，鮮血從衣衫中滲將出來，但着劍不深，並不如何疼痛。

雪山羣弟子齊聲喝采：「好一招『雪花六出』！」

白萬劍道：「相煩閣下回去告知令師，雪山派多有得罪。」他見石破天不會雪山派這幾路最粗淺的入門功夫，顯非作僞，而神情舉止，性情脾氣，和石中玉更是大異，又想：「他於我有救命之恩，適才一刀又沒斫我肩膀，明着是手下留情。不論是不是石中玉，今日總是不能殺他拿他。這一招『雪花六出』，只是懲戒他金烏派口出大言，在他身上留個記認。」

他抛下長劍，抱起一名師弟的屍身，旣傷同門之誼，又愧自身無能，致令這五個師弟死於丁氏兄弟之手，忍不住熱淚長流，其餘雪山子弟將另外四具屍身也抱了起來。白萬劍恨恨的道：「不三、不四兩個老賊別死得太早。」向衆師弟道：「咱們走！」一夥人快步走入樹林，誰也沒再回頭望石破天一眼。

石破天已聽到兩人先前說話，便道：「這裏野豬肉甚多，便十個人也吃不完，兩位儘管大吃便了。」那胖子笑道：「如此我們便不客氣了。」

十一 藥酒

石破天但見地下血迹殷然，歪歪斜斜的躺着幾柄斷劍，幾隻烏鴉啊啊啊的叫着從頭頂飛過，當下拾起柴刀，叫道：「阿綉，阿綉！」奔到大樹之後，阿綉卻已不在。

石破天心道：「她先回去了？」忙快步跑回山洞，叫道：「阿綉，阿綉！」非但阿綉不在，連史婆婆也不在了。他驚惶起來，只見地下用焦炭橫七豎八的畫了幾十個圖形，他不知是寫的字，更不知是甚麼意思，猜想史婆婆和阿綉都已走了。

初時只覺好生寂寞，但他從小孤單慣了的，只過得大半個時辰，便已泰然。這時胸口劍傷已然不再流血，心道：「大家都走了，我也走了罷，還是去尋媽媽和阿黃去。」這時不再有人沒來由的向他糾纏，心中倒有一陣輕鬆快慰之感，只是想到史婆婆和阿綉，卻又有些戀戀不捨，將柴刀插在腰間，走到江邊。

但見波濤洶湧，岸旁更無一艘船隻，於是沿岸尋去。那紫煙島並不甚大，他快步而行，只一個多時辰，已環行小島一周，不見有船隻的蹤影，舉目向江中望去，連帆影也沒見到一片。

他還盼史婆婆和阿綉去而復回，又到山洞中去探視，卻那裏再見二人的蹤迹？只得又去摘些柿子充饑。到得天黑，便在洞中睡了。

睡到中夜，忽聽得江邊豁啦一聲大響，似是撕裂了一幅大布一般，縱起身來，循聲奔到江邊，稀淡星光下只見有一艘大船靠在岸旁，不住的幌動。他生怕是丁不三或是丁不四的坐船，不敢貿然上前，縮身躲在樹後，只聽得又是豁啦一下巨響，原來是船上張的風帆纏在一起，被強風一吹，撕了開來，但船上竟然無人理會。

眼見那船搖搖幌幌的又要離島而去，他發足奔近，叫道：「船上有人麼？」不聞應聲。一個箭步躍上船頭，向艙內望去，黑沉沉地甚麼也看不見。

走進艙去，脚下一絆，碰到一人，有人躺在艙板之上。石破天忙道：「對不起！」伸手要扶他起來，那知觸手冰冷，竟是一具死屍。他大吃一驚，「啊」的一聲，叫了出來，左手揮出，又碰到一人的手臂，冷冰冰的，也早已死了。

他心中怦怦亂跳，摸索着走向後艙，脚下踏到的是死屍，伸手出去碰到的也是死屍。他大聲驚叫：「船……船中有人嗎？」驚惶過甚，只聽得自己聲音也全變了。跌跌撞撞的來到後梢，星光下只見甲板上横七豎八的躺着十來人，個個僵伏，顯然也都是死屍。

這時江上秋風甚勁，幾張破帆在風中獵獵作響，疾風吹過船上的破竹管，其聲噓噓，似是鬼嘯。石破天雖然孤寂慣了，素來大膽，但靜夜之中，滿船都是死屍，竟無一個活人，耳聽得異聲雜作，便似死屍都已活轉，要撲上來扼他咽喉。他記起侯監集上那僵屍扼得他險些窒息的情景，登時滿身寒毛直豎，便欲躍上岸去。但一足踏上船舷，只叫得一聲苦，那船離岸已遠，正順着江水飄下。原來這艘大船順流飄到紫煙島來，團團轉了幾個圈子，又順流沿江飄下。

這一晚他不敢在船艙、後梢停留，躍上船篷，抱住桅桿，坐待天明。次晨太陽出來，四下裏一片明亮，這才怖意大減，躍下後梢，只見艙裏艙外少說也有五六十具屍首，當眞是觸目驚心，但每具死屍身上均無血迹，也無刀劍創傷，不知因何而死。繞到船首，只見艙門正中釘着兩塊閃閃發光的白銅牌子，約有巴掌大小，一塊牌上刻有一張笑臉，和藹慈祥，另一牌上刻的卻是一張猙獰的煞神兇臉。兩塊銅牌各以一根鐵釘釘在艙門頂上，顯得十分詭異。他向兩塊銅牌上注視片刻，見牌上人臉似乎活的一般，當下不敢多看，轉過臉去，見衆屍有的手握兵刃，有的腰揷刀劍，顯然都是武林中人。再細看時，見每人肩頭衣衫上都用白絲綫繡着一條生翅膀的小魚。他猜想船上這一羣人都是同夥，只不知如何猝遇強敵，盡數畢命。

那船順着滔滔江水，向下游流去，到得晌午，迎面兩艘船並排着溯江而上。來船梢公見到那船斜斜淌下，大叫：「扳梢，扳梢！」可是那船無人把舵，江中急渦一旋，轉得那船打橫衝了過去，砰的一聲巨響，撞在兩艘來船之上。只聽得人聲喧嘩，夾着許多破口穢罵。石破天心下驚惶，尋思：「撞壞了來船，他們勢必和我爲難，追究起來，定要怪我害死了船上這許多人，那便如何是好？」情急之下，忙縮入艙中，揭開艙板，躲入艙底。

這時三艘船已糾纏在一起，過不多時，便聽得有人躍上船來，驚呼之聲，響成一片。有人尖聲大叫：「是飛魚幫的人！怎……怎麼都死了。」又有人叫道：「連幫主……幫主成大洋也死在這裏。」突然間船頭有人叫道：「是……是賞善……罰惡令……令……令……」這人聲音並不甚響，但語聲顫抖，充滿着恐懼之意。他一言未畢，船中人聲登歇，霎時間一片寂靜。石破天在艙底雖見不到各人神色，但衆人驚懼已達極點，卻是可想而知。

過了良久，才有人道：「算來原該是賞善罰惡令復出的時候了，料想是賞善罰惡兩使出巡。這飛魚幫嘛，過往劣迹太多……唉！」長長歎了口氣，不再往下說。另一人問道：「胡大哥，聽說這賞善罰惡令，乃是召人前往……前往俠客島，到了島上再加處分，並不是當場殺害的。」先說話的那人道：「若是乖乖的聽命前去，原是如此。然而去也是死，不去也是死，早死遲死，也沒甚麼分別。成大洋成幫主定是不肯奉令，率衆抗拒，以致……以致落得這個下場。」一個嗓音尖細的人道：「那兩位賞善罰惡使者，當眞如此神通廣大，武林中誰也抵敵不過？」那胡大哥反問：「你說呢？」那人默然，過了一會，低低的道：「賞善罰惡使者重入江湖，各幫各派都是難逃大刦。唉！」

石破天突然想到：「這船上的死屍都是甚麼飛魚幫的，又有一個幫主。啊喲不好，這兩個甚麼賞善罰惡使者，會不會去找我們長樂幫？」

他想到此事，不由得心急如焚，尋思：「該當儘快趕回總舵，告知貝先生他們，也好先有防備。」他給人誤認為長樂幫石幫主，引來了不少麻煩，且數度危及性命，但長樂幫中上下人等個個對他恭謹有禮，雖有個展飛起心殺害，卻也顯然是認錯了人，這時聽到「各幫各派都是難逃大刦」，對幫中各人的安危不由得大爲關切，更加凝神傾聽艙中各人談論。

只聽得一人說道：「胡大哥，你說此事會不會牽連到咱們。那兩個使者，會不會找上咱們鐵叉會？」那胡大哥道：「賞善罰惡二使既已出巡，江湖上任何幫會門派都難逍遙……這個逍遙事外，且看大夥兒的運氣如何了。」

他沉吟半晌，又道：「這樣罷，你悄悄傳下號令，派人即刻去稟報總舵主知曉。兩艘船上的兄弟們，都集到這兒來。這船上的東西，甚麼都不要動，咱們駛到紅柳港外的小漁村中去。善惡二使既已來過此船，將飛魚幫中的首腦人物都誅了，第二次決計不會再來。」

那人喜道：「對，對，胡大哥此計大妙。善惡二使再見到此船，定然以爲這是飛魚幫的死屍船，說甚麼也不會上來。我便去傳令。」

過不多時，又有許多人湧上船來。石破天伏在艙底，聽着各人低聲紛紛議論，語音中都是充滿了惶恐之情，便如大禍臨頭一般。

有人道：「咱們鐵叉會又沒得罪俠客島，賞善罰惡二使未必便找到咱們頭上來。」

另有一人道：「難道飛魚幫就膽敢得罪俠客島了？我看江湖上的這十年一刦，恐怕這一次……這一次……」

又有人道：「老李，要是總舵主奉令而去，那便如何？」那老李哼了一聲，道：「自然是有去無回。過去三十年中奉令而去俠客島的那些幫主、總舵主、掌門人，又有那一個回來過了？總舵主向來待大夥兒不薄，咱們難道貪生怕死，讓他老人家孤身去涉險送命？」又有人道：「是啊，那也只有避上一避。咱們幸虧發覺得早，看來陰差陽錯，老天爺保祐，教咱們鐵叉會得以逃過了這一刦。紅柳港外那小漁村何等隱蔽，大夥兒去躲在那裏，善惡二使耳目再靈，也難發見。」那胡大哥道：「當年總舵主經營這個漁村，正就是為了今日之用。這本是個避難的世外……那個世外桃源。」

一個嗓子粗亮的聲音突然說道：「咱們鐵叉會橫行長江邊上，天不怕，地不怕，連皇帝老兒都不買他的帳，可是一聽到他媽的俠客島甚麼賞善罰惡使者，大夥兒便嚇得夾起尾巴，躲到紅柳港漁村中去做縮頭烏龜，那算甚麼話？就算這次躲過了，日後他媽的有人問起來，大夥兒這張臉往那裏擱去？不如跟他們拚上一拚，他媽的也未必都送了老命。」他說了這番心雄膽壯的話，船艙中卻誰也沒接口。

過了半晌，那胡大哥道：「不錯，咱們吃這一口江湖飯，幹的本來就是刀頭上舐血的勾當，他媽的，你幾時見癩頭鼋王老六怕過誰來……」

「啊，啊——」突然那粗嗓子的人長聲慘呼。霎時之間，船艙中鴉雀無聲。

嗒的一聲輕響，石破天忽覺得有水滴落到手背之上，抬手到鼻邊一聞，腥氣直沖，果然是血。鮮血還是一滴一滴的落下來。他知道衆人就在頭頂，不敢稍有移動出聲，只得任由鮮血不絕的落在身上。

只聽那胡大哥厲聲道：「你怪我不該殺了癩頭鼋嗎？」一人顫聲道：「沒有，沒……沒有！王老六說話果然鹵莽，也難怪胡大哥生氣。不過……不過他對本會……這個……這個，倒一向是很忠心的。」胡大哥道：「那麼你是不服我的處置了？」那人忙道：「不……不是，不是……」一言未畢，又是一聲慘叫，顯是又被那姓胡的殺了。但聽得血水又是一滴一滴的從船板縫中掉入艙底，幸好這一次那人不在石破天頭頂，血水沒落在他身上。

那胡大哥連殺兩人，隨即說道：「不是我心狠手辣，不顧同道義氣，實因這件事牽連到本會數百名兄弟的性命，只要漏了半點風聲出去，大夥兒人人都和這裏飛魚幫的朋友們一模一樣。癩頭黿王老六自逞英雄好漢，大叫大嚷的，他自己性命不要，那好得很啊，卻難道要總舵主和大夥兒都陪他一塊兒送命？」衆人都道：「是，是！」那胡大哥道：「不想死的，就在艙裏獃着。小宋，你去把舵，身上蓋一塊破帆，可別讓人瞧見了。」

石破天伏在艙底，耳聽得船旁水聲汩汩，艙中各人卻誰也沒再說話。他更加不敢發出半點聲息，心中只是想：「那俠客島是甚麼地方？島上派出來的賞善罰惡使者，爲甚麼又這樣兇狠，將滿船人衆殺得乾乾淨淨？難怪鐵叉會這干人要怕得這麼厲害。」

過了良久，他朦朦朧朧的大有倦意，只想合眼睡覺，但想睡夢中若是發出聲響，給上面的人發覺了，勢必性命難保，只得睜大了眼睛，說甚麼也不敢合上。又過一會，忽聽得噹啷啷鐵鍊聲響，船身不再幌動，料來已拋錨停泊。

只聽那胡大哥道：「大家進屋之後，誰也不許出來，靜候總舵主駕到，聽他老人家的號令。」各人低聲答應，放輕了脚步上岸，片刻之間，盡行離船。

石破天又等了半天，料想衆人均已進屋，這才揭開艙板，探頭向外張望，不見有人，於是躡手躡足的從艙底上來，見艙中仍是躺滿了死屍，當下撿起一柄單刀，換去了腰裏的爛柴刀，伸手到死屍袋裏去摸了幾塊碎銀子，以便到前邊買飯吃，走到後梢，輕輕跳上岸，彎了腰沿着河灘疾走，直奔出一里有餘，方從河灘走到岸上道路。

他想此時未脫險境，離開越遠越好，當下發足快跑，幸好這漁村果然隱僻之極，左近十餘里內竟無一家人家，始終沒遇到一個行人。他心下暗暗慶幸。卻不知附近本來有些零碎農戶，都給鐵叉會暗中放毒害死了。有人遷居而來，過不多時也必中毒而死。四周鄉民只道紅柳港厲鬼爲患，易染瘟疫，七八年來，人人避道而行，因而成爲鐵叉會極隱秘的巢穴。

又走數里，離那漁村已遠，他實在餓得很了，走入樹林之中想找些野味。說也湊巧，行不數步，忽喇聲響，長草中鑽出一頭大野豬，低頭向他急衝過來。他身子略側，右手拔出單刀，順勢一招金烏刀法中的「長者折枝」，刷的一聲，將野豬一個大頭砍下來。那野豬極是兇猛，頭雖落地，仍是向前衝出十餘步，這才倒地而死。

他心下甚喜：「以前我沒學金烏刀法之時，見了野豬只有逃走，那敢去殺它？」在山邊覓到一塊黑色燧石，用刀背打出火星，生了個火。將野豬的四條腿割了下來，到溪邊洗去血迹，回到火旁，將單刀在火中燒紅，炙去豬腿上的豬毛，將豬腿串在一根樹枝之上，便燒烤起來。過不多時，濃香四溢。

正燒炙之間，忽聽得十餘丈外有人說道：「好香，好香，當眞令人食指大動矣！」另一人道：「那邊有人燒烤野味，不妨過去情商，讓些來吃吃，有何不可？」先前那人道：「正是！」兩個人說着緩步走來。

但見一人身材魁梧，圓臉大耳，穿一襲古銅色綢袍，笑嘻嘻地和藹可親；另一個身形也是甚高，但十分瘦削，身穿天藍色長衫，身闊還不及先前那人一半，留一撇鼠尾鬚，臉色卻頗為陰沉。那胖子哈哈一笑，說道：「小兄弟，你這個……」

石破天已聽到二人先前說話，便道：「我這裏野豬肉甚多，便十個人也吃不完，兩位儘管大吃便了。」

那胖子笑道：「如此我們便不客氣了。」兩人便即圍坐在火堆之旁，火光下見石破天服飾華貴，但衣衫污穢，滿是縐紋，更濺滿了血迹，兩人臉上閃過一絲訝異的神色，隨即四隻眼都注視於火堆上的豬腿，不再理他。野豬腿上的油脂大滴大滴的落入火中，混着松柴的清香，雖未入口，已料到滋味佳美。

那瘦子從腰間取下了一個藍色葫蘆，拔開塞子，喝了一口，說道：「好酒！」那胖子也從腰間取下一個朱紅色葫蘆，搖幌了幾下，拔開塞子喝了一口，說道：「好酒！」

石破天跟隨謝煙客時常和他一起喝酒，此刻聞到酒香，也想喝個痛快，只見這二人各喝各的，並無邀請自己喝上一兩口之意，他生平決不向人求懇索討，只有乾咽饞涎。再過得一會，四條豬腿俱已烤熟，他說道：「熟了，請吃吧！」

一胖一瘦二人同時伸手，各搶了一條肥大豬腿，送到口邊，張嘴正要咬去，石破天笑道：「這兩條野豬腿雖大，卻都是後腿，滋味不及前腿的美。」那胖子笑道：「你這娃娃良心倒好。」換了一條前腿，吃了起來。那瘦子已在後腿上咬了一口，略一遲疑，便不再換。兩人吃了一會，又各喝一口酒，讚道：「好酒！」塞上木塞，將葫蘆掛回腰間。

石破天心想：「這二人恁地小氣，只喝兩口酒便不再喝，難道那酒當眞名貴之極嗎？」

便向那胖子道：「大爺，你這葫蘆中的酒，滋味很好嗎？我倒也想喝幾口。」他這話雖非求人，但討酒之意已再也明白不過。

那胖子搖頭道：「不行，不行，這不是酒，喝不得的。我們吃了你的野豬腿，少停自有禮物相贈。」石破天笑道：「你騙人，你剛才明明說『好酒』，我又聞到酒香。」轉頭向瘦子道：「這位大爺，你葫蘆中的總是酒罷？」

那瘦子雙眼翻白，道：「這是毒藥，你有膽子便喝罷。」說着解下葫蘆，放在地下。石破天笑道：「若是毒藥，怎地又毒不死你？」拿起葫蘆拔開塞子，撲鼻便聞到一陣酒香。

那胖子臉色微變，說道：「好端端地，誰來騙你？快放下了！」伸出五指抓他右腕，要奪下他手中葫蘆，那知手指剛碰他手腕，登時感到一股大力一震，將他手指彈了開去。

那胖子吃了一驚，「咦」的一聲，道：「原來如此，我們倒失眼了。那你請喝罷！」

石破天端起葫蘆，骨嘟嘟的喝了一大口，心想這瘦子愛惜此酒，不敢多喝，便塞上了木塞，說道：「多謝！」霎時之間，一股冰冷的寒氣直從丹田中升了上來。這股寒氣猶如一條冰綫，頃刻間好似全身都要凍僵了，他全身劇震幾下，牙關格格相撞，實是寒冷難當，急忙運起內力相抗，那條冰綫才漸漸融化。一經消融，登時四肢百骸說不出的舒適受用，非但不再感到有絲毫寒冷，反而暖洋洋地飄飄欲仙，大聲讚道：「好酒！」忍不住拿起葫蘆，拔開木塞，又喝了一口，待得內力將冰綫融去，醺醺之意更加濃了，歎道：「當眞是我從來沒喝過的美酒，可惜這酒太也貴重，否則我眞要喝他個乾淨。」

胖瘦二人臉上都現出十分詫異的神情。那胖子道：「小兄弟若眞量大，便將一葫蘆酒都喝光了，卻也不妨。」石破天喜道：「當眞？這位大爺就算捨得，我也不好意思。」那瘦子冷冷的道：「那位大爺紅葫蘆裏的毒酒滋味更好，你要不要試試？」

石破天眼望胖子，大有一試美酒之意。那胖子歎道：「小小年紀，一身內功，如此無端端送命，可惜啊可惜。」一面說，一面解下那朱漆葫蘆來，放在地下。

石破天心想：「這兩人都愛說笑，若說眞是毒酒，怎麼他們自己又喝？」拿過那朱紅葫蘆來，一拔開塞子，撲鼻奇香，兩口喝將下去，這一次卻是有如一團烈火立時在小腹中燒將起來。他「啊」的一聲大叫，跳起身來，催動內力，才把這團烈火撲熄，叫道：「好厲害的酒。」說也奇怪，肚腹中熱氣一消，全身便是舒暢無比。

那胖子道：「你內力如此強勁，便把這兩葫蘆酒一齊喝乾了，卻又如何？」

石破天笑道：「只我一個人喝，可不敢當。咱三人今日相會，結成了朋友，大家喝一口酒，吃一塊肉，豈不有趣？大爺，你請。」說着將葫蘆遞將過去。

那胖子笑道：「小兄弟既要伸量於我，那只有捨命陪君子了！」接過葫蘆喝了一口，將葫蘆遞給石破天，道：「你再喝罷！」石破天喝了一口，將葫蘆遞給瘦子，道：「這位大爺請喝！」

那瘦子臉色一變，說道：「我喝我自己的。」拿起藍漆葫蘆來喝了一口，遞給石破天。石破天接過，喝了一大口，只覺喝一口烈酒後再喝一口冰酒，冷熱交替，滋味更佳。他見胖瘦二人四目瞪着自己，登時會意，歉然笑道：「對不起，這口喝得太大了。」

那瘦子冷冷的道：「你要逞好漢，越大口越好。」

石破天笑道：「若是喝不盡興，咱們同到那邊市鎮去，我這裏有銀子，買他一大罈來喝個痛快。只是這般的美酒，那多半就買不到了。」說着在紅葫蘆中喝了一口，將葫蘆遞給胖子。

那胖子盤膝而坐，暗運功力，這才喝了一口。他見石破天若無其事的又是一大口喝將下去，越來越是驚異。

胖瘦二人面面相覷，臉上都現出大爲驚異之色。他二人都是身負絕頂武功的高手，只是二人所練武功，家數截然相反。胖子練的是陽剛一路，瘦子則是陰柔一路。兩人葫蘆中所盛的，均是輔助內功的藥酒。朱紅葫蘆中是大燥大熱的烈性藥酒，以「烈火丹」投入烈酒而化成；藍色葫蘆中是大涼大寒的涼性藥酒，以「九九丸」混入酒中而成。那烈火丹與九九丸中各含有不少靈丹妙藥，九九丸內有九九八十一種毒草，烈火丹中毒物較少，卻有鶴頂紅、孔雀膽等劇毒，乃兩人累年採集製煉而成。藥性奇猛，常人只須舌尖上舐得數滴，便能致命。他二人內功既高，又服有鎮毒的藥物，才能連飲數口不致中毒。但若胖子誤飲寒酒，瘦子誤飲烈酒，當場便即斃命。二人眼見石破天如此飲法，仍是行若無事，寧不駭然？

他二人雖見多識廣，於天下武學十知七八，卻萬萬想不到石破天身得奇緣，先練純陰內功，再練純陽內功，這一陰一陽兩門內功本來互相沖剋，勢須令得他走火而死，不料機緣巧合，反而相生相濟，竟使他功力大進，待得他練了從大悲老人處得來的「羅漢伏魔功」，更得丁不三的藥酒之助，將陰陽兩門內功合而爲一，體內陰陽交泰，已能抵擋任何大燥大熱、或是大涼大寒的毒藥。

石破天喝了二人携來的美酒，心下過意不去，又再燒烤野豬肉，將最好的燒肉布給他二人，不住勸二人飲酒。

那二人只道他是要以喝毒酒來比拚內力，不肯當場認輸，只得勉為其難，和他一口一口的對飲，偷偷將鎭制酒毒的藥丸塞入口中。二人目不轉睛的注視着石破天，見他確未另服化解藥物，如此神功，實是罕見，眞不知從何處鑽出來這樣一位少年英雄？

那胖子見石破天喝了一口酒後，又將朱紅葫蘆遞將過來，伸手接住，說道：「小兄弟內力如此了得，在下好生佩服。請問小兄弟尊姓大名？」石破天皺起眉頭，說道：「這件事最教我頭痛，人家一見，不是硬指我姓石，便來問我姓名。其實我既不是姓石，又無名無姓，因此哪，你這句話我可眞的答不上來了。」那胖子心道：「這小子裝傻，不肯吐露姓名。」又問：「然則小兄弟尊師是那一位？是那一家那一派的門下？」

石破天道：「我師父姓史，是位老婆婆，你見到過她沒有？她老人家是金烏派的開山師祖，我是她的第二代大弟子。」

胖瘦二人均想：「胡說八道，天下門派我們無一不知。那裏有甚麼金烏派，甚麼史婆婆了？這小子信口搪塞。」

那胖子乘着說這番話，並不喝酒，便將葫蘆遞了回去，說道：「原來小兄弟是金烏派的開山大弟子，怪不得如此了得，請喝酒罷。」

石破天見到他沒有喝酒，心想：「他說話說得忘記了。」說道：「你還沒喝酒呢。」

那胖子臉上微微一紅，道：「是嗎？」自己想佔少喝一口的便宜，卻被對方識破機關，心下微感惱怒，又不禁有些慚愧，那知道石破天卻純是一番好意，生怕他少喝了美酒吃虧。那胖子連着先前喝的兩口，一共已喝了八口藥酒，早已逾量，再喝下去，縱有藥物鎮制，也必有大害，當下提葫蘆就在口邊，仰脖子作個喝酒之勢，卻閉緊了牙齒，待放下葫蘆，藥酒又流回葫蘆之中。那胖子這番做作，如何逃得過那瘦子的眼去？他當眞是依樣葫蘆，也是這樣葫蘆就口，酒不入喉。

這樣你一口，我一口，每隻葫蘆中本來都裝滿了八成藥酒，十之七八都傾入了石破天的肚中。他酒量原不甚宏，仗着內力深厚，儘還支持得住，只是毒藥雖害他不死，卻不免有些酒力不勝，說話漸漸多了起來，甚麼阿綉，甚麼叮叮噹噹的，胖瘦二人聽了全是不知所云。

那瘦子尋思：「這少年定是練就了奇功，專門對付我二人而來。他不動聲色，儘只胡言亂語，當眞陰毒之極。待會動手，只怕我二人要命送他手。」

那胖子心道：「今日我二人以二敵一，尚自不勝，此人內力如此了得，實是罕見罕聞。待我加重藥力，瞧他是否仍能抵擋？」便向那瘦子使了個眼色。

那瘦子會意，探手入懷，揑開一顆臘丸，將一枚「九九丸」藏在掌心，待石破天將藍漆葫蘆又遞過來時，假裝喝了一口，伸手拭去葫蘆口的唾沫，輕輕巧巧的將一枚九九丸投入其中，慢慢搖幌，讚道：「好酒啊，好酒！」當瘦子做手脚時，那胖子也已將懷中的一枚「烈火丹」取出，偷偷融入酒中。

石破天只道是遇上了兩個慷慨豪爽的朋友，只管自己飲酒吃肉，他閱歷旣淺，此刻酒意又濃，於二人投藥入酒全未察覺。

只聽那瘦子道：「小兄弟，葫蘆中酒已不多，你酒量好，就一口喝乾了罷！」

石破天笑道：「好！你兩位這等豪爽，我也不客氣了。」拿起葫蘆來正要喝酒，忽然想起一事，說道：「在長江船上，我曾聽叮叮噹噹說過，男人和女人若是情投意合，就結爲夫婦，男人和男人交情好，就結拜爲兄弟。難得兩位大爺瞧得起，咱們三人喝乾了這兩葫蘆酒之後，索性便結義爲兄弟，以後時時一同喝酒，兩位說可好？」胖瘦二人氣派儼然，結拜爲兄弟云云，石破天平時既不會心生此意，就算想到了，也不敢出口，此刻酒意有九分了，便順口說了出來。

那胖子聽他越說越親熱，自然句句都是反話，料得他頃刻之間便要發難動手，以他如此內力，勢必難以抗禦，只有以猛烈之極的藥物，先行將他內力摧破，雖然此舉委實頗不光明正大，但看來這少年用心險惡，那也不得不以辣手對付，生怕他不喝藥酒，忙道：「甚好，甚好，那再好也沒有了。你先喝乾了這葫蘆的酒罷。」

石破天向那瘦子道：「這位大爺意下如何？」那瘦子道：「恭敬不如從命，小兄弟有此美意，咳，咳！我是求之不得。」

石破天酒意上湧，頭腦中迷迷糊糊地，仰起頭來，將藍漆葫蘆中的酒盡數喝乾，入口反不如先前的寒冷難當。

那胖子拍手道：「好酒量，好酒量！我這葫蘆裏也還剩得一兩口酒，小兄弟索性便也乾了，咱們這就結拜。」

石破天興致甚高，接過朱漆葫蘆，想也不想，一口氣便喝了下去。

兩人對望了一眼，均想：「我們製這藥酒，每一枚九九丸或烈火丹，都要對六葫蘆酒，一葫蘆酒得喝上一個月，每日運功，以內力緩緩化去，方能有益無害。這一枚九九丸再加一枚烈火丹，足足開得十二大葫蘆藥酒，我二人分別須得喝上半年。他將我們的一年之量於頃刻之間飲盡，倘若仍能抵受得住，天下決無此理。」

果然便聽石破天大聲叫道：「啊喲，不……不好了，肚子痛得厲害。」抱着肚子彎下腰去。胖瘦二人相視一笑。那胖子微笑道：「怎麼？肚子痛麼？想必野豬肉吃得太多了。」石破天道：「不是，啊喲，不好了！」大叫一聲，突然間高躍丈許。

胖瘦二人同時站起，只道他臨死之時要奮力一擊，各人凝力待發，均想以他功力，來勢定是凌厲無匹，兩人須得同時出手抵擋。

不料石破天呼的一掌向一株大樹拍了過去，叫道：「哎唷，這……這可痛死我了！」他腹痛如絞，當下運起內力，要將肚中這團害人之物化去，那知這九九丸和烈火丹的毒性非同小可，這一發作出來，他只痛得立時便欲暈去，登時全身抽搐，手足痙攣。

他奇痛難忍之際，左手一拳又是向那大樹擊去，擊了這一拳後，腹痛略減，當下右手又是一掌拍出。只震得那株大樹枝葉亂舞。他擊過一拳一掌，腹內疼痛畧覺和緩，但頃刻間肚中立時又如萬把鋼刀同時剜割一般。他口中哇哇大叫，手脚亂舞，自然而然將以前學過、見過的諸般武功施展出來。他學得本未到家，此時腹中如千萬把鋼刀亂絞，頭腦中一片混亂，那裏還去思索甚麼招數，只是亂打亂拍，雖然亂七八糟，不成規矩，但挾以深厚內力，威勢卻是十分厲害。他越打越快，只覺每發出一拳一掌，腹中的疼痛便隨內力的行走而帶了一些出來。

胖瘦二人只瞧得面面相覷，一步一步的向後退開。他二人知道如石破天這等武學高手，身中劇毒，臨死之時散去全身功力，猶如發了瘋的猛虎一般，只要給他雙手抱住了，那就萬難得脫。但聽得他拳脚發出虎虎風聲，招式又如雪山劍法，又如丁家的拳掌功夫，又挾了些上清觀劍法中的零碎招數。但盡是似是而非，生平從所未見，心想此人莫非眞的是甚麼金烏派門徒。以他二人武功之高，石破天這些招數縱怪，可也沒放在眼裏，只是他拳腿上發出的勁風，卻令二人暗暗稱異。

但見他越打越快，勁風居然也是越來越加凌厲，二人不約而同的又是對望了一眼，微微一笑，均想：「這小子內力雖強，武功卻是不值一哂，就算九九丸和烈火丹毒不死他，此人也非我二人的敵手。先前看了他內力了得，可將他的武功估得高了。」這麼一想，不由得都可惜自己那一壺藥酒和那一枚藥丸起來，早知如此，他若要動武，一出手便能殺了他，實不須耗費這等珍貴之極的藥物。

凝聚陰陽兩股相反的猛烈藥性，使之互相中和融化，原是石破天所練「羅漢伏魔功」最擅長的本事。倘若他只飲那胖子的熱性藥酒，或是只飲那瘦子的寒性藥酒，以如此劇毒，他內功雖然了得，終究非送命不可。那知道胖瘦二人同時下手，兩股相反的毒藥又同樣猛烈，誤打誤撞，陰陽二毒反而相互剋制。胖瘦二人萬萬想不到謝煙客先前曾以此法加諸這少年身上，意欲傷他性命，而他已習得了抵禦之法。

石破天使了一陣拳脚，肚中的劇毒藥物隨着內力漸漸逼到了手掌之上，腹內疼痛也隨之而減，直到劇毒盡數逼離肚腹，也就不再疼痛。他踉踉蹌蹌的走回火堆，笑道：「啊喲，剛才這一陣肚痛，我還怕是肚腸斷了，真嚇得我要命。」

胖瘦二人心下駭異，均想：「此人內功之怪，實是匪夷所思。」

那胖子道：「現今你肚子還痛不痛？」

石破天道：「不痛了！」伸手去火堆上取了一塊烤得已成焦炭的野豬肉，火光下見右掌心有一塊銅錢大小的紅斑，紅斑旁圍繞着無數藍色細點，「咦」的一聲，道：「這……這是甚麼？」再看左掌心時，也是如此。他自不知已將腹內劇毒逼到掌上，只是不會運使內力，未能將毒質逼出體外，以致盡數凝聚在掌心之中。

胖瘦二人自然明白其中原因，不禁又放了一層心，均想：「原來這小子連內力也還不大會運使，那是更加不足畏了。他若不是天賦異稟，便是無意中服食了甚麼仙草靈芝，無怪內力如此強勁。」本來料定他心懷惡念，必要出手加害，那知他只是以拳掌拍擊大樹，雖然腹痛大作之時，瞧過來的眼色中也仍無絲毫敵意，二人早已明白只是一場誤會，均覺以如此手段對付這傻小子，既感內疚於心，又不免大失武林高手的身分。

只聽石破天道：「剛才咱們說要義結金蘭，卻不知那一位年紀大些？又不知兩位尊姓大名。」

胖瘦二人本來只道石破天服了毒藥後立時斃命，是以隨口答允和他結拜，萬沒想到居然毒他不死。這二人素來十分自負，言出必踐，自從武功大成之後，更從未說過一句不算數的話，雖然十分不願和這傻小子結拜，卻更不願食言而肥。

那胖子咳嗽一聲，道：「我叫張三，年紀比這位李四兄弟大着點兒。小兄弟，你無名無姓，怎能跟我們結拜？」

石破天道：「我原來的名字不大好聽，我師父給我取過一個名兒，叫做史億刀。你們就叫我這個名字，那也不妨。」

那胖子笑道：「那麼咱們三人今日就結拜為兄弟了。」他單膝一跪，朗聲說道：「張三和李四、史億刀結拜為兄弟，此後有福同享，有難同當，若違此言，他日張三就如同這頭野豬一般，給人殺了烤來吃了，哈哈，哈哈！」這「張三」兩字當然是他假名。他口口聲聲只說張三，不提一個「我」字，自是毫無半分誠意。

那瘦子跟着跪下，笑道：「李四和張三、史億刀二位今日結義為兄弟，不願同年同月同日生，但願同年同月同日死，若違此誓，教李四亂刀分屍，萬箭穿身。嘿嘿，嘿嘿。」冷笑連聲，也是一片虛假。

石破天既不知「張三、李四」人人都可叫得，乃是泛稱，又渾沒覺察到二人神情中的虛偽，雙膝跪地，誠誠懇懇的說道：「我和張三、李四二位哥哥結為兄弟，有好酒好肉，讓兩位哥哥先吃，有人要殺兩位哥哥，我先上去抵擋。我若說過了話不算數，老天爺罰我天天像剛才這樣肚痛。」

胖瘦二人聽他說得十分至誠，不由得微感內愧。

那胖子站起身來，說道：「三弟，我二人身有要事，咱們這就分手了。」

石破天道：「兩位哥哥卻要到那裏去？適才大哥言道，咱們結成兄弟之後，有難同當，有福共享。反正我也沒事，不如便隨兩位哥哥同去。」

那胖子張三哈哈一笑，說道：「咱們是去請客，那也沒甚麼好玩，你不必同去了。」說着揚長便行。

石破天乍結好友，一生之中，從來沒一個朋友，今日終於得到兩個結義哥哥，實是不勝之喜，見他們即要離去，大感不捨，拔足跟隨在後，說道：「那麼我陪兩位哥哥多走一段路也是好的。這番別過，不知何日再能見兩位哥哥的面，再來一同喝酒吃肉。」

那瘦子李四陰沉着臉，不去睬他。張三卻有一句沒一句的撩他說笑，說道：「兄弟，你說你師父給你取名為史億刀。那麼在你師父取名之前，你的真名字叫作甚麼？咱們已結義金蘭，難道還有甚麼要瞞着兩個哥哥不成？」石破天尷尬一笑，說道：「倒不是瞞着哥哥，只是說來太也難聽。我娘叫我狗雜種。」張三哈哈大笑，道：「狗雜種，狗雜種，這名字果然古怪。」張三、李四二人起步似不甚快，但足底已暗暗使開輕功，兩旁樹木飛快的從身邊掠過。

石破天一怔之間，已落後了丈餘，急忙飛步追了上去。三人兩個在前，一個在後，相距也只三步。張三、李四急欲擺脫這傻小子，但全力展開輕功，石破天仍是緊跟在後。只聽石破天讚道：「兩位哥哥好功夫，毫不費力的便走得這麼快。我拚命奔跑，才勉強跟上。」

說到那行走的姿勢，三人功夫的高下確是相差極遠。張三、李四瀟洒而行，毫無急促之態。石破天卻是邁開大步，雙臂狂擺，弓身疾衝，直如是逃命一般。但兩人聽得他雖在狂奔之際說話仍是吐氣舒暢，一如平時，不由得也佩服他內力之強。

石破天見二人沿着自己行過的來路，正是向鐵叉會衆隱匿的那個小漁村，越行越近，大聲道：「兩位哥哥，前面是險地，可去不得了。咱們改道而行罷，沒的送了性命。」

張三、李四同時停步，轉過身來。李四問道：「怎說前面是險地？」

石破天也停步，說道：「前面是紅柳港外的一個漁村，有許多江湖漢子避在那裏，不願給旁人知道他們的蹤迹。他們要是見到咱三人，說不定就會行兇殺人。」李四寒着臉又問：「你怎麼知道？」石破天將如何誤入死屍船、如何在艙底聽到鐵叉會諸人商議、如何隨船來到漁村之事簡畧說了。

李四道：「他們躱在漁村之中，只是害怕賞善罰惡二使，這跟咱們並不相干，又怎會來殺咱們三個？」石破天搖手道：「不，不！這些人窮兇極惡，動不動就殺人。他們怕洩漏秘密，連自己人也殺。你瞧，我一身血迹，就是他們殺了兩個自己人，鮮血滴在我衣衫上，那時我躱在艙底下，一動也不敢動。」李四道：「你既害怕，別跟着我們就是！」石破天道：「兩位哥哥還是別去的爲是，這……這……可不是鬧着玩的。」

張三、李四轉過身來，逕自前行，心想：「這小子空有一些內力，武功既差，更加膽小如鼠。」那知只行出數丈，石破天又快步跟了上來。

張三道：「你怕鐵叉會殺人，又跟來幹甚麼？」石破天道：「咱們不是起過誓麼？有難同當，有福共享。兩位哥哥定要前去，我只有和你們同年同月同日死了。男子漢大丈夫，說過了的話不能不算數。」李四陰森森的道：「嘿嘿，鐵叉會的漢子幾十柄鐵叉一齊刺來，揷在你的身上，將你揷得好似一隻大刺蝟，你不害怕？」

石破天想起在船艙底聽到鐵叉會中被殺二人的慘呼之聲，此刻兀自不寒而慄，眼下這小漁村中少說也有一二百人匿居在內，兩位結義哥哥武功再高，三個人定是寡不敵衆。

李四見他臉上變色，冷笑道：「咱二人自願送死，也不希罕多一人陪伴。你乖乖回家去罷。咱們這次若是不死，十年之後，當再相見。」石破天搖手道：「兩位哥哥多一個幫手，也是好的。咱們人少打不過人多，危急之時，不妨逃命，那也不一定便死。」李四皺眉道：「打不過便逃，那算甚麼英雄好漢？你還是別跟咱們去丟人現眼了。」石破天道：「好，我不逃就是。」

張三、李四無法將他擺脫，相視苦笑，拔步便行，心下均想：「原來這傻小子倒也挺有義氣，銳身赴難，遠勝於武林中無數成名的英雄豪傑。」

過不多時，三人到了小漁村中。

眾人聽那人話聲中氣充沛，都是一驚，一齊回過頭來，只見數丈外站着一個漢子，其時東方漸明，瞧他臉容，似乎年紀甚輕。

十二　兩塊銅牌

石破天見那艘死屍船已影蹤不見，村中靜悄悄地竟無一人，走一步，心中便怦的一跳，臉色早已慘白，自言自語：「幸好他們都已躲了起來，瞧不見咱們。」

張三、李四端相地形，走到一座小茅舍前，張三伸手推開板門，逕自走到灶邊，四面看了一下，略一沉吟，抱起一口盛滿了水的大石缸，放在一旁，缸底露出一個大鐵環來。李四抓住鐵環，往上一提，忽喇一聲響，一塊鐵板應手而起，現出一個大洞。

張三當先躍下，李四跟着跳落。石破天只看得嘖嘖稱奇，料得必是鐵叉會中那干兇人的藏身之所，忙勸道：「兩位哥哥，這可下去不得……」話未說完，張三、李四早已不見，只得硬起了頭皮，也跳了下去。

前面是條通道，石破天跟在二人身後惴惴而行，只走出數步，便聽得有人大喝：「那一個？」勁風起處，兩柄明晃晃的鐵叉向張三刺來。張三雙手揮出，在鐵叉桿上一拍，內力震盪之下，那二人翻身倒地而死。

甬道牆上點着牛油巨燭，走出數丈，便即轉彎，每個轉角處必有兩名漢子把守。張三每次只一揮手間，便將手持鐵叉的漢子殺死，出手既快且準，乾淨利落，決不使到第二招。石破天張大了口合不攏來，心想：「張大哥使的是甚麼法術？倘若這竟是武功，那可比丁不三、丁不四爺爺、白師傅他們厲害得多了。」

他心神恍惚之間，只聽得人聲喧嘩，許多人從甬道中迎面衝來。張三、李四仍是這麼緩步前進，對面衝來的衆人卻陡然站定，臉上均現驚恐之色。

張三道：「總舵主在這兒嗎？」

一名身材高大的壯漢抱拳道：「在下尤得勝，是小小鐵叉會的頭腦。兩位大駕降臨，失迎之至。請到廳上喝一杯酒。啊，還有一位貴客，請三位賞光。」

張三、李四點了點頭。石破天見周遭情景詭異之極，在這甬道之中，張三已一口氣殺了十二名鐵叉會的會衆，料想對方決不肯罷休，只想轉身逃命，然見張三、李四毫不在乎的邁步而前，勢不能獨自退出，只得跟隨在後，卻忍不住全身簌簌發抖。

鐵叉會總舵主尤得勝在前恭恭敬敬的領路，甬道旁排滿了鐵叉會會衆，都是手執鐵叉，叉頭鋒銳，閃閃發光。張三、李四和石破天在兩排會衆之間經過，只轉了個彎，眼前突然大亮，竟是到了一間大廳之中，牆上插着無數火把，照耀如同白晝，四周也是站滿了手持鐵叉的會衆。石破天偶爾和這些人惡毒兇狠的目光相觸，急忙轉頭，不敢再看。

尤得勝肅請張三、李四上座。張李二人也不推讓，逕自坐了。張三笑指身旁的座位，道：「小兄弟，你就坐在這裏罷。」石破天就座後，尤得勝在主位相陪。

片刻間幾名身穿青袍、不帶兵刃的會衆捧上杯筷酒菜。張三、李四左手各是一抖，袍袖中同時飛出一物，拍的一聲，並排落在尤得勝面前，卻是兩塊銅牌，平平整整的嵌入桌子，恰與桌面相齊，便似是細工鑲嵌一般。每塊牌上均刻有一張人臉，一笑一怒，與飛魚幫死屍船艙門上所釘兩塊銅牌一模一樣。

尤得勝臉色立變，站起身來，嗆啷啷之聲大響，四周百餘名漢子一齊抖動鐵叉，叉上鐵環發出震耳之聲，各人踏上了一步。

石破天叫聲：「啊喲！」忙即站起，便欲奔逃，暗想：「在這地底下的廳堂之中，可不易脫身。」斜眼瞧張三、李四時，只見一個仍是笑嘻嘻地，另一個陰陽怪氣，也是絲毫不動聲色，石破天無可奈何，只得又再坐下。

尤得勝慘然道：「既是如此，那還有甚麼話可說。」張三笑道：「尤總舵主，你是山西『伏虎門』的惟一傳人，雙短叉的功夫，當世只有你一人會使。我們是來邀請你到俠客島去喝碗臘八粥，別無他意，不用多疑。」尤得勝遲疑了片刻，伸手在桌上一拍，兩塊銅牌跳了起來，他伸手接住，放入懷中，說道：「姓尤的臘八準到。」張三右手大拇指一豎，說道：「多謝尤總舵主，令我哥兒倆不致空手而回。」

人叢中忽有一人大聲說道：「尤總舵主雖是咱們頭腦，但鐵叉會衆兄弟義同生死，可不能讓總舵主獨自為衆兄弟送命。」石破天一聽聲音，便認出他是在船艙中連殺二人的那個胡大哥，知道此人兇悍異常，不由得心下又是怦怦亂跳。

尤得勝苦笑道：「徒然多送性命，又有何益？我意已決，胡兄弟不必多言。」提起酒壺，去給張三斟酒，但右手忍不住發抖，在桌面上濺了不少酒水。

張三笑道：「素聞尤總舵主英雄了得，殺人不眨眼，怎麼今天有點害怕了嗎？」端起酒杯放到嘴邊，突然間乒乒一聲，酒杯摔在地下，跌得粉碎，跟着身子歪斜，側在椅上。石破天驚道：「大哥，怎麼了？」側頭問李四道：「二哥，他……他……」一言未畢，見李四慢慢向桌底溜了下去。石破天更是驚惶，一時手足無措。

尤得勝初時還道張三、李四故意做作，但見張三臉上血紅，呼吸喘急，李四卻是兩眼翻白，臉上隱隱現出紫黑之色，顯是身中劇毒之象。他心下大喜，卻不敢便有所行動，假意道：「兩位怎麼了？」只見李四在桌底縮成一團，不住抽搐。

石破天驚惶無已，忙將李四扶起，問道：「二哥，你……你……身子不舒服麼？」他那知適才張三、李四和他鬥酒，飲的是劇毒藥酒，每個都飲了八九口之多。以他二人功力，若是連飲三口，急運內力與抗，尚無大碍，這八九口不停的喝下肚去，卻是大大的逾量，當時勉強支持，又自喜近來功力大進，喝了這許多毒酒，居然並沒覺得腹痛。但二人都服了解藥，這解藥旨在使酒中毒質暫不發作，留待以內力將藥酒融吸化解，增強內力，惟有鎮毒之功，卻無解毒之效，否則如此珍貴難得的藥酒，若服解藥便消去藥性，豈不可惜？待得二人一陣急行，酒中劇毒竟在這時突然同時發作出來，實是大出二人意料之外。

其時張三、李四腹中劇痛，全身痲木。兩人知道情勢危急，忙引丹田眞氣，裹住肚中毒酒，盼望緩緩的任其一點一滴的化去，否則劇毒陡發，只怕心臟便會立時停跳。但遲不遲，早不早，偏在這時毒發，當眞是命懸他人之手，就算抵擋得住肚中毒酒，卻也難逃鐵叉會的毒手。兩人均想：「我二人縱橫天下，今日卻死在這裏。」

鐵叉會的尤總舵主、那姓胡的及一干會衆見張三、李四二人突然間歪在椅上，滿頭大汗，臉上肌肉抽搐，神情十分痛苦，都是大爲驚詫。各人震於二人的威名，雖見這是千載難逢的良機，一時卻也不敢有何異動。

石破天只問：「大哥、二哥，你們是喝醉了，還是忽然生起病來？」張三、李四均不置答，就這麼半臥半坐，急運內力與腹中毒質相抵，過不多時，頭頂都冒出了絲絲白氣。

尤得勝見到二人頭頂冒出白氣，已明就裏，低聲道：「胡兄弟，這二人不是走火入魔，便是惡疾突發，正在急運內力，大夥兒快上啊！」那姓胡的大喜，卻不敢逼近動手，提起一柄鐵叉，一運勁，呼的一聲向張三擲去。張三無力招架，只是畧畧斜身，噗的一聲，鐵叉插入他肩頭，鮮血四濺。石破天大驚，叫道：「你……你幹麼？竟敢傷我大哥？」

鐵叉會會衆見他年輕，又是慌慌張張的手足無措，誰也沒將他放在心上。待見胡大哥一叉刺中張三，對方別說招架，連閃避也是有所不能，無不精神大振，呼呼呼一陣聲響，三柄鐵叉同時向石破天飛擲而至。

石破天左臂橫格，震開兩柄鐵叉，右手伸出去接住第三柄鐵叉，閃身擋在張三、李四二人身前，混亂之中，又有五柄鐵叉擲將過來。石破天舉起手中鐵叉手忙脚亂的一一擊飛，兩柄鐵叉回震出去，擊破了一名會衆的腦袋，刺入了另一名會衆的肚腹之中。

尤得勝見地方狹窄，鐵叉施展不開，這麼混戰，反多傷自己兄弟，叫道：「大家且住，讓我先收拾了這小賊再說。」一彎腰，雙手向裏腿中一摸，再行站直時，手中各已多了一柄明晃晃的短柄小鋼叉。

鐵叉會會衆紛紛退後，靠牆而立，齊聲呼叫：「瞧總舵主收拾這賊小子。」地下密室之中，聲音傳不出去，聽來十分鬱悶。

尤得勝身子一弓，迅速異常的欺到了石破天身側，兩把小鋼叉一上一下，分向他臉頰和腰眼中插去。石破天萬沒料到對方攻勢之來，竟會如此快法，「啊」的一聲呼叫，向前衝出一步，但腰間和右臂已同時中刃，噹的一聲，手中抓着的鐵叉落在地下。尤得勝見他武功不高，已放了一大半心，連聲吆喝，跟着又如旋風般撲將過來。

石破天右臂受傷甚輕，腰間被刺這一下卻着實疼痛，眼見他又是惡狠狠的衝將上來，當下斜身閃開，反掌向他背心擊去，使的是丁不四所教的一招。尤得勝最擅長的是小巧騰挪，近身肉搏，見石破天出招時姿式難看，但舉手投足之際風聲隱隱，內力厲害，心下也是頗爲忌憚，當下施展平生所學，兩柄小鋼叉招招向石破天要害刺去。

張三和李四一面運氣裹住腹中毒質，一面瞧着石破天和尤總舵主相鬥，知道今日二人生死，全繫於石破天能否獲勝而定，眼見他錯過了無數良機，既感可惜，又是焦急，卻又不敢過於分神旁騖，以致岔了內息。

又鬥一陣，石破天右腿又被小鋼叉掃中，「啊喲」一聲，右掌急拍。尤得勝突然聞到一股濃冽的甜香，腦中一暈，頓時昏倒。石破天一呆，向後躍開。

那姓胡的搶將上去，只見尤得勝臉上全是紫黑之色，顯是中了劇毒，一探他的鼻息，已然斃命。他驚怒交集，嘶聲叫道：「賊小……小子，你使毒害人，咱們跟他拚了！大夥兒上啊，總舵主給賊小子害死了。」鐵叉會會衆吶喊湧上，紛舉鐵叉向石破天亂刺亂戳。

石破天擋在張三、李四二人身前，不敢閃避，只怕自己稍一移身，兩位義兄便命喪於十餘柄鐵叉之下，情急之際，搶過一柄鐵叉，奮力折斷，使開金烏刀法，橫掃擋架。他雄渾之極的內力運到了叉上，當者披靡，霎時間十餘柄鐵叉都給他震飛脫手。一人站得最近，鐵叉脫手，隨即和身撲上，雙手成爪，向石破天臉上抓去。石破天見他勢頭來得兇悍，左手橫掠出去，拍的一聲，打在他的十根手指之上，只聽得喀喀數聲，腕骨連指折斷，那人跟着委頓在地，一動也不動了。

混戰之中，誰也無暇留意那人死活，七八人逼近石破天進攻，有的使叉，有的空手。石破天一步也不敢後退，只見有人撲近，便伸掌拍去，他一掌擊出，也不知是甚麼緣故，對方定然立即摔倒，其效如神。

這麼一連擊倒了六人，好幾人大叫：「這小子毒掌厲害，大夥兒小心些。」又有人叫道：「王三哥也給這小子毒掌擊死了，小……小……心……」這人話未說完，咕咚一聲，摔倒在地，一根鐵叉重重擊在自己臉上。這人並沒給石破天手掌擊中，居然也中毒而死。

鐵叉會會衆神色惶怖，一步步退後，但聽得嗆啷啷、砰嘭、喀喇、啊啊之聲不絕，一個個摔倒，有的轉身欲逃，但跑不了兩步，也即滾倒。

轉眼之間，大廳中百餘名壯漢橫七豎八的摔滿了一地，只剩下四個功力最高之人，伸手掩住口鼻，奪路外闖，但只奔到廳門口，四人便擠成一團，同時倒斃。

石破天見了這等情景，只嚇得目瞪口呆，比之那日在紫煙島上誤闖死屍船更是驚恐十倍。

在死屍船中所見的飛魚幫幫衆都已斃命，而此刻一干鐵叉會會衆卻是一個個在自己眼前死去，不知是中邪着魔，還是被惡鬼所迷。

他想起那些人說自己毒掌厲害，提起手掌來看時，只見雙掌之中都有一團殷紅如血的紅雲，紅雲之旁又有無數青藍色的條紋，顏色鮮艷之極。在和張三李四結拜之前，雙掌掌心中已有紅斑和藍點，但其時甚爲細小，不知在甚麼時候竟已變成這般模樣。再看了一陣，忍不住感到噁心，只覺得兩隻手掌心變得如同毒蛇之腹、蜈蚣之背，鼻中又隱隱聞到一些似香非香、又帶腥臭的濃冽氣息。

他轉頭去看張三、李四時，只見二人神色平和，頭頂白氣愈濃，張三的肩頭上兀自釘着那柄鐵叉。他想：「得給大哥拔出鐵叉。」抓住叉柄輕輕一拔，鐵叉應手而起，一股鮮血從張三肩頭創口中噴出。石破天忙即按住，撕下一角衣襟，替他裹住了創口。

只聽得張三深深吸了口氣，低聲道：「你……聽……我……說……照……我……的……話……做……」一個字一個字說來，聲音既低，語調又極緩慢。他所中之毒本與李四不相上下，但肩頭創口中放了許多血出來，令他所受毒質的侵襲爲之一緩。

石破天忙點頭道：「是，是，請大哥吩咐。」張三說：「你……左……手……按……我……背……心……靈……台……穴……」接着吸一口氣，說一句話，費了好半天功夫，才教會石破天如何運用內力，助他催逼出體內所中的毒藥，待得說完，已然滿頭大汗，臉色更是紅得猶似要滴出血來。石破天不敢怠慢，當即依他囑咐，解開他的上衣，左手按住他靈台穴，右手按住他膻中穴，左手以內息送入，右手運氣外吸，果然過不多時，便有一股炙熱之氣，細如遊絲，從右掌心中鑽了進去。

正自一掌送氣、一掌吸氣的全力運用之際，忽聽得脚步聲響，十餘人奔了進來，手中都持鐵叉。這些人奉命在外把守，過了良久，不聽得有何聲息，當下進來探視，萬料不到同夥首領和兄弟盡數屍橫就地，驚駭之下，卻見石破天和張三、李四坐在地上，顯然也是受了重傷，各人發一聲喊，挺叉向三人刺來。石破天正待起身抵禦，不料這十餘人奔到離他身前丈餘之處，突然身子搖幌，一個個軟癱下來，一聲不出，就此死去。

石破天嚇得一顆心幾乎要從胸中跳將出來，顫聲道：「大……大哥，這屋裏有惡鬼。咱們還是快走……」張三搖了搖頭，這時他體內毒質已去了一小半，腹痛已不如先前劇烈，說道：「你就……用這法子……給……給二哥……也……這麼……搞搞……」

石破天道：「是，是。」依着張三所授之法，替李四吸毒，這時進入他手掌的卻是一絲絲的涼氣了。約莫過了一頓飯時分，李四體內毒質減輕，要他再替張三吸毒。

如此周而復始，石破天替每人都吸了三次。二人體內雖然餘毒未淨，但已全然無碍。他二人本就要以這些毒藥助長本身功力，只須慢慢加以融煉便是。

兩人環顧四周的死屍，想起適才情景之險，忍不住心有餘悸，心想石破天適才爲二人解毒，手掌中又吸了不少毒質進去，只怕有碍，須得設法爲他解毒，卻見他臉上雖大有懼色，但舉止如常，全無中毒之象，均想這小子不知服食過甚麼靈芝仙草，這般厲害的劇毒竟也奈何他不得，既爲他慶幸，又暗暗感激。他二人自然知道，鐵叉會會衆所以遇到他的掌風立即斃命，是因他體內的劇毒散發出來之故，到得後來，廳內氤氤氳氳，毒霧瀰漫，吸入口鼻，便即致命。但此事不易解釋，他既不問，也就不提。

張三道：「二弟、三弟，咱們走罷！」當先走了出去，李四和石破天跟隨在後。三人走出地道，只見外面空地上站着數十人，手持鐵叉，正在探頭探腦的張望。衆人見三人出來，發一聲喊，都圍了上來。有人喝問：「總舵主呢？怎麼還不出來？」張三笑道：「總舵主在裏面！」當先那人又問：「怎麼你們先出來了？」

張三笑道：「這可連我也不明白了，你們自己進去瞧瞧罷。」雙手探出，一手抓住一人胸口便向地道中擲了進去。餘人大聲驚呼，紛挺鐵叉向他刺去。張三不閃不避，雙手一探，便抓住兩人，向後擲出。

石破天站在一旁，但見張三隨手抓出，手到擒來，不論對方如何抵禦躲閃，總是難以逃脫他的一抓一擲。他越看越是驚訝，心想原來大哥武功如此了得，以往所見到的高手，實沒一個比他得上。

李四雙手負在背後，並不上前相助。張三擲出十餘人後，兜向各人背後，專抓離得最遠之人，逐步將衆人逼到地道口前。有人大叫：「逃啊！」搶先向地道中奔入，餘人也都跟了進去。石破天叫道：「裏面危險，別進去！」卻又有誰來聽他的話？

他心下充滿了無數疑團：何以鐵叉會會衆一個個突然倒斃？大哥、二哥何以突然中毒肚痛？大哥又爲甚麼將這許多人趕入地道？一時也不知該先問那一件事，只叫了聲：「大哥，二哥！」便聽張三道：「咦！那邊是誰來了？」

石破天回頭一看，不見人影，問道：「甚麼人來了？」卻不聽得張三回答，再回過頭來時，不由得吃了一驚，張三、李四二人已然不見，便如隱身遁去一般。石破天驚叫：「大哥，二哥！你們到那裏去了？」連叫幾聲，竟無一人答應。

他六神無主，忙到四下房舍中去找尋。漁村中都是土屋茅舍，他連闖了七八家人家，都是一個人影也無。

其時紅日初升，遍地都是陽光，一個大村莊之中，空蕩蕩地只剩下他一人。

他想起地道中、大廳上各人慘死的情狀，不由得打個寒噤，大叫一聲，發足便奔。直奔出十餘里地，這才放緩脚步，再提起手掌看時，掌心的紅雲藍紋已隱沒了一小半，不似初見時的噁心，心下稍慰。他自不知手掌不使內力，劇毒順着經脈逐漸回歸體內。嗣後每日行功練氣，劇毒便緩緩消減，功力也隨之而增，直至七七四十九日之後，毒性才盡數化去。

他信步而行，走了半天，又到了長江邊上，當下沿着江邊大路，向下游行去。

中午時分在一處小鎮上買些麵條吃了，又向東行。他無牽無掛，任意漫遊，走到傍晚，前面樹林中露出一角黃牆，行到近處，見是一所寺觀，屋宇宏偉，門前鋪着一條寬闊平正的青石板路，山門中走出兩個身負長劍的黃冠道人來。

兩名道人見到石破天，便即快步走近。一名中年道人問道：「幹甚麼的？」他見石破天衣衫汚穢，年紀旣輕，笨頭笨腦的東張西望，言語中便不客氣。

石破天也不以爲忤，笑道：「我隨便走走，不幹甚麼。這是和尙廟嗎？我有銀子，跟你們買些甚點吃的，行不行？」那道人怒道：「混小子胡說八道，你瞧我是不是和尙？我們又不是開飯店的，賣甚麼吃的給你？快走，快走！再到上清觀來胡鬧，小心打斷了你的腿。」另一個年輕道人手按劍柄，臉上惡狠狠地，更作出便要拔劍殺人的模樣。

石破天道：「我肚子餓了，問你們買些吃的，又不是來打架。好端端地，我又何必再打死你們？」說着便轉身走開。那年輕道人怒道：「你說甚麼？」拔步趕上前來。

石破天這話實是出於眞心，他在鐵叉會大廳上手一揚便殺一人，心下老大後悔，實不願再跟人動手，見那年輕道人要上來打架，生怕莫名其妙的又殺了他，當即發足便奔，逃入樹林。只聽得兩個道人哈哈大笑，那中年道人道：「是個渾小子，只一嚇，挾了尾巴就逃。」

他見兩個道士不再追來，眼見天色已晚，想找些野果之類充饑，林中卻都是些松樹、杉樹、柏樹之屬，不生野果。他奔上一個小山坡，四下瞭望，只見那道士廟依山而建，前後左右一共數十間屋宇，後進屋子的煙囱中不斷升起白煙，顯然是在煮菜燒飯。除了這座道士廟外，極目四望，左近更無其他屋舍。

他見到炊煙，肚中更是咕咕亂響，心想：「這些道人好兇，一開口便要打架，我且到後邊瞧瞧，若有甚麼吃的，拿了便走。只須放下銀子，便不是小賊。」當即從林中繞到道觀之後，看準了炊煙的所在，挨牆而行，見一扇後門半開半掩，閃身便走了進去。

這時天色已然全黑，進去是個天井，但聽得人聲嘈雜，鍋鏟在鐵鍋中敲得噹噹直響，菜肴在熟油中發出吱吱聲音，陣陣香氣飄到天井之中，正是厨房的所在。石破天咽了口唾沫，當下從走廊悄悄掩到厨房門口，躲在一條黑沉沉的甬道之中，尋思：「且看這些飯菜煮好了送到那裏去？倘若飯堂中一時無人，我買了一碗肉便走，就不會打架殺人了。」

果然過不多時，便有三人從厨房中出來。三個都是小道士，當先一人提着一盞燈籠，後面兩人各端一隻托盤，盤中熱香四溢，顯是放滿了美肴。石破天大咽饞涎，放輕脚步，悄悄跟在後面。三名小道士穿過甬道，又經過一處走廊，來到一座廳堂之中，在桌上放下菜肴，兩名小道士轉身走出，餘下一人留下來端整坐椅，擺齊杯筷，一共設了三席。

石破天躲在長窗之外，探眼向廳堂中目不轉睛的凝望。好容易等到這小道士轉到後堂，他快步搶進堂中，抓起碗中一塊紅燒牛肉便往口中塞去，雙手又去撕一隻清蒸鷄的鷄腿。

第一口牛肉剛呑入肚，便聽得長窗外有人道：「師弟、師妹這邊請。」脚步聲響，有好幾人走到廳前。

石破天暗叫：「不好！」將那隻清蒸肥鷄抓在手中，百忙中還從懷中掏出一錠銀子，放在桌上，便要向後堂闖去，卻聽得脚步聲響，後堂也有人來。四下一瞥，見廳堂中空蕩蕩地無處可躲，不由得暗暗叫苦：「又要打架不成？」

耳聽得那幾人已走到長窗之前，他想起鐵叉會地道中諸人的死狀，雖說或許暗中有妖魔鬼怪作祟，一干會衆未必是自己打死的，究竟心中凜凜，不敢再試，情急之下，瞥眼見橫樑上懸着一塊大匾，當下無暇多想，縱身躍上橫樑，鑽入了匾後。他平身而臥，恰可容身。這時相去當眞只一瞬之間，他剛在匾後藏好，長窗便即推開，好幾人走了進來。

只聽得一人說道：「自己師兄弟，師哥卻恁地客氣，設下這等豐盛的酒饌。」

石破天聽這口音甚熟，從木匾與橫樑之間的隙縫中向下窺視，只見十幾人陪着男女二人相偕入座，這二人便是玄素莊的石莊主夫婦。他對這二人一直甚是感激，尤其石夫人閔柔當年既有贈銀之意，日前又曾敎他劍法，一見之下，心中便感到一陣溫暖。

一個白鬚白髮的老道說道：「師弟、師妹遠道而來，愚兄喜之不盡，一杯水酒，如何說得上豐盛二字？」突然見到桌上汁水淋漓，一隻大碗中只剩下一些殘湯，碗中的主肴不知是蒸鷄還是蹄子，卻已不翼而飛，碗旁還放着一錠銀子，更是不知所云。

那老道眉頭一皺，心想小道士們如何這等疏忽，沒人看守，給貓子來偷了食去，只是遠客在座，也不便爲這些小事斥責下屬。這時又有小道士端上菜來，各人見了那碗殘湯，神色都感尷尬，忙收拾了去，誰也不提。那老道肅請石清夫婦坐了首席，自已打橫相陪，袍袖輕拂，罩在銀錠之上，待得袍袖移開，桌上的銀錠已然不見。中間這一席上又坐了另外三名中年道人，其餘十二名道人則分坐了另外兩席。

酒過三巡，那老道喟然道：「八年不見，師弟、師妹丰采尤勝昔日，愚兄卻是老朽不堪了。」石清道：「師哥頭髮白了些，精神卻仍十分健旺。」

那老道道：「甚麼白了些？我是憂心如搗，一夜頭白。師弟、師妹若於三天之前到來，我的鬍子、頭髮也不過是半黑半白而已。」石清道：「師哥所掛懷的，是爲了賞善罰惡二使麼？」那老道歎了口氣，說道：「除了此事，天下恐怕也沒有第二件事，能令上淸觀天虛道人數日之間老了二十歲。」

石清道：「我和師妹二人在巢湖邊上聽到訊息，賞善罰惡二使復出，武林中面臨大刧，是以星夜趕來，欲和掌門師哥及諸位師兄弟商個善策。我上淸觀近十年來在武林中名頭越來越響，樹大招風，善惡二使說不定會光顧到咱們頭上。小弟夫婦意欲在觀中逗留一兩月，他們若真欺上門來，小弟夫婦雖然不濟，也得爲師門捨命効力。」

天虛輕輕一聲歎息，從懷中摸出兩塊銅牌，拍拍兩聲，放在桌上。

石破天正在他們頭頂，瞧得清楚，兩塊牌上一張笑臉，一張怒臉，正和他已見過兩次的銅牌一模一樣，不禁心中打了個突：「這老道士也有這兩塊牌子？」

石清「咦」了一聲，道：「原來善惡二使已來過了，小弟夫婦馬不停蹄的趕來，畢竟還是晚了一步。是那一天的事？師哥你……你如何應付？」

天虛心神不定，一時未答，坐在他身邊的一個中年道人說道：「那是三天前的事。掌門師哥大仁大義，一力擔當，已答應上俠客島去喝臘八粥。」

石清見到兩塊銅牌，又見觀中諸人無恙，原已猜到了九成，當下霍地站起，向天虛深深一揖，說道：「師哥一肩挑起重擔，保全上清觀全觀平安，小弟既感且愧，這裏先行申謝。但小弟有個不情之請，師哥莫怪。」天虛道人微笑還禮，說道：「天下事物，此刻於愚兄皆如浮雲。賢弟但有所命，無不遵依。」石清道：「如此說來，師哥是答允了？」天虛道：「自然答允了。但不知賢弟有何吩咐？」石清道：「小弟厚顏大膽，要請師哥將這上清觀一派的掌門人，讓給小弟夫婦共同執掌。」

他此言一出，廳上羣道盡皆聳然動容。天虛沉吟未答，石清又道：「小弟夫婦執掌本門之後，這碗臘八粥，便由我們二人上俠客島去嚐一嚐。」

天虛哈哈大笑，但笑聲之中卻充滿了苦澀之意，眼中淚光瑩然，說道：「賢弟美意，愚兄心領了。但愚兄忝為上清觀一派之長已有十餘年，武林中眾所周知。今日面臨危難，就此畏避退縮，天虛這張老臉今後往那裏擱去？」他說到這裏，伸手抓住了石清的右掌，說道：「賢弟，你我年紀相差甚遠，你又是俗家，以往少在一塊。但你我向來交厚，何況你武功人品，確為本門的第一等人物，愚兄素所欽佩。若不是為了這臘八之約，你要做本派掌門，愚兄自是欣然奉讓。今日情勢大異，愚兄卻萬萬不能應命了，哈哈，哈哈！」一笑得甚是蒼涼。

石破天心想那俠客島上的「臘八粥」不知是甚麼東西，在鐵叉會中曾聽大哥說起過，現今這天虛道人一提到臘八粥的約會，神色便是大異，難道是甚麼致命的劇毒不成？

只聽天虛又道：「賢弟，愚兄一夜頭白，決不是貪生怕死。我行年已六十二歲，今年再死，也算得是壽終。只是我反覆思量，如何方能除去這場武林中每十年便出現一次的大刦？如何方能維持本派威名於不墮？那才是真正的難事。過去三十年之中，俠客島已約過三次臘八之宴。各門各派、各幫各會中應約赴會的英雄豪傑，沒一個得能回來。愚兄一死，毫不足惜，這善後之事，咱們卻須想個妥法才是。」

石清也是哈哈一笑，端起面前的酒杯，一口喝乾，說道：「師哥，小弟夫婦不自量力，要請師哥讓位，並非去代師哥送上兩條性命，卻是要去探個明白。說不定老天爺保祐，竟能查悉其中眞相。雖不敢說能為武林中除去這個大害，但只要將其中秘奧漏了出來，天下武人羣策羣力，難道當眞便敵不過俠客島這一干人？」

天虛緩緩搖頭，說道：「不是我長他人志氣，小覷了賢弟。像少林寺妙諦方丈、武當派愚茶道長、青城派清空道人這等的高手，也是一去不返。唉，賢弟武功雖高，終究……終究尙非妙諦方丈、愚茶道長這些前輩高人之可比。」

石淸道：「這一節小弟倒也有自知之明。但事功之成，一半靠本事，一半靠運氣。要誅滅大害固是有所不能，設法查探一些隱秘，想來也不見得全然無望。」

天虛仍是搖頭，道：「上淸觀的掌門，百年來總是由道流執掌。愚兄死後，已定下由沖虛師弟接任。此後賢弟伉儷盡力匡助，令本派不致衰敗湮沒，愚兄已是感激不盡了。」

石淸說之再三，天虛終是不允。各人停杯不飲，也忘了吃菜。石破天將一塊塊鷄肉輕輕撕下，塞入口中，生怕咀嚼出聲，就此囫圇入肚，但一雙眼睛仍是從隙縫中向下凝神窺看。

只見石夫人閔柔聽着丈夫和天虛道人分說，並不揷嘴，卻緩緩伸出手去，拿起了兩塊銅牌，看了一會，順手便往懷中揣去。天虛叫道：「師妹，請放下！」閔柔微微一笑，說道：「我代師哥收着，也是一樣。」天虛道人見話聲阻她不得，伸手便奪。恰在此時，石淸伸出筷去向一碗紅燒鱔段挾菜，右臂正好阻住了天虛的手掌。坐在石夫人下首的沖虛手臂一縮，伸手去抓銅牌，說道：「還是由我收着罷！」

石夫人左手抬起，四根手指像彈琵琶一般往他手腕上拂去。沖虛左手也即出指，點向石夫人右腕。石夫人右腕輕揚，左手中指彈出，一股勁風射向沖虛胸口。

沖虛已受天虛道人之命接任上淸觀觀主，也即是他們這一派道俗衆弟子的掌門。他知石淸夫婦急難赴義，原是一番好意，但這兩塊銅牌關及全觀道侶的性命，天虛道人既已接下，若再落入旁人之手，全觀道侶俱有性命之憂，是以不顧一切的來和石夫人爭奪，眼見對方手指點到，當即揮掌擋開。

兩人身不離座，霎時間交手了七八招，兩人一師所授，所使俱是本門擒拿手法，雖無傷害對方之意，但出手明快俐落，在尺許方圓的範圍之中全力以搏。兩人當年同窗學藝時曾一起切磋武功，分手二十餘年來，其間雖曾數度相晤，一直未見對方出手。此刻突然交手，心下於對方的精湛武功都是暗暗喝采。圍坐在三張飯桌旁的其餘一十六人，也都目不轉睛的瞧着二人較藝。這些人都是本門高手，均知石清夫婦近十多年來江湖上闖下了極響亮的名頭，眼見她和冲虛不動聲色的搶奪銅牌，將本門武功的妙詣發揮到了淋漓盡致，無不讚歎。

起初十餘招中，二人勢均力敵，但石夫人右手抓着兩塊銅牌，右手只能使拳，無法勾、拿、彈、抓，本門的擒拿法絕技便打了個大大折扣。又拆得數招，冲虛左手運力將石夫人左臂壓落，右手五指已碰上了銅牌。石夫人心知這一下非給他抓到不可，兩人若是各運內力搶奪，一來觀之不雅，二來自己究是女流，內力恐不及冲虛師哥渾厚，當下鬆手任由兩塊銅牌落下，那自是交給了丈夫。

石清伸手正要去拿，突然兩股勁風撲面而至，正是天虛道人向他雙掌推出。這兩股勁風雖無霸道之氣，但蓄勢甚厚，若不抵擋，必受重傷，那時縱然將銅牌取在手中，也必跌落，只得伸掌一抵。就這麼緩得一緩，坐在天虛下首的照虛道人已伸手將銅牌取過。

銅牌一入照虛之手，石清夫婦和天虛、冲虛四人同時哈哈一笑，一齊罷手。冲虛和照虛躬身行禮，說道：「師弟、師妹，得罪莫怪。」

石清夫婦忙也站起還禮。石清說道：「兩位師哥何出此言，卻是小弟夫婦魯莽了，掌門師兄內功如此深厚，勝於小弟十倍，此行雖然凶險，若求全身而退，也未始無望。」適才和天虛對了一掌，石清已知這位掌門師兄的內功實比自己深厚得多。

天虛苦笑道：「但願得如師弟金口，請，請！」端起酒杯，一飲而盡。

石破天見閔柔奪牌不成，他不知這兩塊銅牌有何重大干係，只是念着石夫人對自己的好處，尋思：「這道士把銅牌搶了去，待會我去搶了過來，送給石夫人。」

只見石清站起身來，說道：「但願師哥此行，平安而歸。小弟的犬子為人所擄，急於要去搭救，這番難以多和衆位師兄師弟敍舊。這就告辭。」

羣道心中都是一凜。天虛問道：「聽說賢弟的令郎是在雪山派門下學藝，以賢夫婦的威名，雪山派的聲勢，如何竟有大膽妄爲之徒將令郎刼持而去？」

石清歎了口氣，道：「此事說來話長，大半皆由小弟無德，失於管教，犬子胡作非爲，須怪不得旁人。」他是非分明，雖然玄素莊偌大的家宅被白萬劍一把火燒得乾乾淨淨，仍知禍由己起，對雪山派並不怨恨。

冲虛道人朗聲說道：「師弟、師妹，對頭擄你們愛子，便是瞧不起上清觀了。不管他是多大的來頭，愚兄縱然不濟，也要助你一臂之力。」頓了一頓，又道：「你愛子落於人手，卻趕着來赴師門之難，足見師兄弟間情義深重。難道我們這些牛鼻子老道，便是毫無心肝之人嗎？」他想對頭不怕石清夫婦，不怕人多勢衆的雪山派師徒，定是十分厲害的人物，那想得到擒去石清之子的竟然便是雪山派人士。

石清既不願自揚家醜，更不願上清觀於大難臨頭之際，又去另樹強敵，和雪山派結怨成仇，說道：「各位師兄盛情厚意，小弟夫婦感激不盡。這件事現下尚未查訪明白，待有頭緒之後，倘若小弟夫婦人孤勢單，自會回觀求救，請師兄弟們援手。」沖虛道：「這就是了。賢弟賢妹那時也不須親至，只教送個訊來，上清觀自當全觀盡出。」

石清夫婦拱手道謝，心下卻黯自神傷：「雪山派縱將我兒千刀萬剮的處死，我夫婦也只有認命，決不能來向上清觀討一名救兵。」當下兩人辭了出去，天虛、沖虛等都送將出去。

石破天見衆人走遠，當即從匾後躍出，翻身上屋，跳到牆外，尋思：「石莊主、石夫人說他們的兒子給人擄了去，卻不知是誰下的手。那銅牌只是個玩意兒，搶不搶到無關緊要，看來他們師兄妹之間情誼甚好，搶銅牌多半是鬧着玩的。石夫人待我甚好，我要助她找尋兒子。我先去問她，她兒子多大年紀，怎生模樣，是給誰擄了去。」躍到一株樹上，眼見東北方十餘盞燈籠排成兩列，上清觀羣道正送石清夫婦出觀。

石破天心想：「石莊主夫婦胯下坐騎奔行甚快，我還是儘速趕上前去的爲是。」看明了石清夫婦的去路，躍下樹來，從山坡旁追將上去。

還沒奔過上清觀的觀門，只聽得有人喝道：「是誰？站住了！」他躲在匾中之時，屏氣凝息，沒發出半點聲息，廳堂中衆人均未知覺，這一發足奔跑，上清觀羣道武功了得，立時便察知來了外人，初時不動聲色，待石清夫婦上馬行遠，當即分頭兜截過來。

黑暗之中，石破天猛覺劍氣森森，兩名道人挺劍擋在面前，劍刃反映星月微光，朦朦朧朧中瞧出左首一人正是照虛。他心中一喜，問道：「是照虛道人嗎？」照虛一怔，說道：「正是，閣下是誰？」石破天右手伸出，說道：「請你把銅牌給我。」

照虛大怒，喝道：「給你這個。」挺劍便向他腿上刺去。上清觀戒律精嚴，不得濫殺無辜，這時未明對方來歷，雖然石破天出口便要銅牌，犯了大忌，但照虛這一劍仍是並非刺向要害。石破天斜身避開，右手去抓他肩頭。照虛見他身手敏捷，長劍圈轉，指向他的右肩。石破天忙低頭從劍下鑽過，生怕他劍鋒削到自己腦袋，右手自然而然的向上托去。照虛只覺一股腥氣刺鼻，頭腦一陣眩暈，登時翻身倒地。

石破天一怔之際，第二名道人的長劍已從後心刺到。他知自己掌上大有古怪，一出手便即殺人，再也不敢出掌還擊，急忙向前縱出，嗤的一聲響，長袍後背已被劍尖劃破了一道口子。那道人見照虛被敵人不知用甚麼邪法迷倒，急於救人，長劍刷刷刷的疾向石破天刺來。石破天斜身逃開，百忙中拾起照虛抛下的長劍，眼見對方劍法凌厲，當下以劍作刀，使動金烏刀法，噹的一聲，將來劍架開。他手上內力奇勁，這道人手中長劍把捏不住，脫手飛出。但他上清觀武功不單以劍法取勝，擒拿手法也是武林中的一絕，這道人兵刃脫手，竟絲毫不懼，猱身而上，直撲進石破天的懷中，雙手成抓，抓向他胸口和小腹的要穴。他手中無劍而敵人有劍，就利於近身肉搏，要令敵人的兵刃施展不出。

石破天叫道：「使不得！」左手一掠，將那道人推開，這時他內力發動，劇毒湧至掌心，一推之下，那道人應手倒地，縮成了一團。石破天連連頓足，歎道：「唉！我實是不想害你！」耳聽得四下裏都是呼嘯之聲，羣道漸漸逼近，忙到照虛身上一摸，那兩塊銅牌尙在懷中。他伸手取過，放入袋裏，拔步向石清夫婦的去路急追。

他一口氣直追出十餘里，始終沒聽見馬蹄之聲，尋思：「這兩匹馬跑得如此之快，難道再也追他們不上？又莫非我走錯了方向，石莊主和石夫人不是順着這條大道走？」又奔行數里，猛聽得一聲馬嘶，向聲音來處望去，只見一株柳樹下繫着兩匹馬，一黑一白，正是石清夫婦的坐騎。

石破天大喜，從袋中取出銅牌，拿在手裏，正待張口叫喚，忽聽得石清的聲音在遠處說道：「柔妹，這小賊鬼鬼祟祟的跟着咱們，不懷好意，便將他打發了罷。」石破天吃了一驚：「他們不喜歡我跟來？」雖聽到石清話聲，但不見二人，生怕石夫人向自己動手，若是被迫還招，一個不小心又害死了她，那便如何是好？忙縮身伏入長草，只等閔柔趕來，將銅牌擲了給她，轉身便逃。

忽聽得呼的一聲，一條人影疾從左側大槐樹後飛出，手挺長劍，劍尖指着草叢，喝道：「朋友，你跟着我們幹甚麼？快給我出來。」正是閔柔。石破天一個「我」字剛到口邊，忽聽得草叢中嗤嗤嗤三聲連響，有人向閔柔發射暗器。閔柔長劍顫處，剛將暗器拍落，草叢中便躍出一條青衣漢子，揮單刀向閔柔砍去。這一下大出石破天意料之外，萬萬想不到這草叢中居然伏得有人。但見這漢子身手捷矯，單刀舞得呼呼風響。閔柔隨手招架，並不還擊。

石清也從槐樹後走了出來，長劍懸在腰間，負手旁觀，看了幾招，說道：「喂，老兄，你是泰山盧十八的門下，是不是？」那人喝道：「是便怎樣？」手中單刀絲毫不緩。石清笑道：「盧十八跟我們雖無交情，也沒樑子，你跟了我們夫婦六七里路，是何用意？」那漢子道：「沒空跟你說……」原來閔柔雖是輕描淡寫的出招，卻已迫得他手忙脚亂。

石清笑道：「盧十八的刀法比我們高明，你卻還沒學到師父本事的三成，這就撤刀住手了罷！」石清此言一出，閔柔長劍應聲刺中他手腕，飄身轉到他背後，倒轉劍柄撞出，已封住了他穴道。噹的一聲響，那漢子手中單刀落地，他後心大穴被封，動彈不得了。

石清微笑道：「朋友，你貴姓？」那漢子甚是倔強，惡狠狠的道：「你要殺便殺，多問作甚？」石清笑道：「朋友不說，那也不要緊。你加盟了那一家幫會，你師父只怕還不知道罷？」那漢子臉上露出詫異之色，似乎是說：「你怎知道？」石清又道：「在下和尊師盧十八師傅素來沒有嫌隙，他就是眞要派人跟蹤我夫婦，嘿嘿，不瞞老兄說，尊師總算還瞧得起我們，決不會派你老兄。」言下之意，顯然是說你武功差得太遠，着實不配，你師父不會不知。那漢子一張臉脹成了紫醬色，幸好黑夜之中，旁人也看不到。

石清伸手在他肩頭拍了兩下，說道：「在下夫婦光明磊落，事事不怕人知，你要知我二人行蹤，不妨明白奉告。我們適才從上清觀來，探訪了觀主天虛道長。你回去問你師父，便知石清、閔柔少年時在上清觀學藝，天虛道長是我們師哥。現下我們要赴雪山，到凌霄城去拜訪雪山派掌門人威德先生。朋友倘若沒別的要問，這就請罷！」

那漢子只覺四肢痲痺已失，顯是石清隨手這麼兩拍，已解了他的穴道，心下好生佩服六便拱了拱手，說道：「石莊主仁義待人，名不虛傳，晚輩冒犯了。」石清道：「好說！」那漢子也不敢拾起在地下的單刀，向石夫人一抱拳，說道：「石夫人，得罪了！」轉身便走。石夫人襝衽還禮。

那漢子走出數步，石清忽然問道：「朋友，貴幫石幫主可有下落了嗎？」那漢子身子一震，轉身道：「你……你……都……都知道了？」石清輕歎一聲，說道：「我不知道。沒有訊息，是不是？」那漢子搖了搖頭，說道：「沒有訊息。」石清道：「我們夫婦，也正想找他。」三個人相對半晌，那漢子才轉身又行。

待那漢子走遠，閔柔道：「師哥，他是長樂幫的？」石破天聽到「長樂幫」三字，心中又是一震。石清道：「他剛才轉身走開，揚起袍襟，我依稀見到袍角上繡有一朵黃花，黑暗中看不清楚，隨口一問，居然不錯。他……他跟蹤我們，原來是爲了……爲了玉兒，早知如此，也不用難爲他了。」閔柔道：「他們……他們幫中對玉兒倒很忠心。」石清道：「玉兒爲白萬劍擒去，長樂幫定然四出派人，全力兜截。他們人多勢大，耳目衆多，想不到仍是音訊全無。」閔柔凄然道：「你怎知仍是……仍是音訊全無？」

石清挽着妻子的手，拉着她並肩坐在柳樹之下，溫言道：「他們若是已得知了玉兒的訊息，便不會這般派人到處跟蹤江湖人物。這個盧十八的弟子無緣無故的釘着咱們，除了打探他們幫主下落，不會更有別情。」

石清夫婦所坐之處，和石破天藏身的草叢，相距不過兩丈。石清說話雖輕，石破天卻是聽得清清楚楚。本來以石清夫婦的武功修爲，石破天從遠處奔來之時便當發覺，只是當時二人全神留意着一直跟蹤在後的那使刀漢子，石破天又是內功極高，脚步着地極輕，是以二人打發了那漢子之後，沒想到草叢中竟然另行有人。石破天聽着二人的言語，甚麼長樂幫主，甚麼被白萬劍擒去，說的似乎便是自己，但「玉兒」甚麼的，卻又不是自己了。他本來對自己的身世存着滿腹疑團，這時躲在草中，倘若出人不意的突然現身，未免十分尷尬，索性便躲着想聽個明白。

四野蟲聲唧唧，清風動樹，石清夫婦卻不再說話。石破天生怕自己蹤迹給二人發見，連大氣也不敢喘一口，過了良久，才聽得石夫人歎了口氣，跟着輕輕啜泣。

只聽石清緩緩說道：「你我二人行俠江湖，生平沒做過虧心之事。這幾年來為了要保玉兒平安，更是竭力多行善舉，倘若老天爺眞要我二人無後，那也是人力不可勝天。何況像中玉這樣的不肖孩兒，無子勝於有子。咱們算是沒生這個孩兒，也就是了。」

閔柔低聲道：「玉兒雖然從小頑皮淘氣，他……他還是我們的心肝寶貝。總是為了堅兒慘死人手，咱們對玉兒特別寵愛了些，才成今日之累，可是……可是我也始終不怨。那日在那小廟之中，我瞧他也決不是壞到了透頂，倘若不是我失手刺了他一劍，也不會……也不會……」說到這裏，語音嗚咽，自傷自艾，痛不自勝。

石清道：「我一直勸你不必為此自己難受，就算那日咱們將他救了出來，也難保不再給他們搶去。這件事也眞奇怪，雪山派這些人怎麼突然間個個不知去向，中原武林之中再也沒半點訊息。明日咱們就動程往凌霄城去，到了那邊，好歹也有個水落石出。」閔柔道：「咱們若不找幾個得力幫手，怎能到凌霄城這龍潭虎穴之中，將玉兒救出來？」石清歎道：「救人之事，談何容易？倘若不在中途截刦，玉兒一到凌霄城，那是羊入虎口，再難生還了。」

閔柔不語，取帕拭淚，過了一會，說道：「我看此事也不會全是玉兒的過錯。你看玉兒的雪山劍法如此生疏，雪山派定是沒好好傳他武功，玉兒又是個心高氣傲、要強好勝之人，定是和不少人結下了怨。這些年中，可將他折磨得苦了。」說着聲音又有些嗚咽。

石清道：「都是我打算錯了，對你實是好生抱憾。當日我一力主張送他赴雪山派學藝，你雖不說甚麼，我知你心中卻是萬分的捨不得。想不到風火神龍封萬里如此響噹噹的男兒，跟咱夫婦又是這般交情，竟會虧待玉兒。」

閔柔道：「這事又怎怪得你？你送玉兒上凌霄城，一番心思全是為了我，你雖不言，我豈有不知？要報堅兒之仇，我獨力難成，到得要緊關頭，你又不便如何出手，再加對頭於本門武功知之甚稔，定有破解之法。倘若玉兒學成了雪山劍法，我娘兒兩個聯手，便可制敵死命，那知道……那知道……唉！」

石破天聽着二人說話，倒有一大半難以索解，只想：「石夫人這般想念她孩兒。聽來好像她兒子是給雪山派擒去啦，我不如便跟他們同上凌霄城去，助他們救人。她不是說想找幾個幫手麼？」正尋思間，忽聽得遠處蹄聲隱隱，有十餘匹馬疾馳而來。

石清夫婦跟着也聽到了，兩人不再談論兒子，默然而坐。

過不多時，馬蹄聲漸近，有人叫道：「在這裏了！」跟着有人叫道：「石師弟、閔師妹，我們有幾句話說。」

石清、閔柔聽得是冲虛的呼聲，畧感詫異，雙雙縱出。石清問道：「冲虛師哥，觀中有甚麼事麼？」只見天虛、冲虛以及其他十餘個師兄弟都騎在馬上，其中兩個道人懷中又都抱着一人。其時天色未明，看不清那二人是誰。

冲虛氣急敗壞的大聲說道：「石……石師弟、閔師妹，你們在觀中搶不到那賞善罰惡兩塊銅牌，怎地另使詭計，又搶了去？要搶銅牌，那也罷了，怎地竟下毒手打死了照虛、通虛兩個師弟，那……那……實在太不成話了！」

石清和閔柔聽他這麼說，都大吃一驚。石清道：「照虛、通虛兩位師哥遭了人家毒手，這……這……這是從何說起？兩位師哥給……給人打死了？」他關切兩位師兄的安危，一時之間，也不及爲自己分辯洗刷。

冲虛怒氣沖沖的說道：「也不知你去勾結了甚麼下三濫的匪類，竟敢使用最爲人所不齒的劇毒。兩個師弟雖然尚未斷氣，這時恐怕也差不多了。」石清道：「我瞧瞧。」說着走近身去，要去瞧照虛、通虛二人。刷刷幾聲，幾名道人拔出劍來，擋住了石清的去路。天虛歎道：「讓路！石師弟豈是那樣的人。」那幾名道人哼的一聲，撤劍讓道。

石清從懷中取出火摺打亮了，照向照虛、通虛臉上，只見二道臉上一片紫黑，確是中了劇毒，一探二人鼻息，呼吸微弱，性命已在頃刻之間。上清觀的武功原有過人之長。照虛、通虛二道內力深厚，又均非直中石破天的毒掌，只是聞到他掌上逼出來的毒氣，因而暈眩栽倒，但饒是如此，顯然也是挨不了一時三刻。石清回頭問道：「師姊，你瞧這是那一派人下的毒手？」這一回頭，只見七八名師兄弟各挺長劍，已將夫婦二人圍在垓心。

閔柔對羣道的敵意只作視而不見，接過石清手中火摺，挨近去瞧二人臉色，微微聞到二道口鼻中呼出來的毒氣，便覺頭暈，不由得退了一步，沉吟道：「江湖上沒見過這般毒藥。請問冲虛師哥，這兩位師哥是怎生中的毒？是誤服了毒藥呢？還是中了敵人餵毒暗器？身上可有傷痕？」

冲虛怒道：「我怎知道？我們正是來問你呢？你這婆娘鬼鬼祟祟的不是好人，多半是適才吃飯之時，你爭銅牌不得，便在酒中下了毒藥。否則爲甚麼旁人不中毒，偏偏銅牌在照虛師弟身上，他就中了毒，而……而……懷中的銅牌，又給你們盜了去？」

閔柔只氣得臉容失色，但她天性溫柔，自幼對諸位師兄謙和有禮，不願和他們作口舌之爭，眼眶中淚水卻已滾來滾去，險些便要奪眶而出。石清知道這中間必有重大誤會，自己夫婦二人在上清觀中搶奪銅牌未得，照虛便身中劇毒而失了銅牌，自己夫婦確是身處重大嫌疑之地。他伸出左手握住妻子右掌，意示安慰，一時也徬徨無計。閔柔道：「我……我……」只說得兩個「我」字，已哭了出來，別瞧她是劍術通神、威震江湖的女傑，在受到這般重大委屈之時，卻也和尋常女子一般的柔弱。

冲虛怒沖沖的道：「你再哭多幾聲，能把我兩個師弟哭活來嗎，貓哭耗子……」

一句話沒說完，忽聽身後有人大聲道：「你們怎地不分青紅皂白，胡亂冤枉好人？」

衆人聽那人話聲中氣充沛，都是一驚，一齊回過頭來，只見數丈外站着一個衣衫不整的漢子，其時東方漸明，瞧他臉容，似乎年紀甚輕。

石清、閔柔見到那少年，都是喜出望外。閔柔更是「啊」的一聲叫了出來，道：「你……你……」總算她江湖閱歷甚富，那「玉兒」兩字才沒叫出口來。

這少年正是石破天，他躲在草叢之中，聽到羣道責問石清夫婦，心想自己若是出頭，不免要和羣道動手，自己一雙毒掌，殺人必多，實在十分的不願。但聽冲虛越說越兇，石夫人更給他罵得哭了起來，再也忍耐不住，當即挺身而出。

冲虛大聲喝道：「你是甚麼人？怎知我們是冤枉人了？」石破天道：「石莊主和石夫人

沒拿你們的銅牌，你們硬說他們拿了，那不是寃枉人麼？」冲虛挺劍踏上一步，道：「你這小孩子又知道甚麼了，卻在這裏胡說八道！」

石破天道：「我自然知道。」他本想實說是自己拿了，但想只要一說出口，對方定要搶奪，自己倘若不還，勢必動手，那麼又要殺人，是以忍不住說。

冲虛心中一動：「說不定這少年得悉其中情由。」便問：「那麼是誰拿的？」

石破天道：「總而言之，決不是石莊主、石夫人拿的。你們得罪了他們，又惹得石夫人哭了，大是不該，快快向石夫人陪禮罷。」

閔柔陡然間見到自己朝思暮想、牽肚掛腸的孩兒安然無恙，已是不勝之喜，這時聽得他叫冲虛向自己陪禮，全是維護母親之意。她生了兩個兒子，花了無數心血，流了無數眼淚，直到此刻，才聽到兒子說一句迴護母親的言語，登時情懷大慰，只覺過去二十年來爲他而受的諸般辛勞、傷心、焦慮、屈辱，那是全都不枉了。

石清見妻子喜動顏色，眼淚卻涔涔而下，明白她的心意，一直揑着她手掌的手又緊了一緊，心中也想：「玉兒雖有種種不肖，對母親倒是極有孝心。」

冲虛聽他出言頂撞，心下大怒，高聲道：「你是誰？憑甚麼來叫我向石夫人陪禮？」

閔柔心中一歡喜，對冲虛的寃責已絲毫不以爲意，生怕兒子和他衝突起來，傷了師門的和氣，忙道：「冲虛師哥是一時誤會，大家自己人，說明白了就是，又陪甚麼禮了。」轉頭向石破天柔聲道：「這裏的都是師伯、師叔，你磕頭行禮罷。」

石破天對閔柔本就大有好感，這時見她臉色溫和，淚眼盈盈的瞧着自己，充滿了愛憐之情，一生之中，實是從未有誰對自己如此的真心憐愛，不由得熱血上湧，但覺不論她叫自己去做甚麼都是萬死不辭，磕幾個頭又算得甚麼？當下不加思索，雙膝跪地，向冲虛磕頭，說道：「石夫人叫我向你們磕頭，我就磕了！」

天虛、冲虛等都是一呆，眼見石破天對閔柔如此順服，心想石清有兩個兒子，一個給仇家殺了，一個給人擄去，這少年多半是他夫婦的弟子。

冲虛脾氣雖然暴躁，究竟是玄門練氣有道之士，見石破天行此大禮，胸中怒氣登平，當即翻身下馬，伸手扶起，道：「不須如此客氣！」那知石破天心想石夫人叫自己磕頭，總須磕完才行，冲虛伸手來扶，卻不即行起身。冲虛一扶之下，只覺對方的身子端凝如山，竟是紋風不動，不禁又是怒氣上衝：「你當我長輩，卻自恃內功了得，在我面前顯本事來了！」當下吸一口氣，將內力運到雙臂之上，用力向上一抬，要將他掀一個觔斗。

石清夫婦眼見冲虛的姿式，他們同門學藝，練的是一般功夫，如何不知他臂上已使上了眞力？石清哼的一聲，微感氣惱，但想他是師兄，也只好讓兒子吃一點虧了。閔柔卻叫道：「師哥手下留情！」

卻聽得呼的一聲，冲虛的身子騰空而起，向後飛出，正好重重的撞上了他自己的坐騎。冲虛腳下踉蹌，連使「千斤墜」功夫，這才定住，那匹馬給他這麼一撞，卻長嘶一聲，前腿跪倒。原來石破天內力充沛，冲虛大力掀他，沒能掀動，自己反而險些摔一個大觔斗。

這一下人人都瞧得清楚，自是都大吃一驚。石清夫婦在揚州城外土地廟中曾和石破天交劍，知他內力渾厚，但決計想不到他內力修爲竟已到了這等地步，單藉反擊之力，便將上清觀中一位一等一的高手如此憑空摔出。

冲虛站定身子，左手在腰間一搭，已拔出長劍，氣極反笑，說道：「好，好，好！」連說了三個「好」，才調勻了氣息，說道：「師弟、師妹調教出來的弟子果然是不同凡響，我這可要領教領教。」說着長劍一挺，指向石破天胸口。

石破天退了一步，連連搖手，道：「不，不，我不和你打架。」

天虛瞧出石破天的武功修為非同小可，心想冲虛師弟和他相鬥，以師伯的身分，勝了沒甚麼光采，若是不勝，更成了大大的笑柄，眼見石破天退讓，正中下懷，便道：「都是自己人，又較量甚麼？便要切磋武藝，也不忙在這一時三刻。」

石破天道：「是啊，你們是石莊主、石夫人的師兄，我一出手又打死了你們，就大大不好了。」他全然不通人情世故，只怕自己毒掌出手，又殺死了對方，隨口便說了出來。

上清觀羣道素以武功自負，那想到他實是一番好意，一聽之下，無不勃然大怒。十多名道人中，倒有七八個鬍子氣得不住顫動。石清也喝：「你說甚麼？不得胡言亂語。」

冲虛遵從掌門師兄的囑咐，已然收劍退開，聽石破天這句凌辱藐視之言，那裏還再忍耐得住？大踏步上前，喝道：「好，我倒想瞧瞧你如何將我們都打死了，出招罷！」石破天不住搖手，道：「我不和你動手。」冲虛愈益愈惱，道：「哼，你連和我動手也不屑！」刷的一劍，刺向他的肩頭。他見石破天手中並無兵刃，這一劍劍尖所指之處並非要害，他是上清觀中的劍術高手，臨敵的經歷雖比不上石清夫婦，出招之快卻絲毫不遜。

石破天一閃身沒能避開，只聽得噗的一聲輕響，肩頭已然中劍，立時鮮血冒出。閔柔驚叫：「哎喲！」冲虛喝道：「快取劍出來！」

石破天尋思：「你是石夫人的師兄，適才我已誤殺了她兩個師兄，若再殺你，一來對不起石夫人，二來我也成為大壞人了。」當冲虛一劍刺來之時，他若出掌劈擊，便能擋開，但他怕極了自己掌上的劇毒，雙手負在背後，用力互握，說甚麼也不肯出手。

上清觀羣道見了他這般模樣，都道他有心藐視，即連修養再好的道人也都大為生氣。有人便道：「冲虛師兄，這小子狂妄得緊，不妨教訓教訓他！」

冲虛道：「你眞是不屑和我動手？」刷刷又是兩劍。他出招實在太快，石破天對劍法又無多大造詣，身子雖然急閃，仍是沒能避開，左臂右胸又中了一劍。幸好冲虛劍下留情，只是逼他出手，並非意欲取他性命，這兩劍一刺中他皮肉，立時縮回，所傷甚輕。

閔柔見愛子連中三處劍傷，心疼無比，眼見冲虛又是一劍刺出，噹的一聲，立時揮劍架開，只聽得噹噹噹噹，便如爆豆般接連響了一十三下，瞬息間已拆了一十三招。冲虛連攻一十三劍，閔柔擋了一十三劍，兩人都是本派好手，這「上清快劍」施展出來，直如星丸跳擲，火光飛濺，迅捷無倫。這一十三劍一過，羣道和石清都忍不住大叫一聲：「好！」

場上這些人，除了石破天外，個個是上清觀一派的劍術好手，眼見冲虛這一十三劍攻得凌厲剽悍，鋒銳之極，而閔柔連擋一十三劍，卻也是綿綿密密，嚴謹穩實，兩人在彈指之間一攻一守，都施展了本門劍術的巔峯之作，自是人人瞧得心曠神怡。

天虛知道再鬥下去，兩人也不易分出勝敗，問道：「閔師妹，你是護定這少年了？」閔柔不答，眼望丈夫，要他拿一個主意。

石清道：「這孩子目無尊長，大膽妄為，原該好好教訓才是。他連中冲虛師兄三劍，幸蒙師兄劍下留情，這才沒送了他的小命。這孩子功夫粗淺，怎配和冲虛師兄過招？孩子，快向衆位師伯磕頭陪罪。」

冲虛大聲道：「他明明瞧不起人，不屑動手。否則怎麼說一出手便將我們都打死了？」

石破天攤開手掌，見掌心中隱隱又現紅雲藍綫，歎了口氣，說道：「我這一雙手老是會闖禍，動不動便打死人。」

上清觀羣道又是人人變色。石清聽他兀自狂氣逼人，討那嘴頭上的便宜，心下也不禁生氣，喝道：「你這小子當眞不知天高地厚，適才冲虛師伯手下留情，才沒將你殺死，你難道不知麼？」石破天道：「我……我……我也不想殺死他，因此也是手下留情。」石清大怒，登時便想搶上去揮拳便打。他身形稍動，閔柔立知其意，當即拉住了他左臂，這一拉雖然使力不大，石清卻也不動了。

冲虛適才向石破天連刺三劍，見他閃避之際，顯然全未明白本門劍法的精要所在，而內力卻又如此強勁，以武功而論，頗不像是石清夫婦的弟子，心下已然起疑，而當石破天舉掌察看之時，又聞到了一股淡淡的腥臭，更是疑竇叢生，喝問：「小子，你是誰的徒弟，卻學得這般貧嘴滑舌？」

石破天道：「我……我……我是金烏派的開山大弟子。」

冲虛一怔，心想：「甚麼金烏派，銀烏派？武林中可沒這個門派，這小子多半又在胡說八道。」便冷笑道：「我還道閣下是石師弟的高足呢。原來不是自己人，那便無礙了。」向站右身旁的兩名師弟使個眼色。

兩名道人會意，倒轉長劍，各使一招「朝拜金頂」，一個對着石清，一個對着閔柔。這「朝拜金頂」是上清劍法中禮敬對方的招數，通常是和尊長或是武林名宿動手時所用，這一招劍尖向地，左手劍訣搭在劍柄之上，純是守勢，看似行禮，卻已將身前五尺之地守禦得十分嚴密，敵未動，己不動，敵如搶攻，立遇反擊。

石清夫婦如何不明兩道的用意，那是監視住了自己，若再出劍迴護兒子，這二道手中的長劍立時便彈起應戰，但只要自己不出招，這二道卻永遠不會有敵對的舉動，那是不傷同門義氣之意。閔柔向身前的師兄靈虛瞧了一眼，心想：「當年在上清觀學藝之時，靈虛師兄笨手笨脚，劍術遠不如我，但瞧他這一招『朝拜金頂』似拙實穩，已非吳下阿蒙，眞要動手，只怕非三四十招間能將他打敗。」

她心念略轉之間，只見冲虛手中長劍連續抖動，已將石破天圈住，聽他喝道：「你再不還手，我將你這金烏派的惡徒立斃於當場。」他叫明「金烏派」，顯是要石清夫婦事後無法為此翻臉。石清當機立斷，知道兒子再不還手，冲虛眞的會將他刺得重傷，但若還手相鬥，冲虛既知自己夫婦有迴護之意，下手決不會過份，只是點到為止，殺殺他的狂氣，於少年人反有益處，當即叫道：「孩子，師伯要點撥你功夫，於你大有好處。師伯決不會傷你，不用害怕，快取兵刃招架罷！」

石破天只見前後左右都是冲虛長劍的劍光，臉上寒氣森森，不由得大是害怕，適才被他接連刺中三劍，躲閃不得，知道這道人劍法十分厲害，聽石清命他取兵刃還手，心頭一喜：

「是了，我用兵刃招架，手上的毒藥便不會害死了他。」瞥眼見到地下一柄單刀，正是那個盧十八的弟子所遺，忙叫道：「好，好！我還手就是，你……你可別用劍刺我。等我拾起地下這柄刀再說。你如乘機在我背上刺上一劍，那可不成，你不許賴皮。」

冲虛見他說得氣急敗壞，又是好氣，又是好笑，「呸」的一聲，退開了兩步，跟着噗的一響，將長劍插在地上，說道：「你當我冲虛是甚麼人，難道還會偷襲你這小子？」雙手插在腰間，等他拾刀，心想：「這小子原來使刀，那麼絕非石師弟夫婦的弟子了。只不知石師弟如何又叫他稱我師伯？」

石破天俯身正要去拾單刀，突然心念一動：「待會打得兇了，說不定我一個不小心，左手又隨手出掌打他，豈不是又要打死人，還是把左手綁在身上，那就太平無事。」當下又站直身子，向冲虛道：「對不起，請你等一等。」隨即解開腰帶，左手垂在身旁，右手用腰帶將左臂縛在身上，各人眼睜睜的瞧着，均不知他古裏古怪的玩甚麼花樣。石破天收緊腰帶，牢牢打了個結，這才俯身抓起單刀，說道：「好了，咱們比罷，那就不會打死你了。」

這一下冲虛險些給他氣得當場暈去，眼見他縛住了左手和自己比武，對自己的藐視實已達於極點。上清觀羣道固是齊聲喝罵。石清和閔柔也都斥道：「孩子無禮，快解開腰帶！」

石破天微一遲疑，冲虛刷的一劍已疾刺而至。石破天來不及遵照閔柔吩咐，只得舉刀擋格。冲虛知他內力強勁，不讓他單刀和自己長劍相交，立即變招，刷刷刷刷六七劍，只刺得石破天手忙脚亂，別說招架，連對方劍勢來路也瞧不清楚。他心中暗叫：「我命休矣！」提起單刀亂劈亂砍，全然不成章法，將所學的七十三路金烏刀法，盡數抛到了天上的金烏玉兎之間。幸好沖虛領畧過他厲害的內力，雖見他刀法中破綻百出，但當他揮刀砍來之時，卻也不得不迴劍以避，生怕長劍給他砸飛，那就顏面掃地了。

石破天亂劈了一陣，見沖虛反而退後，定一定神，那七十三招金烏刀法漸漸來到腦中。只是沖虛雖然退後，出招仍是極快，石破天想以史婆婆所授刀法拆解，說甚麼也辦不到。何況金烏刀法專爲剋制雪山派劍法而創，遇上了全然不同的上淸劍法，全然格格不入。他心下慌亂，只得興之所至，隨手揮舞。

使了一會，忽然想起，那日在紫煙島上最後給白萬劍殺得大敗，只因自己不識對方的劍法，此刻這道士的劍法自己更加不識，既然不識，索性就不看，於是揮刀自己使自己的，將那七十三路金烏刀法顚三倒四的亂使，渾厚的內力激盪之下，自然而然的構成了一個守禦圈子，沖虛再也攻不進去。

羣道和石淸夫婦都是暗暗訝異，沖虛更是又驚又怒，又加上幾分膽怯。他於武林中各大門派的刀法大致均了然於胸，眼見石破天的刀法既稚拙，又雜亂，大違武學的根本道理，本當一擊即潰，偏偏自己連遇險着，實在是不通情理之至。

又拆得十餘招，沖虛焦躁起來，呼的一劍，進中宮搶攻，恰在此時，石破天揮刀迴轉，兩人出手均快，噹的一聲，刀劍相交。沖虛早有預防，將長劍抓得甚緊，但石破天內力實在太強，衆人驚呼聲中，沖虛見手中長劍已彎成一把曲尺，劍上鮮血淋漓，卻原來虎口已被震裂。他心中一涼，暗想一世英名付於流水，還練甚麼劍？做甚麼上淸觀一派掌門？急怒之下，揮手將彎劍向石破天擲出，隨即雙手成抓，和身撲去。石破天一刀將彎劍砸飛，不知此後該當如何，心中遲疑，胸口門戶大開。冲虛雙手已抓住了他前心的兩處要穴。

冲虛這一招勢同拚命，上清觀一派的擒拿法原也是武學一絕，那知他雙手剛碰到石破天的穴道，便被他內力迴彈，反衝出去，身子仰後便倒。這一次他使的力道更強，反彈之力也就愈大，眼見站立不住，若是一屁股坐倒，這個醜可就丟得大了。

天虛道人飛身上前，伸掌在他左肩向旁推出，卸去了反彈的勁力。冲虛縱身躍起，這才站定，臉上已沒半點血色。

天虛拔出長劍，說道：「果然是英雄出在少年，佩服，佩服！待貧道來領教幾招，只怕年老力衰，也不是閣下的對手了。」說着挺劍緩緩刺出。石破天舉刀一格，突覺刀鋒所觸，有如憑虛，刀上的勁力竟是消失得無影無蹤，不禁叫道：「咦，奇怪！」

原來天虛知他內力厲害，這一劍使的是個「卸」字訣，卻已震得右臂酸麻，胸口隱隱生疼。他暗吃一驚，生怕已受內傷，待第二劍刺出，石破天又舉單刀擋架時，便不敢再卸他內勁，立時斜劍擊刺。

天虛雖以年逾六旬，身手之矯捷卻不減少年，出招更是穩健狠辣。石破天卻仍是不與他拆招，對他劍招視而不見，便如是閉上了眼睛自己練刀，不管對方劍招是虛中套實也好，實中帶虛也好，刺向胸口也罷，削來肩頭也罷，自己只管「梅雪逢夏」、「鮑魚之肆」、「漢將當關」、「千鈞壓駝」。這場比試，的的確確是文不對題，天虛所出的題目再難，石破天也只是自己練自己的。兩人這一搭上手，頃刻間也鬥了二十餘招，刀風劍氣不住向外伸展，旁觀衆人所圍的圈子也是愈來愈大。靈虛等二人本來監視着石清夫婦，防他們出手相助石破天，但見天虛和石破天鬥得激烈，四隻眼睛不由自主的都轉到相鬥的二人身上。

石破天懼怕之心旣去，金烏刀法漸漸使得似模似樣，顯得招數實也頗爲精妙，內力更隨之增長。天虛初時儘還抵敵得住，但每拆一招，對方的勁力便強了一分，眞似無窮無盡、永無枯竭一般。他只覺雙腿漸酸，手臂漸痛，多拆一招，便多一分艱難。

這時石淸夫婦都已瞧出再鬥下去，天虛必吃大虧，但若出聲喝止兒子，擺明了要他全然相讓，實是大削天虛的臉面，眞不知如何才好，不由得甚是焦急。

石破天鬥得興起，刀刀進逼，驀地裏只見天虛右膝一軟，險些跪倒，強自撐住，臉色卻已大變。石破天心念一動，記起阿綉在紫煙島上說過的話來：「你和人家動手之時，要處處手下留情，記着得饒人處且饒人，那就是了。」一想到她那款款叮囑的言語，眼前便出現她溫雅靦覥的容顏，立時橫刀推出。

天虛見他這一刀推來，勁風逼得自己呼吸爲艱，急忙退了兩步，這兩步腳下蹣跚，身子搖幌，暗暗叫苦：「他再逼前兩步，我要再退也沒力氣了。」卻見他向左虛掠一刀，拖過刀來，又向右空刺，然後迴刀在自己臉前砍落，只激得地下塵土飛揚。

天虛氣喘吁吁，正驚異間，只見他單刀迴收，退後兩步，豎刀而立，又聽他說道：「閣下劍法精妙，在下佩服得緊，今日難分勝敗，就此罷手，大家交個朋友如何？」天虛幾乎不相信自己的耳朵，怔怔而立，說不出話來。

石淸微微一笑，如釋重負。閔柔更是樂得眉花眼笑。他夫婦見兒子武功高強，那倒還罷了，最喜歡的是他在勝定之後反能退讓，正合他夫婦處處爲人留有餘地的性情。閔柔笑喝：

「傻孩子瞎說八道，甚麼『閣下』、『在下』的，怎不稱師伯、小姪？」這一句笑喝，其辭若有憾焉，其實乃深喜之，慈母情懷，欣慰不可言喻。

天虛吁了口氣，搖搖頭，歎道：「長江後浪推前浪，我們老了，不中用啦。」

閔柔笑道：「孩子，你得罪了師伯，快上前謝過。」石破天應道：「是！」拋下單刀，解開綁住左臂的腰帶，恭恭敬敬的上前躬身行禮。閔柔甚是得意，柔聲道：「掌門師哥，這是你師弟、師妹的頑皮孩子，從小少了家教，得罪莫怪。」

天虛微微一驚，說道：「原來是令郎，怪不得，怪不得！師弟先前說令郎爲人擄去，原來那是假的。」石清道：「小弟豈敢欺騙師兄？小兒原是爲人擄去，不知如何脫險，匆忙間還沒問過他呢。」天虛點頭道：「這就是了，以他本事，脫身原亦不難。只是賢郎的武功既非師弟、師妹親傳，刀法中也沒多少雪山派的招數，內力卻又如此強勁，實令人莫測高深。最後這一招，更是少見。」

石破天道：「是啊，這招是阿綉教我的，她說人家打不過你，你要處處手下留情，得饒人處且饒人，這一招叫『旁敲側擊』，既讓了對方，又不致爲對方所傷。」他毫無機心，滔滔說來。天虛臉上登時紅一陣，白一陣，羞愧得無地自容。

石清喝道：「住嘴，瞎說甚麼？」石破天道：「是，我不說啦。要是我早想到將這兩隻掌心有毒的手綁了起來，只用單刀和人動手，也不會……也不會……」說到這裏，心想若是自承打死了照虛、通虛，定要大起糾紛，當即住口。

但天虛等都已心中一凜，紛紛喝問：「你手掌上有毒？」「這兩位道長是你害死的？」「那兩塊銅牌是不是你偷去的？」羣道手中長劍本已入鞘，當下刷刷聲響，又都拔將出來。

石破天歎了口氣，道：「我本來不想害死他們，不料我手掌只是這麼一揚，他們就倒在地上不動了。」

沖虛怒極，向着石清大聲道：「石師弟，這事怎麼辦，你拿一句話來罷！」

石清心中亂極，一轉頭，但見妻子淚眼盈盈，神情惶恐，當下硬着心腸說道：「師門義氣為重。這小畜生到處闖禍，我夫婦也迴護他不得，但憑掌門師哥處治便是。」

沖虛道：「很好！」長劍一挺，便欲上前夾攻。

閔柔道：「且慢！」沖虛冷眼相睨，說道：「師妹更有甚麼話說？」閔柔顫聲道：「照虛、通虛兩位師哥此刻未死，說不定……說不定……也……尚可有救。」沖虛仰天嘿嘿一聲冷笑，說道：「兩個師弟中了這等劇毒，那裏還有生望？師妹這句話，可不是消遣人麼？」

閔柔也知無望，向石破天道：「孩兒，你手掌上到底是甚麼毒藥？可有解藥沒有？」一面問，一面走到他身邊，道：「我瞧瞧你衣袋中可有解藥。」假裝伸手去搜他衣袋，卻在他耳邊低聲道：「快逃，快逃！爹爹、媽媽可救你不得！」

石破天大吃一驚，叫道：「爹爹，媽媽？誰是爹爹、媽媽？」適才天虛滿口「令郎」甚麼，「賢郎」如何，石破天卻不知道「令郎、賢郎」就是「兒子」，石清夫婦稱他為「孩兒」，他也只道是對少年人的通稱，萬萬料不到他夫婦竟是將自己錯認為他們的兒子。

便在這時，只覺背心上微有所感，卻是石清將劍尖抵住了他後心，說道：「師妹，咱們不能為這畜生壞了師門義氣。他不能逃！」語音中充滿了苦澀之意。

閔柔顫聲道：「孩兒，這兩位師伯中了劇毒，你當眞……當眞無藥可救麼？」

靈虛站在她身旁，見她神情大變，心想女娘們甚麼事都做得出，旣怕她動手阻擋，更怕她橫劍自盡，伸五指搭上她的手腕，便將她手中長劍奪了下來。這時閔柔全副心神都貫注在石破天身上，於身週事物全不理會，靈虛道人輕輕易易的便將她長劍奪過。

石破天見他欺侮閔柔，叫道：「你幹甚麼？」右手探出，要去奪還閔柔的長劍。靈虛揮劍橫削，劍鋒將及他的手掌，石破天手掌一沉，反手勾他手腕，那是丁璫所敎十八擒拿手的一招「九連環」，式中套式，共有九變。這招擒拿手雖然精妙，但怎奈何得了靈虛這樣的上淸觀高手。他喝一聲：「好！」迴劍以擋，突然間身子搖幌，咕咚摔倒。原來石破天掌上劇毒已因使用擒拿手而散發出來，靈虛喝了一聲「好」，隨着自然要吸一口氣，當即中毒。

羣道大駭之下，不由自主的都退了幾步。人人臉色大變，如見鬼魅。

石破天知道這個禍闖得更加大了，眼見羣道雖然退開，各人仍是手持長劍，四周團團圍住，若要衝出，非多傷人命不可，瞥眼只見靈虛雙手抱住小腹，不住揉擦，顯是肚痛難當。上淸觀羣道內力修爲深厚，不似鐵叉會會衆那麼一遇他掌上劇毒便即斃命，尙有幾個時辰好挨。石破天猛地想起張三、李四兩個義兄在地下大廳中毒之後，也是這般劇烈肚痛的情狀，後來張三敎他救治的方法，將二人身上的劇毒解了，當即將靈虛扶起坐好。

四周羣道劍光閃閃，作勢要往他身上刺去。他急於救人，一時也無暇理會，左手按住靈虛後心靈台穴，右手按住他胸口膻中穴，依照張三所授的法門，左手送氣，右手吸氣。果然不到一盞茶時分，靈虛便長長吁了口氣，罵道：「他媽的，你這賊小子！」

眾人一聽之下，登時歡聲雷動。靈虛破口大罵，未免和他玄門清修的出家人風度不符，但只這一句話，人人都知他的性命是撿回來了。

閔柔喜極流淚，道：「孩子，照虛、通虛兩位師伯中毒在先，快替他們救治。」早有兩名道人將氣息奄奄的照虛、通虛抱了過來，放在石破天身前。他依法施為。這兩道中毒時刻較長，每個人都花了一炷香功夫，體內毒性方得吸出。照虛醒轉後大罵：「你奶奶個雄！」通虛則罵：「狗娘養的王八蛋，膽敢使毒害你道爺。」

石清夫婦喜之不盡，這三個師兄的罵人言語雖然都牽累到自己，卻也不以為意，只是暗暗好笑：「三位師哥枉自修為多年，平時一臉正氣，似是有道高士，情急之時，出言卻也這般粗俗。」

閔柔又道：「孩子，照虛師伯的銅牌倘若是你取的，你還了師伯，娘不要啦！」

石破天心下駭然，道：「娘？娘？」取出懷中銅牌，茫然交還給照虛，自言自語的道：「你……你是我娘？」

天虛道人歎了口氣，向石清、閔柔道：「師弟、師妹，就此別過。」他知道此後更無相見之日，連「後會有期」也不說，率領羣道，告辭而去。

石破天激動之下，撲上前去摟住了她的雙臂，叫道：「媽媽！媽媽！你眞是我的媽媽。」閔柔回手也抱住了他，叫道：「我的苦命孩兒！」

十三　舐犢之情

石破天一直怔怔的瞧着閔柔，滿腹都是疑團。閔柔雙目含淚，微笑道：「傻孩子，你……你不認得爹爹、媽媽了嗎？」張開雙臂，一把將他摟在懷裏。石破夫自識人事以來，從未有人如此憐惜過他，心中也是激情充溢，不知說甚麼好，隔了半晌，才道：「他……石莊主是我爹爹嗎？我可不知道。不過……不過……你不是我媽媽，我正在找我媽媽。」

閔柔聽他不認自己，心頭一酸，險些又要掉下淚來，說道：「可憐的孩子，這也難怪得你……隔了這許多年，你連爹爹、媽媽也不認得了。你離開玄素莊時，頭頂只到媽心口，現今可長得比你爹爹還高了。你相貌模樣，果然也變了不少。那晚在土地廟中，若不是你爹娘先已得知你給白萬劍擒了去，乍見之下，說甚麼也不會認得你。」

石破天越聽越奇，但自己的母親臉孔黃腫，又比閔柔矮小得多，怎麼會認錯？囁嚅道：「石夫人，你認錯了人，我……我……我不是你們的兒子！」

閔柔轉頭向着石清，忍不住淚水奪眶而出，顫聲道：「師哥，你瞧這孩子……」

石清一聽石破天不認父母，便自盤算：「這孩子甚工心計，他不認父母，定有深意。莫非他在凌霄城中闖下了大禍，在長樂幫中爲非作歹，聲名狼藉，沒面目和父母相認？還是怕我們責罰？怕牽累了父母？」便問：「那麼你是不是長樂幫的石幫主？」

石破天道：「大家都說我是石幫主，其實我不是的，大家可都把我認錯了。」石清道：「那你叫甚麼名字？」石破天臉色迷惘，道：「我不知道。我娘便叫我『狗雜種』。」

石清夫婦對望一眼，見石破天說得誠摯，實不似是故意欺瞞。石清向妻子使個眼色，兩人走出了十餘步。石清低聲道：「這孩子到底是不是玉兒？咱們只打聽到玉兒做了長樂幫幫主，但一幫之主，那能如此痴痴呆呆？」閔柔哽咽道：「玉兒離開爹娘身邊，已有十多年，孩子年紀一大，身材相貌千變萬化，可是……可是……我認定他是我的兒子。」石清沉吟道：「你心中毫無懷疑？」閔柔道：「懷疑是有的，但不知怎麼，我相信他……他是我們的孩兒。甚麼道理，我卻說不上來。」

石清突然想到一事，說道：「啊，有了，師妹，當日那小賤人動手害你那天……」這是他夫婦倆的畢生恨事，兩人時刻不忘，卻是誰也不願提到，石清只說了個頭，便不再往下說。閔柔立時醒悟，道：「不錯，我跟他說去。」走到一塊大石之旁，坐了下來，向石破天招招手，道：「孩子，你過來，我有說話。」

石破天走到她的跟前，閔柔手指大石，要他坐在身側，說道：「孩子，那年你剛滿週歲不久，有個女賊來害你媽媽。你爹爹不在家，你媽剛生你弟弟還沒滿月，沒力氣跟那女賊對打。那女賊惡得很，不但要殺你媽媽，還要殺你，殺你弟弟。」

石破天驚道：「殺死了我沒有？」隨即失笑，說道：「我眞胡塗，當然沒殺死我了。」

閔柔卻沒笑，繼續道：「媽媽左手抱着你，右手使劍拚命支持，那女賊武功很是了得，正在危急的關頭，你爹爹恰好趕回來了。那女賊發出三枚金錢標，兩枚給媽砸飛了，第三枚卻打在你的小屁股上，媽媽又急又疲，暈了過去。那女賊見到你爹爹，也就逃走，不料她心也實狠，逃走之時卻順手將你弟弟抱了去。你爹爹忙着救我，又怕她暗中伏下幫手，乘機害我，不敢遠追，再想那女賊……那女賊也不會眞的害他兒子，不過將嬰兒抱去，嚇他一嚇。那知道到得第三天上，那女賊竟將你弟弟的屍首送了回來，心窩中揷了兩柄短劍。一柄是黑劍，一柄白劍，劍上還刻着你爹爹、媽媽的名字……」說到此處，已是淚如雨下。

石破天聽得也是義憤塡膺，怒道：「這女賊當眞可惡，小小孩子懂得甚麼，卻也下毒手將他害死。否則我有一個弟弟，豈不是好？石夫人，這件事我媽從來沒跟我說過。」

閔柔垂淚道：「孩子，難道你眞將你親生的娘忘記了？我……我就是你娘啊。」

石破天凝視她的臉，緩緩搖頭，說道：「不是的。你認錯了人。」

閔柔道：「那日這女賊用金錢鏢在你左股上打了一鏢，你年紀雖然長大，這鏢痕決不會褪去，你解下小衣來瞧瞧罷。」

石破天道：「我……我……」想起自己肩頭有丁璫所咬的牙印，腿上有雪山派「廖師叔」所刺的六朶雪花劍印，都是自己早已忘得乾乾淨淨了的，一旦解衣檢視，卻淸淸楚楚的留在肌膚之上，此中情由，實是百思不得其解。石夫人說自己屁股上有金錢鏢的傷痕，只怕眞的有這鏢印也未可知。他伸手隔衣摸自己左臀，似乎摸不到甚麼傷痕，只是有過兩次先例在，不免大有驚弓之意，臉上神色不定。

閔柔微笑道：「我是你親生的娘，不知給你換過多少屎布尿片，還怕甚麼醜？好罷，你給你爹爹瞧瞧。」說着轉過身子，走開幾步。石清道：「孩子，你解下褲子來自己瞧瞧。」

石破天伸手又隔衣摸了一下，覺得確是沒有傷疤，這才解開褲帶，褪下褲子，回頭瞧了一下，只見左臀之上果有一條七八分的傷痕。只是淡淡的極不明顯。一時之間，他心中驚駭無限，只覺天地都在旋轉，似乎自己突然變成了另一個人，可是自己卻又一點也不知道，極度害怕之際，忍不住放聲大哭。

閔柔急忙轉身。石清向她點了點頭，意思說：「他確是玉兒。」

閔柔又是歡喜，又是難過，搶到他的身邊，將他摟在懷裏，流淚道：「玉兒，玉兒，不用害怕，便有天大的事，也有爹爹媽媽給你作主。」

石破天哭道：「從前的事，我甚麼都記不起來了。我不知道你是我媽媽，不知道他是我爹爹，不知道我屁股上有這麼一條傷疤。我不知道，甚麼都不知道……」

石清道：「你這深厚的內力，是那裏學來的？」石破天搖頭道：「我不知道。」石清又問：「你這毒掌功夫，是這幾天中學到的，又是誰教你的？」石破天駭道：「沒人教我……我怎麼啦？甚麼都胡塗了。難道我眞的便是石破天？石幫主？石……石……我姓石，是你們的兒子？」他嚇得臉無人色，雙手抓着褲頭，只是防褲子掉下去，卻忘了繫上褲帶。

石清夫婦眼見他嚇成這個模樣，閔柔自是充滿了憐惜之情，不住輕撫他的頭頂，柔聲道：「玉兒，別怕，別怕！」石清也將這幾年的惱恨之心抛在一邊，尋思：「我曾見有人腦袋上受了重擊，或是身染大病之後，將前事忘得乾乾淨淨，聽說叫做甚麼『離魂症』，極難治愈復原。難道……難道玉兒也是患了這項病症？」他心中的盤算一時不敢對妻子提起，不料閔柔卻也是在這般思量。夫妻倆你瞧着我，我瞧着你，不約而同的衝口而出：「離魂症！」

石清知道患上了這種病症的人，若加催逼，反致加深他的疾患，只有引逗誘導，慢慢助他回復記心，當下和顏悅色的道：「今日咱們骨肉重逢，實是不勝之喜，孩子，你肚子想必餓了，咱們到前面去買些酒飯吃。」

石破天卻仍是魂不守舍，問道：「我……我到底是誰？」

閔柔伸手去替他將褲腰摺好，繫上了褲帶，柔聲道：「孩兒，你有沒重重摔過一交，撞痛了腦袋？有沒和人動手，頭上給人打傷了？」石破天搖頭道：「沒有，沒有！」閔柔又問：「那麼這些年中，有沒生過重病？發過高燒？」

石破天道：「有啊！早幾個月前，我全身發燒，好似在一口大火爐中燒炙一般，後來又全身發冷，那天……那天，在荒山中暈了過去，從此就甚麼都不知道了。」

石清和閔柔探明了他的病源，心頭一喜，同時舒了口氣。閔柔緩緩的道：「孩兒，你不用害怕，你發燒發得厲害，把從前的事都忘記啦，慢慢的就會記起來。」

石破天將信將疑，問道：「那麼你真是我娘，石……石莊主是我爹爹？」閔柔道：「是啊，孩兒，你爹爹和我到處找你，天可憐見，讓我們一家三口，骨肉團圓。你……你怎不叫爹爹？」石破天深信閔柔決不會騙他，自己本來又無父親，略一遲疑，便向石清叫道：「爹爹！」石清微笑答應，道：「你叫媽媽。」

要他叫閔柔作娘，那可難得多了，他記得清清楚楚，自己的媽相貌和閔柔完全不同，數年前媽媽一去不返之時，她頭髮已經灰白，絕非閔柔這般一頭烏絲，他媽媽性情暴戾，動不動張口便罵，伸手便打，那有閔柔這麼溫文慈祥？但見閔柔滿臉企盼之色，等了一會，不聽他叫出聲來，眼眶已自紅了，不由得心中不忍，低聲叫道：「媽媽！」

閔柔大喜，伸臂將他摟在懷裏，叫道：「好孩兒，乖兒子！」珠淚滾滾而下。

石清的眼睛也有些濕潤，心想：憑這孩子在凌霄城和長樂幫中的作爲，實是死有餘辜，怎說得上是「好孩兒，乖兒子」？只是念着他身上有病，一時也不便發作，又想「浪子回頭金不換」，日後好好教訓，說不定有悔改之機，又想從小便讓他遠離父母，自己有疏教誨，未始不是沒有過失，只是玄素雙劍一世英名，卻生下這樣的兒子來貽羞江湖。霎時間思如潮湧，又是歡喜，又是懊恨。

閔柔見到丈夫臉色，便明白他的心事，生怕他追問兒子的過失，說道：「清哥，玉兒，我餓得很，咱們快些去找些東西來吃。」一聲唿哨，黑白雙駒奔了過來。閔柔微笑道：「孩兒，你跟媽一起騎這白馬。」石清見妻子十餘年來極少有今日這般歡喜，微微一笑，縱身上了黑馬。石破天和閔柔共乘白馬，沿大路向前馳去。

石破天滿腹疑團：「她眞是我媽媽？那麼從小養大我的媽媽，難道不是我媽媽？」

三人二騎，行了數里，見道旁有所小廟。閔柔道：「咱們到廟裏去拜拜菩薩。」下馬走進廟門。石清和石破天也跟着進廟。石清素知妻子向來不信神佛，卻見她走進佛殿，在一尊如來佛像之前不住磕頭。他回頭向石破天瞧了一眼，心中突然湧起感激之情：「這孩兒雖然不肖，胡作非爲，其實我愛他勝過自己性命。若有人要傷害於他，我寧可性命不在，也要護他周全。今日咱們父子團聚，老天菩薩，待我石清實是恩重。」雙膝一曲，也磕下頭去。

石破天站在一旁，只聽得閔柔低聲祝告：「如來佛保祐，但願我兒疾病早愈，他小時無知，幹下的罪孽，都由爲娘的一身抵擋，一切責罰，都由爲娘的來承受。千刀萬剮，甘受不辭，只求我兒今後重新做人，一生無災無難，平安喜樂。」

閔柔的祝禱聲音極低，只是口唇微動，但石破天內力既強，目明耳聰，自然而然的大勝常人，閔柔這些祝告之辭，每一個字都聽入了耳裏，胸中登時熱血上湧，心想：「她若不是親生我的媽媽，怎會對我如此好法？我一直不肯叫她『媽媽』，當眞是胡塗透頂了。」激動之下，撲上前去摟住了她的雙臂，叫道：「媽媽！媽媽！你眞是我的媽媽。」

他先前的稱呼出於勉強，閔柔如何聽不出來？這時才聽到他出自內心的叫喚，回手也抱住了他，叫道：「我的苦命孩兒！」

石破天想起在荒山中和自己共處十多年的那個媽媽，雖然待自己不好，但母子倆相依爲命了這許多年，總是割捨不下，忍不住又問：「那麼我從前那個媽媽呢？難道……難道她是騙我的麼？」閔柔輕撫他的頭髮，道：「從前那個媽媽怎樣的，你說給娘聽。」石破天道：「她……她頭髮有些白了，比你矮了半個頭。她不會武功，常常自己生氣，有時候向我乾瞪眼，常常打我罵我。」閔柔道：「她說是你媽媽，也叫你『孩兒』？」石破天道：「不，她叫我『狗雜種』！」

石清和閔柔心中都是一動：「這女人叫玉兒『狗雜種』，自是心中恨極了咱夫婦，莫非……莫非是那個女人？」閔柔忙道：「那女子瓜子臉兒，皮膚很白，相貌很美，笑起來臉上有個酒窩兒，是不是？」石破天搖搖頭道：「不是，我那個媽媽臉蛋胖胖的，有些黃，有些黑，整天板起了臉，很少笑的，酒窩兒是甚麼？」

閔柔吁了口氣，說道：「原來不是她。孩兒，那晚在土地廟中，媽的劍尖不小心刺中了你，傷得怎樣？」石破天道：「傷勢很輕，過了幾天就好了。」閔柔又問：「你又怎樣逃脫白萬劍的手？咱們孩兒當眞了不起，連『氣寒西北』也拿他不住。」最後這兩句話是向石清說的，言下頗爲得意。石清和白萬劍在土地廟中酣鬥千餘招，對他劍法之精，心下好生欽佩，聽妻子這麼說，內心也自贊同，只道：「別太誇獎孩子，小心寵壞了他。」

石破天道：「不是我自己逃走的，是丁不三爺爺和叮叮噹噹救我的。」石清夫婦聽到丁不三名字，都是一凜，忙問究竟。這件事說來話長，石破天當下源源本本將丁不三和丁璫怎麼相救，丁不三怎麼要殺他，丁璫又怎麼教他擒拿手、怎麼將他抛出船去等情說了。

閔柔反問前事，石破天只得又述說如何和丁璫拜天地，如何在長樂幫總舵中爲白萬劍所擒，回過來再說怎麼在長江中遇到史婆婆和阿綉，怎麼和丁不四比武，史婆婆怎麼在紫煙島上收他爲金烏派的大弟子，怎麼見到飛魚幫的死屍船，怎麼和張三李四結拜，直說到大鬧鐵叉會、誤入上清觀爲止。他當時遇到這些江湖奇士之時，一直便迷迷糊糊，不明其中原因，此時說來，自不免顚三倒四，但石清、閔柔逐項盤問，終於明白了十之八九。夫婦倆越來越是訝異，心頭也是越來越是沉重。

石清問到他怎會來到長樂幫。石破天便述說如何在摩天崖上練捉麻雀的功夫，又回述當年如何在燒餅鋪外蒙閔柔贈銀，如何見到謝煙客搶他夫婦的黑白雙劍，如何被謝煙客帶上高山。夫婦倆萬萬料想不到，當年侯監集上所見那個污穢小丐竟然便是自己兒子，閔柔回想當年這小丐的淪落之狀，又是一陣心酸。

石清尋思：「按時日推算，咱們在侯監集相遇之時，正是這孩子從淩霄城中逃出不久。耿萬鍾他們怎會不認得？」想到此處，細細又看石中玉的面貌，當年侯監集上所見小丐形貌如何，記憶中已是甚為模糊，只記得他其時衣衫襤褸，滿臉泥污，又想：「他自淩霄城中逃出來之後，一路乞食，面目污穢，說不定又故意塗上些泥污，以致耿萬鍾他們對面不識。我夫婦和他分別多年，小孩兒變得好快，自是更加認不出了。」問道：「那日在燒餅鋪外你見到耿萬鍾叔叔他們，心裏怕不怕？」

閔柔本不願丈夫即提雪山派之事，但既已提到，也已阻止不來，只是秀眉微蹙，生恐石清嚴辭盤詰愛兒，卻聽石破天道：「耿萬鍾？他們當眞是我師叔嗎？那時我不知他們要捉我，我自然不怕。」石清道：「那時你不知他們要捉你？你……你不知耿萬鍾是你師叔？」石破天搔頭道：「不知！」

閔柔見丈夫臉上掠過一層暗雲，知他甚為惱怒，只是強自克制，便道：「孩兒，人孰無過？知過能改，善莫大焉。從前的事既已做下來，只有設法補過，爹爹媽媽愛你勝於性命，你不須隱瞞，將各種情由都對爹媽說好了。封師父待你怎樣？」石破天問道：「封師父，那個封師父？」他記得在那土地廟中曾聽父母和白萬劍提過封萬里的名字，便道：「是風火神龍封萬里麼？我聽你們說起過，但我沒見過他。」石清夫婦對瞧了一眼，石清又問：「白爺爺呢？他老人家脾氣非常暴躁，是不是？」石破天搖頭道：「我不識得甚麼白爺爺，從來沒見過。」石清、閔柔跟着問起凌霄城雪山派中的事物，石破天竟是全然不知。

閔柔道：「師哥，這病是從那時起的。」石清點了點頭，默不作聲。二人已了然於胸：「他從凌霄城中逃出來，若不是在雪山下撞傷了頭腦，便是害怕過度，嚇得將舊事忘了個乾乾淨淨。他說在摩天崖和長樂幫中發冷發熱，眞正的病根卻在幾年前便種下了。」

閔柔再問他年幼時的事情，石破天說來說去，只是在荒山如何打獵捕雀，如何帶了阿黃漫遊，再也問不出甚麼所以然來，似乎從他出生到十幾歲之間，便只一片空白。

石清道：「玉兒，有一件事很是要緊，和你生死有重大干係。雪山派的武功，你到底學了多少？」石破天一呆，說道：「我便是在土地廟中，見到他們練劍，心中記了一些。他們很生氣麼？是不是因此要殺我？爹爹，那個白師父硬說我是雪山派弟子，不知是甚麼道理。但我腿上卻當眞又有雪山劍法留下疤痕，唉！」

石清向妻子道：「師妹，我再試試他的劍法。」拔出長劍，道：「你用學到的雪山劍法和爹爹過招，不可隱瞞。」

閔柔將自己長劍交在石破天手中，向他微微一笑，意示激勵。石清緩緩挺劍刺去，石破天舉劍一擋，使的是雪山劍法中一招「朔風忽起」，劍招似是而非，破綻百出。

石清眉頭微皺，不與他長劍相交，隨即變招，說道：「你只管還招好了！」石破天道：「是！」斜劈一劍，卻是以劍作刀，更似金烏刀法，顯然不是劍法。石清長劍疾刺，漸漸緊迫，心想：「這孩子再機靈，也休想在武功上瞞得過我，一個人面臨生死關頭之際，決不能以劍法作僞。」當下每一招都刺向他的要害。石破天心下微慌，自然而然的又和沖虛、天虛相鬥時那般，以劍作刀，自管自的使動金烏刀法。石淸出劍如風，越使越快。

石破天知道這是跟爹爹試招，使動金烏刀法時劍上全無內力狠勁，單有招數，自是威力全失。倘若石淸的對手不是自己兒子，眞要制他死命，在第十一招時已可一劍貫胸而入，到第二十三招時更可橫劍將他腦袋削去半邊。在第二十八招上，石破天更是門戶洞開，前胸、小腹、左肩、右腿，四處同時露出破綻。石淸向妻子望了一眼，搖了搖頭，長劍中宮直進，指向石破天小腹。

石破天手忙脚亂之下，揮刀亂擋，噹的一聲響，石淸手中長劍立時震飛，胸口塞悶，氣也透不過來，登時向後連退四五步，險些站立不定。石破天驚呼：「爹爹！你……你怎麼？」抛下長劍，搶上前去攙扶。石淸腦中一陣暈眩，急忙閉氣，揮手命他不可走近。原來石破天和人動手過招，體內劇毒自然而然受內力之逼而散發出來。幸好石淸事前得知內情，凝氣不吸，才未中毒昏倒，但受到毒氣侵襲，也已頭昏腦脹。

閔柔關心丈夫，忙上前扶住，轉頭向石破天道：「爹爹試你武功，怎地出手如此沒輕沒重？」石破天甚是惶恐，道：「爹爹，是……是我不好！你……你沒受傷麼？」

石淸見他關切之情甚是眞切，大是喜慰，微微一笑，調勻了一下氣息，道：「沒甚麼，師妹，你不須怪玉兒，他確是沒學到雪山派的劍法，倘若他眞的能發能收，自然不會對我無禮。這孩子內力眞強，武林中能及上他的可還沒幾個。」

閔柔知道丈夫素來對一般武學之士少所許可，聽得他如此稱讚愛兒，不由得滿臉春風，道：「但他武功太也生疏，便請做爹爹的調教一番。」石清笑道：「你在那土地廟中早就教過他了，看來教誨頑皮兒子，嚴父不如慈母。」閔柔嫣然一笑，道：「爺兒兩個想都餓啦，咱們吃飯去罷。」

三人到了一處鎮甸吃飯。閔柔歡喜之餘，竟破例多吃了一碗。

飯後來到荒僻的山坳之中。石清便將劍法的精義所在說給兒子聽。石破天數月來親炙高手，於武學之道已領悟了不少，此刻經石清這大行家一加指點，登時豁然貫通。史婆婆雖收他為徒，但相處時日無多，教得七十三招金烏刀法後便即分手，沒來得及如石清這般詳加指點。何況史婆婆似乎只是志在剋制雪山派劍法，別無所求，教刀之時，說來說去，總是不離如何打敗雪山劍法。並不似石清那樣，所教的是兵刃拳脚中的武學道理。

石清夫婦輪流和他過招，見到他招數中的破綻之處，隨時指點，比之當日閔柔在土地廟中默不作聲的教招，自是簡明快捷得多。石破天遇有疑難，立即詢問。石清夫婦聽他所問，竟連武學中最粗淺的道理也全然不懂，細加解釋之後，於雪山派如此小氣藏私，虧待愛兒，均是忍不住十分惱怒。

石破天內力悠長，自午迄晚，專心致志的學劍，竟絲毫不見疲累，練了半天，面不紅，氣不喘。石清夫婦輪流給他餵招，各人反而都累出了一身大汗。如此教了七八日，石破天進步神速，對父母所授上清觀一派的劍法，已領會的着實不少。

這六七天中，石清夫婦每當飲食或是休息之際，總是引逗他述說往事，盼能助他恢復記憶。但石破天只對在長樂幫總舵大病醒轉之後的事迹記得清清楚楚，雖是小事細節，亦能敘述明白，一說到幼時在玄素莊的往事，在凌霄城中學藝的經過，便瞠目不知所對。

這日午後，三人吃過飯後，又來到每日練劍的柳樹之下，坐着閒談。閔柔拾起一根小樹枝，在地下寫了「黑白分明」四字，問道：「玉兒，你記得這四個字嗎？」

石破天搖頭道：「我不識字。」石清夫婦都是一驚，當這孩子離家之時，閔柔已教他識字逾千，「三字經」、唐詩等都已朗朗上口。怎會此刻說出「我不識字」這句話來？

那「黑白分明」四字，寫於玄素莊大廳正中的大匾之上，出於一位武林名宿之手，既合黑白雙劍的身分，又譽他夫婦主持公道、伸張正義。當年石破天四歲之時，閔柔將他抱在懷裏，指點大匾，教了他這四個字，石破天當時便認得了，石清夫妻倆都讚他聰明。此刻她寫此四字，盼他能由此而記起往事，那知他竟連四歲時便已識得的字也都忘了，當下又用樹枝在地下劃了個「一」字，笑問：「這個字你還記得麼？」石破天道：「我甚麼字都不識，沒人教過我。」閔柔心下凄楚，淚水已在眼眶中滾來滾去。

石清道：「玉兒，你到那邊歇歇去。」石破天答應了，卻提起長劍，自去練習劍招。

石清勸妻子道：「師妹，玉兒染疾不輕，非朝夕之間所能痊可。」他頓了一頓，又道：「再說，就算他把前事全忘了，也未始不是美事。這孩子從前輕浮跳脫，此刻雖然有點……有點神不守舍，卻是穩重厚實得多。他是大大的長進了。」

閔柔一想丈夫之言不錯，登時轉悲為喜，心想：「不識字有甚麼打緊？最多我再重頭教起，也就是了。」想起當年調兒教子之樂，不由得心下柔情盪漾，雖然此刻孩兒已然長大，但在她心中，兒子還是一般的天眞幼稚，越是胡塗不懂事，反而更加可喜可愛。

石清忽道：「有一件事我好生不解，這孩子的離魂病，顯是在離開凌霄城之時就得下了的，後來一場熱病，只不過令他疾患加深而已。可是……可是……」

閔柔聽丈夫言語之中似含深憂，不禁擔心，問道：「你想到了甚麼？」

石清道：「玉兒論文才是一字不識，論武功也是毫不高明，徒然內力深厚而已，說到閱歷資望、計謀手腕，更是不足一哂。長樂幫是近年來江湖上崛起的一個大幫，八九年間闖下了好大的萬兒，怎能……」閔柔點頭道：「是啊，怎能奉他這樣一個孩子做幫主？」

石清沉吟道：「那日咱們在徐州聽魯東三雄說起，長樂幫始創幫主名叫司徒橫，也不是怎麼了不起的脚色，倒是做他副手的那『着手成春』貝海石甚是了得。不知怎樣，幫主換作了一個少年石破天。魯東三雄說道長樂幫這少年幫主貪花好色，行事詭詐，武功頗爲高強。本來誰也不知他的來歷，後來卻給雪山派的女弟子花萬紫認了出來，竟然是該派的棄徒石中玉，說雪山派正在上門去和他理論。此刻看來，甚麼『行事詭詐、武功高強』，這八個字評語，實在安不到他身上呢。」

閔柔雙眉緊鎖，道：「當時咱們想玉兒年紀雖輕，心計卻是厲害，倘若武功眞強，做個甚麼幫主也非奇事，是以當時毫不懷疑，只是計議如何相救，免遭雪山派的毒手。可是他這個模樣……」凝思片刻，突然提高嗓子說道：「師哥，其中定有重大陰謀。你想『着手成春』貝大夫是何等精明能幹的脚色……」說到這裏，心中害怕起來，話聲也顫抖了。

石清雙手負在背後，在柳樹下踱步轉圈，嘴裏不忍叨念：「叫他做幫主，爲了甚麼？爲了甚麼？」他轉到第五個圈子時，心下已自雪亮，種種事情，全合符節，只是這件事實在太過可怕，卻不敢說出口來。他轉到第七個圈子上，向閔柔瞥了一眼，只見她目光也正向自己射來。兩人四目交投，目光中都露出驚怖之極的神色。夫婦倆怔怔的對望片刻，突然同聲說道：「賞善罰惡！」

兩人這四字說得甚響，石破天在遠處也聽到了，走近身來，問道：「爹，媽，那『賞善罰惡』到底是甚麼名堂？我聽鐵叉會的人提到過，上清觀的道長們也說起過幾次。」

石清不即答他的問話，反問道：「張三、李四二人和你結拜之時，知不知道你是長樂幫的幫主？」石破天道：「他們沒提，多半不知。」石清又道：「他們和你賭喝毒酒之時，情狀如何？你再詳細說給我聽。」石破天奇道：「那是毒酒麼？怎麼我卻沒中毒？」當下將如何遇見張三、李四，如何吃肉喝酒等情，從頭詳述了一遍。

石清待他說完後，沉吟半晌，才道：「玉兒，有一件事須得跟你說明白，好在此刻尚可挽回，你也不用驚慌。」頓了一頓，續道：「三十年之前，武林中許多大門派、大幫會的首腦，忽然先後接到請柬，邀他們於十二月初八那日，到南海的俠客島去喝臘八粥。」

石破天點頭道：「是了，大家一聽得『到俠客島去喝臘八粥』就非常害怕，不知是甚麼道理？臘八粥有毒麼？」

石清道：「那就誰也不知了。這些大門派、大幫會的首腦接到銅牌請柬……」石破天插嘴問道：「銅牌請柬？就是那兩塊銅牌麼？」石清道：「不錯，就是你曾從照虛師伯身上拿來的那兩塊銅牌。一塊牌上刻着一張笑臉，那是『賞善』之意；另一塊牌上有發怒的面容，那是『罰惡』。投送銅牌的是一胖一瘦兩個少年。」

石破天道：「少年？」他已猜到那是張三、李四，但說少年，卻又不是。

石清道：「那是三十年前的事了，他二人那時尚是少年。各門派幫會的首腦接到銅牌請柬，便問請客的主人是誰，那兩個使者說道嘉賓到得俠客島上，自然知曉，又道，倘若接到請柬之人依約前往，自是無事，否則他這一門派或是幫會不免大禍臨頭，當時便問：『到底去是不去？』最先接到銅牌請柬的，是川西青城派掌門人旭山道長。他長笑之下，將兩塊銅牌抓在手中，運用內力，將兩塊銅牌鎔成了兩團廢銅。這原是震爍當時的獨步內功，原盼這兩個狂妄少年知難而退。豈知他剛捏毀銅牌，這兩個少年突然四掌齊出，擊在他前胸，登時將這位川西武林的領袖生生擊死！」

石破天「啊」的一聲，說道：「下手如此狠毒！」

石清道：「青城派羣道自然羣起而攻，當時這兩少年的武功，還未到後來這般登峯造極的地步，當下搶過兩柄長劍，殺了三名道人，便即逃走。青城派是何等聲勢，旭山道長又是何等名望，竟給兩個無名少年上門殺死，全身而退，這件事半月之內便已轟傳武林。二十天後，渝州西蜀鏢局的刁老鏢頭正在大張筵席，慶祝六十大壽，到賀的賓客甚衆，這兩個少年不速而至，遞上銅牌。一衆賀客本就正在談論此事，一見之下，動了公憤，大家上前圍攻，不料竟給這兩個少年從容逸去。三天之後，西蜀鏢局自刁老鏢頭以下，鏢師、趟子手，三十餘人個個死於非命，只餘下老弱婦孺不殺。鏢局大門上，赫然便釘着兩塊銅牌。」

石破天歎口氣，道：「我最先看到兩塊銅牌，是在飛魚幫死屍船的艙門上，想不到……

想不到這竟是閻羅王送來的請客帖子。」

石清道：「這件事一傳開，大夥兒便想去請少林派掌門人妙諦大師領頭對付。那知到得少林寺，寺中僧人說道方丈大師出外雲遊未歸，言語支吾，說來不盡不實。大夥兒便去武當山，找武當派掌門愚茶道長，不料眞武觀的道人個個愁眉苦臉，也說掌門人出觀去了。衆人一琢磨，料想這兩位當世武林中頂兒尖兒的高人忽然同時失蹤，若不是中了俠客島使者的毒手，便是躲了起來避禍。當下由五台山善本長老和崑崙派苦柏道長共同出面，邀請武林中各大門派的掌門人，商議對付之策，同時偵騎四出，探查這兩個使者的下落。但這兩個使者神出鬼沒，對方有備之時，到處找不到他二人的人影，但一旦戒備稍疏，便不知從那裏鑽了出來，傳遞這兩塊拘魂牌。這二人又善於用毒。善本長老和苦柏道人接到銅牌後立即毀去，當時也沒甚麼，隔了月餘，卻先後染上惡疾而死。衆人事後思量，才想到善本長老和苦柏道人武功太高，賞善罰惡二使自知單憑武功鬥他們不過，更動搖不了五台、崑崙這兩個大派，便在銅牌上下了劇毒，善本長老和苦柏道長沾手後劇毒上身，終於毒發身死。」

石破天只聽得毛骨悚然，道：「我那張三、李四兩位義兄，難道竟是……竟是這等狠毒之人？他們和這許多門派幫會爲難，到底是爲了甚麼？」

石清搖頭道：「三十年來，這件大事始終無人索解得透。少林派妙諦方丈、武當派愚茶道長失蹤，事隔多年後終於消息先後洩漏，這兩位高手果然是給俠客島強請去的。在少林寺外曾激鬥了七日七夜，武當山上卻沒動手，多半愚茶道長一拔劍便即失手。這一僧一道，武功之高，江湖上罕有匹敵，再加上青城旭山道人，西蜀刁老鏢頭，五台派善本大師，崑崙派苦柏道人四位先後遭了毒手，其餘武林人物自忖武功與這六大高手差得甚遠，待得再接到那銅牌請柬，便有人答應去喝臘八粥。這兩個使者說道：『閣下惠允光臨俠客島，實是不勝榮幸，某月某日請在某地相候，屆時有人來迎接上船。』這一年中，被他二人明打暗襲、行刺下毒而害死的掌門人、幫會幫主，共有一十四人，此外有三十七人應邀赴宴。可是三十七人一去無蹤，三十年來更無半點消息。」

石破天道：「俠客島在南海甚麼地方？何不邀集人手，去救那三十七人出來？」

石清道：「這俠客島三字，問遍了老於航海的舵工海師，竟沒一人聽見過，看來多半並無此島，只是那兩個少年信口胡謅。如此一年又一年的過去，除了那數十家身受其禍的子弟親人，大家也就漸漸淡忘了。不料過得十年，這兩塊銅牌請柬又再出現。

「這時那兩名使者武功已然大進，只在十餘天之內，便將不肯赴宴的三個門派、兩個大幫，上下數百人丁殺得乾乾淨淨。江湖上自是羣相聳動，於是由峨嵋派的三長老出面，邀集三十餘名高手，埋伏在河南紅槍會總舵之中，靜候這兩名兇手到來。那知這兩名使者竟便避開了紅槍會，甚至不踏進河南省境，銅牌卻仍是到處分送。只要接到銅牌的首腦答應赴會，他這門派幫便太平無事，否則不論如何防備周密，總是先後遭了毒手。

「那一年黑龍幫的沙幫主也接到了銅牌，他當時一口答應，暗中卻將上船的時間地點通知了紅槍會。那三十餘名高手屆時趕往，不知如何走漏了風聲，到時候竟然無人迎接。

「衆人守候數日，卻一個接一個的中毒而死。餘人害怕起來，登時一鬨而散，還沒回到家中，道上便已聽得訊息，不是全家遭害，便是全幫已被人誅滅。這一來，誰也不敢抗拒，接到銅牌，便即依命前往。這一年中共有四十八人乘船前赴俠客島，卻也都是一去無蹤，從此更無半點音訊。那眞是武林中的浩刦，思之可怖可歎！」

石破天欲待不信，但飛魚幫幫衆死屍盈船，鐵叉會會衆盡數就殲，卻是親眼目覩的，而誅滅鐵叉會會衆之時，自己無意中還作了張三、李四二人幫兇，想來兀自不寒而慄。

只聽石清又道：「又過十年，江西無極門首先接到銅牌請柬，早一年之前，各大門派幫會的首腦已經商議定當，大夥兒抱着『不入虎穴，焉得虎子』的打算，決意到俠客島上去瞧個究竟，人人齊心合力，好歹也要除去這武林中的公敵。是以這一年中銅牌所到之處，竟未傷到一條人命，共有五十三人接到請柬，便有五十三人赴會。這五十三位英雄好漢有的武功卓絕，有的智謀過人，可是一去之後，卻又是無影無蹤，從此沒了音訊。俠客島這般爲禍江湖，令得武林中的菁英爲之一空。普天下武人竟是束手無策，只有十年一度的聽任宰割。我上清觀深自隱晦，從來不在江湖招搖，你爹爹媽媽武功出自上清觀，在外行道，卻只用玄素莊的名頭。你衆位師伯、師叔武功雖高，但極少與人動手，旁人只道上清觀中只是一批修眞養性、不會武功的道人罷了……」

石破天問道：「那是怕了俠客島嗎？」

石清臉上掠過一絲尷尬之色，略一遲疑，道：「衆位師伯師叔都是與世無爭，出家清修的道士，原本也不慕這武林的虛名。但若說是怕了俠客島，那也不錯。武林之中，任你是多麼人多勢衆，武藝高強的大派大幫，一提起『俠客島』三字，又有誰不眉頭深皺？想不到上清觀如此韜光養晦，還是難逃這一刦。」說着長歎一聲。

石破天又問：「爹爹媽媽要共做上清觀的掌門，想去探查俠客島的虛實。過去那三批大有本領之人沒一個能回來，這件事只怕難辦得很罷？」石清道：「難當然是極難，但我們素以扶危解困為己任，何況事情臨到自己師門，豈有袖手之理？我和你娘都想，難道老天爺當眞這般沒眼，任由惡人橫行？你爹娘的武功，比之妙諦、愚茶那些高人，當然頗有不及，但自來邪不勝正，也說不定老天爺要假手於你爹娘，將誅滅俠客島的關鍵洩露出來。」

他說到這裏，與妻子對望了一眼，兩人均想：「我們所以甘願捨命去幹這件大事，其實都是為了你，你奸邪淫佚，犯上欺師，實已不容於武林，我夫妻亦已無面目見江湖朋友，我二人上俠客島去，如所謀不成，自是送了性命，倘能為武林同道立一大功，人人便能見諒，不再追究你的罪愆。」但這番為子拚命的苦心，卻也不必對石破天明言。

石破天沉吟半晌，忽道：「張三、李四我那兩個義兄，就是俠客島派出來分送銅牌的使者？」石清道：「確然無疑。」石破天道：「他們既是惡人，為甚麼肯和我結拜為兄弟？」石清啞然失笑，道：「當時你獃頭獃腦的一番言語，纏得他們無可推托。何況他們發的都是假誓，當不得眞的。」石破天奇道：「怎麼是假誓？」石清道：「張三、李四本是假名，他們說我張三如何如何，我李四怎樣怎樣，名字都是假的，自然不論說甚麼都是假的了。」石破天道：「原來如此！」想起兩個義兄竟會相欺，不禁愀然不樂；但想爹爹所料未必眞是如此，說不定他們眞的便叫張三、李四呢，說道：「下次見到他們，倒要問個清楚。」

閔柔一直默不作聲，這時忙插嘴道：「玉兒，下次再見到這二人可千萬要小心了。這二人殺人不眨眼，明門不勝，就行暗算，偷襲不得，便使毒藥，實是兇狠陰毒到了極處。」

石清道：「玉兒，你要記住娘的話。別說你如此忠厚老實，就是比你機靈百倍之人，遇上了這兩個使者也是難逃毒手。說到防範，那是防不勝防的，下次一見到他二人，立刻便使殺招，先下手爲強，縱使只殺得一人，也是替武林中除去一個大害，造無窮之福。」石破天遲疑道：「我們是拜把子兄弟，他們是我大哥、二哥，那殺不得的。」石清歎了口氣，不再說了，心想定要兒子殺害他的結義兄弟，這種話也不大說得出口。

閔柔笑道：「師哥，連你也說玉兒忠厚老實。咱們的孩兒當眞是變乖了，是不是？」

石清點了點頭，道：「他是變乖了，正因如此，便有人利用他來擋災解難。玉兒，你可知長樂幫羣雄奉你爲幫主，到底有何用意？」

石破天原非蠢笨，只是幼時和母親僻處荒山，少年時又和謝煙客共居於摩天崖，兩人均極少和他說話。是以於世務人情一竅不通，此刻聽石清一番講述，登時省悟，失聲道：「他們奉我爲幫主，莫非……莫非是要我做替死鬼？」

石清歎了口氣，道：「本來嘛，眞相尙未大明之前，不該以小人之心，度測江湖上的英雄好漢。但若非如此，長樂幫中英才濟濟，怎能奉你這不通世務的少年爲幫主？推想起來，長樂幫近年好生興旺，幫中首腦算來俠客島的銅牌請柬又屆重現之期，這一次長樂幫定會接到請柬，他們事先便物色好一個和他們無甚淵源之人來做幫主，事到臨頭之際，便由這個人來擋過這一刦。」

石破天心下茫然，實難相信人心竟如此險惡。但父親的推想合情合理，卻不由得不信。

閔柔也道：「孩子，長樂幫在江湖上名聲甚壞，雖非無惡不作。但行兇傷人，恃強搶刦之事，着實做了不少，尤其不禁淫戒，更爲武林中所不齒。幫中的舵主香主大多不是好人，他們安排了一個圈套給你鑽，那是半點也不希奇的。」

石清哼了一聲，道：「要找個外人來做幫主，玉兒原是最合適的人選。他忘了往事，於江湖上的風波險惡又是渾渾噩噩，全然不解。只是他們萬萬沒料想到，這個小幫主竟是玄素莊石清、閔柔的兒子。這個如意算盤，打起來也未必如意得很呢。」說到這裏，手按劍柄，遙望東方，那正是長樂幫總舵的所在。

閔柔道：「咱們既識穿了他們的奸謀，那就不用擔心，好在玉兒尚未接到銅牌請柬。師哥，眼下該當怎麼辦？」石清微一沉吟，道：「咱三人自須到長樂幫去，將這件事揭穿了。只是這些人老羞成怒，難免動武，咱三人寡不敵衆；再則也得有幾位武林中知名之士在旁作個見證，以免他們日後再對玉兒糾纏不清。」閔柔道：「江南松江府銀戟楊光楊大哥交遊廣闊，又是咱們至交，不妨由他出面，廣邀同道，同到長樂幫去拜山。」石清喜道：「此計大佳。江南一帶武林朋友，總還得買我夫妻這個小小面子。」

他夫婦在武林中人緣極好，二十年來仗義疏財，扶難解困，只有他夫婦去幫人家的忙，從來不求人做過甚麼事，一旦需人相助，自必登高一呼，從者雲集。

高三娘子彎腰避開軟鞭，只聽得衆人大聲驚呼，跟着便是頭頂一緊，身不由主的向上空飛去，原來丁不四軟鞭的鞭梢已捲住了她髮髻，將她提向半空。

十四　關東四大門派

當下一家三口取道向東南松江府行去。在道上走了三日，這一晚到了龍駒鎮。三人在一家客店中借宿。石清夫婦住了間上房，石破天在院子的另一端住了間小房。閔柔愛惜兒子，本想在隔房找間寬大上房給他住宿，但上房都住滿了，只索罷了。

當晚石破天在床上盤膝而坐，運轉內息，只覺全身真氣流動，神清氣暢，再在燈下看雙掌時，掌心中的紅雲藍筋已若有若無，褪得極淡。他不知那兩葫蘆毒酒大半已化作了內力，還道連日用功，已將毒藥驅出了十之八九，心下甚喜，便即就枕。

睡到中夜，忽聽得窗上剝啄有聲。石破天翻身而起，低問：「是誰？」只聽得窗上又是得得得輕擊三下，這敲窗之聲甚是熟習，他心中怦的一跳，問道：「是叮叮噹噹麼？」窗外丁璫的聲音低聲道：「自然是我，你盼望是誰？」

石破天聽到丁璫說話之聲，又是歡喜，又是着慌，一時說不出話來。嗤的一聲，窗紙穿破，一隻手從窗格中伸了進來，扭住他耳朵重重一擰，聽得丁璫說道：「還不開窗？」

石破天吃痛，卻生怕驚動了父母，不敢出聲，忙輕輕推開窗格。丁璫跳了進來，格的一笑，道：「天哥，你想不想我？」石破天道：「我……我……我……」丁璫嗔道：「好啊，你不想我？是不是？你只想着那個新和她拜天地的新娘子。」石破天道：「我幾時又和人拜天地了？」丁璫笑道：「我親眼瞧見的，還想賴？好罷，我也不怪你，這原是你風流成性，我反而喜歡。那個小姑娘呢？」

石破天道：「不見啦，我回到山洞去，再也找不到她了。」想到阿綉的嬌羞溫雅，瞧着自己時那含情脈脈的眼色，此後卻再也見不到她，心下悃然若失。

丁璫嘻嘻一笑，道：「菩薩保祐，但願你永生永世再也找不着她。」

石破天心想：「我定要再找到阿綉。」但這話可不能對丁璫說，只得岔開話題，問道：「你爺爺呢？他老人家好不好？」丁璫伸手到他手臂上一扭，嗔道：「你也不問我好不好？唉唷！死鬼！」原來石破天體內眞氣發動，將她兩根手指猛力向外彈開。

石破天道：「叮叮噹噹，你好不好？那天我給你拋到江中，幸好掉在一艘船上，才沒淹死。」隨即想到和阿綉同衾共枕的情景，只想：「阿綉到那裏去了？她爲甚麼不等我？」這些日來他勤於學武，阿綉的面貌身形只偶而在腦中一現即去，此刻見到丁璫，不知如何，竟念念不忘的想起了阿綉。

丁璫道：「甚麼幸好掉在一艘船上？是我故意抛你上去的，難道你不知道？」石破天忸怩道：「我心中自然知道你待我好，只不過……只不過說起來有些不好意思。」丁璫噗哧一笑，說道：「我和你是夫妻，有甚麼好不好意思？」

兩人並肩坐在床沿，身側相接。石破天聞到丁璫身上微微的蘭馨之氣，不禁有些心猿意馬，但想：「阿繡要是見到我跟叮叮噹噹親熱，一定會生氣的。」伸出右臂本想去摟丁璫肩頭，只輕輕碰了碰，又縮回了手。

丁璫道：「天哥，你老實跟我說，是我好看呢？還是你那個新的老婆好看？」

石破天歎道：「我那裏有甚麼新的老婆？就只你……只你一個老婆。」說着又歎了口氣，心想：「要是阿繡肯做我老婆，我那就開心死了。只不知能不能再見到她？又不知她肯不肯做我老婆？」

丁璫伸臂抱住他頭頸，在他嘴上親了一吻，隨即伸手在他頭頂鑿了一下，說道：「只有我一個老婆，嫌太少麼？又為甚麼歎氣？」

石破天只道給她識破了自己心事，窘得滿臉通紅，給她抱住了，不知如何是好，想要推拒，又捨不得這溫柔滋味，想伸臂反抱，卻又不敢。

丁璫雖然行事大膽任性，究竟是個黃花閨女，情不自禁的吻了石破天一下，好生羞慚，一縮身便躲入床角，抓過被來裹住了身子。

石破天猶豫半晌，低聲喚道：「叮叮噹噹，叮叮噹噹！」丁璫卻不理睬。石破天心中只是想着阿繡，突然之間，明白了那日在紫煙島樹林中她瞧着自己的眼色，明白了她叫自己作「大哥」的含意，心中大喜若狂：「阿繡肯做我老婆的，阿繡肯做我老婆的。」隨即又想：「卻到那裏找她去呢？」歎了口氣，坐到椅上，伏案竟自睡了。

丁璫見他不上床來，既感寬慰，又有些失望，心想：「我終於找着他啦！」連日奔波，這時心中甜甜地，只覺嬌慵無限，過不多時便即沉沉睡去。

睡到天明，只聽得有人輕輕打門，閔柔在門外叫道：「玉兒，起來了嗎？」石破天應了聲，道：「媽！」站起身來，向丁璫望了一眼，不由得手足無措。閔柔道：「你開門，我有話說！」石破天道：「是！」略一猶豫。便要去拔門閂。

丁璫大羞，心想自己和石破天深宵同處一室，雖是以禮自持，旁人見了這等情景卻焉能相信？何況進來的是婆婆，自必被她大爲輕賤，忙從床上躍起，推開窗格，便想縱身逃出，但斜眼見到石破天，心想好容易才找到石郎，這番分手，不知何日又再會面，連打手勢，要他別去開門。

石破天低聲道：「是我媽媽，不要緊的。」雙手已碰到了門閂。丁璫大急，心想：「是旁人還不要緊，是你媽媽卻最是要緊。」一再要躍窗而逃，其勢已然不及。

她本是個天不怕地不怕的姑娘，但想到要和婆婆見面，且是在如此尷尬的情景下給她撞見，不由得全身發熱，眼見石破天便要拔門開門，情急之下，左手使出「虎爪手」抓住他背心「靈台穴」，右手使「玉女拈針」捏住他「懸樞穴」。石破天只覺兩處要穴上微微一陣酸麻，丁璫已將他身子抱起，鑽入了床底。

閔柔江湖上閱歷甚富，只聽得兒子輕噫一聲，料知已出了事，她護子心切，肩頭撞去，門閂早斷，踏進門便見窗戶大開，房中卻已不見了愛子所在。她縱聲叫道：「師哥快來！」石清提劍趕到。

閔柔顫聲道：「玉兒……玉兒給人刦走啦！」說着向窗口一指。兩人更不打話，同時右足一登，雙雙從窗口穿出，一黑一白，猶如兩頭大鳥一般，姿式極是美妙。丁璫躲在床底見了，不由得暗暗喝一聲采。

以石清夫婦這般江湖上的大行家，原不易如此輕易上當，只是關心則亂，閔柔一見愛子失了蹤影，心神便即大亂，心中先入爲主，料想不是雪山派、便是長樂幫來擄了去。她破門而入之時，距石破天那聲驚噫只頃刻間事，算來定可趕上，是以再沒在室中多瞧上一眼。石破天被丁璫拿住了要穴，他內力渾厚，立時便衝開被閉住的穴道，但他身子被丁璫抱着，卻也不願出聲呼喚父母，微一遲疑之際，石清夫婦已雙雙越窗而出。床底下都是灰土，微塵入鼻，石破天連打了三個噴嚏，拉着丁璫的手腕，從床底下鑽了出來，只見她兀自滿臉通紅，嬌羞無限。

石破天道：「那是我爹爹媽媽。」丁璫道：「我早知道啦！昨日下午我聽到你叫他們的。」石破天道：「等我爹爹媽媽回來，你見見他們好不好？」丁璫將頭一側，道：「我不見。你爹娘瞧不起我爺爺，自然也瞧不起我。」

石破天這幾日中和父母在一起，多聽了二人談吐，覺得父母俠義爲懷，光明正大，和丁不三的行逕確是大不相同，沉吟道：「那怎麼辦？」

丁璫心想石清夫婦不久定然復回，便道：「你到我房裏去，我跟你說一件事。」石破天奇道：「你也宿在這客店？」丁璫笑道：「是啊，我要半夜裏來捉老公，怎不宿在這裏？」向石破天一招手，穿窗而出，經過院子，一看四下無人，推門走進一間小房。

石破天跟了進去，不見丁不三，大爲寬慰，問道：「你爺爺呢？」丁璫道：「我一個兒溜啦，沒跟爺爺在一起。」石破天問道：「爲甚麼？」丁璫哼的一聲，說道：「我要來找你啊，爺爺不許，我只好獨自溜走。」石破天心下感動，說道：「叮叮噹噹，你待我眞好。」丁璫笑道：「昨兒晚上不好意思說，怎麼今天好意思了？」石破天笑道：「你說咱們是夫妻，沒甚麼不好意思的。」丁璫臉上又是一紅。

只聽得院子中人聲響動，石清道：「這是房飯錢！」馬啼聲響，夫婦倆牽馬快步出店。石破天追出兩步，又即停步，回頭問丁璫道：「你可知道松江府在那裏？」丁璫笑道：「松江府偌大地方，怎會不知？」石破天道：「爹爹媽媽要去松江府，找一個叫做銀戟楊光的人，待會咱們趕上去便是。」他乍與丁璫相遇，卻也不捨得就此分手。

丁璫心念一動：「這獃郎不識得路，此去松江府是向東南，我引他往東北走，他和爹媽越離越遠，道上便不怕碰面了。」心下得意，不由得笑靨如花，明艷不可方物。石破天目不轉睛的瞧着她。

丁璫笑道：「你沒見過麼？這般瞧我幹麼？」石破天道：「叮叮噹噹，你……你眞是好看，比我媽媽還好看。」又想：「她和阿綉相比，不知是誰更好看些？」丁璫嘻嘻而笑，道：「天哥，你也很好看，比我爺爺還好看。」說着哈哈大笑。

兩人說了一會閒話，石破天終是記掛父母，道：「我爹娘找我不見，一定好生記掛，咱們這就追上去罷。」丁璫道：「好，眞是孝順兒子。」當下算了房飯錢，出店而去。

客店中掌櫃和店小二見石破天和石清夫婦同來投店，卻和這個單身美貌姑娘在房中相偕而出，無不嘖嘖稱奇，自此一直口沫橫飛的談論了十餘日，言詞中自然猥褻者有之，香艷者有之，衆議紛紜，猜測多端。

石破天和丁璫出得龍駒鎮來，即向東行，走了三里，便到了一處三岔路口。丁璫想也不想，逕向東北方走去。

石破天料想她識得道路，便和她並肩而行，說道：「我爹爹媽媽騎着快馬，他們若不在打尖處等我，那是追不上了。」丁璫抿嘴笑道：「到了松江府楊家，自然遇上。你爹娘這麼大的人，還怕不認得路麼？」石破天道：「我爹爹媽媽走遍天下，那有不認得路之理？」

兩人一路談笑。石破天自和父母相聚數日，頗得指點教導，於世務已懂了許多。丁璫見他獃氣大減，芳心竊喜，尋思：「石郎大病一場之後，許多事情都忘記了，但只須提他一次，他便不再忘。」一路上將諸般江湖規矩、人情好惡，說了許多給他聽。

眼見日中，兩人來到一處小鎮打尖。丁璫尋着了一家飯店，走進大堂，只見三張大白木桌旁都坐滿了人。兩人便在屋角裏一張小桌旁坐下。那飯店本不甚大，店小二忙着給三張大桌上的客人張羅飯菜，沒空來理會二人。

丁璫見大桌旁坐着十八九人，內有三個女子，年紀均已不輕，姿色也自平庸，一干人身上各帶兵刃，說的都是遼東口音，大碗飲酒，大塊吃肉，神情甚是豪邁，心想：「這些江湖朋友，不是鏢局子的，便是綠林豪客。」看了幾眼，也沒再理會，心想：「我和天哥這般並肩行路，同桌吃飯，就這麼過一輩子，也快活得緊了。」店小二不過來招呼，她也不着惱。

忽聽得門口有人說道：「好啊，有酒有肉，爺爺正餓得很了。」

石破天一聽聲音好熟，只見一個老者大踏步走了進來，卻是丁不四。石破天吃了一驚，暗叫：「糟糕！」回過頭來，不敢和他相對。丁璫低聲道：「是我叔公，你別瞧他，我去打扮打扮。」也不等石破天回答，便向後堂溜了進去。

丁不四見四張桌旁都坐滿了人，石破天的桌旁雖有空位，桌上卻旣無碗筷，更沒菜餚，當即向中間白木桌旁的一張長凳上坐落，左肩一挨，將身旁一條大漢擠了開去。

那大漢大怒，用力回擠，心想這一擠之下，非將這糟老頭摔出門外不可。那知剛撞到丁不四身上，立時便有一股剛猛之極的力道反逼出來，登時無法坐穩，臀部離凳，便要斜身摔跌。丁不四左手一拉，道：「別客氣，大家一塊兒坐！」那大漢給他這麼一拉，才不摔跌，登時紫脹了臉皮，不知如何是好。

丁不四道：「請，請！大家別客氣。」端起酒碗，仰脖子便即喝乾，提起別人用過的筷子，挾了一大塊牛肉，吃得津津有味。

三張桌上的人都不識得他是誰。但均知那大漢武功不弱，可是給他這麼一擠之下，險些摔跌，這老兒自是來歷非小。丁不四自管飲酒吃肉，搖頭幌腦的十分高興。三桌上的十八九個人卻個個停箸不食，眼睜睜的瞧着他。

丁不四道：「你怎麼不喝酒？」搶過一名矮瘦老者面前的一碗酒，骨嘟骨嘟的喝了一大半碗，一抹鬍子，說道：「這酒有些酸，不好。」

那瘦老者強忍怒氣，問道：「尊駕尊姓大名？」丁不四哈哈笑道：「你不知我的姓名，本事也好不到那裏去了。」那老者道：「我們向在關東營生，少識關內英雄好漢的名號。在下遼東鶴范一飛。」丁不四笑道：「瞧你這麼黑不溜秋的，不像白鶴像烏鴉，倒是改稱『遼東鴉』爲妙。」

范一飛大怒，拍案而起，大聲喝道：「咱們素不相識，我敬你一把白鬍子，不來跟你計較，卻恁地消遣爺爺！」

另一桌上一名高身材的中年漢子忽道：「這老兒莫非是長樂幫的？」石破天聽到「長樂幫」三字，心中一凜，只見丁璫頭戴氈帽，身穿灰布直綴，打扮成個飯店中店小二的模樣，回到桌旁。石破天好生奇怪，不知倉卒之間，她從何處尋來這一身衣服。丁璫微微一笑，在他耳邊輕聲道：「我點倒了店小二，跟他借了衣裳，別讓四爺爺認出我來。天哥，我跟你抹抹臉兒。」說着雙手在石破天臉上塗抹一遍。她掌心塗滿了煤灰，登時將石破天臉蛋抹得汚黑不堪，跟着又在自己臉上抹了一陣。飯店中雖然人衆，但人人都正瞧着丁不四，誰也沒去留意他兩人搗鬼。

丁不四向那高身材的漢子側目斜視，微微冷笑，道：「你是錦州青龍門門下，是不是？好小子，纏了一條九節軟鞭，大模大樣的來到中原，當眞活得不耐煩了。」

這漢子正是錦州青龍門的掌門人風良，九節軟鞭是他家祖傳的武功。他聽得丁不四報出自己門戶來歷，倒是微微一喜：「這老兒單憑我腰中一條九節軟鞭，便知我的門派。不料我青龍門的名頭，在中原倒也着實有人知道。」當下說道：「在下錦州風良，忝掌青龍門的門戶。老爺子尊姓？」言語中便頗客氣。

丁不四將桌子拍得震天價響，大聲道：「氣死我了！氣死我了！氣死我了！」他連說三句「氣死我了」，舉碗又自喝酒，臉上卻是笑嘻嘻地，殊無生氣之狀，旁人誰也不知這「氣死我了」四字意何所指。只聽他大聲自言自語：「九節鞭矯矢靈動，向稱『兵中之龍』，最是難學難使、難用難精。甚麼長槍大戟，雙刀單劍，當之無不披靡。氣死我了！氣死我了！氣死我了！」

風良心中又是一喜：「這老兒說出九節鞭的道理來，看來對本門功夫倒是個知音。」聽他接下去連說三句「氣死我了」，便道：「不知老爺子因何生氣？」

丁不四對他全不理睬，仰頭瞧着屋樑，仍是自言自語：「你爺爺見到人家舞刀弄棍，都不生氣，單是見到有人提一根九節鞭，便怒不可遏。你奶奶的，長沙彭氏兄弟使九節鞭，去年爺爺將他兩兄弟雙雙宰了。四川有個姓章的武官使九節鞭，爺爺把他的腦殼子打了個稀巴爛。安徽鳳陽有個女子使九節鞭，爺爺不愛殺女人，只是斬去了她的雙手，叫她從此不能去碰那兵中之龍。」

衆人越聽越是駭異，看來這老兒乃是衝着風良而來，聽他說話雖是瘋瘋顛顛，卻又不似假話。長沙彭氏兄弟彭鎭江、彭鎖湖都使九節鞭，去年爲人所害，他們在遼東也曾有所聞。

風良面色鐵青，手按九節鞭的柄子，話道：「尊駕何以對使九節鞭之人如此痛恨？」

丁不四呵呵大笑，說道：「胡說八道！爺爺怎會痛恨使九節鞭之人？」探手入懷，豁喇一聲響，手中已多了一條軟鞭。這條軟鞭金光閃閃，共分九節，顯是黃金打成，鞭首是個龍頭，鞭身上鑲嵌各色寶石，閃閃發光，燦爛輝煌，一展動間，既威猛，又華麗，端的好看。

眾人心中一凜：「原來他自己也使九節鞭。」

丁不四道：「小娃娃武功沒學到兩三成，居然便膽敢動九節軟鞭，跟人家動上手，打到後來，不是爬着，便是躺着，很少有站着走回家的，那豈不讓人將使九節鞭之人小覷了？爺爺早就聽得關東錦州有你這麼一個青龍門，他媽的祖傳七八代都使九節鞭。我早就想來把你全家殺得乾乾淨淨。只是關東太冷，爺爺懶得千里迢迢的趕來殺人，碰巧你這小子腰纏九節鞭，大搖大擺的來到中原，好極，好極！還不快快自己上吊，更等甚麼？」

風良這才明白，原來這老兒自己使九節鞭，便不許別人使同樣的兵刃，當眞橫蠻之至。他尙未答話，卻聽西首桌上一個響亮的聲音說道：「哼！幸好你這老小子不使單刀。」

丁不四向說話之人瞧去，只見他一張西字臉，腮上一部虬髯，將大半臉都遮沒了，臉上直是毛多肉少，便問：「我使單刀便怎樣？」那虬髯漢子道：「你爺爺也使單刀，照你老小子這般橫法，豈不是要將爺爺殺了？你就算殺得了爺爺，天下使單刀的成千成萬，你又怎殺得盡？」說着刷的一聲，從腰間拔出單刀，插在桌上。

這口單刀刀身紫金，厚背薄刃，刀柄上掛着一塊紫綢，一插到桌上，全桌震動，碗碟撞擊作響，良久不絕，足見刀旣沉重，這一插之力也是極大。

這漢子是長白山畔快刀掌門人紫金刀呂正平。

只聽得豁啦一響，丁不四收回九節鞭，揣入懷中，左手一彎，已將身旁那漢子腰間的單刀拔在手中，說道：「就算爺爺使單刀，卻又怎地？啊喲，不對！氣死我了！氣死我了！氣死我了！」

單刀是武林中最尋常的兵器，這一十九人中倒有十一人身上帶刀，眼見丁不四搶刀手法之快，心頭都是一驚，不由自主的人人都是手按刀把。

只聽他又道：「爺爺外號叫做『一日不過四』，這裏倒有一十一個賊小子使單刀，再加上這個使九節鞭的，爺爺倒要分三日來殺……」衆人聽他自稱「一日不過四」，便有幾人脫口而出：「他……他是丁不四！」

丁不四哈哈大笑，道：「爺爺今兒還沒殺過人，還有四個小賊好殺。是那四個？自己報上名來！要不然，除了這個使九節鞭的小子，別的只要乖乖的向我磕十個響頭，叫我三聲好爺爺，我也可饒了不殺。」

但聽得嘿嘿冷笑，四個人霍然站起，大踏步走出店門，在門外一字排開，除了風良、范一飛、呂正平三人外，第四人是個中年女子。

這女子不持兵刃，一到門外便將兩幅羅裙往上一翻，繫上腰帶，腰間明晃晃地露出兩排短刀，每把刀半尺來長，少說也有三十幾把，整整齊齊的插在腰間一條綉花鸞帶之上。

范一飛左手倒持判官雙筆，朗聲說道：「在下遼東鶴范一飛，忝居鶴筆門掌門，會同青龍門掌門人風良風兄弟、快刀門掌門人呂正平呂兄弟、萬馬莊女莊主飛蝗刀高三娘子，和人有約，率領本派門人自關東來到中原。我關東四門和丁老爺子往日無仇、近日無怨，如此一再戲侮，到底爲了甚麼？」

丁不四對他的話宛若全然不聞，側頭向高三娘子瞧了半晌，說道：「不美，不好看！」他說這五個字時眼光對着高三娘子，連連搖頭，似是鑒賞字畫，看得大大不合意一般。這神情自是人人都知，他在說高三娘子相貌不佳。

那高三娘子性如烈火，平素自高自大，一來她本人確有驚人藝業，二來她父親、公公、師父三人在關東武林中都極有權勢，三來萬馬莊良田萬頃，馬場參場、山林不計其數，是以她雖是個寡婦，在關東卻是大大有名，不論白道黑道，官府百姓，人人都讓她三分。丁不四如此放肆胡言，實是她生平從未受過的羞辱，何況高三娘子年輕之時，在關東武林中頗有艷名，此時年近四旬，風華亦未老去。關東風俗淳厚，女子大都穩重，旁人當面讚美尚且不可，何況大肆譏彈？她氣得臉都白了，叫道：「丁不四，你出來！」

丁不四慢慢踱步出店，道：「就是你們四人？」突然間白光耀眼，五柄飛刀分從上下左右激射而至。這五柄飛刀來得好快，刀身雖短，劈風之聲卻渾似長劍大刀發出來一般。丁不四喝道：「人不美，刀美！」右手在懷中一探，抽出九節軟鞭，黃光抖動，將四柄飛刀擊落，眼見第五柄飛刀射到面門，索性賣弄本領，口一張，咬住了刀頭。

風良、范一飛、呂正平一怔之下，各展兵刃，左右攻上。

丁不四斜身閃開呂正平砍來的一刀，飛足踢向范一飛手腕，教他不得不縮回了判官筆，手中黃金軟鞭卻纏向風良的軟鞭。

風良一出店門，便已打點了十二分精神，知道這老兒其實只是衝着自己一人而來，餘人都是陪襯，眼見丁不四軟鞭捲到，手腕抖處，鞭身挺直，便如一枝長槍般刺向對方胸口。這一招「四夷賓服」本來是長槍的槍法，他以眞力貫到軟鞭之上，再加上一股巧勁，竟然運鞭如槍。錦州青龍門的鞭法原也着實了得，他知對方實是勁敵，一上來便施展平生絕技。

丁不四吐下飛刀，讚道：「賊小子倒有幾下子！」伸出右手，硬去抓他鞭頭。風良吃了一驚，急忙收臂迴鞭，丁不四的手臂卻跟着過來，幸好呂正平恰好揮刀往他臂彎砍去，丁不四才縮回手掌。嗤的一聲急響，高三娘子又射出一柄飛刀。

四人這一交上手，丁不四登時收起了嘻皮笑臉，凝神接戰，九節軟鞭舞成一團黃光，護住了全身，心下暗自嘀咕：「想不到遼東武功半點也不含糊，爺爺倒小覷他們了。這四個傢伙若是一個一個上來，爺爺殺來毫不費力，一起湧上來打羣架，倒有點扎手。」

這次關東四大門派齊赴中原，四個掌門人事先曾在萬馬莊切磋了一月有餘，研討四派武功的得失，臨敵之時如何互相救援。這番事先操練的功夫果然沒白費，一到江南，便是四人併肩禦敵。這時呂正平和范一飛貼身近攻，風良的軟鞭尋瑕抵隙，圈打丁不四中盤，高三娘站在遠處，每發出一把飛刀，都教丁不四不得不分心閃避。這四人招數以范一飛最為老辣，呂正平則膂力沉雄，每一刀砍出都有八九十斤的力量。

石破天和丁璫站在衆人身後觀戰。看到三四十招後，只見呂正平和范一飛同時搶攻，丁不四揮鞭將兩人擋開，風良的軟鞭正好往他頭上掃去。丁不四頭一低，嗤的一聲，兩柄飛刀從他咽喉邊掠過，相去不過數寸。丁不四雖然避過，但頦下的白花鬍子被飛刀削下了數十根，條條銀絲，在他臉前飛舞。

站在飯店門邊觀戰的關東四派門人齊聲喝采：「高三娘子好飛刀！」

丁不四暗暗心驚：「這婆娘好生了得，若不再下殺手，只怕丁不四今日要吃大虧！」陡然間一聲長嘯，九節鞭展了開來，鞭影之中，左手施展擒拿手法，軟鞭遠打，左手近攻，單是一隻左手，竟將呂正平和范一飛二人逼得遮攔多，進擊少。

關東四大派的門人喝采之聲甫畢，臉上便均現憂色。

石破天卻在一旁瞧得眉飛色舞。這些手法丁不四在長江船上都曾傳授過他，只是當時他於武學的道理所知太也有限，囫圇吞棗的記在心裏，全不知如何運用。這些日子來跟着父母學劍，劍術固是大進，而一法通，萬法通，拳腳上的道理也已領會了不少，眼見丁不四一抓一拿，一勾一打，無不巧妙狠辣，只看得又驚又喜。

眼見五人鬥到酣處，丁不四突然間左臂一探，手掌已搭向呂正平肩頭。呂正平揮刀便削他手臂。石破天大吃一驚，知道這一刀削出，丁不四乘勢反掌，必然擊中他臉面，以他狠辣的掌力，呂正平性命難保，忍不住脫口呼叫：「要打你臉哪！」

他內力充沛，一聲叫出，雖在諸般兵刃呼呼風響之中，各人仍是聽得清清楚楚。呂正平武藝了得，聽得這一聲呼喝，立時省悟，百忙中脫手擲刀，臥地急滾，饒是變招迅速，臉上已着了丁不四的掌風，登時氣也喘不過來，臉上如被刀削，甚是疼痛。他滾出數丈後這才躍起，心中怦怦亂跳，知道適才生死只相去一綫，若非有人提醒，這一掌非打實不可。

呂正平滾出戰圈，范一飛隨即連遇險着。呂正平吸了口氣，叫道：「刀來！」他的大弟子立時拋上單刀，呂正平伸手抄住，又攻了上去。卻見丁不四的金鞭已和風良的軟鞭纏住，一拉之下，竟提起風良身子，向呂正平的刀鋒上衝上。呂正平迴刀急讓。

石破天叫道：「姓范的小心，抓你咽喉！」范一飛一怔，不及細想，判官雙筆先護住咽喉再說，果然丁不四五根手指同時抓到，擦的一聲，在他咽喉邊掠過，抓出了五條血痕，當眞只有一瞬之差。

石破天連叫兩聲，先後救了二人性命。關東羣豪無不心存感激，回頭瞧他，見他臉上搽了煤黑，顯是不願以眞面目示人。

丁不四破口大罵：「你奶奶的，是那一個狗雜種在多嘴多舌？有本事便出來和爺爺鬥上一鬥！」石破天伸了伸舌頭，向丁璫道：「他……他認出來啦！」丁璫道：「誰叫你多口？不過他說『那一個狗雜種』，未必便知是你。」

這時呂正平和范一飛連續急攻數招，高四娘子連發飛刀相助，風良也已解脫了鞭上的糾纏，五人又鬥在一起，丁不四急於要知出言和他爲難的人是誰，出手越來越快。石破天不忍見關東四豪無辜喪命，又是少年好事，每逢四人遇到危難，總是事先及時叫破。不到一頓飯之間，救了呂正平三次、范一飛四次、風良三次。

丁不四狂怒之下，忽使險着，金鞭高揮，身子躍起，撲向高三娘子，左掌斗然揮落。這招「天馬行空」的落手處甚是怪異，石破天急忙叫破，高三娘子才得躲過，但右肩還是被丁不四手指掃中，右臂再也提不起來。她右手乏勁，立時左手拔刀，嗤嗤嗤三聲，又是三柄飛刀向丁不四射去。丁不四軟鞭斜捲，裹住兩柄飛刀，張口咬住了第三柄，隨即抖鞭，將兩柄飛刀分射風良與呂正平，同時身子縱起，軟鞭從半空中掠將下來。

高三娘子彎腰避開軟鞭，只聽得衆人大聲驚呼，跟着便是頭頂一緊，身不由主的向上空飛去，原來丁不四軟鞭的鞭梢已捲住了她髮髻，將她提向半空。風良等三人大驚，四個人聯手，已被敵人逼得驚險萬狀，高三娘子倘若遭難，餘下三人也絕難倖免，當下三人奮不顧身的向丁不四撲去。

丁不四運一口眞氣，噗的一聲，將口中啣着的那柄飛刀噴向高三娘子肚腹，左手拿、打、勾、掠，瞬時間連使殺着，將撲來的三人擋了開去。

高三娘子身在半空，這一刀之厄萬難躱過，她雙目一閃，腦海中掠過一個念頭：「死在我飛刀之下的駱匪馬賊，少說也已有七八十人。今日報應不爽，竟還是畢命於自己刀下。」說來也眞巧，丁不四軟鞭上甩出的兩柄飛刀分別被風良與呂正平砸開，正好激射而過石破天身旁。他眼見情勢危急，便出聲提醒也已無用，當即右手一抄，捉住了兩柄飛刀，甩了出去。他從未練過暗器，接飛刀時毛手毛脚，擲出時也是亂七八糟，只是內力雄渾，飛刀去勢勁急，噹的一聲響，一刀撞開射向高三娘子肚腹的飛刀，另一刀卻割斷了她的頭髮。

高三娘子從數丈高處落下，足尖一點，倒縱數丈，已嚇得臉無人色。

這一下連丁不四也是大出意料之外，當即轉過身來，喝道：「是那一位朋友在這裏碍我的事？有種的便出來鬥三百回合，藏頭露尾的不是好漢。」雙目瞪着石破天，只因他臉上塗滿了煤灰，一時沒認他出來。他聽石破天連番叫破自己殺着，似乎自己每一招、每一式功夫全在對方意料之中，而適才這兩柄飛刀將自己發出的飛刀撞開之時，勁道更大得異乎尋常，飛刀竟爾飛出數丈之外，轉眼便無影無蹤，他雖心下惱怒，卻也知這股內勁遠非自己所及，說出話來畢竟乾淨了些，甚麼「爺爺」、「小子」的，居然盡數收起。

石破天當救人之際，甚麼都不及細想，雙刀一擲，居然奏功，自己也是又驚又喜，只是接刀擲刀之際，飛刀的刀鋒將手掌割出了兩道口子，鮮血淋漓，一時也還不覺如何疼痛，眼見丁不四如此聲勢洶洶的向自己說話，早忘了丁璫已將自己臉蛋塗黑，戰戰兢兢的道：「四爺爺，是……是我……是大粽子！」

丁不四一怔，隨即哈哈大笑，笑道：「哈哈！我道是誰，卻原來是你大粽子！」心想：「這小子學過我的武功，難怪他能出言點破，那當眞半點也不希奇了。」怯意一去，怒氣陡生，喝道：「賊小子來多管爺爺的閒事！」呼的一鞭，向他當頭擊去。

石破天順着軟鞭的勁風，向後縱開，避得雖遠，身法卻難看之極。

丁不四一擊不中，怒氣更盛，呼呼呼連環三鞭，招數極盡巧妙，卻都給石破天閃躍避開。石破天的內功修爲既到此境界，身隨心轉，無所不可，左右高下，盡皆如意，但在丁不四積威之下，餘悸尚在，只是閃避，卻不還手。

丁不四暗暗奇怪：「這軟鞭功夫我又沒教過這小子，他怎麼也知道招數？」一條軟鞭越使越急，霎時間幻成一團金光閃閃的黃雲，將石破天裹在其中。眼看始終奈何他不得，突然想起：「這大粽子在紫煙島上和白萬劍聯手，居然將我和老三打得狼狽而逃……不，老三固然敗得挺不光采，我丁老四卻是不願和後輩多所計較，瀟瀟洒洒的飄然引退，揚長而去。這小子怕了爺爺，不敢追趕，可是這小子總有點古怪……」

旁人見石破天在軟鞭的橫掃直打之間東閃西避，迭遭奇險，往往間不容髮，手心中都爲他揑一把冷汗。石破天心中卻想：「四爺爺爲甚麼不眞的打我？他在跟我鬧着玩，故意將軟鞭在我身旁掠過？」他那知丁不四已施出了十成功夫，卻始終差了少些，掃不到他身上。

丁璫素知這位叔祖父的厲害，眼見他大展神威，似乎每一鞭揮出，都能將石破天打得筋折骨斷，越看越擔心，叫道：「天哥，快還手啊！你不還手，那就遭了！」

衆人聽得這幾句清脆的女子呼聲發自一個店小二口中，當眞奇事叠生，層出不窮，但眼看丁不四和石破天一個狂揮金鞭，一個亂閃急避，對於店小二的忽發嬌聲，那也來不及去驚詫了。

石破天卻想：「爲甚麼要糟？是了，那日我縛起左臂和上清觀道長們動手，他們十分生氣，說我瞧他們不起。我娘說倘若和別人動過招，最忌的就是輕視對手。你打勝了他，倒也罷了，但若言語舉止之時稍露輕視之意，對方必當是奇恥大辱，從此結爲死仇。我只閃避而不還手，那是輕視四爺爺了。」當即雙手齊伸，抓向丁不四胸膛，所用的正是丁璫所授的一十八路擒拿手法。

這是丁家的祖傳武功，丁不四如何不識？立即便避開了。可是這一十八路擒拿手在石破天雄渾的內力運使之下，勾、帶、鎖、拿、戳、擊、劈、拗，每一招全是挾着嗤嗤勁風，威猛之極。丁不四大駭，叫道：「見了鬼啦，見了鬼啦！」拆到第十二招上，石破天反手抓去，使出「鳳尾手」的第五變招，將金鞭鞭梢抓在手中。丁不四運力回奪，竟然紋絲不動。他大喝一聲，奮起平生之力急拉，心想自己不許人家使九節鞭，但若自己的九節鞭卻教一個後生小子奪了去，此後還有甚麼面目來見人？回奪之時，全身骨節格格作響，將功力發揮到了極致。

石破天心想：「你要拉回兵刃，我放手便是了。」手指鬆開，只聽得砰嘭、喀喇幾聲大響，丁不四身子向後撞去，將飯店的土牆撞坍了半堵，磚坭跌進店中，桌子板櫈、碗碟傢生也不知壓壞了多少。

跟着聽得四聲慘呼，一名關東子弟、三名閒人俯身撲倒，背心湧出鮮血。

石破天搶過看時，只見四人背上或中破碗，或中竹筷，丁不四已不知去向。卻是他自知不敵，急怒而去，一口惡氣無處發洩，隨手抓起破碗竹筷，打中了四人。

范一飛等忙將四人扶起，只見每人都被打中了要害，已然氣絕，眼見丁不四如此兇橫，無不駭然，又想若不是石破天仗義出手，此刻屍橫就地的不是這四人，而是四個掌門人了，當即齊向石破天拜倒，說道：「少俠高義，恩德難忘，請問少俠高姓大名。」

石破天已得母親指點江湖上的儀節，當下也即拜倒還禮，說道：「不敢，不敢！小事微勞，何足掛齒？在下姓石，賤名中玉。」跟着又請教四人的姓名門派。范一飛等說了，又問起丁璫姓名。石破天道：「她叫叮叮噹噹，是我的……我的……我的……」連說三個「我的」，脹紅了臉，卻說不下去了。

范一飛等閱歷廣博，心想一對青年男女化了裝結伴同行，自不免有些尷尷尬尬的難言之隱，見石破天神色忸怩，當下便不再問。

丁璫道：「咱們走罷！」石破天道：「是，是！」拱手和衆人作別。

范一飛等不住道謝，直送出鎮外。各人想再請教石破天的師承門派，但見丁璫不住向石破天使眼色，顯是不願旁人多所打擾，只得說道：「石少俠大恩大德，此生難報，日後但有所命，我關東衆兄弟赴湯蹈火，在所不辭。」

石破天記起母親教過他的對答，便道：「大家是武林一脈，義當互助。各位再是這般客氣，倒令小可汗顏了。今日結成了朋友，小可實是不勝之喜。」

范一飛等承他救了性命，本已十分感激，見他年紀輕輕，武功高強，偏生又如此謙和，更是欽佩，雅不願就此和他分手。

丁璫聽他談吐得體，芳心竊喜：「誰說我那石郎是白痴？他武功已超過了四爺爺，連腦子也越來越清楚了。」一心中高興，臉上登時露出笑靨。她雖然臉上煤灰塗得一塌胡塗，但衆人留心細看之下，都瞧出是個明艷少女，只是頭戴破氈帽，穿着一件胸前油膩如鏡的市儈直裰，人人不免暗暗好笑。

高三娘子伸手挽住了她手臂，笑道：「這樣一個美貌的店小二，耳上又帶了一副明珠耳環。江南的店小二，畢竟和我們關東的不同。」衆人聽了，無不哈哈大笑。丁璫也是噗哧一聲，笑了出來，心想：「適才一見四爺爺，便慌了手脚，忙着改裝，卻忘了除下耳環。」

高三娘子見數百名鎮上百姓遠遠站着觀看，不敢過來，知道剛才這一場惡戰鬥得甚兇，丁不四又殺了三名鎮人，當地百姓定當自己這干人是打家刦舍的綠林豪客了，說道：「此地不可久留，咱們也都走罷。」向丁璫道：「小妹子，你這一改裝，只怕將裏衣也弄髒了，我帶的替換衣服甚多，你若不嫌棄，咱們就找家客店，你洗個澡，換上幾件。小妹子，像你這樣的江南小美人兒，老姊姊可從來沒見過，你改了女裝之後，這副畫兒上美女般的相貌，老姊姊眞想瞧瞧，日後回到關東，也好向沒見過世面的親戚朋友們誇誇口。」

高三娘子這般甜嘴蜜舌的稱讚，丁璫聽在耳中，實是說不出的受用，抿了嘴笑了笑，道：

「我不會打扮，姊姊你可別笑話我。」

高三娘子聽她這麼說，知已允諾，左手一揮，道：「大夥兒走罷！」衆人轟然答應，牽過馬來，先請石破天和丁璫上馬，然後各人紛紛上馬，帶了那關東弟子的屍體，疾馳出鎭。這一行人論年紀和武功，均以范一飛居首，但此次來到中原，一應使費都由萬馬莊出貲，高三娘子生性豪闊，使錢如流水一般，便成了這行人的首領。

各人所乘的都是遼東健馬，頃刻間便馳出數十里。石破天悄悄問丁璫道：「這是去松江府的道路麼？」丁璫笑着點點頭。其實松江府是在東南，各人卻是馳向西北，和石清夫婦越離越遠了。

傍晚時分，到得一處大鎭，叫做平陽寨，衆人逕投當地最大的客店。那死了的漢子是快刀門的，呂正平自和羣弟子去料理喪事，拜祭後火化了，收了骨灰。

高三娘子卻在房中助丁璫改換女裝。她見丁璫雖作少婦裝束，但體態舉止，卻顯是個黃花閨女，不由得暗暗納罕。

當晚關東羣豪在客店中殺豬屠羊，大張筵席，推石破天坐了首席。丁璫不願述說丁不四和自己的干連，每當高三娘子和范一飛兜圈子探詢石破天和她的師承門派之時，總是支吾以應。羣豪見他們不肯說，也就不敢多問。

高三娘子見石破天和丁璫神情親密，丁璫向他凝睇之時，更是含情脈脈，心想：「恩公和這小妹子多半是私奔離家的一對小情人，我們可不能不識趣，阻了他倆的好事。」

范一飛等在關東素來氣燄不可一世，這次來到中原，與丁不四一戰，險些兒鬧了個全軍覆沒，心中均感老大不是味兒，呂正平死了個得力門人，更是心中鬱鬱，但在石破天、丁璫面前，只得強打精神，吃了個酒醉飯飽。

筵席散後，高三娘子向范一飛使個眼色，二人分別挽着丁璫和石破天的手臂，送入一間店房。范一飛一笑退開。高三娘子笑道：「恩公，你說咱們這個新娘子美不美？」

石破天紅着臉向丁璫瞧了一眼，只見她滿臉紅暈，眼波欲流，不由得心中怦的一跳。兩人同時轉開了頭，各自退後兩步，倚牆而立。

高三娘子格格笑道：「兩位今晚洞房花燭，卻怕醜麼？這般離得遠遠的，是不是相敬如賓？」左手去關房門，右手一揮，嗤的一聲響，一柄飛刀飛出，將一枝點得明晃晃的蠟燭斬去了半截。那飛刀餘勢不衰，破窗而出，房中已是黑漆一團。高三娘子笑道：「恭祝兩位百年好合，白頭偕老！」砰的一聲，關上了房門。

石破天和丁璫臉上發燒，心中情意盪漾。突然之間，石破天又想起了阿綉：「阿綉見到我此刻這副情景，定要生氣，只怕她從此不肯做我老婆了。那怎麼辦？」

忽聽得院子中一個男子聲音喝道：「是英雄好漢，咱們就明刀明槍的來打上一架，偷偷的放一柄飛刀，算是甚麼狗熊？」

丁璫「嚶」的一聲，奔到石破天身前，兩人四手相握，都忍不住暗暗好笑：「高三娘子這一刀是給咱們滅燭，卻叫人誤會了。」石破天開口待欲分說，只覺一隻溫軟嫩滑的手掌按上了自己嘴巴。

只聽院子中那人繼續罵道：「這飛刀險狠毒辣，多半還是關東那不要臉的賤人所使。聽說遼東有個甚麼萬馬莊，姓高的寡婦學不好武功，就用這種飛刀暗算人。咱們中原的江湖同道，還眞沒這麼差勁的暗器。」

高三娘子這一刀給人誤會了，本想多一事不如少一事，由得他罵幾句算了，那知他竟然罵到自己頭上來，心想：「不知他是認得我的飛刀呢，還是只不過隨口說說？」

只聽那人越罵越起勁：「關東地方窮得到了家，鬍匪馬賊到處都是，他媽的有個叫甚麼慢刀門的，刀子使得不快，就專用蒙汗藥害人。還有個甚麼叫青蛇門的，拿幾條毒蛇兒沿門討飯。又有個姓范的叫甚麼『一飛落水』，使兩橛掏糞短棍兒，眞叫人笑歪了嘴。」

聽這人這般大聲叫嚷，關東羣豪無不變色，自知此人是衝着自己這夥人而來

呂正平手提紫金刀，衝進院子，只見一個矮小的漢子指手劃脚的正罵得高興。呂正平喝道：「朋友，你在這裏胡言亂語，是何用意？」那人道：「有甚麼用意？老子一見到關東的扁腦殼，心中就生氣，就想一個個都砍將下來，掛在樑上。」

呂正平道：「很好，扁腦殼在這裏，你來砍罷！」身形一幌，已欺到他的身側，橫過紫金刀，一刀揮出，登時將他攔腰斬為兩截，上半截飛出丈餘，滿院子都是鮮血。

這時范一飛、風良、高三娘子等都已站在院子中觀看，不論這矮小漢子使出如何神奇的武功，甚至將呂正平斬為兩截，各人的驚訝都沒如此之甚。呂正平更是驚得呆了。這漢子大言炎炎，將關東四大門派的武功說得一錢不值，身上就算沒驚人藝業，至少也能和呂正平拆上幾招，那想得到竟是絲毫不會武功。

群豪正在面面相覷之際，忽聽得屋頂有人冷冷的道：「好功夫啊好功功，關東快刀門呂大俠，一刀將一個端茶送飯的店小二斬爲兩截！」

群豪仰頭向聲音來處瞧去，只見一人身穿灰袍，雙手叉腰，站在屋頂。羣豪立時省悟，呂正平所殺的乃是這家客店中的店小二，他定是受了此人銀子，到院子中來胡罵一番，豈知竟爾送了性命。

高三娘子右手揮處，嗤嗤聲響，三柄飛刀勢挾勁風，向他射去。

那人左手抄處，抓住了一柄飛刀的刀柄，跟着向左一躍，避開了餘下兩柄，長笑說道：「關東四大門派大駕光臨，咱們在鎮北十二里的松林相會，倘若不願來，也就罷了！」不等范一飛等回答，一躍落屋，飛奔而去。

高三娘子問道：「去不去？」范一飛道：「不管對方是誰，既來叫了陣，咱們非得赴約不可。」高三娘子道：「不錯，總不能教咱們把關東武林的臉丟得乾乾淨淨。」

她走到石破天窗下，朗聲說道：「石恩公，小妹子，我們跟人家定了約會，須得先行一步，明日在前面鎮上再一同喝酒罷。」她頓了一頓，不聽石破天回答，又道：「此處鬧出了人命，不免有些痲煩，兩位也請及早動身爲是，免受無謂牽累。」她並不邀石丁二人同去赴約，心想日間惡戰丁不四，石破天救了他四人性命，倘再邀他同去，變成求他保護一般，顯得關東四派太也膿包了。

這時客店中發見店小二被殺，已然大呼小叫，亂成一團。有的叫嚷：「強盜殺了人哪，救命，救命！」有的叫道：「快去報官！」有的低聲道：「別作聲，強盜還沒走！」

石破天低聲問道：「怎麼辦？」丁璫歎了口氣，道：「反正這裏是不能住了，跟在他們後面去瞧瞧熱鬧罷。」石破天道：「卻不知對方是誰，會不會是你四爺爺？」丁璫道：「我也不知。咱二人可別露面，說不定是我爺爺。」石破天「啊」的一聲，驚道：「那可糟糕，我……我還是不去了。」丁璫道：「傻子，倘若是我爺爺，咱們不會溜嗎？你現下武功這麼強，爺爺也殺不了你啦。我不擔心，你倒害怕起來。」

說話之間，馬蹄聲響，關東羣豪陸續出店。只聽高三娘子大聲道：「這裏二百一十兩銀子，十兩是房飯錢，二百兩是那店小二的喪葬和安家費用。殺人的是山東響馬王大虎，可別連累了旁人。」

石破天低聲問道：「怎麼出了個山東響馬王大虎？」丁璫道：「那是假的，報起官來，有個推搪就是了。」

兩人出了店門，只見門前馬椿上繫着兩匹坐騎，料想是關東羣豪留給他們的，當即上馬，向北而去。

俠客行=Ode to the gallantry
／金庸著. -- 三版. -- 台北市：遠流，
1996 [民 85]
冊； 公分.--(金庸作品集；26-27)
ISBN 957-32-2938-2(一套：平裝)

857.9 85008897